&

Ernst Halter

Die Stimme des Atems

> Wörterbuch einer Kindheit

Limmat Verlag
Zürich

Autor und Verlag danken dem Aargauer Kuratorium
für die Unterstützung sowie der Stadt Zofingen und
der Josef Müller Stiftung Muri für Druckkostenzuschüsse.

Im Internet
Informationen zu Autorinnen und Autoren
Materialien zu Büchern
Hinweise auf Veranstaltungen
Schreiben Sie uns Ihre Meinung zu diesem Buch
www.limmatverlag.ch

Lektorat Erika Burkart
Umschlagfoto Hans Baumgartner/
©Pro Litteris/Fotostiftung Schweiz, Zürich
Typographie Frank Hyde-Antwi
Umschlaggestaltung Sonja Schenk

ISBN 3 85791 434 3

Inhalt

Die Koordinaten

Wie viele Richtungen braucht der Mensch? Vorne und hinten, links und rechts. Aus dem Gesicht, dem auglosen Hinterkopf und den ins Kreuz gestreckten Armen strahlen die vier Himmelsrichtungen und, eine Achtelsdrehung weiter, auch Südwest, Nordost, Südost und Nordwest. Nach unsrem Körper ordnet sich die Welt. Kann sich die Kardinalrichtung, die das Kind geprägt hat, je ändern? Unser Blick bleibt dort hängen, wo er festgemacht wurde; er spannt das Netz der Koordinaten, darin wir wandern.

Da steht ein Bub von elf Jahren auf einer Veranda, deren Geländer von Geranien und schwer duftenden Petunien überblüht ist; ihr Rot und Violett passt zum Holz des Hauses. Es liegt an einem Hang und ist mit dem Estrich und dem auf der Talseite ebenerdigen Kellergeschoss vier Stockwerke hoch. Der Junge schaut nach Süden; in seinem Rücken blinken die Fenster in der Mittagssonne. Nun lehnt er sich vor. Die mit grauen Granitplatten belegte Hausterrasse blendet herauf.

Oft, wenn ihn die Lust ankommt und weil es verboten ist, springt er von ihrer Stützmauer aufs Gartenparterre hinunter, ein Rasenrechteck, eingefasst von Blumenrabatten und Blütensträuchern und durch eine Hagebuchenhecke gegen den Vorgarten des Nachbarchalets abgeschirmt; dort haust der Steinalte. In einem Winkel ist der Sandhaufen angeschüttet. Hier duftet es feucht nach Wald, im Frühling blüht eine Forsythia über das spielende Kind weg, und ein morscher Buchsbaum wirft frösteligen Schatten.

Das Gartenparterre endet über einer weiteren Trockenmauer. Am Westeck dieser von Efeu verwachsenen Stützbastion ragt eine Scheinzypresse, ein Turm, aus dessen Gelassen selbst Sommertage nicht die herb duftende Dämmerung vertreiben. Sie hütet das doppelflüglige schmiedeeiserne Tor über dem Zugangsweg. Auf dem höheren der zwei

Wipfel singt die Gartenamsel die Nacht herauf. Der Hang fällt nun zur Strasse ab. Hier blüht und fruchtet die Hostert des Alten. An einem verborgenen Ort gluckert ein Quellchen zwischen Felsbrocken unter dichtem Gebüsch und Farn in einen handtuchgrossen Weiher, ein Geheimnis, zu finden nur, wenn das Gras zwischen den Apfel- und Birnbäumen gemäht ist.

Der Blick des Buben wandert durch den schmalen Talgrund, lokker gestreute Apfelbäume. Der Gegenhang steigt auf, dicht bebaut: das Amslergut, dort kehren die Menschen der Sonne den Rücken zu; der Hang endet in einer Krete, auf der sich einige Häuser rittlings niedergelassen haben; ihre Sicht geht frei nach Süden, Westen und Norden. Dies ist der Finkenherd, und der Junge spürt leisen Neid: aufzuwachsen mit Blick nach drei Himmelsrichtungen!

Ein mit Bäumen gekrönter Hügel schliesst die Südsicht über die nähere Umgebung ab: der Heiternplatz, Festort und Aussichtspunkt der kleinen Stadt, ein mit uralten Linden umpflanzter ehemaliger Exerzierplatz. Die Lindenkronen lagern gleich grüngelben Gewitterwolken auf dem Hügel. Dahinter glimmert Schönwetterdunst, und erst über dem fernen schwarzen Dreieck des Napfs, wo die Wigger entspringt, die westlich der Stadt von Fabrik zu Fabrik fliesst, trifft der Bub wieder auf Vertrautes, die Berner Alpen aus bläulichem Glas, und jeder Gipfel trägt einen Namen. Erst die Wetterhorngruppe. Ihr gegenüber am sonnenverbrannten Südhang des Haslitals liegt das Dorf Hohfluh, wo er die Sommer- oder Herbstferien verbringt. Höher ragt die Schreckhorngruppe, anschliessend die drei Klötze von Eiger, Mönch und Jungfrau und, im Mittagsglast kaum mehr vom Himmel zu unterscheiden, das Breithorn. Dann schliesst der finster gehörnte Pilatus die Ferne zu. Der Bub blinzelt in die Mittagssonne. Ja, er steht richtig in der Welt: südwärts, alpenwärts, der Sonne entgegen.

Obwohl ich erst mit fünf Jahren, als die Eltern das Haus am Hang über der kleinen Industriestadt Zofingen kauften, in dieses Koordinatennetz gestellt worden bin, orientiere ich mich stets nach Süden, und gleich rückt die Geographie des Orts, die Lage eines Hauses ins Lot und ordnet sich in den Kompass meines Lebens. Ich werde nie dorthin auswandern, wo die Sonne im Norden steht. Australien ist die verkehrte Welt.

Der Bub schaut nach Westen; diese Richtung ist verkrüppelt. Ein Nachbarhaus verdeckt zum Teil die Sicht. Die meisten Sonnenuntergänge finden hinter seinem Dach statt. Nur im Spätherbst und Winter verlagern sie sich über die Hochkamine draussen in der Wiggerebene zum schwarzen Turm der Scheinzypresse hin. Dann feiert die Sonne als riesige Brandröte, die mit dem Verblassen des Lichts über den fernen Waldhügeln immer breiter wird und kurz vor dem Erlöschen den halben Himmel mit Rosenschein sättigt.

Osten ist offen; denn zum Besitz der Eltern gehört ein zweiter Gartenteil, quer zum Hang. Hier krautet das Gemüse. Auch der Ostgarten ist terrassiert, zuoberst stehen zwei Kirschbäume. Es folgen verstreute Dächer unter Bäumen, dann buckeln die alten Buchen der grossen Wälder hinten im Tal einen dunkelgrünen Horizont. In ihrer Tiefe geschieht nichts. Vögel fiepen in die Stille, die Sonne steigt auf und versinkt, und nachts fahren die Sternbilder über die schwarzen Baumkronen hin; die Bäche furchen sich in die Sandsteinhänge, so langsam, dass man hunderttausend Jahre schlafen müsste, um sich nicht mehr auszukennen. Geht er durch die Wälder, drehen sich die Wipfel lautlos über ihm, das Wild flieht, und sein Herumstrolchen ist die einzige fremde Bewegung.

Russland, das Land der grössten Wälder, liegt im Osten. Wenn der Junge sich nach Russland denkt, sinken die Täler zwischen hier und dort tiefer in die Erde, sie vereinsamen unter dem hohen, weiten Sprung seiner Vorstellung. Erst das Uerketal, das er zu Fuss in etwa zwei Stunden erreicht. Tritt er vor Neudorf aus dem Schatten der Bäume, sieht er nichts als Wald, denn die Täler sind jedes vom nächsten durch einen von Norden nach Süden streichenden blauen Höhenzug getrennt. Im Heimatkundeunterricht hat er sie auswendig gelernt: Suhrental, Ruedertal, Wynental, Seetal, Bünztal, Reusstal und Limmattal. An schönen Abenden färbt sich der Osthimmel schiefergrau, dann möchte der Junge fortgehen unter die herauffahrende Nacht, sich in die Wälder schlagen, so fern und tief, dass niemand ihn mehr finden wird. Er wird Parzivals Rüstung tragen und der Prinzessin im roten Zelt am Bach begegnen; miteinander werden sie nach Osten weiterreiten, nach Russland und Sibirien; in den Namen seiner Städte kracht und birst das Eis: Tomsk, Omsk, Krassnojarsk, Irkutsk, Werchojansk.

Und was ist Norden? Ein Grashang mit Obstbäumen, darin der Blick steckenbleibt. Hebt er die Augen, kommt eine grünlich getünchte Villa in Sicht, dahinter Bäume und Himmel. Norden ist kalt und aussichtslos. Die Deutschen leben dort. Zwar spricht er dieselbe Sprache, doch in Gedanken macht er einen Bogen um ihr Land. Vater und Mutter geben ihnen die Schuld am Krieg. Seine Tante, die bei guten Deutschen gearbeitet hat, fordert Gerechtigkeit für die Unschuldigen und Mutigen, die Frauen und Kinder. Norden ist mit Recht im Hinterkopf. Und reitet der Bub auf Nils Holgerssons Gänserich nach Lappland, dreht er sich um, südwärts, in eine Sonne, die rot und tief über dem Horizont steht.

Ein halbes Jahrhundert später bin ich auch im Norden heimischer geworden und weiss, dass Glück zu haben in Ort und Zeit kein Verdienst ist. Doch die Kardinalrichtung meines Lebens hat sich nicht geändert. Ich erinnere mich an Gespräche meiner Eltern mit Gästen. Von Venedig, Mailand, Ravenna, Pisa und Florenz war die Rede. Diese Städte waren mir wirklich wie Fabriken und Wälder; ihre Schönheit wachte in Büchern und Mappen, unverrückbar. Dorthin gehörte ich. Wenn ich von Florenz südwärts reiste, würde ich nach Rom kommen. In der Sixtinischen Kapelle stellte ein Fresko die Erschaffung des ersten Menschen dar. Ein Tafelwerk über diese Sixtinische Kapelle lag bei den Kunstbüchern im Schrank mit den Glastüren. Und im Hausflur hing das Bild, auf dem aus Gottes ausgestrecktem Zeigefinger der unsichtbare Geistfunke in den Finger des sich im Erwachen aufrichtenden Adam überspringt. Ich habe mit elf nicht mehr an die Schöpfungsgeschichte geglaubt. Und doch sprach das Bild in der Sixtinischen Kapelle die Wahrheit.

Denn es gibt noch zwei weitere Richtungen: oben und unten.

1. Erste Bilder

Wegfahren

Kreisrunder Ausschnitt, der Grund dunkelbraun, weich im Gefühl, ein Teppich wohl; auf dem braunen eine gelbe Spielzeuglokomotive, Holz, hinter ihr zwei oder drei gelbe Eisenbahnwägelchen. Ich schiebe die Lok langsam über die braune Fläche, der Ausschnitt wandert mit, hinterher rollen gemächlich die Wägelchen. Ich schiebe, die Lok zieht, die Wagen gehorchen. Schieben ziehen, Gefühl von sanfter brauner Weite nach allen Seiten, Behagen, überallhin freie Fahrt. Weit, weit weg.

(Lok und Wägelchen haben nie zu meinen Spielsachen gehört. Das Bild datiert aus dem zweiten Lebensjahr und ist anlässlich eines Besuchs eingelagert worden.)

➢Eisenbahn 22 ➢Waldbahn 175

Der Geruch

Unter Bäumen im Ausgangswagen auf einem breiten Gehsteig, Sonne wechselt mit Schatten, auf der einen Seite eine asphaltierte Strasse, weit, leer, auf der andern Mauern, über sie, auf den Gehsteig hängend, blühende Büsche, Farben und Duft. Plötzlich geht das Licht aus, mir ist, die Sonne sei vom Himmel gefallen. Ein widriger, aufdringlich süsser, klebriger Gestank trübt die Luft und bedroht mich. Ich werde unruhig, will fort aus der Geruchsschwade, die mich verschluckt hat. Kann nicht. Doch schon scheint wieder die klare Sonne, Mutter, Vater, Geschwister spazieren heiter, friedlich, als ob wir nicht soeben einer grossen Gefahr entronnen wären. Sie heisst «Samengeruch».

(Drittes Lebensjahr. Die Erinnerung schlummert während Jahren, wird eines heissen Sommertags aufgestört; diesmal dringt der Geruch aus dem weiten Garten einer Villa, wieder das Grauen, der Fluchtimpuls. Viel später finde ich heraus, dass er von den saftklebrigen, dampfend schlappen Johannistrieben der Pappeln verströmt wird. Meine Reaktion auf diese übermächtige, künstlich gesüsste Ausdünstung bleibt dieselbe. Warum «Samengeruch»? Ich weiss es nicht.)

➢Abwässer 20 ➢Fabrikgerüche 211 ➢Gestank 214 ➢Tinte 61

Holzbär

Den rechten Arm weit vorgestreckt, in der Hand einen spannenlangen geschnitzten Holzbären, gehe ich durch die finstere Küche auf den Abort. Dort erledige ich das Geschäft, ergreife den Bären auf dem Fenstersims, ziehe am Holzgriff der Kette zum Spülkasten, ein bedrohlich tosender Wasserguss, ich reisse die Tür auf, schlage sie zu und taste mich, eine Armeslänge hinter dem Tier her, durchs Küchendunkel ins Wohnzimmer zurück.

(Drittes Lebensjahr. Ich wurde meine Angst vor dem Dämmer in der Küche und der Wucht der Spülung aus dem hoch oben an der Wand angebrachten Kasten nicht los. Die Mutter, müde, mich zu begleiten und mir beim Herunterlassen des Hosenladens zuzusehen, drückte mir den Holzbären in die Hand: er werde mich vor dem schwarzen Mann in der Küche beschützen und dafür sorgen, dass das Wasser nicht über den Rand der WC-Schüssel steige und mich in die Kanalisation hinunterspüle. Ich glaubte ihr ohne Wanken.

Ich wiederhole die Übung einige Male, dann ist die Furcht überwunden, und der Bär, seiner magischen Macht beraubt, verschwindet in einer Spielzeugschachtel; eine Brienzer Schnitzerei.)

➢Abwässer 20 ➢Das Bärlein 31 ➢Erste Heimlichkeit 44

Erwachen mit drei Jahren

Sonnenlicht sintert durch Vorhänge ins Zimmer. Ich liege im weissen Gitterbett an der Hinterwand; die Betten meiner Geschwister stehen, etwas abgerückt von den Fenstern, an den Seitenwänden des Raums. Bald wird die Mutter kommen; ich liege still in meiner pochenden Erwartung und blicke auf die Tür ein paar Schritt vom Fussende des Bettchens. Draussen vor den Fenstern läuten Glocken; Sonne und Kirchengeläut sagen: Heut ist Sonntag.

Die Tür öffnet sich. Die Mutter geht quer durchs Zimmer, zieht die Vorhänge zurück, das Licht im Raum wird warm. Sie kommt auf mich zu, beugt sich lächelnd über die weissgestrichenen Holzstäbe des Gitters: *Schnuusserli, itz weimer uuf* (Flitzerchen, nun wollen wir aufstehen). Hast du gut geschlafen? Sie streichelt mir über beide Wangen, dann klinkt sie das Gitter aus und kippt es weg. Ganz nahe kommt sie, legt ihre Arme um mich und hebt mich hoch. Wir geben uns Küsse. Setzt sie mich auf den Bettrand? Stellt sie mich auf den Boden? Mich füllt Atem von Glück, Licht, Geläut. Es flimmert und blendet vor den Fenstern und auf dem Zimmerboden. Aufstehen, Gewaschenwerden, Honigbutterbrot, Kakao, alles miteinander möglichst schnell. In den Garten rennen, in die Sonne, zu den Goldfischen.

➢Der weisse Pullover 33 ➢Schneekönigin 42 ➢Waschtag 48

Dr. med. Ginella

Entdeckt er mich im Garten, ruft er, ich laufe zu ihm hin, er hebt mich vom Boden hoch, herzt und küsst mich, überschüttet mich mit Kosenamen. Hat er Zeit, führt er mich an der Hand zum Springbrunnen und zeigt mir die Goldfische, die aus dem Schatten in die Sonne, aus der Sonne in den Schatten zucken, aufblitzend, erlöschend, geheimnisfarben. Ich liebe ihn; er steckt voller Zärtlichkeiten und Kleinigkeiten: Bald kramt er ein leeres Fläschchen aus seiner Tasche, bald ein Tierlein oder ein Bildchen.

Dass er Arzt ist, sagt mir sein Wagen; nur Ärzte dürfen Auto fahren. Über der Hinterachse ist ein Stehkessel montiert, Holzvergaser geheissen. Dr. Ginella lässt mich auf seinen runden Schultern zum Gartentor reiten, tritt hindurch. Linker Hand ist die Garage, rechter Hand hoch über mir sind die Nordfenster und die Terrassen der Wohnung im Obergeschoss, wo ich zu Hause bin. Ein verkrauteter Hof, Karrengleise und Kies. Dahinter ducken sich Herrn Aeschbachs Scheune und Stall. Drin steht Bobi, sein Pferd, das weisse Papierflocken frisst, «Zellulose»,

Ersatzheu, weiss ich; Pferdemägen können Zellulose verdauen. Diese Flocken werden von Maschinen hergestellt, aus Holz, um den Hafer zu strecken, denn es ist Krieg. Bobi frisst auch gelbes Heu; doch wenn der Bauer das Futter von hinten in den Trog schüttet, sticht mir im Halbdunkel des Stalls der Flockenschnee in die Augen.

Dr. Ginella stellt mich auf den Kies; ein letzter Kosename, für mich allein erfunden: *Häärzchäberli*. Bereits sitzt er im Wagen. Im Wegfahren winkt er, und ich winke und lache zurück. Ich drehe mich um, trete durchs Törchen in den Garten und schlage mich irgendwo im Hintergrund, wo er, von Obstbäumen in hohem Gras verschattet, ans Bahnhofsgelände stösst, in die Büsche. Auf den Gleisen schnupft und pfupft ein *Glettiiseli*, eine der kleinen zweiachsigen Verschiebeloks.

(Viertes Lebensjahr. Verschwunden der Garten, längst abgerissen Doktorhaus und Bauernhof. An ihrer Stelle stehen heute eine Bank und ein Supermarkt.)

➢Alarmsirene und Schlachthaus 18 ➢Der Grossvater 263

Zofinger Tagblatt, 1. Mai 1941
Fahrverbot für Automobile

Besessenheit

Ich bin vier oder fünf. Im Spiel fragt mich der Bruder: *Was wosch lieber, es guldigs Nüüteli oder es silberigs Waarteli?* Dabei hält er beide Hände hinter den Rücken. Ich will das goldene. Er holt die Rechte, zur Faust geschlossen, hervor, ich darf sie öffnen: nichts. Nun, so begnüge ich mich mit dem silbernen. Er holt die linke Hand hervor: wieder nichts. Betrogen! Der Schmerz lässt mich nicht ruhen, bis ich ihn im Traum wettmache.

Meine Eltern haben mir zum Geburtstag ein kleines Beil geschenkt – aus purem Gold. Mich überschwemmt atemloses Glück. Ich trage das Beil im Gürtel. Ich spalte kein Holz damit, denn es ist Zeichen, Würde und Waffe, eine unantastbare Seligkeit. Wenn ich es betrachte oder schwinge, gehe ich in der matt glimmenden Makellosigkeit des Goldes auf. Am Abend lege ich das Wunderding auf den Nachttisch – und erwache. Ich taste im Morgenlicht danach und finde nichts, suche im Bett, unter dem Bett. Mir dämmert, dass ich geträumt habe. Die Trauer über diese Beraubung verschattet mich wochenlang.

Mit sechs Jahren entdecke ich im Taschenkalender des Vaters die vier Mondphasensymbole: schwarze Scheibe mit eingezeichnetem Schlafgesicht für Neumond, senkrecht gestellter Türkenmond, nach links mit lachendem hellem, nach rechts mit griesgrämigem dunklem Gesicht für die zu- oder abnehmende Phase, heller Kreis mit lachendem Gesicht für Vollmond. Sogleich besetzen die Halbmonde meine Vorstellung in einem Mass, dass ich sie in jedem Gegenstand suche und das Bilderbuch vom Mond, der seine Fülle dem Wassermann verkauft, um jede Nacht dessen Gesang lauschen zu können, für kurze Zeit mein Liebling ist. Meine Zeichnungen von Wunderblumen bestücke ich mit Halbmonden; im Schlaf senken sich Monde golden leuchtend zu mir herab und umkreisen mich.

Die kleine Welt meiner Erfahrungen tritt unter den Aspekt des Mondes; er steckt verborgen in allen Formen, ich versenke mich in den Lach- und den Greinmond, begegne dem Gestirn, das meinen Schlaf behütet, in meinen und andrer halbmondförmigen Augen, in Schatten und Sonnenkringeln, Mailänder Backwerk, Anisbrötchen, im Flug der Vögel. Wonne erfüllt mich bei jeder Entdeckung eines weiteren Mondverwandten, als hätt' ich plötzlich ein Rätsel, mir bisher unbewusst, gelöst.

›Astronomie 145 ›Der Bruder 87 ›Der weisse Pullover 33 ›Statistik 143

Lumpe legge

Mitgefiebert habe ich, doch in lebhafter oder fröhlicher Erinnerung ist mir kein Kinderspiel.

– Beim *Lumpe legge* stellte man sich im Kreis auf, blickte einwärts, jemand zählte an, und wen das letzte Wort traf, der lief aussen herum und liess im Rücken eines der im Kreis Stehenden ein Pfand, etwa sein

Taschentuch, fallen. Merkte der Beschenkte dies nicht, bevor der Läufer seinen Platz im Kreis wieder eingenommen hatte, musste er das Pfand auflesen und seinerseits aussen herum rennen, um jemand andern zu überlisten. Ich mochte das Spiel nicht, fand es heimtückisch, hasste es, zwischen den zerkratzten Beinen hinter mich zu schielen.

– Unter den Anzählreimen ist mir *Ääne dääne dio dee / dio dee di Salomee / Salomee di ggadigga / ggadigga di ggompsa* der erste und unvergänglich geblieben, weil ich später erfahren habe, dass im ersten Vers die keltischen Zahlen eins bis vier stecken. Also haben schon die Kinder der Helvetier vor siebzig Generationen diesen Anzählreim heruntergeleiert und mit schmutzigen Fingerchen aufeinander gezeigt – und da hat es mir geschwindelt. Wie ist er damals zu Ende gegangen? Gewiss weder biblisch noch französisch.

– Spielte man *Versteckis,* legte einer die Hände vors Gesicht und zählte langsam und laut, die andern rannten. Zwanzig, und die Suche begann. Wer zuerst gefunden wurde, hatte die nächste Frist auszuzählen. War der Suchende ausserstande, jemanden aus dem Busch zu klopfen, rief er gedemütigt die Mitspieler aus den Verstecken und musste wieder den Polizisten machen.

– *zZiggi* war ein Fangespiel, wo der Schnellere immer der Jäger und Angst der Stolz des Wilds war. War ich in die Enge getrieben und presste mich verzweifelt gegen einen Zaun oder ins Gebüsch, berührte mich der Schlag auf die Schulter wie ein kleiner Tod, auch sagt mir eine schwache Erinnerung, beim *Ziggi* hätten wir mitunter gleich Katzen mehrere Leben mit uns getragen.

Solche Spiele waren mir zuwider wie später das Schnellrechnen in der Schule. Heute scheint mir, dass derlei todernst wie die Kindheit selbst gemeint war, weder Spiel noch Befreiung, auch wenn Niederlagen nicht mit dem Leben, sondern nur mit Fluchten über schwankende Leitern in Alpträumen bezahlt werden mussten.

➤Ersticken 153 ➤Langweil 40 ➤Schulschock 55

Kinderspruch

... und eersch dFranzoose
mit de rote Hoose,
mit de gääle Fingge –
schmöggsch wie si stingge?

Bin ich der letzte, der sich erinnert? Die böse Zunge hat ein erschreckendes Gedächtnis. Noch Mitte der vierziger Jahre hörte ich obigen freundnachbarlichen Vers, dessen Entstehung damals schon über siebzig Jahre zurücklag und von dem ich nur den Schluss noch weiss. Dass mir ausgerechnet diese Verse blieben, mag mit der Bereitschaft des Kindes zusammenhängen, sich besser und stärker als andre zu fühlen und sie lustvoll herunterzumachen.

Ein Ausdruck deutschschweizerischer Verachtung und Überheblichkeit angesichts der Niederlage Frankreichs im Krieg von 1870/1871. Die roten Hosen der Infanterie und die gelben, wahrscheinlich naturgegerbten Marschschuhe lebten in Schweizer Kinderhirnen weiter. Es gab also nicht nur das Bourbaki-Panorama und die grosszügige Beherbergung und Durchfütterung der französischen Ostarmee, sondern, untergründig glimmend, die Schadenfreude, dass der grosse Nachbar auf die Nase gefallen und sein Kaiser abgesetzt war. Man gönnte es der *grande nation*, dass ihre 80000 Mann starke Bourbaki-Armee sich der kleinen Schweiz ergeben und von Schweizern entwaffnen lassen musste. Vermutlich – darauf weist der Beginn – wurden erst die Deutschen, dann die Italiener oder Österreicher und am Schluss die Franzosen aufs Korn genommen.

➤Führer 68 ➤Krieg 36 ➤Kriegsschuld 91 ➤Liedgut 70 ➤Schlagen 38

Aas

Sonntag. Wir spielen mit Cousins und Cousinen, die zu Besuch sind, vielleicht auch mit den Kindern W. aus dem Nachbarhaus, wo es immer nach abgestandenem Sauerkraut riecht. Auf dem Grasstück zwischen dem Garten von Dr. Ginella und dem Hof des Bauern Aeschbach hat jemand einen Gegenstand versteckt. Nahe dem Zaun wuchert hohes

Unkraut, Gebüsch dunkelt. Ich bin am Suchen und habe plötzlich unter den Händen, die das Gras teilen, so nah, dass ich fast hineingegrapscht hätte, eine rötlichgräuliche, fliessende Fleischmasse, eine aufgeplatzte Ratte. Das Gedärm quillt schlabbrig hervor, und darin ringeln sich mästende Würmer über- und durcheinander. Ich zucke zurück, Grausen verschlägt mir die Stimme, der Magen dreht sich, doch kann ich mich nicht übergeben. Ich renne weg, weit weg von diesem Kothaufen des Bösen, durchs Gartentor in den umzäunten, geschützten Bereich des Doktorhauses.

➢Erste Heimlichkeit 44 ➢Der Geruch 11 ➢Tödlein 19

Alarmsirene und Schlachthaus

Sie gleicht einem Storchennest und tanzt auf knickigem Stelzbein zuoberst auf dem Giebel des Schlachthauses, des grössten und höchsten Baus in der Ringmauer der Unterstadt. Sie zieht den Krieg auf sich, alle Zerstörung und Angst. Wenn sie zu heulen beginnt, an- und abschwellend, streut sie das Böse in die vier Winde und lässt das Entsetzen über mir zusammenschlagen. Auf dem dünnen Stahlrohr drehe sich, erklärt man mir, nur ein Metallteller, der von einem zweiten Teller bedeckt werde. Doch da ich die Sirene ebenso fürchte wie hasse, wage ich es nicht, sie genau anzusehen. Sie steht und droht abseits. Abgestellt im Augenwinkel, rächt sie sich fürs vorsätzliche Vorbeischauen, indem sie uns nächtens in den Keller des Doktorhauses an der Grabenstrasse scheucht, denn Bahnhof und Fabriken wären das Hauptziel eines Bombenangriffs, und wir wohnen mittendrin.

Zofinger Tagblatt, 24. November 1943

Verheerende Wirkungen des Luftangriffs auf Berlin. Die R.A.F. warf 2400 Tonnen Bomben ab

Insgesamt hielten sich die Geschwader 35 Minuten über Berlin auf. Etwa 20 Minunten nach dem ersten Bombenabwurf kam es zu einer gewaltigen Explosion, deren Wirkung bis zu 6500 Meter Höhe deutlich zu spüren war. Hunderte von Piloten bestätigten in der Vernehmung am Mittwoch, dass sie bisher in keinem Unternehmen eine derartig schwere Detonation mit Luftdruckwirkung in diesen Höhen wahrgenommen haben. Nach der Meinung der Artillerieleitung ist entweder ein Hauptmunitionsdepot oder ein riesiges Gaswerk in die Luft geflogen. «Die von uns allen beobachtete Explosion war unvorstellbar gewaltig. Plötzlich schoss ein glänzend weisses Licht auf, und darnach ging der Horizont langsam in eine rotglühende Farbe über.»

Auch das Schlachthaus behalte ich im Augenwinkel. Ich meide die Fegergasse, und muss ich doch durch, laufe ich den gegenüberliegenden Gehsteig entlang, vor die Füsse blickend oder einfach auf die Türen oder in die halbblinden Fenster der schmalbrüstigen Häuser. Sie sind klein, ärmlich, verlottert, denn im Dunstkreis des Schlachthauses können behäbige Häuser nicht gedeihen. Ein Bogentor gäbe Einblick. Ist die blutige Arbeit getan, am Nachmittag, steht es meist offen; Blut, Urin und Kot wird von Böden, Wänden, Winden, Haken und Messern abgespritzt, frische Luft wird eingelassen, denn Blut stinkt, und der Tod brüllt und quietscht mit Menschenstimme. Die Schauerlichkeit der verbotenen Innereien lockt, die das offene Tor auf obszöne Weise verheisst. Aber ich lasse mich nicht ertappen, lange Jahre nicht.

➢Abwässer 20 ➢Gassen 192 ➢Hochkamine und Sirenen 208 ➢Krieg 36

Tödlein

Die Mutter hat meinen Bruder und mich zu Bett gebracht. Als ein Geräusch mich weckt, herrscht bei heruntergelassenen Rolläden noch die Dämmerung eines langen Frühlingsabends. Ich drehe den Kopf nach dem Raspeln oder Kichern am Betthaupt und sehe den Tod, ein grauweissliches Skelett, so gross wie ein Teddybär. Rittlings hockt er auf der obern Bettlade, klappert mit Knochen und Gebiss und grinst, erfüllt von schauerlicher Lustigkeit, auf mich herab, im Begriff, mir an die Gurgel zu springen und mich fortzuschleppen. Vor Grauen stockt mir der Atem;

ich tauche unter Laken und Bettdecke, einziger Fluchtweg, wenn auch sinnlos, da es für den Tod ein leichtes sein wird, mir nachzukriechen und mich nach kurzem Kampf in luftloser Finsternis zu erwürgen. Nass von Angstschweiss warte ich den Angriff ab. In dieser Lage muss ich wieder eingeschlafen sein und mich an die Luft zurückgestrampelt haben.

(Dieser Pavor des Sechsjährigen – wir wohnten bereits im Haus über der Stadt – holte den Tod zum ersten Mal aus Wort und Bild in die mich bedrohende Wirklichkeit. Er borgte seine Gestalt aus Alfred Rethels «Totentanz»; ich kannte das Holzschnittwerk über die revolutionären Barrikadenkämpfe des Jahres 1848 gut, es lag im verglasten Bücherschrank. Nun hatte ich den Tod «lebendig» gesehen und war ihm nur entronnen, weil sein Gekicher mich zu früh geweckt hatte. Monatelang blieb die Angst, im Schlaf von ihm überfallen zu werden. Der Begriff «Tödlein» nistete sich in meinem Wortschatz ein.)

➢Ameisen – Todesspiel 39 ➢Ersticken 153 ➢Krieg 36 ➢Löwentraum 56

Abwässer

Umweltschutz – kein Mensch hatte davon gehört. Unser aller Kot und Abfall floss stellenweise offen dahin und stach in die Nase.

Die chemischen wie die Farb und Düngerwerke hinter den Bahngleisen wurden im Süden und Westen von einer Mauer umschlossen, die sich über einer Böschung hinzog, ein kleiner Kanal an ihrem Fuss wurde vom Stadtbach gespeist. Das Wasser quoll aus einem Düker etliche Meter über dem Niveau der Bahnhofsunterführung, welche die Quartiere Henzmann und Brühl mit der Stadt verbindet. Wenn die Sonne es durchleuchtete, unterschied man Menschenkot, Papier, Blutgerinnsel und andern organischen Abfall, der träge kreiselnd dahintrieb. Hundert Schritt weiter bog der Kanal um die Ecke der Umfassungsmauer nach Norden ab, und nun überblickte man eine Anzahl dünner Stahlrohre, die in regelmässigen Abständen die Böschung am Fuss der Mauer durchstiessen und ihre Abwässer in den Kanal schütteten. Jedes Rohr führte eine andere Farbe. Es tröpfelte oder rann gelb, rot, grün, blau, orangefarben. Ob der schwache Anilingeruch aus diesen Röhren quoll oder im Räuchlein enthalten war, das zwei bleistiftschlanke blitzende Stahlkamine hinter der Mauer ausstiessen, war nicht zu entscheiden. Ich atmete ihn gierig.

Dann hatte man das Areal der Farben- und Lackfabrik sowie der chemischen Werke hinter sich, doch die Betonmauer setzte sich fort. Hinter ihr duckte sich nunmehr die Pestküche des Industrieviertels, eine Düngerfabrik. Über ihren Schuppen hing bei schönem, windstillem Wetter eine gelbliche Glocke Gestank; die Mauer musste ekelerregende Geheimnisse verbergen. Wehte die Bise, schlug einem scharfer Faul- und Fäkalbrodem ins Gesicht, bei Westwind presste er sich durch die Fensterritzen in die Wohnungen des Bündtenquartiers: das Plumpsklo im Schlafzimmer.

Ein Ruck an der Hand des Vaters, dass er stehenbleibt, denn die Mauer verbirgt nicht alles. In schwer abschätzbarer Distanz, vielleicht im Hof der Knochen- und Abfallmühle, dreht sich langsam ein haushohes Rad und schlenkert fetziges triefendes Gemengsel, Lumpen, Pflanzen, Fleisch und Fellreste durch die Luft, eine primitive Mischvorrichtung. Ich vermute heute, dass es sich durch ein Becken, gefüllt mit verrottendem Müll, gedreht und dafür gesorgt hat, dass die Brühe durchlüftet und die Faulgärung befördert wurde.

Das Rad war der Ort der Umkehr. Das Kanalwasser hatte nun eine ölige Mischfarbe, es schillerte bläulichbraunrot und schäumte uringelb hinter angeschwemmten Hindernissen. Der Graben verlor sich in der Talebene. Die Giftfracht hat mich nie gestört; sie war einfach da, schon seit Urzeit, und mir vertraut. In meiner Vorstellung bin ich auf dem Damm über dem fett schillernden Abwasserkanal zwischen versengten Grasböschungen weitergegangen, bis er sich in die Wigger, mit der Wigger in die Aare, mit der Aare in den Rhein und endlich ins Meer ergoss. Dort bezeugten feinverteilte bläulichbraunrote Schlieren, dass es uns, die stinkende Fabrikkleinstadt im unschuldigen Hinterhof Europas, gab.

>Aas 17 >Brände 215 >Fabrikgerüche 211 >Gestank 214 >Der Geruch 11 >Tinte 61

Zofinger Tagblatt

[Mehrfach auf Reklameseite]

«Mit doppelten Kräften ***Mehranbau 1942****»*

Mit Erfolg verwenden Sie unsere bestbewährten *Volldünger* wie Universal-Gartendünger, Organic-Volldünger, ferner Hornflocken Ia weisse, Knochen-, Klauen- und Hornmehle f. Ackerbau, Gemüse-, Blumen- und Obstkulturen. *Hermann Daetwyler* AG. Zofingen. Extraktionswerke, Telephon 8 17 61 und 8 17 62.

Eisenbahn

Der Bahnhof gleich hinter dem Garten von Dr. Ginella hornt, pfeift, rasselt, klenkt, dampft, zischt, raucht. Selbst nachts kündigt sich in der Ferne plötzlich ein schwaches Rollen an, schwillt zum Donnern eines durchfahrenden Güterzugs und verhallt erst nach langer Zeit. Im Gleisareal hetzen und keuchen tagsüber zwei zweiachsige Verschiebedampfloks kurzatmig hinter den Güterwagen her. Die Geräusche des Bahnhofs bleiben mir Heimat, obschon ich mit fünf aus dem Quartier wegkomme; der Geruch heissen Schmieröls und halbverbrannter Kohle ist noch heute ein Zauber.

Die Güterzüge, verdreckt und zusammengewürfelt, kommen von fern, von viel weiter her als selbst die Schnellzüge. Diese hält der Bahnhofsvorstand an, die Güterzüge lässt er passieren; er verkriecht sich vor ihnen ins Stationsgebäude oder den langen Güterschuppen. Das in den plombierten Waggons oder mit Planen überdeckten Hochbordwagen transportierte Gut, unterwegs nach Deutschland oder Italien, duldet keinen Aufschub.

Unheimlich und der Verehrung würdig sind diese abgekämpften, zerbeulten, auf beschädigten oder ausgeleierten Achslagern vorüberhumpelnden Güterzüge. Sie kanalisieren den Krieg: In nur fünfzig Meter Distanz fahren sie an unsrem Haus vorbei. Zwar lautet die tröstliche Doktrin, dass Olten zuerst «drankäme», weil dort mit einem Bombenschlag das Eisenbahnkreuz der Schweiz zertrümmert würde. Doch ein Nachschlag auf die hiesigen Eisenbahnanlagen, die Brücke der Strassenunterführung, den Gaskessel und die wie Zunder brennenden und explodierenden chemischen Werke würde den Nord-Süd-Verkehr für eine gute Weile lahmlegen. Drum wohl holt die Mutter mich in Alarmnächten aus dem Gitterbett und trägt mich in den Keller. Später, im Haus ob der Stadt, ist dies nicht mehr nötig, obwohl der Krieg weiterwütet und die Bombardierungen näher rücken.

Im Süden des Bahnhofs staut ein fünfgleisiger Niveauübergang mit Fussgängerunterführung den Strom der Radfahrer aus Strengelbach und Vordemwald. Den Fussgängern vorbehalten ist die Passerelle, die der elektrischen Fahrleitungen wegen in einem Kasten aus feinmaschigem Drahtgitter hängt, das weit über meine Kopfhöhe reicht. Ein Totenschädel über gekreuztem Gebein warnt. Hier erfahre ich die fröhliche Brutalität der Eisenbahn.

Ich blicke durchs Gitter über die Gleise und auf die hoch gestapelten, blaugrünlich gestriemten Stämme der Holzkonservierung. Von Norden nähert sich das Höhöhö eines schweren Güterzugs in Dampf-Doppeltraktion, und einen Moment lang möchte ich's zum Stillstand bringen, das Dröhnen jagt die Angst vor sich her. Die vordere Lokomotive pustet aus dem Schatten des äusseren Bahnsteigdachs, die Passerelle beginnt zu vibrieren, die Angst schlägt um in ausgelassene Begeisterung. Die Maschinen donnern unter der Passerelle durch, zischender Dampf nimmt mir die Sicht und beinahe den Atem. Allmählich lichtet sich der wild wallende, vom Luftzug herumgewirbelte Nebel über einem schweren Rumpeln und Pumpeln wie im Bauch des Wolfs. Güterwagen, plump und machtvoll, rollen folgsam unter mir durch, in allen Farben von Rauch, Russ und Rost, Dach um Dach. Der Schwanz des Zugs wird vorbeigezogen, die auf- und abblakende rote Zugsschlusslaterne entfernt sich, die Luft ist wieder klar. Blaugrünlich der Stammstapel der Holzkonservierung.

Steht die Barriere des Niveauübergangs draussen im Altachenquartier offen, trete ich zwischen die Gleise und schaue nach Süden. Die Stahlschienen blitzen, die Luft flimmert; je ferner der Blick den Gleissträngen folgt, desto näher kommen sie sich, desto schwächer wird das Glimmern, desto stumpfer und dunstiger die Luft. Irgendwo hängt noch der Rauch des zuletzt vorbeigefahrenen Zuges. Italien – wo die Schienen sich schneiden.

Am Villenhügel hört man den Krieg und die Eisenbahn nur bei Westwind. Statt ihrer wird uns eine Märklin-Spielzeugbahn Spur 0 mit schwarzgespritzter Dampflok auf roten Rädern, Kohletender und einigen Personenwagen geschenkt; mir wäre ein müde kriechender Wurm von einem Güterzug lieber. Unter meiner Regie verkehrt die Bahn zwischen den Beinen des Esstischs und unter dem kleinen Buffet mit der Alabasterstanduhr aus Paris. Abenteuerlich ist's, die Schienen erst zusammenzustecken und dann an düstere Orte zu schieben, die ich kriechend nicht erreiche, mich auf den besonnten Teppich in der Zimmermitte zu setzen und die Lokomotive loszuschicken. Sie erkundet in meinem Namen, da ich als Lokführer mitfahre. Auf sicheren Schienen unter dem leicht durchhängenden Stoffbauch des Ledersofas zirkulierend, nehme ich die Gegend in Besitz, und selbst an dunklen Orten wird das Unheimliche so schnell nicht nachwachsen.

Den Traum von einer Modellbahnanlage träume ich weit über die Kindheit hinaus. Meine Mutter, wohl um diese Leidenschaft wissend, hat mir den FCW-Katalog zugeschickt bis wenige Jahre vor ihrem Tod.

›Dampfdreirad 34 ›Dr. med. Ginella 13 ›Hochkamine und Sirenen 208 ›Krieg 36 ›Waldbahn 175

Zofinger Tagblatt, 10. Januar 1950

«Operation Schweiz»

Wie unser Land von den Truppen Hitlers überrumpelt werden sollte

Etwa am Morgen des zweiten Angriffstages ist mit der Ausweitung der Brückenköpfe zu rechnen, so dass drei Panzerdivisionen antreten können: Eine Division stösst von Basel aus in allgemeiner Richtung auf Solothurn vor, die zweite Division, von Waldshut ins Aaretal, dreht mit ihren Kolonnen fächerförmig auf Zofingen und Zürich ein, die dritte von Schaffhausen über Winterthur. Es kommt vor allem darauf an, den mit absoluter Sicherheit zu erwartenden «Panzerschreck» des Schweizer Heeres sofort kräftig auszunützen. Nach

Erreichen der Linie Biel–Bern–Luzern–Zürich steht die Masse des Panzerkorps etwa am fünften Tage für andere Verwendung bereit.
[Aus der Zusammenfassung des 1943 von SS-General Böhme ausgearbeiteten Plans für eine bewaffnete Intervention in der Schweiz.]

Intermezzo: Zügelmann Holderegger, Dienstkollege

Juli oder August 1943; wir ziehen aus dem Bahnhofsviertel um ins Haus über der Stadt. Es ist Krieg, es ist friedlich. Ich freue mich und bin traurig. Dr. Ginella wird mich nicht mehr auf seinen Schultern reiten lassen. Das Haus am Hügel hat zwar einen Terrassengarten, doch statt des Weihers mit Fontäne nur ein Brunnenbecken aus Sandstein sowie einen Brunnenstock, dessen Wasserhahn noch nicht funktioniert. Das Haus kommt mir wie eine verrauchte Höhle vor. Noch wird umgebaut; zusätzliche Fenster sowie Fenstertüren auf die Veranda werden eingesetzt, aus einer schmalen Ostveranda im oberen Wohngeschoss wird ein Zimmer mit breiter Fensterfront, dunkelgrüne Tapeten werden heruntergerissen, die neue Holztäfelung im Wohnzimmer wird von Malermeister Laug naturbehandelt, die Türen an den Oberenden der Treppen werden entfernt, ebenso die Treppenverschalungen, aus einem finstern Flur im Obergeschoss soll ein heller Aufenthaltsraum mit Rattanstühlen und einem Tischchen werden. In dieses Durcheinander halten wir Einzug.

Der Vater hat einen Dienstkollegen mit dem Umzug beauftragt, einen Soldaten seiner Territorialkompanie. Dienstkollegen offerieren bedeutend günstigere Tarife; unter Dienstkollegen wickelt man, wie unter Männern überhaupt, alles rasch und unkompliziert ab. Zudem hat Holderegger sich schon anderswo als Zügelmann bestens bewährt; für ihn spricht die restlose Zufriedenheit seiner Kunden. Der Mann hat eine grosse geschäftliche Zukunft.

Um sieben stellt er sich ein, untermittelgross, kraushaarig. Sein Fuhrpark besteht aus Pferd und flachem Ladewagen. Holderegger hievt die ersten Möbelstücke auf die Ladefläche, mit einem Krach fallen sie in die ideale Zügelposition und werden festgezurrt. Wissen wie, sagt Holderegger, ein Schnalzen, ein Zwick am Zügel, das Pferd ruckt an, die Ladung schwankt, Holderegger pfeift ein Liedchen zum Umzug. Erst die Grabenstrasse hinauf zum Untertor – Holderegger winkt gönnerhaft den wachehaltenden Steinlöwen zu –, dann mehr oder weniger ebenaus den Ringmauergärten entlang, vorbei an Gefängnis und Museum, durchs Neuquartier bis vor den Stadtsaal; nun geht's zur Volière hoch; die Anfangssteigung der staubigen Rebbergstrasse wird von Holderegger und Pferd relativ frisch und rumpelnd bewältigt. Schon haben sie die Festhütte hinter sich, es ist acht. Hundert Meter weiter wird abgeladen, nun beginnt der *Stutz*, der Hangweg zum Haus hinauf. Ab hier muss gebukkelt werden.

Als Holderegger mit Donnerknall, begleitet von unheimlichem Knistern, das elegante Schränkchen für die Tischwäsche auf die Dielen des Esszimmers plumpsen lässt, sagt er zu mir, der in rückhaltloser Bewunderung seiner Könnerschaft und Bärenkräfte nebenher gelaufen ist: *Früe it Hose git starchi Manne, hä? Itz holemer de nööchscht Siech.* Um neun sind wir wieder an der Grabenstrasse.

Der Tag wird lang, erstickt beinahe unter schwerem klebrigem Blau, die Luft simmert, die Sonne trommelt, besseres Zügelwetter kann man sich nicht wünschen. Holderegger schleppt und buckelt Stück um Stück ins Haus über der Stadt. Irgendein Grossmöbel, das nicht die Treppen hinaufgetragen werden kann, sehe ich an Seilen vor der Hausfassade trudeln, woraus ich heute schliesse, dass Holderegger seinerseits kurzfristig einen Dienstkollegen engagiert haben musste; einer melkt am Flaschenzug, der andre mostet das schwere Stück durch ein Fenster ins Innere; es kratzt, knirscht, scherbelt, aber es geht, denn es muss, *doo gits käi Bire.* Was meine Begeisterung zusätzlich nährt, ist die an Bemerkungen ablesbare steigende Beunruhigung der Mutter. *Scho wider isch zFurnier abgschlage, uder Schpiegu rächts ader Psüüche het ou eSchprung!* Der Vorgang, dem ich Schritt für Schritt beiwohnen darf, muss von hoher Bedeutsamkeit sein.

Vier Uhr, der Tag ist eine glühende Pfanne, die Sonne schlägt Nägel in die Köpfe, und am Fuss des Rebberghangs – prachtvollste Südlage – schmilzt sie tropfend vom Himmel. Holderegger keucht und ächzt bergwärts, hitzerot, schweissüberströmt, ununterbrochen lästerlich fluchend *i dere himuherrgottsieche Bruethitz.* Ich laufe nebenher, noch immer, ein fünfjähriger Kobold und Quälgeist. Nicht dass ich mich an

Holdereggers Pein weide, nein: Fasziniert trinke ich seine Fluchlitaneien. Nichts, das zwischen seinen paar Zähnen nicht zu Fluch und Lästerung würde. Den Ledersessel könnte er auf der Stelle ficken; die drei geschnitzten Renaissancestühle, hinter deren Armlehnenknäufen Holzringe ähnlich Vorhangringen klingeln, sind *Huereböck*, das machtvolle Pult des Vaters *es Mischpviich*; die kiesbestreute Steigung zum Haus heisst *e gopfverfluemereti Rutschbaan*, die Züglete generell *en uhuere Schiissdräck*, und der stinkende *Säuplunder*, den er, Holderegger, weil der Dienstkollege es ungern sähe, unterwegs nicht *i Abfaau rüere* darf, der kann ihn am *Aarsch läcke*.

Und so geschieht das Unausdenkbare. Beim Abladen einer der letzten Fuhren glitscht der grosse, mit Kirschholz furnierte, doppelstökkige Geschirrschrank aus Holdereggers schweissnassen Händen und kracht ins Kies. Doch das Möbel made in Italy beweist seine Klasse. Zwar zersplittert das Bein, das den Sturz auffängt, doch bleibt der Schrank inklusive Glastüren mehr oder weniger ganz. Nun lässt die Mutter ihrem Zorn freien Lauf: *Cha dä Kärli eigetlech nid Soorg ha? Am groosse Chleiderschaft isch eTüürgriff ab uds Furnier am angere unge linggs ewägg. U diStüeu, diStüeu gse uus … U ietz daas! DsKlavier isch nonidemau zzüglet.* Und ich spüre, in welch übler Lage der Vater ist, weil er Dienstkollege Holderegger engagiert hat. Hier muss er beschwichtigen und dort verhindern, was nicht zu verhindern ist.

Zur Katastrophe wird der Tag durch den Unfall meines Bruders. Er hat, wohl über Mittag, Holdereggers Ross auf dem Unkrautstück vor Bauer Aeschbachs Scheune geweidet, *baarfis*. Unerfahren im Umgang mit Pferden, hat er es an zu kurzem Zügel geführt. So stellt es denn eins der vier schweren Hufe auf seinen linken Fuss und belässt es so lange dort, bis eine Zehe unter dem Hufeisen gebrochen ist.

Was uns Kindern eingeprägt blieb, war Holdereggers sprachliche Kompetenz, deren Metaphern unmittelbar einleuchteten und von der vornehm zurückhaltenden Redeweise der Eltern brachial abstachen. Noch Wochen nachdem ein neues Schrankbein vom Tischler angesetzt, der Riss im Sofaleder vom Kürschner genäht, das Klavier gestimmt und das abgezwängte Pedal gerichtet, das Furnier angeleimt, der Spiegel in der Psyche ersetzt, die zerbrochenen Holzringe hinter den Armlehnenknäufen der Renaissancestühle wieder ganz waren, übten wir uns in Holdereggerschen Lästertiraden, und aus dunklen Gründen – vielleicht weil Dienstkollegen trotz allem Ehrenmänner sind oder weil Zitate nicht die moralische Brisanz autonomer Aussagen besitzen – verbot es uns niemand. Ja, die Mutter unterstützte uns mit ihrer wehmütigen Erinnerung an die Lieferung des Klaviers in Mailand, wo der Zügelmann von Ricordi & Finzi pfeifend, ohne je anzuecken, das Instrument durch vier Stockwerke hochgetragen habe. Ach ja, die Italiener, galant und kein böses Wort. Weisst du noch, Vater? Es gibt Situationen, da würde man es begrüssen, das Klavier wäre seinerzeit von Laurello e Hardino zuschanden geritten worden.

›Dienstmann Küpfer 256 ›Reisigsammlerinnen 259

Zofinger Tablatt, 13. September 1944

Verdunkelung aufgehoben; Grenzmarkierung am Tag. Massnahmen zum Schutz unseres Landes und Volkes

Die allgemeine Verdunkelung war am 6. November 1940 verfügt worden, als die Schweiz von ganzen Luftflotten wiederholt überquert worden war, mit Start England und Ziel Oberitalien.

Die Kriegslage hat sich (...) insbesondere seit Anfang September dieses Jahres für die Schweiz in zweifacher Hinsicht in grundlegender Weise geändert. Einmal sind die Kriegsschauplätze unserer Grenze wieder näher gerückt und dabei sind auch die Flugplätze weitgehend nach dem Kontinent verlegt worden. Damit haben die Durchflüge ganzer Bombergeschwader durch unser Land aufgehört, da von den kontinentalen Flugplätzen aus die Ziele auf direktem Wege erreicht werden können. Sodann stossen wieder beide kriegführenden Parteien auf unsere Landesgrenze. Eine nicht verdunkelte Schweiz kann daher nicht mehr als Wegweiser für die eine oder andere Kriegspartei angesehen werden, und es können sich daraus für beide Parteien weder Vor- noch Nachteile ergeben. Die vollständige Parität ist wiederhergestellt.

II. Freiheit

Flachmaler Siegrist

Im Auftrag von Herrn Laug, dessen Malergeselle er ist, laugt Herr Siegrist das dunkelbraune Haus ab, das wir bezogen haben. Er wird, sagt die Mutter, den kratzend scharfen Gestank des Salmiakgeists entschuldigend, die natürliche Holzfarbe ans Licht holen und die Balken mit einem Firnis schützen. Für mich braucht der Gestank keine Entschuldigung, denn ich liebe und bewundre Herrn Siegrist; jeden Morgen erwarte ich sehnlich sein Kommen. Er pfeift oder singt auf der Leiter, die er von der Hausterrasse über die Veranda hinweg an die Südfront gelehnt hat. In Schwaden Salmiakgestanks weit oben zwischen den Fenstern der Schlafzimmer schrubbt er mit Schwamm und Bürste.

Kaum stehe ich unten auf der Terrasse und schaue zu ihm hinauf, hält er inne, dreht sich um und ruft: Grüss dich, Ernstli, hast du gut geschlafen? – Ja, gebe ich zur Antwort, doch wissen Sie, ich bin schon lange auf. Haben Sie auch gut geschlafen, Herr Siegrist? – Wunderbar, sagt er, heute ist so recht Kinderfestwetter, da schafft einer doppelt so gern. – Aber das Kinderfest ist schon vorbei, gebe ich zur Antwort, und Mutti bittet Sie in einer halben Stunde zum *Znüüni*. – Oh! – Herr Siegrist schnalzt mit der Zunge –, merci, und richte deiner Mama aus, wir werden bis dahin den Giebel heruntergewaschen haben. Er wendet sich wieder der Wand, Schwamm, Bürste und Kessel zu und produziert, «*Vo Lozäärn gäge Wäggis zue*» oder «*Im Aargöi sind zwöi Liebi*» pfeifend, kratzend scharfen Gestank.

Ich stehe unschlüssig am Fuss der Leiter in der Sonne. Mir ist klar, dass ich nicht dürfte, doch ebensowenig hat es mir jemand verboten. Ich steige auf die unterste Sprosse, setze den linken, dann den rechten Fuss auf die zweitunterste; der Sprossenabstand ist riesig, doch es geht. Sobald ich mit beiden Füssen fest stehe, löse ich eine Hand, greife über den Kopf, kralle sie um die nächsthöhere Sprosse, die andre Hand folgt, dann ziehe ich die Füsse nach.

Der Gestank wird ätzend, ich möchte husten, könnte mich übergeben, doch der Stolz obsiegt, Schwindel empfinde ich keinen. Schon hänge ich auf der Höhe des ersten Obergeschosses und blicke durch ein geschlossenes Fenster in die Höhle des väterlichen Studierzimmers. Wenn die Mutter mich sehen könnte! Wenn sie mich nur nicht sieht! Ich klettere weiter.

Als ich hinter den Fenstern im zweiten Obergeschoss mein eigenes Bett unterscheiden kann, wird mir mulmig. Gut, dass die Marschschuhe des Flachmalers mich stoppen. *Her Sigrischt, lueget Si!* Er hört auf zu pfeifen und dreht sich um. *Jesses Gott!* ruft er halblaut. *Chumm, mer stiiged ietz schöön süüferli abe, und hebdi fescht ade Säigel, i mues äinewääg noomische.* Gemächlich, einer hinter dem andern, er seinen Kessel samt Schwamm und Bürste in der Hand, steigen wir ab. Als wir auf den Granitplatten vor der Tür zur Waschküche stehen, beugt er sich plötzlich zu mir herab und hebt mich hoch: *Gäll, znööchschtemool gömmer mitenand.* Er schüttelt mich leicht, halb lachend, halb eindringlich ernst, dann stellt er mich auf die Füsse.

›Fabrikgerüche 211 ›Gestank 214 ›Waschtag 48

Das Bärlein

Ich drücke ihn eines Abends kurz nach unsrem Einzug ins Haus über der Stadt zum ersten Mal an mich. Ich stehe im holländisch rot und grau gefliesten Korridor, das Licht brennt rötlich, vor mir dreht sich die Treppe nach links ins Obergeschoss, rechter Hand steht der in die Wand eingebaute Spielzeugschrank offen. Vor Mitleid und Freude bin ich stumm. Er ist etwa anderthalbmal so gross wie meine Handspanne und hat irgendwo, von allen vergessen, herumgelegen, schwer krank. Die vier Tatzen fransen aus und sind leck, am Kopf und an den Beinen ist der Plüsch weggescheuert, ich taste über das arme rauhe Gewebe, die Spitze der langen Nase weist nach rechts, ein Geburtsfehler, die mit schwarzem Wollfaden gestickte Schnauze ist angerissen, die Nüstern hat er verloren, die meisten der in Schwarz angedeuteten Krallen sind ihm ausgefallen. Die schwarzen Pupillen der Knopfaugen aus Glas sind rot umrändert, er muss viel geweint haben, wie gut ich das verstehe, die Ohren sind rund

und klein. Ein Jammergeschöpf, es fällt mir ins Herz, wo es genau hineinpasst. Ich renne zur Mutter, ihr den Fund zu zeigen, denn ich habe von diesem Spielbären unter den Sachen meiner Geschwister nichts gewusst. In den folgenden Tagen flickt sie die gröbsten Wunden, so dass keine Spreu herausrinnt. Den Hintertatzen werden rote Ledersohlen aufgenäht, die Vordertatzen mit rotem Stopfgarn verstätet.

Das Bärlein wird das einzige Kuscheltier meiner Kindheit. Ich esse, turne, spreche, schlafe mit ihm; es geht, steht, sitzt, ist krank und gesund mit mir, es streckt mir die Ärmchen entgegen, es dreht den Kopf nach mir. An Bärlein richte ich, sobald die schlimmsten Asthmaanfälle nachgelassen haben, in Hochdeutsch die Plaidoyers für meine Unschuld. (Wüsst' ich noch, worin die Anschuldigung bestanden hat!) Ihm erzähle ich vom Glück, die Schule los zu sein. Bärlein hört sich alles an, nickt, gibt Antwort in einer halblauten, zu einem Zirpen gepressten Kinderstimme, altklug und ebenfalls hochdeutsch.

Als mir im Kantonsspital Olten Dr. Rodel die Mandeln schneidet (ich bin acht oder neun) und ich am nächsten Tag, unfähig zu schlucken oder den Mund zu schliessen, nach Hause gebracht werde, bereitet das Bärlein mir, im Bett wartend, eine der schmerzend-schärfsten Freuden meiner Kindheit. Die Mutter hat ihm einen roten Mantel mit verschiedenfarbigen Längsstreifen gestrickt, den vier weisse Kugelknöpfe über dem Bäuchlein schliessen. Nun kann ich es ausziehen, einkleiden, schlafenlegen. Es bleibt ununterbrochen lieb, verändert seinen sorgenvollen Knopfaugen-Blick nie, ob ich's verküsse oder in einem Wutanfall weinend an die Wand des Krankenzimmers schleudere. Es erträgt Launen, Verzweiflungen, Glück und Ungeduld – ein Heiliger. Ich bin längst kein Kind mehr, doch das Bärlein darf nie weiter als eine Armeslänge von mir entfernt liegen, in die Kissen oder die Daunendecke gebettet, und ich komme mir lieblos vor, wenn ich am Morgen feststelle, dass ich auf ihm geschlafen habe. Es kennt jede Einzelheit meines Lebens, es ist Zeuge alles Bösen und Guten. Ich stehe in seiner Schuld noch heute.

›Diminutivverlust 279 ›Erinnerungsschwur 160 ›Ersticken 153 ›Krankheit und Macht 147
›Offside 161 ›Nils Holgersson 157 ›Totemtier 120

Der weisse Pullover

Das Kind begegnet jedem Kleidungsstück mit einem genauen unveränderlichen Gefühl: Liebe, Gleichgültigkeit, Verachtung. Es hat ein klares Bewusstsein seiner selbst, seine persönliche Ästhetik. Sinnlos, ihm weismachen zu wollen, jene vom Bruder geerbten Hosen aus braunem Wollstoff mit den engen in den Kniekehlen scheuernden Hosenbeinen seien genauso schön wie kurze dunkelblaue Manchesterhosen, vor allem aber wärmer und gesünder. Was bedeutet dem Kind Gesundheit? Es bringt sie mit aus dem Mutterleib. Was soll der Hinweis auf Blase und Nieren? Jeder Blick an seinem Körper hinunter bestätigt, dass die Hosen abscheulich aussehen.

Verlorne Liebesmüh, ihm lederne Hosenträger beliebt zu machen, weil ein eng geschnallter Gürtel auf den Magen drücke und Bauchweh verursache. Es sieht sich im Toilettenspiegel der Mutter und weiss mit sechs Jahren bereits: Ich sehe aus wie Herr Holderegger. Kaum sind die Eltern ausser Sicht, knüpft es die Hosenträger los, versteckt sie und sucht im Nachttisch des Bruders nach einem Gürtel.

Es gibt auch ästhetisch neutrale Kleidungsstücke. Ausgelatschte braune Halbschuhe: Wer im Quartier trägt schönere? Einige trampeln gar in Holzböden herum. Schuhe werden für das Kind gekauft, es hat sie abgetreten und liebgewonnen; ungern trennt es sich von ihnen. Dazu trägt es kurze Socken. Seine dunkelblaue, von der Mutter gestrickte Wollkappe empfindet es als Verschönerung seiner Person. Zwei Pompons baumeln ihm an Kordeln gleich grossen Pflaumen ums Gesicht.

Am glücklichsten ist das Kind im langärmligen, aus feiner weisser Wolle gestrickten Pullover mit Umlegekragen. Dünner als der braune oder der staubblaue Winterpulli aus Kratzwolle, steht er für Sonntag und Frühling und umschliesst eng die Handgelenke; der Kragen fasst den Hals schön rund ein, die Glasknöpfe sind Diamanten. Das Kind gefällt und liebt sich dann aus tiefstem einverstandenem Herzen. An Frühlingssonntagen trägt es zudem weisse gestrickte Strümpfe, die seine Würde nicht antasten. Es hakt sie in die Ösen am *Gschtältli* und prüft die Knöpfe des Hosenladens. Nun schlüpft es in die dunkelblauen Manchesterhosen und tritt sich so gegenüber, wie es sich sehen will: vom

Himmel gestiegen und der Mutter und dem Vater ein Wohlgefallen. Es lacht, singt, entwischt in den Garten, kommt nach einer Weile wieder ins Haus gelaufen und erzählt. Die Eltern streicheln ihm übers Haar, nehmen es an der Hand und hören ihm geduldig zu.

➢Diminutivverlust 279 ➢Erwachen mit drei Jahren 12 ➢Freiheit des Kindes 111 ➢Der Jüngste 270 ➢Schuhe kaufen 195 ➢Zügelmann Holderegger, Dienstkollege 26

Dampfdreirad

Als Jüngster trage ich mehr aus als an, übernehme mehr, als ich gekauft bekomme; die Anspruchslosigkeit in der Garderobe ist mir geblieben. Das *Velööli*, ein Dreirad, nehme ich in Gebrauch, als es bereits bös vernutzt ist. Ich fahre es bis auf den Schrottplatz, übe vormittagelang auf der Veranda. Die Hartgummireifen fallen aus den Felgen. Sie werden nicht ersetzt, es gibt während des Krieges kaum derartigen Luxus, auch knirschen und kratzen die Räder fortan metallisch auf dem Beton, und das tönt mir wie die Eisenbahn. Das Dreirad wird zur Lokomotive meines Zugs. Die Glocke wird umfunktioniert: Ich schraube den metallenen Deckel los, klemme trockenen Riesenporling vom kränkelnden Edelkirschbaum ins Läutwerk und drehe den Deckel erneut fest. Mit der Lupe des Vaters entfache ich das Feuer. Schwämme glimmen mit graugelblichem Rauch und beizendem Schmorgeruch und veraschen nur langsam.

Der Zug ist unter Dampf; ich lege mich bäuchlings auf den hölzernen Sitz, ergreife die Pedale mit den Händen und verkehre knirschend und gierend zwischen dem Westbahnhof vor der Küchentür und der Station am Ostende der Südveranda. Die Glocke tönt erstickt und dumpf, etwas ist ihr in der Kehle steckengeblieben – kein Wunder, wir kommen aus einer rauchbraunen Ferne. Passagiere mit Überseekoffern steigen aus, auf den Perrons wartet ungeduldig die Menge der Urlaubs- und Geschäftsreisenden. Stolze Destinationen schwirren mir im Kopf: Ohne Halt bis St. Petersburg und Paris! An andern Tagen steigen nur Bauern, Arbeiter und Handlungsreisende zu, der Zug hält in Schafhausen und Walkringen. In Oberdiessbach wird er aufs Abstellgleis geschoben. Was würden Grosseltern, Tanten und Onkel von mir denken, wenn ich an ihnen vorüberdonnerte. Ich verbeuge mich höflich.

›Eiffelturm und Laternenfisch 134 ›Eisenbahn 22 ›Fahrt in die Nacht 180 ›Kontinente 137 ›Waldbahn 175

Glasmurmel Achill

Der Riese unter den Murmeln heisst Ajax, eine Glaskugel von der Grösse eines Holzapfels, in ihrem Innern schlingen sich zwei gelbgrüne Bänder von Pol zu Pol um eine rote Ader herum. Ajax ist matt, plump, ich mag ihn nicht. Neben weiteren, bedeutend kleineren Glasmurmeln – Diomedes, Menelaos, Memnon – gibt es Klicker aus glasiertem Ton, anspruchslos braun, mattblau oder versilbert, Thersites und seine Gesellen.

Mein Liebling ist Achill. Er trägt Spiegelglanz und ist grösser als der Durchschnitt der andern Glaskrieger. Wolkenähnliche, regelmässig von Pol zu Pol durcheinandergeschlungene Äderungen in Preussischblau, Mehlblau, Seiden- und Pulverblau füllen sein Inneres. Immer wieder taucht der Blick in seine Tiefe. Der Bläuling schliesst Dämmerungen in sich, der Stille Ozean öffnet seine Tiefen, Quallen filtern das Licht. Achill lehrt mich das Wunder der Farbe, ihre Unergründlichkeit, ihre Schönheit ohne Zweck und Grund. Die mystische Kugel ist vielleicht das vollkommenste Ding meiner Kindheit gewesen.

›Eiffelturm und Laternenfisch 134 ›Mutter und Mythen 121 ›Ozeanerforschung139

Schüsse

Sommer im Garten, wir spielen, ich stürme mit einem langen wippenden Grasschwanz, den ich hinten in die kurzen Hosen gestopft habe, über eine Trockenmauer, wiehernd, ein Streitross. Da explodiert der Frieden; nicht weit vom Haus knattern mehrere Schüsse. Der Schreck wirft mich beinahe um: Der Krieg ist ausgebrochen! Schreiend renne ich zur Mutter und stecke den Kopf in ihren Schoss.

Es braucht etliche Erklärungen und *Ääli,* bis ich glaube, dass dies nicht Krieg, sondern die Schiessanlage hinter der Reithalle ist, von der ich noch nichts gewusst habe. Mit Mühe lerne ich in den folgenden

Monaten, den Fluchtimpuls zu unterdrücken, wenn samstags die Schiesserei wieder losgeht. Seither lässt mich jedes Schrillen und Knallen zusammenzucken, und die Leidenschaft vieler Männer für die Kugel kann ich nicht teilen. Ich habe nie Schiesszeug für Grosse besessen.

➤Alarmsirene und Schlachthaus 18 ➤Tödlein 19

Krieg

Vater, Mutter, Besucher, Tante Rosa, Tante Sängerin, die Nachbarn, die Waschfrau, der Metzger, die Ladeninhaberin, alle reden vom Krieg. Seit ich mich erinnern kann, ist Krieg, offenbar der Normalzustand der Welt, obwohl jedermann darob unglücklich ist, denn dieser Krieg ist der scheusslichste und grausamste aller Kriege. Kein Tag ohne Hiobsbotschaften und Alarmsirenen, obwohl der Krieg einen Bogen um uns herum macht. Und zuweilen versteckte Zufriedenheit: Wer Wind sät, wird Sturm ernten.

Die Stuttgarter Innenstadt ausgebrannt, Ulm in Flammen, die Krupp-Werke eine Mondlandschaft, Köln gibt es nicht mehr, der Dom steht noch aufrecht, Feuersturm in Hamburg. Zahlen werden genannt, Hunderttausende, Millionen, vielleicht Tote oder Ermordete oder Kriegsgefangene. Wo ist das Bombardement heut früh um zwei niedergegangen? Die Basler fahren ins Berner Oberland. Wie, unser Schaffhausen ist angegriffen worden? Wir sind doch neutral! Schweres Bombardement über Mailand, die Eltern sehen einander an, offenbar bedeutet ihnen Mailand viel. Le Havre und Caen ein Trümmerhaufen. Die Deutschen sind zum Siegen zurückgekehrt. Ardennenoffensive. Doch die Amerikaner werden dafür sorgen … Zauberwort «Amerikaner». In Warschau steht kein Stein mehr auf dem andern, Würzburg, das Grab am Main, Berlin eine Geisterstadt, die Russen in Schlesien und Ostpreussen, Schweinfurt ausradiert, Frankfurt Schutt und Asche, Nürnberg eine riesige Fackel, Friedrichshafen voll getroffen, Bombenhölle Dresden, Menschenfackeln, Werwolf wütet. Später wieder: Friedrichshafen; der Name lädt sich auf mit den Vorstellungen von Finsternis und Feuerringen des Kriegs. Für immer.

Es ist Vormittag, die Mutter im Haus oder Garten beschäftigt, Geschwister und Vater in der Schule. Ich schütte den Inhalt meines Tecto-Holzbaukastens auf den Esstisch und spiele Krieg. Ich bin die Deutschen und rüste auf, niedrige Hallen, Hochkamine, Bahnhöfe. Die Stadt heisst Essen. Unter einer Glocke von süsslichem Duft, Laugengestank, Kohlenrauch, ätzenden Stickstoffdünsten dehnen sich Fabriken, Häuser, Kamine bis zum Horizont. Gegen die Tischmitte sind die chemischen Werke angesiedelt, gleich daneben werden in riesigen finstern Hallen Bomben produziert, weiter Panzer, Flugzeuge, Kanonen. Die Deutschen sind bereit loszuschlagen.

Ich atme tief durch. Unter diesigem Spätherbsthimmel stehen kahl die Wälder herein. Und jetzt bin ich die Amerikaner und komme den Deutschen zuvor. Ich höre meine Bomber im Anflug; das Geräusch geht mir durch die Kehle, nicht anders als in der Nacht, wenn die Geschwader von Süden her die verdunkelte Stadt überfliegen, ein tiefes Dröhnen und Schüttern, dass die Scheiben am Geschirrschrank klirren. Zielgebiet erreicht. Bomben ausklinken! Von allen Seiten schlagen Volltreffer in die Stadt Essen, das Haus zittert schwach. Nach jedem Abwurf begutachte ich die Zerstörung. Noch steht die Giftgasküche. Auch in der Panzerfabrik wird weitergearbeitet. Mir sind die Bomben ausgegangen. Ich suche nach Blindgängern unter den Trümmern und bestücke die Fliegenden Festungen neu. Wjuuuwumm! Quamm! Buurrumm! Alles kaputt. Ein wirres, von Bombenkratern aufgepflügtes Ruinenfeld. Ich höre die Bomber nicht mehr. Die Luft ist seltsam rein, still, hell, als ob die Sonne durchbrechen müsste.

Wann immer ich heute ein chemisches Werk sehe – Stahlkamine, Gasbehälter, Druckzylinder, Nitrieranlagen, Rohrorgeln, Tanklager und puffende Ventile –, bombardiere ich es in meiner Vorstellung, bis die Flammen tausend Meter in die Nacht emporlodern.

>Alarmsirene und Schlachthaus 18 >Ameisen – Todesspiel 39 >Ersticken 153

>Hochkamine und Sirenen 208

Zofinger Tagblatt, 6. März 1943

Luftangriffe auf Essen

Die deutschen Rüstungszentren im Ruhrgebiet wurden in der Nacht zum Samstag bombardiert. Hauptziel war Essen. Aus London wird darüber bekannt: Die britischen Flugzeuge führten unter ihrer schweren Last von Hochexplosiv- und Brandbomben 150 2000-Kilo-Bomben mit sich. Der Angriff dauerte 40 Minuten. Nach 20 Minuten erfolgte eine ausserordentlich heftige Explosion, die riesige Flammen in die Luft warf und die Strassen der Stadt hell erleuchtete. Ein zweites Flammenmeer breitete sich im Zentrum der Stadt aus. Grössere und kleinere Brände wurden in allen Teilen von Essen und seiner näheren Umgebung beobachtet. (...) An diesem Angriff waren u. a. auch polnische Staffeln beteiligt.

Schlagen

Sind die Männer im Aktivdienst, ist die Geburtenrate hoch. Durch alle Strassen der Stadt schieben Mütter ihre Kinderwagen, lassen diese vor den Läden stehen, und bald beginnen die Babies zu schreien. Mir zerrt das Gewimmer an den Nerven. Nicht dass ich die Kleinen beruhigen möchte, o nein: Plötzlich zerreisst etwas in mir, ich kann das Geschrei keine Sekunde länger aushalten, und wie ein Schauder überläuft mich die Lust, auf die Säuglinge einzuschlagen, bis sie still sind. Dann erwache ich, und ein Grauen, die Angst vor dem Mörder in mir, packt mich.

Jahre später stosse ich auf den Leibspruch des Schlächters von Mauthausen: «Der ist kein Mann, / der nicht schlagen kann. / Drum folg dem Gebot (?): / Schlag tot, schlag tot!» In uns wartet ein Ungeheuer auf seine Stunde. Sie schlägt, wenn körperliches Leiden andrer uns ausgeliefert ist.

➢Aas 17 ➢Ameisen – Todesspiel 39 ➢Erste Heimlichkeit 44

Zofinger Tagblatt, 26. Januar 1946
[Zeugenaussage am Nürnberger Prozess]
Das Schreckenslager von Mauthausen
Der Zeuge Maurice Lampe, der gegenwärtige Generalsekretär der Föderation politischer Gefangener, schilderte (...), wie 47 amerikanische und englische Offiziere im August 1944 ermordet wurden: Die gefangenen Offiziere wurden gezwungen, in einem Steinbruch mit schweren Steinblöcken auf den Schultern eine grob aus dem Fels gehauene Treppe von 180 hohen, unebenen Stufen emporzusteigen. Man befahl ihnen, den Todesmarsch barfuss anzutreten und zu «laufen», nicht zu «gehen». Oben angelangt, mussten sie ihre Last abwerfen, um so rasch wie möglich die Stufen wieder hinabzurennen. Am oberen Ende der Treppe standen Gestapobeamte und wälzten die schweren Steine auf die treppabwärts laufenden Gefangenen. Die Überlebenden wurden unten aufs neue beladen, und zwar mit noch schwereren Steinen, worauf sich das «Spiel» wiederholte, bis es keine Überlebenden mehr gab. Wer mit zerquetschten Armen oder Beinen zusammenbrach, blieb liegen, und die Steinblöcke rollten weiter auf ihn herab, bis auch der letzte kein Lebenszeichen mehr von sich gab.

Ameisen – Todesspiel

Der Tod ist unanständig, man muss ihn verheimlichen, obwohl er von oben nach unten ausgeteilt wird und alle dies wissen. Zuoberst sitzt Gott, der stirbt nie, weil er Menschen, Tiere, Pflanzen tötet; die Grossen töten und fressen die Kleinen, diese die Winzlinge. Je kleiner die Lebewesen, desto zahlreicher, desto weniger zählend die Tode. Niemand fragt nach dem Lebensfünkchen der Blattlaus. Wenn die Menschen einander umbringen, explodieren Granaten und Bomben und brennen die Städte, im Frieden bimmeln die Glocken; stirbt eine Katze, stecken nur wir Kinder ein Astkreuz ins Gras. Müssen Ameisen dran glauben, schrillt kein Pieps von den offenen, glattgesäuberten Heerstrassen, die, von Erdbollwerk gesäumt, viele Meter weit durchs Rasengeviert der Gartenterrasse laufen.

Ich bin gross, und sie können sich gegen mich nicht wehren. Meine Eltern zertreten bei einem einzigen Rundgang im Garten mehr Ameisen, als ich, neben einer Ameisenstrasse kauernd, töte, aber meine Schuld ist grösser. Es muss verschiedene Tode geben. Der Tod, den ich austeile, schreit lautlos zum Himmel, schwärzt mich dort an, der Tod unterm Schuhabsatz der Mutter verklagt sie nicht. Sie weiss nichts davon. Und wer trägt die Schuld am Tod der Ameise im Krater des Ameisenbären? Fritzi und ich schubsen mit einem Strohhalm Ameisen hinunter. Der Ameisenbär trifft sie mit seinem Staubstrahl, saugt sie in seinen Trichter, und am nächsten Morgen liegen leere Chitinhüllen am Trichterrand. Warum sind wir schlecht, wenn doch Gott den Ameisenbären und die Ameise, den Tod und unsere Lust daran geschaffen hat?

In einer Schublade von Vaters mehrstöckigem Eichenholzpult liegt die Lupe. Wenn ich sie ins Sonnenlicht halte, bündeln sich im Brennpunkt die Strahlen zu einem Glutspund, der schmerzhaft in die Augen sticht und eigentlich die Sonne ist, die Stecknadelkopfsonne. Damit lässt sich alles Trockene entzünden, Blätter, Rindenstücke, die dürren Holzschwämme, mit denen ich mein Dampfdreirad beheize. Auf das braunschwarze oder rote Chitin der Ameisen wirkt der Brennpunkt augenblicklich und entsetzlich. Streicht er über ein Tier, krümmt es sich zusammen und versucht zu entfliehen. Doch bereits ist es am Verschmoren, knisternd in einem blauen, räss stinkenden Räuchlein. Ich richte mich auf und gehe weiter, in aller Öffentlichkeit Blumen bewundernd.

(Muss/will ein Kind den Tod kennenlernen? Ich vermute, ich habe dieses Spiel um Lust und Tod, Grausamkeit und Wehrlosigkeit in Stunden grössten Verlassenseins getrieben, die es in jeder Kindheit gibt. Auch springt darin ein Funke der Feuerstürme des Weltkriegs.)

➢Freiheit des Kindes 111 ➢Erste Heimlichkeit 44 ➢Kind und Öffentlichkeit 275 ➢Tödlein 19

Langweil

Was soll ich spielen? Die Mutter ist im Obergeschoss am Aufräumen. Nach Vorschlägen, die ich vor dem Spielzeugschrank bereits verworfen habe, sagt sie: Willst du nicht unser Haus zeichnen, den Garten und dich selbst mittendrin? Ich bin unschlüssig, denn was beim Zeichnen herauskommt, entspricht nicht entfernt dem, was ich sehe. Nein, ich will nicht zeichnen. – Möchtest du das Buch vom Mond oder das Alpenblumenmärchen von Kreidolf anschauen? – Ich möchte lesen lernen, Mama, die Geschichten weiss ich auswendig. – Das lernst du in der Schule immer noch früh genug. – Aber ich will jetzt lesen lernen. Ich möchte alle Bücher lesen. Warum lehrst du mich nicht lesen? – Du musst in der Schule noch was zu lernen haben. Weisst du was? Du könntest mir im Garten die Karotten ausziehen, das ist eine wunderbare Arbeit, und die grösste gehört dann dir. Einen Moment sehe ich die riesige zweibeinige Karotte vor mir, die ich im vorigen Herbst ausgezogen habe; aber sie war hohl, und schon bricht die Empörung ob solcher Zumutung durch: Ich will keine Karotten ausziehen. Die Mutter seufzt: Warum gehst du nicht zum Sandhaufen und baust dir eine Stadt mit den schönen farbigen Förmchen? – Es kommt aber kein Wasser mehr aus der Röhre; ohne Wasser ist's langweilig, auch sind's keine richtigen Häuser, nur Sandkuchen. – Dann mach einen Spaziergang zum Weiher hinauf; aber versprich mir, dass du nicht auf den Steg hinausläufst. Ich überlege: Mhm, ja. – Gut; doch ohne Kappe und Windjacke lass ich dich nicht weg, es nebelt, bald ist Winter. Ich trage einen wegwartenblauen Pullover aus Noppenwolle mit drei gehäkelten weissen Kugelknöpfen. Nein, ich will keine Windjacke. Die Mutter hat ein Federbett aufgeschüttelt; nun dreht sie sich um und schaut mir wortlos in die Augen: Dann gehst du ins Esszimmer und wartest, sagt sie leise, verlässt den Raum, ohne sich nach mir umzudrehen, und betritt das Schlafzimmer, wo mein Bruder und ich hausen und er sein kleines Arbeitspult stehen hat.

Ich laufe ihr nach; auf der Schwelle, als ob ein Verbot mich zurückhielte, bleibe ich stehen und lehne mich gegen den Türrahmen. Sie stellt die Stühle mitten ins Zimmer, legt erst die Kissen auf die Sitze, dann die Daunendecken über die Lehnen. Sie zieht die Wolldecken herunter, tritt an ein Fenster, schüttelt sie aus und wirft sie über die Federbetten. Nun greift sie nach den Laken. Ich möchte reklamieren und bringe kein Wort über die Lippen. Plötzlich ist mir, das Dach sei weggeblasen, wir schwebten beide draussen im grauen Herbstwind. Der Raum verkommt zur Fläche, die Hantierungen der Mutter zerfallen in wirre Bruchstücke, ich denke das Wort «Mutter», und die zwei Silben brechen auseinander, mu, ter, bedeuten nichts mehr, sind ein sinnloses Geräusch. Warum nicht termu, muret, trume, mertu? Was ist der Unterschied?

Ich drehe mich weg, gehe zur Treppe und lasse mich, eine Hand am geschwungenen Geländer, Stufe um Stufe hinabfallen. Mir schwindelt. Der Spielzeugschrank gähnt offen, ich stosse die verglaste Wohnzimmertür auf, klettere auf meinen Stuhl und das Rosshaarkissen, stütze die Ellenbogen auf und das Kinn in die Hände und starre durch die Fenster zum Wald hinauf, der sich dünn wie graues vor weissem Seidenpapier durch den Herbstnebel abzeichnet, und versuche mit dieser Niederlage vor mir selbst zurechtzukommen. Warum bin ich unzufrieden und traurig? Warum aufsässig? Warum bin ich, wie ich bin? Warum gibt es mich überhaupt? Kämpfend gegen die Tränen, zähle ich die Baumwipfel, denn zählen kann ich schon lange.

›Alter und Zeit 278 ›Patriarchat und innere Emigration 286 ›Ränder 283 ›Rationierung 95

Schneekönigin

Ein sulztrüber Winternachmittag, tiefer Schnee. Am Steilhang hinter dem Eisweiher verändern wir die Landschaft. Wir pressen Bälle, werfen sie in den Schnee und rollen sie voran. Lage um Lage wickelt sich um die Kugeln, kleine Walzen entstehen, werden mächtiger, schwerer, reissen im Bergabrollen die ganze Schneeschicht ab, spulen sie auf wie dickes Moltontuch. Endlich können wir sie nur noch mit vereinten Kräften und dank der Steilheit des Hangs ein paar Schritt weiter wälzen. Zuletzt sitzt jeder von uns atemlos und heissgearbeitet mit frostgeröteten Händen auf seiner Walze und blickt hangaufwärts auf eine grüne Grasbahn, die sich breit unter seinem Gefährt hervorschält und sich nach zehn, zwanzig Schritt im Schnee verliert. Peter ist Winnetou, Fritzi Manitus Grosser Büffel, Thomi der Adler des Zeus, und ich bin der Steinbock der Schneekönigin, denn unser Werk gehört ihr; auf Steinböcken reitet sie durch ihr eisiges Reich.

Am folgenden Morgen müssen die drei in der Schule die Köpfe ducken, nur ich lebe noch in Freiheit. In der Nacht hat sich ein schwerer Reif niedergeschlagen, der Nebel sich weggehoben, und wie ich gegen zehn Uhr vormittags in Windjacke, Wollmütze und Fäustlingen unser kleines Tal hinaufstapfe, um das Werk für die Schneekönigin zu besuchen, ergiessen sich die Buchenkronen des Waldrands als glitzernde Eisfälle aus der Tiefe des blauen Himmels. Mein Glück ist so mächtig, dass ich stehenbleibe und mich langsam und süss füllen lasse, um nicht zu zerspringen. Der Eisweiher liegt, grau eingedeckelt und mit der wirren Kurvenschrift der Schlittschuhläufer graviert, im Gebüsch. Funkenglitzernde Stille, Atemwölkchen. Vier Schnee*rugel* stehen auf halber Höhe des Hangs. Vom eigenen Gewicht in den Boden gepresst, sind sie im Frost versteinert. Ich klettere und springe auf ihnen herum. Die krustig gefrorenen Oberflächen schneiden messerscharf wie Glassplitter. Ich bin allein, der Fröschenhof am gegenüberliegenden Hang verschwindet beinahe unter den Schneelasten. Ich besteige die grösste Walze und recke die Arme zu Hörnern hoch; ich bin der Steinbockkönig, stosse kurze scharfe Schreie aus, rufe, rufe die Schneekönigin herbei ins Glück der lichtsprühenden Welt. Januar 1945.

➢Alter und Zeit 278 ➢Eisweiher 171 ➢Jahrhundertstimmungen 135 ➢Schlitteln 172

Zofinger Tagblatt, 27. Januar 1945

Der Flüchtlingsstrom

Grosse Teile der deutschen Ostbevölkerung sind in Bewegung geraten, um vor den näher rückenden russischen Armeen sich im Innern Deutschlands in Sicherheit zu bringen. Tag und Nacht rollen Flüchtlingszüge aus dem Osten in westlicher Richtung, wobei die öffentlichen Wohlfahrts-Organisationen bemüht sind, den reibungslosen Ablauf der Transporte und ihre schnelle Unterbringung in rückwärtigen Gebieten zu gewährleisten. Obwohl dieser Flüchtlingsstrom in diesem Umfang wahrscheinlich überraschend gekommen ist, da noch vor wenigen Wochen mit einem solch bedrohlichen Ausmass des Vorrückens der Roten Armeen in das alte Reichsgebiet wohl kaum gerechnet wurde, wird augenscheinlich Ordnung gehalten, um Panik zu vermeiden und die militärischen Operationen nicht zu stören. Das Hauptkontingent der vor dem Kampfgeschehen geflohenen deutschen Bevölkerung fällt offenbar auf die Gebiete des Warthe-Gaues und die Provinz Westpreussen. Von den Flüchtlingen wird übereinstimmend berichtet, dass sich die polnische Bevölkerung beim Abzug der deutschen Bevölkerung durchwegs loyal verhalten habe und dass es nirgends zu irgendwelchen Konflikten und Zusammenstössen mit den Polen gekommen sei.

Erste Heimlichkeit

Tief, übermannshoch und dicht ist die Buchshecke, ein dunkelgrüner Fremdkörper; sie trennt uns vom Nachbarn im Westen; gegenseitig unsichtbar, leben wir nebeneinanderher. An ihrem Fuss, bei den Wurzeln, wo der Grus von Jahren als modriger federnder Teppich liegt, läuft hangabwärts ein Betonkännel. Meist liegt er trocken, und dürres Laub sammelt sich darin. Zuweilen fülle ich einen Kübel mit Wasser und spüle ihn rein; neben der raschelnden Wasserwoge her renne ich den Kiesweg hinab und erwarte sie, die unter ihrer Fracht allmählich träger wird und beinahe verschwindet, am schmiedeeisernen Tor zu unsrem Garten neben dem Dolendeckel. Dringe ich in die Hecke ein, zwänge mich durch die zähen Zweige und das sperrige Totholz, verstärkt sich der herbe Buchsgeruch und schlägt mich an heissen Sommertagen in seinen schwarzgrünen Brodem. Sitze ich innen und blicke nach aussen, verflicht und verfilzt sich dürres Geäst schwarz vor dem Himmel; die äussere Laubhülle verwehrt den im Licht Stehenden den Einblick, mir im Finstern dagegen stört sie kaum die Sicht.

Eines Nachmittags kauere ich dort drin und verrichte meine Notdurft. Das Gefühl, etwas Unerlaubtes zu tun, ist so mächtig, dass sich das Herzklopfen erst legt, als ich heraustrete; es verbindet sich mit dem Buchsgeruch. Einen Sommer lang mache ich Gebrauch von dieser genussvollen Erleichterung ausser Haus; immer habe ich Glück, und ich komme mir vor wie auf einer Bergwanderung, wo der Vater das Toilettenpapier verwaltet, das in handgrosse Blätter zerrissene «Zofinger Tagblatt». Dennoch bleibt das Gefühl des Unerlaubten.

Die Mutter erwischt mich und und stellt mich zur Rede. Eine Bestrafung erfolgt nicht; um so röter ist meine Scham darüber, dass der Mensch, den ich am liebsten habe, mein Vergehen aufdeckt und ich auf die Frage, warum?, schweigen muss, denn das Argument, es reiche immer für die zwanzig Schritt bis zum nächsten Abort, sticht.

Zum ersten Mal finde ich mich allein im öden Land ausserhalb des überwachten elterlichen Bezirks, das die Mutter mir am liebsten verbieten würde. Ich verspreche ihr, dies eine – ausser auf Alpenwanderungen – tatsächlich Verbotene nie mehr zu tun. Doch das graue Land nie zu betreten, das die lichte Welt unsrer Familie umschliesst und durch das Abendgebet *Ängeli chumm, mach mi frumm, dasi zuder iHimel chumm* gebannt wird, das kann ich ihr nicht versprechen. Seine Macht ist stärker als ich.

Ich habe mit ihr darüber nie gesprochen.

>Aas 17 >Eltern-Tabu 104 >Kind und Öffentlichkeit 275 >Patriarchat und innere Emigration 286

Vorlesen

Bis ich selbst ein Buch bewältigen kann, liest uns der Vater, hat er Zeit, abends vor. Wir setzen uns auf dem abgeriebenen dunkelbraunen Ledersofa in der Bibliotheksecke des Studierzimmers nebeneinander. Ich sitze meist rechts von ihm, über mir staffeln sich die vollen Bücherregale, brennt die Stehlampe. Zwischen dem Vater und der Ofenkunst nehmen die Geschwister Platz. Die Kacheln wärmen die Szene, denn es ist Krieg, und die mit deutscher Kohle befeuerte Zentralheizung wird auf Sparflamme gefahren. Hinter uns hängt in schwarzem Rahmen Piranesis Stich des Sibyllentempels von Tivoli. Ich werde die Angst davor nie ganz los; sie verhindert, dass ich das Blatt genau betrachte. Mein Eindruck von schreckenerregenden ausfahrenden Bewegungen, tintigen Dunkelheiten, von Kellergeruch und Kerkergewalt bleibt.

Der Vater schlägt das Buch auf. Wo sind wir stehengeblieben? Eins von uns weiss die Stelle, wo er das Häkchen gesetzt hat, fast immer. Das

Buch ist eine Sagensammlung. Die Geschichten erklären, warum etwas ist, wie es ist: warum die Katze grüne Augen und die Erde einen Mond hat, warum die Espe ununterbrochen bebt. Meist hat der Teufel dreingepfuscht – und mein Interesse für ihn ist das grösste. Die Espe allerdings wird, typisch für den lieben Gott, unschuldig bestraft. Was kann sie dafür, dass sich Judas Ischarioth an ihr erhängt hat? Heute erfahren wir, warum die Eiche buchtige Blätter hat. Weil der Teufel während der Schöpfung wieder einmal betrogen worden ist, vom lieben Gott selbst. In ohnmächtiger Wut hat er mit seinen Krallenpranken auf die Eiche eingedroschen, bis alle schön ovalen Blätter buchtig zerfetzt herabhingen. Was wir heute noch sehen können.

➢Lesen 57 ➢Orangen 83 ➢Der arme Teufel 118

Vorausschule

Die Mutter hat den Vater während dessen Aktivdienstzeit zuweilen am Pult vertreten. Nun mochte es vorkommen, dass das Hausmädchen in der Fortbildungsschule war, die Geschwister ohnehin die Bank drückten, ich also allein zu Hause geblieben wäre. Dann nahm sie mich an der Hand, wir stiegen zum Schulpalast hinunter, die ausgetretenen Sandsteintreppen hoch, sie setzte mich in die leere hinterste Bank ans dritte Fenster, legte ein Bilderbuch sowie Zeichenblock und Farbstifte vor mich hin, strich mir über den Kopf und sprach: *Bis lieb u braav.* Der Unterricht begann.

Ich liebte diese Ausflüge, weil ich *nicht* zur Schule musste. Ich war der einzige im Klassenzimmer, der aus freien Stücken hier sass und tun und lassen konnte, was ihm behagte. Ich konnte aufmerksam zuhören, etwa in Schweizer Geschichte, oder zum Fenster hinaus oder in ein Buch schauen oder unser Haus und die Sonne darüber zeichnen; verboten war nur, was den Unterricht gestört hätte. Ich fühlte mich frei und leicht und bedauerte die armen Schüler, die in den Bänken vor mir herumrutschten, hie und da nach hinten schielten und ihr Gehirn zermarterten, ratlos schwiegen, die Hand aufstreckten und richtige oder falsche Antworten gaben. Dann kam ich mir vor wie der heimliche Fürst dieser Versammlung. Der Freie ist immer ein Fürst.

Einzig die Stimme der Mutter bereitete mir Unbehagen. Sie klang anders als noch auf dem Schulweg, nicht drohend oder unwillig; doch wenn sie so mit mir geredet hätte – energisch, gepresst, neutral-umsichtig –, hätte ich sie gefragt, warum sie mir böse sei. Mich verstörte, dass sie eine andre als ihre richtige Stimme brauchen musste; und was mich besonders quälte: Plötzlich tat sie mir leid. Ich hatte das Gefühl, ich müsse mich vor sie stellen und sie beschützen. Zuweilen fiel mich Angst an, sie könne nicht mehr und müsse abbrechen. Die Schule war offenbar nichts Gutes. Der Himmel vor dem grossen Fenster lag grau und bedrückend über der Sicht zum Wald hinauf, wo sich unser Haus hinter die riesige Scheinzypresse duckte.

➢Freiheit des Kindes 111 ➢Der Jüngste 270 ➢Schulhaus 54 ➢Schulschock 55 ➢Schulzimmer des Vaters 74

Intermezzo: Waschtag

Der ersehnteste Wochenbeginn fällt auf jeden vierten Montag, wenn Frau Ess aus Wikon *im Lozäärner* um sieben Uhr ihr Rad das Strässchen heraufschiebt. Eine schwere Person, auf allen Seiten gleichmässig rund und kräftig, ohne Taille. Die grosse Wäsche wird angerichtet.

Unter dem Wasserschaff und dem Siedekessel mit dem mächtigen Deckel saust das Feuer. Frau Ess, Mama und Vroni arbeiten einander in die Hände. Zerknüllte Bettlaken füllen als erste Ladung den Vorwaschtrog aus galvanisiertem Weissblech, der rechts vom Spültrog an einer Wand der Waschküche verankert ist. Er erhält aus einem festen Hahn kaltes und aus einem Schwenkarm jetzt zischend heisses Wasser aus dem Schaff. Frau Ess ergreift den Stössel oder *Stungger*, eine Blechglocke mit Löcherkranz, am armlangen Holzstiel, taucht ihn ein, drückt ihn mit ihrem ganzen Gewicht in die eingeweichte Wäsche und zieht ihn wieder heraus. Er schmatzt und gurgelt, denn im Innern der mit einem Sieb verschlossenen Glocke wird ein in Längsrichtung verschieblicher Blechkolben mit jedem Stoss in die Tiefe gepresst und mit jedem Zug nach aussen gesogen. Drum schlürft und speit der Stössel, sein Durst scheint nicht zu stillen. Frau Ess hat die schwarze Gummischürze vorgebunden, ihre mächtigen Arme arbeiten wie Pleuelstangen. Sie ist das Herz der Einrichtung aus Kessel, Trögen, Zentrifuge und der Badewanne, welche die Waschküche ausfüllt.

Ich laufe durch die offenstehende Tür auf die mit Granitplatten belegte Terrasse und zur Regenwassertonne an der Hausecke, die von einer Kreisscheibe aus Drahtgeflecht überdeckt und gesichert wird. Im Wasser spiegeln sich körperlos die Maschen und meine eingekrallten Finger; unter ihnen erscheint mein Gesicht, fern und luftig, die Haare fallen in die Stirn. Und in unendlicher Tiefe von traurigem Indigoblau, taucht ein Föhnfisch auf, treibt durch die gespiegelten Maschen, tritt in meinen Kopf ein, fährt aus der rechten Schläfe hervor, mir sind zwei Flügel gewachsen. Um das Bild zu bewahren, folge ich mit dem Kopf der Wolke nach, die linke Hand greift über die rechte. Auf einmal ist unter mir der Rand des Betonrohrs; ich richte mich auf, von weither kommend, mir ist angenehm schwindlig.

Dampf und Dunkel füllen die Waschküche, ein warmer dichter Körper. Es brodelt, glunscht und gutscht, zischt aus Ritzen und schäumt die Hände der Wäscherinnen ein. Damit ihre Schuhe nicht aufquellen, stehen sie auf Holzpritschen, die vom Genässt- und Gescheuertwerden weiss sind. Die erste Vorwäsche wird aus dem Trog gefischt und triefend in den Siedekessel geschletzt, mit dem Stössel einige Male tief in die Seifenlauge hinuntergetunkt und zugedeckelt. Die Wäsche ist «unterwegs».

Frau Ess ist eine harte Arbeiterin, die einsilbig und nur zur Sache redet, zur Wäsche also. Ihre Zufriedenheit nährt sich aus deren Sauberkeit. Je fleckenloser, vom Vorwaschen über den Hauptwaschgang bis zum Nachspülen und Zentrifugieren, die Wäsche wird, desto besserer Dinge ist Frau Ess. Doch im Hinblick auf den brachialen Reinigungsvorgang liebt sie die schmutzige Wäsche. Frau Ess zeigt mir, wie beglückend eine Arbeit sein kann, wenn das Produkt nach zwei Stunden an der Leine in der Sonne blendet. Am Abend weiss und spürt Frau Ess, was sie gearbeitet hat. Sie blickt zurück auf Laken, Kissenbezüge, Unterhosen, Hemden und Socken, sieht sie im Frühlingswindchen leicht und kühl flattern, dreht sich auf die Seite und schläft mit einem schnarchenden Seufzer ein. Denn schnarchen tut sie, sonst hätte sie keinen Schnurrbart. Auch einen Mann hat sie, einen kleinen schwitzenden Wicht, den sie irgendwo in ihrem mächtigen Busen mit sich trägt.

Ich versuche nun, mich in der Waschküche nützlich zu machen, reiche den Stössel hierhin und das Waschbrett, weil Frau Ess die Taschentücher vornehmen will, dorthin. Das gewellte Blech schlurrt unter den auf- und abfahrenden Händen von Frau Ess. Ich stehe da und sehe zu; eine der Frauen nimmt mich sanft am Hinterkopf und führt mich einige Schritt beiseite. Ich ziehe mich zwischen die Badewanne und die Wäschezentrifuge zurück. Eine unheimliche Maschine, innen ausgekleidet mit einem Lochzylinder aus Chromstahl, der bis an den Grund gnadenlos sauber blitzt. Wer die Hand hineinhält, sagt die Mutter, dem wird sie abgerissen. Doch noch steht die Zentrifuge still und leer. So halte ich eine Weile den Arm hinein und trotze der Angst, die Maschine könnte sich, meinen Vorwitz zu bestrafen, von selbst zu drehen beginnen. Dann trete ich unter die offene Tür in den abziehenden Dampf.

Einer der ersten schönen Frühlingsmontage; die Wäscheleinen sind bereits quer über das Rasenparterre gespannt. Ich laufe die paar Treppenstufen hinunter und rüttle an einer der Tragstangen aus Leichtmetall. Vroni hat sie fest und sicher ins versenkte Eisenrohr gesteckt; der kleine Deckel, der verhindert, dass das Rohr sich mit Schlamm füllt, ist am Scharnier hochgeklappt. Über mir hängt die Wäscheleinenhaspel schief und unzufrieden und streckt die hölzernen, gegeneinander versetzten und drehbaren Aussengriffe in die Luft. Ich gehe über den Plattenweg, der um den Rasen herumführt, auf jede der bläulichgrauen Granitplatten einen Fuss setzend, was mich zu verschieden grossen Schritten und einigen Sprüngen zwingt. Ich habe die Blumenrabatten zu meiner Linken – kein gutes Gefühl. So bleibe ich auf dem Sitzplatz hinter der Scheinzypresse stehen, schliesse die Augen und drehe mich mit einem Schwung auf einem Absatz zweimal um mich selbst. Augen auf! Nun liegen die Rabatten auf der guten Seite. Die Primeln blühen; kostbar sind mir die weinroten, violetten, sonnenblumengelben, und die eine dunkelblaue. Ich erinnere mich, dass sie am Fuss der Trockenmauer vor der Hausterrasse blüht, und hüpfe zurück.

Durch die Waschküchentür über mir die Stimmen der Frauen, ruhig, sachlich, hie und da, um ein Zischen oder Klatschen zu übertönen, leicht angehoben, verständlich fast nur die alltäglichen Wendungen: Die Socken dort drüben. – Nochmals. – So, die sind sauber. Die Wäschezentrifuge wummert. Klatsch liegt weder meiner Mutter noch der Wäscherin. Wenn über andrer Leute Wäsche gesprochen wird, dann objektiv. Auch so hat's Löcher drin. Ein deutlich hörbares Müdewerden der Stimme meiner Mutter, ein Erlöschen ihres Interesses nähme jedermann die Lust, sich hinter vorgehaltener Hand im übertragenen Sinn weiterzuverbreiten. Sie ist der Meinung, man müsse zu dem, was man gesagt hat, auch vor denen stehen können, die es betrifft.

Meine Nase steckt tief im dunkelrostbraunen Kelch einer «General de Wet»; den seifigen Mief der hellgelben Tulpen mag ich nicht, dagegen lockt mich der bittere Schokoladenduft der dunklen Arten. Vronis helle Stimme ruft mich, in einer Viertelstunde sei das *Znüüni* auf dem Tisch; ich richte mich auf, das Mädchen winkt aus der Waschküchentür. Als ich eintrete, ist Vroni mit der Wäscherin allein; die Mutter bereitet oben den Imbiss zu. Frau Ess, die Ärmel ihres Überkleids aus ausgebleichtem blauem Leinen hinter die Ellenbogen gerollt, steht in der schwarzen Gummischürze vor dem Siedekessel. Mit einem letzten Schnorcheln zieht sie den Stössel heraus und versenkt ihn linker Hand im Vorwaschtrog, wo die zweite, längst eingeweichte Portion bis obenauf schwimmt. Sie ergreift einen fasrigen schneeweissen Holzstab, sticht damit in die dampfende Tiefe des Kessels und hebt mit einem Stöhnen der Anstrengung die erste Wäscheladung, alles Bettlaken, aus dem *Sutt*. Sie dreht, lässt abtriefen, dreht; die Leintücher winden sich zu einem dicken Wulst um das Stangenende. Nun flutscht sie den dampfenden Knäuel in weitem Bogen in den Spültrog. Vroni dreht bis zum Anschlag an den Flügeln des Kaltwasserhahns, das Wasser spritzt. Genug! Mit dem Stössel vertreibt Frau Ess die Laugereste aus der gesottenen Wäsche. Inzwischen schöpft Vroni mit dem *Goon*, einer langstieligen, etliche Liter fassenden Blechkelle, das verbrauchte Wasser aus dem Siedekessel und giesst es in den kleinen Betonkännel am Fuss der Waschküchenwand; milchig trüb rinnt es dahin. Zuletzt ergreift Frau Ess den Siedekessel an beiden Messinghenkeln, hebt ihn heraus und schüttet den Rest der Lauge durch die Dole hinter der Türschwelle. Vroni wartet am Schwenkhahn; der Kessel wird wieder eingesetzt, Heisswasser für den zweiten Sud läuft ein. Mit beiden Händen hebt Frau Ess die Ladung – Frottierzeug, Kissenbezüge, Servietten – aus dem Vorwaschtrog, lässt sie abtriefen und klatscht sie in den Siedekessel, dann zerrt sie an einem Bändel und zieht sich die schwarze Gummischürze wie eine enge Haut vom massigen Leib. Wieder steht sie in verwaschen blauem Leinen da. Vroni hat Holz nachgelegt; Frau Ess dreht den Heisswasserhahn am Schwenkarm zu und stülpt den Deckel über den zweiten *Sutt*. Wir treten erst in den Kellervorraum, dann in den gefliesten Korridor hinter der Haustür, steigen die

Kunststeintreppe hoch in den Flur und lassen dort die trotz der Holzpritschen durchnässten Schuhe neben der Schwelle der verglasten Esszimmertür stehen.

Drei Frauen und ein Bub versammeln sich am Tisch mit den gerundeten Schmalseiten; ich bin stolz, als ob auch ich schwer gearbeitet und die Zwischenmahlzeit verdient hätte. Sie sitzen auf den Stühlen mit blaugrünen Samtpolstern, mir haben sie mein Rosshaarkissen an den Platz des Vaters auf der Eckbank gelegt, wo die östliche und die südliche Fensterfront zusammentreffen. Frau Ess, welcher dieser Ehrenplatz gebührte, hätte Mühe, sich zwischen Tisch und Bank durchzuzwängen. Schwarzbrot, Butter, Käse, dazu Schwarztee in preussischblauen Steinguttassen. Frau Ess behandelt sie mit Ehrfurcht, obwohl sie wie Spielzeug in ihren fleischrosigen Wäscherinnenhänden liegen.

Draussen blinken die jungen Blätter in der Sonne. Wieder mal Glück gehabt, sagt Frau Ess. Gestern, als es nicht aufhören wollte zu regnen, bin ich mir nicht sicher gewesen, ob wir heut die Wäsche draussen würden trocknen können. – Ja, der Föhn, antwortet meine Mutter. Wir werden nach dem *Zvieri* die Leintücher abnehmen, nicht wahr, Vroni? Vroni nickt. Um diese Zeit allerdings wird Frau Ess sich verabschiedet haben. Noch eine Tasse, Frau Ess? – Wenn ich so frei sein darf. – Und bedienen Sie sich mit Butter und Käse. – Sehr gerne, ein herrlicher Greyerzer. – Vroni, sei so lieb und hol den Kuchen. Vroni geht hinaus, kommt zurück. Die Frauen reden halblaut, eigentlich nur über das, was vor den Augen oder unter den Händen ist. Ihr Gespräch entfernt sich allmählich, wird zum murmelnden Hintergrund, und die Vormittagssonne hüllt mich und meine halb wachträumenden Gedanken in einen warmgoldenen Kokon.

Geborgen im Schutz der drei Frauen, blicke ich von der einen zur andern. Vronis andächtiges Gesicht scheint darauf zu warten, dass man ihm etwas vorschwindelt. Ich wandere mit den Augen weiter, sehe durch die Ostfenster zu den Kirschbäumen hinüber, die bereits abgeblüht haben, mache einen Sprung in die Tiefe des Bilds, wo die hellgrünen Buchenmassive des Waldrands den Osthorizont schliessen. Ich schwimme jetzt in einem körperwarmen, leicht zu atmenden Element, mir kann nichts geschehen, ich bin zu Hause, dies sind drei Frauen, die eine Pause in der grossen Wäsche eingelegt haben, sie gehören ein bisschen mir, wie auch ich ein bisschen ihnen gehöre, im Flur hinter der verglasten Tür ist der Spielzeugschrank, und ich sitze am Platz des Vaters. Alles ist am richtigen Ort und leicht erreichbar, die Sonne macht die Worte der Frauen hell und wärmt mich; wenn ich die Augen schliesse und sie mir durch die Lider scheinen lasse, tauche ich durchs Rote Meer und weiss: Nie kann es anders werden.

›Apfelstrudel 123 ›Dampfdreirad 34 ›Langweil 40 ›Das Teeservice 90 ›Vroni B. 96

III. Zwang

Schulhaus

Dreistöckiger, nach Westen offener Hochparterre-Hufeisenbau, Neurenaissance, 1876/1877; drei Freitreppen im Ehrenhof, zwei unter Säulengiebeln nach den beiden Seitenflügeln für die Schüler; den Lehrern vorbehalten ist der zentrale Aufgang in der Mitte des Haupttrakts unter einem von sechs Säulen getragenen Balkon mit Säulenbalustrade. Er mündet ins säulengestützte, auf Bodenniveau abgesenkte Atrium, von welchem aus zwei Ehrentreppen Richtung Nord und Süd ins erste Obergeschoss steigen. Das Verbot, das Sechssäulenportal vom Ehrenhof her zu betreten, ist in die Hirne der Schüler eingebrannt. Die Hochparterreaufgänge an den Enden der Seitenflügel sowie der gekieste Hof werden während der Pausen von den Schülern der Primarklassen mit Getümmel und Geschrei erfüllt. Unterdessen spazieren am Unterende der Auffahrt im Schatten der Kastanienallee, deren schweres Laub den Ostarm der Ringstrasse um die Altstadt zum Tunnel verdunkelt, die Lehrer.

Die eigentlichen Schülereingänge jedoch befinden sich am Nord- und Südende des Mitteltrakts, wo die Querflügel abgehen. Nur durch diese Portale erreichen die Insassen der Obergeschosse ihre Klassenzimmer innert straffreier Frist. Das Hasten und Schubsen auf den schmaleren Ecktreppen steht in stossendem Gegensatz zur flüsternden Leere und kassettendeckengeschützten Würde der für die Lehrer reservierten Ehrentreppen und macht klar, wer wer ist.

Der einzige Zugang in der riesigen Ostfront, genau gegenüber dem Ehrenportal, eine simple Tür, wird wenig benutzt. Zwar stehen die Grossen während der langen Pausen in Grüppchen hier herum. Doch nur den hageren Schulhausabwart Gloor sieht man zuweilen eintreten, dann wieder knarren die Angeln halbe Tage nicht, so dass sich der Eindruck einnistet, er sei verriegelt: Grauzone.

Das Tabu des Ost-Schlupflochs wird verstärkt durch den Karzer, der sich gleich dahinter befindet. Selten, daher Schrecken verbreitend, ist er bewohnt, denn die dort Versenkten hocken lange. Den Schlüssel trägt Abwart Gloor auf sich. Das Gerücht geht, nach mehrmaligem Aufenthalt im Karzer erfolge der Ausschluss aus der Schule: nach dem absoluten Dunkel – wobei dies umstritten bleibt – die Ausstossung in die absolute Blendung der Vogelfreiheit. Von Körperverletzung abgesehen, sind die Verbrechen aus heutiger Sicht wenig schwerwiegend. Es reichen notorisches Schuleschwänzen, schwere Beschädigung von Schul- und Schülereigentum, so von Schulbänken, Unterrichtsmaterial oder Fahrrädern, und Kleindiebstahl.

Von der funktional unklar definierten Osttür geht eine diffuse Versuchung aus. Doch die einzige Gelegenheit, da dieser gleichsam zum Orakelmund des Schulhauses avancierte (weil die vom Lehrkörper Verdammten einschlürfende) Osteingang sperrangelweit offensteht, ist der Kinderfesttag im Juli in der Schlechtwettervariante, wenn nach dem Gefecht gegen die Freischärler die Kadetten in dem von Säulen getragenen Atrium demobilisiert werden. Die schwitzenden, triefnassen Kindersoldaten und die im Diskant geschrienen Befehle der Kinderoffiziere brechen ein und entheiligen kurzfristig den dämmernden Raum des Atriums. Dann nistet sich die beinah gegenstandslose Versuchung für ein weiteres Jahr im unscheinbaren Ostloch des Schulpalasts ein.

➢Klavier und Saurier: Frank Bertschinger 249 ➢Schulzimmer des Vaters 74 ➢Turnplatz 170

Schulschock

Die Katastrophe, der Bruch, die Erkenntnis, dass ich sogar von der Mutter verschachert werde – unter Vorwänden, deren Refrain lautet: Es wird dir guttun, es geschieht zu deinem Besten.

Ich finde mich neben der Mutter in einem Schulzimmer; den Wänden entlang Stühle, darauf Kinder und Mütter. Jemand ruft die Knirpse bei Vor- und Nachnamen. Knaben und Mädchen treten vor und werden in eine der Zimmerecken gewiesen. Selbst dann noch hoffe ich, mein Name fehle auf der Liste, ja, ich bin beinahe sicher, dass zuletzt ich und die Mutter als einzige an der Wand sitzen werden und die Lehrerin uns mit der Bemerkung entlassen wird: Entschuldigen Sie, ein Irrtum; Ihr Bub muss nicht zur Schule.

Aber ich, um den herum das Bärlein, Murmeln, Holz und Blechtiere, ein Elefant, ein Haus und ein Garten schützend versammelt sind, der weiss, wo Afrika ein Horn und einen Stirnbuckel hat, der auf einer Burg residiert und vor dem Einschlafen unter der Bettdecke eine Fabrik surren lässt, ich bin wie alle, stehe bereits in einer Ecke unter einem Haufen Kinder und blicke mit zusammengepressten Lippen durch einen Tränenschleier zur Mutter hin.

Nach ungefähr einer Stunde ist der Spuk vorüber, und wir werden entlassen bis morgen, da wir allein anzutreten haben. Mir bleibt noch ein halber Tag Freiheit, dann geht das Licht aus. An diesem Nachmittag und Abend läuft die Sanduhr der Freiheit aus und mir schneidet zum ersten Mal die Verzweiflung durchs Gemüt, die man Galgenfrist nennt, obwohl es nur um die Einschulung geht. Es dauert Wochen, bis ich nicht mehr auf dem ganzen Schulweg weine und mir vor der Schulzimmertür die letzten Tränen abwische.

➢Diminutivverlust 279 ➢Erinnerungsschwur 160 ➢Gerechtigkeit 281

Löwentraum

Zehnuhrpause; ich sitze auf einer Sandsteinstufe zwischen den Säulen des Treppenaufgangs in den Nordflügel. Im Ehrenhof spielen meine Kameraden und andre Primarschüler *Fangis*. Da springt aus dem schweren Schatten der Kastanien an der Ringstrasse ein Löwe ins Sonnenlicht und galoppiert die Schulhausauffahrt hoch. Er kümmert sich nicht um die Kinder, die ihn gar nicht zu sehen scheinen. In Sätzen nähert er sich der Freitreppe, auf der ich allein sitze. Vor Entsetzen fast lahm, erklimme ich im Zeitlupentempo die niedrigen Stufen, drücke die Klinke und versuche, die Tür zu öffnen – tonnenschwer, kaum zu bewegen. Der Kraft der Todesangst gelingt es, sie einen Spalt weit aufzustemmen. Den roten Rachen des Löwen im Nacken, schlüpfe ich in Sicherheit.

➢Ersticken 153 ➢Tödlein 19

Zofinger Tagblatt, 28. Februar 1945

Schwere Neutralitätsverletzungen durch Amerikaner. Sechs Bomber gelandet, zwei abgeschossen (einer bei Olten-Trimbach, der zweite bei Adligenswil); Absturz eines Bombers im Engadin.

Am Dienstag den 27. Februar wurde die Schweiz zwischen 9.48 und 16.40 Uhr (...) von Gruppen fremder Flugzeuge, teils amerikanischer, teils nicht festgestellter Nationalitäten überflogen. (...) Ein Augenzeuge aus dem Wiggertal berichtet: Zahlreiche Leser des «Tagblatt» waren am Dienstagnachmittag Zeugen eines gigantischen Luftkampfes direkt über unserem Luftraum. Mit mächtigem Motorengedröhn nahte ein viermotoriger Bomber, den vier Schweizer Jagdflieger, die bloss wie winzige weisse Punkte sich ausnahmen neben der Riesenmaschine, verfolgten. Bald hörte man ihr Maschinengewehrfeuer, (...) und auf einmal stiess eine mächtige Flamme aus der fremden Maschine, der eine Rauchfahne folgte. Immer wieder kreiste der Riesenvogel über Born und Aare, immer tiefer sank er, und jeden Augenblick musste man erwarten, dass er krachend abstürze. (...) *Beobachter in Safenwil.* (...) Schon durch die ersten Schüsse wurde die rechte Flügelhälfte des Bombers schwer mitgenommen und begann Rauch hinter sich herzuziehen. Ungefähr über dem Engelberg zog der Bomber einen Kreis und begann in engen Spiralen und mit gewaltigem Geheul abzusinken, immer noch verfolgt von unsern Jägern. (...) *Bomberabsturz am Hauenstein.* (...) Piloten fand man keine; sie müssen im Fallschirm abgesprungen sein und die Maschine der automatischen Steuerung überlassen haben.

Lesen

Meine Lieblingslektüre als Analphabet war eine Prachtausgabe in dunkelrotem Pressleinen von Goethes «Reineke Fuchs» mit den Radierungen von Kaulbach. Der Maler hatte den Tieren ihre Torheiten und Leidenschaften und Reineke seine hinterhältige Bosheit so ausdrucksstark in die Ohren, Schnauzen, Augen, Körperhaltungen, ja in den Sitz der Klamotten eingeschrieben, dass ich mir mühelos meinen eigenen Vers drauf machte.

Ich sass am Klappult im Studierzimmer des Vaters, und die Reden und Gegenreden tönten mir laut durch den Kopf: beschränkte Aufgeblasenheit von König Löwe, schmeichelnde Eitelkeit von Frau Königin, Gebrüll des täppischen Bären in der Baumfalle, Bettelgreinen des Löwenprinzen mit Krönchen auf dem Nachttopf, eingebildetes Werweissen des nichtsnutzigen Ärztekonsiliums Eule, Eber und Fuchs am Krankenlager des Königs, heuchlerische Kopfstimme des Büssers Reineke – und bei erster Gelegenheit fauchender Angriff, kaltblütiger Mord. Mein Text sass so sicher, dass ich ihn mir, sobald ich das grossformatige Buch wieder hervorzog, recht der Reihe nach vorsagen konnte. Ich hielt es wie das Schulmeisterlein Maria Wutz zu Auenthal, das sich die Kosten für den Leipziger Messekatalog vom Mund abspart, um die Werke mit ansprechenden Titeln, so Schillers «Räuber» und Kants «Kritik der reinen Vernunft», dann selbst zu verfassen.

Etliche Jahre später habe ich bei der ersten Lektüre von Goethes Dichtung eine herbe Enttäuschung erlebt: Ich wusste nichts von seiner Geschichte, er kein Wort von der meinigen.

Die Eltern waren der Meinung, ich müsse in der Schule lesen lernen, und haben es mir trotz meiner Bitten nicht beigebracht. Es mich selbst zu lehren, fehlte mir die Kombinationsgabe; hab ich mit sechs doch immerhin meinen Vornamen schreiben können.

Schuleintritt, und bald kann ich lesen. Zum Geburtstag hat mir jemand «Globi im Wunderland» geschenkt – nicht zur Freude der Eltern, die meinen Geschmack bereits bedroht sehen. Ich nehme das Buch vor, links die gereimten Strophen, rechts die Zeichnungen. Erst bringe ich einige Seiten im Tag hinter mich, bald schon die Hälfte, da ich das Buch dank der banalen Eleganz der Reime bald auswendig weiss; Erinnerung und Phantasie ergänzen komplizierte Wörter, denn meine Ungeduld will sich nicht aufhalten lassen. Eines Tages lese ich «Globi» in einem Zuge durch, melde den Rekord der Mutter und lege das Buch weg, um es nie mehr in die Hand zu nehmen.

Die nächsten Lektüren sind Grimms Märchen und Gustav Schwabs «Sagen des klassischen Altertums». Die Bände sind in Fraktur gesetzt; erfragen muss ich einzig die verschlungene G-Initiale im Märchenbuch. Gustav Schwab habe ich allzu lange den Originalen in Übersetzung vorgezogen. Gewisse Bücher werden uns zu warmen Nestern. Warum ausfliegen? Fahle Enttäuschung, als ich später feststellen musste, dass die echte «Ilias» nur den Zorn Achills im zehnten Jahr der Belagerung Trojas besingt und noch vor dessen Eroberung abbricht.

Kinder unterscheiden zwischen Form und Inhalt, Kitsch und Kunst, E- und U-Literatur, Jugend- und Erwachsenenbüchern nicht – und auch nichts zu begreifen, ist ein achtbares Verständnis, solange man damit nicht hausieren geht. Was sollen Qualität, Ruhm und Gesinnung? Das Herz muss heiss bleiben. Ich frass mich durch Coopers «Lederstrumpf», Lienerts «Schweizer Sagen und Heldengeschichten», «Nils Holgersson» von Selma Lagerlöf, Hector Malots «Heimatlos», «Svizzero» von Niklaus Bolt, Tolstois «Volkserzählungen», «Theresli» von Elisabeth Müller, «Die Judenbuche» der Droste und Dahns «Ein Kampf um Rom», «Die Tore auf!» von Traugott Vogel, «Bambi» von Felix Salten und Turgenjews «Aufzeichnungen eines Jägers», «Lichtenstein» von Hauff und Grubes «Geschichtsbilder», das «Nibelungenlied», Kreidolf und «Parzival». Mir ist nie ein Buch verboten worden – mit Folgen: Der liebe Kindergott verbarg sich bald hinter finstrem Gewölk. Denn das gewaltigste Bilderbuch meiner Kindheit war Prof. Dr. J. von Pflugk-Harttungs sechsbändige, viertausendseitige «Weltgeschichte».

➢Vorausschule 46 ➢Vorlesen 45

Zofinger Tagblatt, 17. Dezember 1940

Wo kann man Globis Taten verfolgen? (...) In den Globi-Büchern. Bereits 6 Bände erschienen. Die humorsprühenden Bilder stammen von Robert Lips, die lustigen Verse von A. Bruggmann. Alle Globi-Bücher haben wegen ihres urfidelen Inhaltes reissenden Absatz gefunden. Noch vorrätig: «Globi wird Soldat». Soeben erschienen: «Geschwister Globi». Preis: je Fr. 2.–. Globus Aarau. Nächsten Sonntag nachmittags geöffnet.

Hefte austeilen

Zweite Klasse. Der Stoss korrigierter Diktathefte liegt auf dem Pult vor Fräulein K. Sie hat braune gewellte Haare, trägt eine braune Hornbrille. Sie ist bleich, sie ist weder dick, alt, hässlich, böse noch schlank, jung, schön, lieb. Sie ist eine Respektsperson, obwohl sie gut zu uns ist. Ich empfinde weder Angst noch Zutraulichkeit. Ich möchte sie nicht zur Mutter, doch das kann sie nicht sein. Heisst sie doch Fräulein.

Fräulein K. räuspert sich. Eine kleine Leere dreht sich mir in der Magengrube. Ob sie mich als ersten aufrufen wird? Also, sagt Fräulein K., hebt das oberste Heft von der Beige und liest den Namen: null Fehler. Für einen Augenblick ist er mir abscheulich. Das Mädchen geht nach vorn, dankt, dreht sich um, strahlt: Siegerin. Fräulein K. hebt das zweite Heft ab und liest meinen Namen: ein Fehler. Meine Enttäuschung ist total: Die ganze Übung, die Mühe, die ich mir gegeben habe – für die Katz. Ich nehme das Heft in Empfang, wieder am Platz, schlage ich es auf: ein fetter roter Tintenstrich unter «Brſust». Immer schiesse ich unnötige Böcke.

Die Fehlerzahlen steigen. Die Kinder zotteln, den Blick auf den Schuhen, hin und zurück. *Wi laufsch au!* tadelt Fräulein K., doch spricht sie nicht weniger müde und enttäuscht, als die Kinder latschen. Die Quote klettert auf über 20. Noch drei Hefte; ein Spitzbube nimmt es leicht. Wieder dreht sich eine Luftblase im Magen. Ein Heft ist übrig. Fräulein K. ergreift es zögernd, rückt die Brille zurecht, als ob sie den Namen nicht lesen könnte. Und jetzt weiss ich, wer es ist; alle starren ihn an: der dumme Riese. Er ist älter als wir, bereits hat er ein Jahr repetiert; stark und breitschultrig sitzt er da, rot im Gesicht, und starrt auf seine Warzen. Resignation schwingt in der Stimme des Fräuleins: Albertli L., unendlich Fehler!

➢Aufsätze verbessern 69 ➢Gerechtigkeit 281 ➢Tinte 61

Rita G.

Kinder heiraten im Kindergarten. Da mir diese Institution erspart bleibt, heirate ich erst mit sieben Rita, meine Banknachbarin. Ein bleiches

Püppchen, spricht wenig, leise, meldet sich selten, doch mit richtigen Antworten, ist lieb und blond wie ein Engel. Wir helfen uns mit Radiergummi, Tintenlappen und Farbstiften aus.

Von Ritas Leben hinter der unsichtbaren Grenze, welche den Schulgang vom Familienalltag sondert, weiss ich nichts; ich bin nie bei ihr zu Hause, obwohl meine Mutter zuweilen im Damenmodegeschäft ihrer Eltern an der Vorderen Hauptgasse einkauft. Anziehend ist für mich nur der reinliche Stoffgeruch. Der anstossende Laden dagegen – Haushaltwaren und Armaturen – fesselt meine Vorstellung durch die entweder unabsehbaren oder unvorstellbaren Anwendungsmöglichkeiten der Gegenstände. Am längsten bleibe ich beim Uhrmacher auf der andern Gassenseite stehen, in dessen Schaufenster mehrere Pendulen lebendig sind; einige gehen gravitätisch langsam wie Leitkühe, andre schlagen hastig aus, als ob sie sich verschlafen hätten und die Zeit nachholen müssten. An der Ecke seines Hauses hat er ein Glockenspiel mit Figurinen eingerichtet. Mit dem Schlag der Stunde beginnen die Figürchen in fremdartigen, längst aus der Mode gekommenen Kostümen zu tanzen: Schäferin und Pierrot, Offizier und Fräulein, Bär und Esel.

➤Gassen 192 ➤Markt 199 ➤Schuhe kaufen 195

Tinte

Selbst wenn im Lehrplan das Schreiben mit Tinte fakultativ gewesen wäre: ihres Geruchs wegen hätte ich mich ihr nicht entziehen können. Er wölkte, kaum war der Deckel am Fässchen zurückgeschoben, aus dem blauschwarz verkrusteten Loch. Er war anders als alle mir bekannten Gerüche, weder angenehm noch Übelkeit erregend. Bitter und metallisch, Inbegriff eines gefährlichen chemischen Destillats, sinterte er übers Pultblatt herunter; er war *das* Abenteuer der 1. Klasse. Kam die Lehrerin mit der spitz geschnäbelten Nachfüllkanne vorbei, stach er in die Nase.

Aus Holz, längsgerillt, rot, gelb oder blau, war der Federhalter; er lief in eine Spitze aus und lag gleich einer Eidechse in der Hand. Die Soennecken-Einsteckfeder machte ihn zur Waffe; sie bohrte sich ins Pult oder den Parkettboden, wenn wir den Federhalter fallen liessen oder vor Eintritt des Lehrers damit nach einander warfen. Doch so messerscharf sie eindrang, so empfindlich war sie. Drückte man zu stark, grätschte die des Tintenflusses wegen gespaltene Spitze auseinander und war nicht mehr zurechtzubiegen, nun erst recht eine Schlangenzunge oder ein aufgesperrter Schnabel, mit dem man wütend herumkrakelte. Sie musste umgehend ersetzt werden. Mein erster Tintenlappen, genäht von der Mutter, war rund mit doppelter roter Lederabdeckung und einem höckrigen Glasknopf in Form einer Blüte, der die Stofflappen zusammenhielt.

Beim Schreiben musste man das Löschblatt unter die Schreibhand legen. Rutschte es nach oben, zog sich eine blaue Schmierfahne von den noch nassen Buchstaben schräg übers Blatt, nicht wegzuradieren. Tauchte man die Feder ein und vergass, sie am Rand des Tintenfasses abzustreichen, setzte sie einen runden oder eiförmigen Tolggen ab; die Seite blieb, selbst wenn man sogleich mit dem Löschblatt zu Hilfe eilte, verloren, weil sich das Papier von der durchnässten Stelle aus strahlig zu verziehen begann. Der Lehrer tröstete mild oder schalt cholerisch und riss mit stummer Endgültigkeit das Blatt aus dem Heft. Ein Reinheft verwand derartige Verletzungen nie. Im Bewusstsein des Schülers blieb es gezeichnet, ein Krüppel, mit jedem herausgerissenen Bogen entwürdigter und lockerer in den Fäden hängend.

Meine ersten Schreibversuche erinnere ich unter künstlichem Licht. Sie müssen in den Winter des ersten Schuljahrs gefallen sein, zwischen drei und vier Uhr, wenn die Kugellampen bereits angezündet waren. Vor mir steigt die Pultschräge hoch; zuoberst, wo das Pult flach wird, liegen in einer Längsvertiefung Lederetui, Lineal, Tintenlappen; ganz rechts, nicht sichtbar, steht der klebrig-schwarze Schlund des Tintenfasses drohend offen und dünstet herüber. Mich fesselt eine ängstliche Begierde. Auf dem Klappteil der Pultschräge halte ich das Heft fest. Ich tauche die Feder ein, streiche sie ab und male mich Bein für Bein den Buchstaben eines Wortes entlang. Der Strich bleicht aus, wieder tunke ich ein. Als ich weiterschreiben will, bemerke ich den rund bauchenden Tintentropfen an der Spitze. Voller Schrecken, doch vorsichtig, hebe ich den Federhalter weg, um nachträglich abzustreichen; der

Tropfen fällt unterwegs aufs Pult. Mit einer Ecke des Löschblatts sauge ich ihn auf. Das soll mir eine Lehre sein. So gut mein Herzklopfen es erlaubt, male ich voran. Da verfängt sich die Federspitze in einer Papierfaser, es knistert, und winzige Tintenspritzer bekleckern die Seite; in der Hast, sie aufzutrocknen, vergesse ich die mit Tinte vollgesogene Löschblattecke, und quer durch drei Zeilen zieht sich ein hellblauer Schmierstrich. Über mich schwappt die verzweifelte Gewissheit des Tintenfritzen, dass er es nie, nie können werde. Zwar wird Fräulein K. mir mein Ungeschick wohl nachsehen, doch die Makellosigkeit der Heftseite ist dahin. Eine Weile quält und lähmt mich der Widerstreit der Gefühle – Verehrung und Faszination der Tinte gegen Gewissheit ewigen Versagens vor ihren Tücken –, und wie in einem ausweglosen Traum muss ich ihm standhalten, ohne in Tränen auszubrechen. In Angst, nun alles falsch zu machen, tunke ich ein, streiche ab; doch die Papierfaser steckt bereits im Federspalt und überzieht die Säcke von b, g, k mit einem bläulichen Tintenfilm. Ich greife nach dem Tintenlappen und reisse im Reinigen die Feder aus der Steckritze, und plötzlich verlassen mich die Kräfte, ich kann nicht mehr.

Das rötliche Licht der Kugellampen überflutet die blauen Linien und gilbt das Heftpapier; es ist still, zuweilen kratzt eine Feder oder seufzt ein Kind; die Lehrerin am Pult liest. Oder schläft sie mit offenen Augen? Vor den drei hohen Fenstern wird die violette Schneedämmerung dichter.

➢Gestank 214 ➢Hefte austeilen 60 ➢Der Geruch 11

Kalligraphie

Herr Kuhn, unser Drittklasslehrer, ist Präsident der Eidgenössischen Schriftkommission; in der letzten Stunde des ersten Schultags sagt er: Passt mal auf, wie schön Schreiben sein kann.

Was wir zu sehen bekommen, übersteigt jede Vorstellung; ich bin beglückt, überwältigt, eingeschüchtert, sprachlos vor Bewunderung und Ehrfurcht. Herr Kuhn zaubert die Wandtafel voll mit Schriften: kaiserlich daherschreitende Antiqua, mager tanzende Grotesk, deutsche und französische Schreibschrift, gotische Schwabacher, gotische Kurrend, Sütterlinschrift, Fraktur, gotische Zierinitialen. Ich sehe das grosse 𝔄, das 𝔉, das 𝔇, das ebenso bauchige wie verschnörkelte 𝔊 unter seiner Hand hervorblühen und weiss: Das ist der Buchstabenhimmel. Wie nur bewahrt Herr Kuhn all die Buchstabenblumen voller Blätter, Schleifen und Häkchen in seinem Gedächtnis? Und ich verehre und liebe ihn für das Wunder an der schwarzen Schiefertafel, daran er uns teilhaben lässt. Nicht ein einziges Mal, ob er sie mit der Spitze oder stumpf oder gar der Länge nach ansetzt, fiept und knirscht die Kreide in seinen Fingern oder kreischt, als müsse sie den Geist aufgeben; sie hat sich in seiner Hand in den weichen Pinsel eines Malers verwandelt.

Man staune: Lehrer Kuhn hat trotz seiner kalligraphischen Höhenflüge unsern in Tolggenpanik verkrampften Kinderhänden eine natürliche Schreibhaltung beigebracht. Das sei ganz einfach, meinte er, Angst brauchten wir keine zu haben, ein Tolggen sei kein Landesunglück, für den habe er einen Spezialradiergummi. Er gab uns den neuen Federhalter, bog unsre Finger zurecht, mahnte zur Lockerheit und führte uns einige Male die Hand.

Wenn nur der neue Federhalter nicht die sogenannte gute Form besessen hätte, glatt, walzenförmig, naturlackiert, auf halber Länge stumpf abgesägt! Ich habe mich nie an seine Missgestalt gewöhnt.

›Tinte 61

Zofinger Tagblatt, 26. Oktober 1946

Eine neue Schulschrift

Verschiedene am guten Schreibunterricht interessierte Fachverbände des praktischen Lebens waren gegen die jetzige Schulschrift Sturm gelaufen. Für die einen war sie zu schematisch, für die andern unleserlich, den meisten aber schien sie unpraktisch, da ihre vielen Ecken ein flüssiges Schreiben verunmöglichten. Und da das Tempo auch heute eine so grosse Rolle spielt, verzerrten sich die Schriftformen beim schnellen Schreiben oft. Wo lag der Fehler bei der jetzt noch gelehrten Schulschrift?

Diese Frage zu lösen, setzte sich eine Studienkommission zum Ziele. Diesmal ging man anders als früher vor. Mit den Vertretern des beruflichen und praktischen Lebens besprachen sich die Fachleute des Schreibunterrichtes. Und ein Kaufmann gar war's, der den Vorsitz der Arbeitsgruppe führte. Der Sekretär des Schweizerischen Kaufmännischen Vereins, ein Vertreter des eidgenössischen Import- und Grosshandels, des Schweizerischen Stenographenvereins und die kantonalen Erziehungsdirektionen setzten sich in gemeinsamer Arbeit mit dieser Frage auseinander. Nun liegt das Resultat der Besprechungen vor.
Das Hauptergebnis: *Die Eckwende wird aufgegeben.* Die eckigen Buchstaben werden also durch schreibflüssigere Formen ersetzt. Und da es nun die Praxis und das praktische Leben selbst ist, das die Forderungen stellte und das mit den Fachleuchten die neue Schrift ausarbeitete, ist zu hoffen, dass der Schriftenkrieg nun endgültig abgeblasen werden kann.

Kurt Schenk

Er war ein magerer mittelgrosser Junge mit dunklem Haar, oder vielleicht schien es mir nur so, da es ein bleiches Gesicht verschattete. In der 3. Klasse, es war Winter, Schnee lag, fehlte er eines Morgens. Keine Sorge, Kurt war von der zähen, herausfordernden Sorte, das Gegenteil von mir; wir pflegten kaum Umgang. Im Lauf des Vormittags traf die Nachricht ein, er sei beim Schlitteln verunfallt. Tot.

Er hatte im engen Mühletal gewohnt, in einem Kosthaus der Fabrik, wo sein Vater arbeitete. Er war am schulfreien Nachmittag des Vortags einen der abschüssigen Holzerwege, die in den Wald hinaufführen, mit dem Schlitten Kurve um Kurve hinuntergerast – und frontal in ein Automobil, das die Talstrasse herauffuhr. Schädelzertrümmerung. Zwei Jahre nach dem Krieg waren Motorfahrzeuge auf abgelegeneren Strassen noch ein Ereignis; der Automobilist hatte über den kleinen Pass der Linden nach Uerkheim fahren wollen. Die ganze Klasse nahm an der Beerdigung teil; es reichte für ein Holzkreuz mit Namen, Daten und einem wahren Spruch: «Zu früh für uns». Sein Grab dürfte seit fünfzehn, zwanzig Jahren aufgehoben und umgewälzt sein.

➢Strohkappen 219 ➢Eisweiher 171 ➢Schlitteln 172 ➢Tödlein 19

Züchtigung

Ich habe nie lernen müssen, mich zu ducken, meine Eltern haben nicht geschlagen. Ich erinnere mich an eine einzige Drohgebärde des Vaters, ein Ausholen mit dem Arm; sie hat mir unauslöschlichen Eindruck gemacht. In der Schule bin ich nur Zuschauer bei Tatzen, Ohrläppchenreissen, Den-Kopf-auf-die-Bank-Schlagen, Ohrfeigen, *Tschuppen,* Maulschellen und dergleichen gewesen. Das Rutenstreichen des nackten Hinterns war abgeschafft, das Knien auf einem scharfkantigen Scheit abgelöst vom Eckestehen oder Vor-die-Tür-gestellt-Werden. Zwar stand ein Stock in jedem Schulzimmer, doch er war vom Strafinstrument zum verlängerten Zeigefinger degeneriert. Nur einen Lehrer gab es, von dem ich sicher weiss, dass er ihn in alten Ehren hielt. Die Schüler dieses Dreinschlägers lebten in ständiger Angst, und die chronischen Magenkrämpfe meines Bruders, der sich zwei Jahre lang unter seiner Fuchtel krümmte, hat man aus der Welt zu schaffen versucht, indem man ihm den Bauch auf- und den Blinddarm herausschnitt. Dieser «Näppu» galt als herausragender Pädagoge. Als ich hörte, die Schüler hätten ihm frisch geschnittene Ruten geschenkt, stand mir der Verstand still. Wie konnte man der eigenen Züchtigung auf halbem Weg entgegenkommen?

Ich bin brav gewesen, mich hat die Angst im Zaum gehalten, weniger vor den Schmerzen – meine Krankheit hatte mich Schlimmeres ertragen gelehrt – als vor einer mir unerträglichen Verletzung: brutal angefasst und geschlagen zu werden. Wer schlägt, nimmt mit dem Körper die Würde des Geschlagenen in Besitz, ein Stück schreiendes Fleisch, das vom Mitleiden, das fremder Schmerz uns zumutet, ausgeschlossen und der Lust des Peinigers ausgeliefert ist. Das war meine Angst.

Erinnere dich, wie Schulkameraden ihre Hände zur Bestrafung hingestreckt haben. Die einen zitterten, und der Lehrer musste die Finger der krampfhaft geschlossenen kleinen Faust mit Gewalt aufbrechen, das Vierkantlineal sauste, die kleine Hand zuckte zurück; doch der Zuchtmeister war noch nicht satt, auch die andre Hand mussten sie hingeben, ohne Widerstand nun, da sie bereits gedemütigt und entwürdigt waren. Dann schlichen sie an ihren Platz, rot im Gesicht von den verbissenen Schmerzenstränen, denn als *Brüelichindli* verspottet zu werden hätte sie ganz entehrt. Andre traten herausfordernd erhobenen Kopfs vor und taten, der Lehrer mochte zuschlagen, wie er wollte, keinen Mucks. Wenn sie sich umdrehten und an ihren Platz schlacksten, hatten auch sie rote Gesichter, doch sie grinsten. Was sie dachten, sagte ihr steifer Rücken.

Lehrer Kuhn von der 3. und 4. Primar war ein kinderfreundlicher Mensch und hielt in körperlichen Züchtigungen zurück. Auch hatte er sie selten nötig, denn er unterrichtete lebendig und spannend. Statt Langweil stellte sich bei ihm eher ein das Mass sprengender Übermut ein. Er galt deswegen als mittelmässiger Lehrer; meine Eltern machten sich sogar Sorgen, als ich ihm und nicht «Näppu» zugelost wurde. *De hölzig Himel* in unsrem Klassenzimmer im Nordostrisalit des Schulpalasts musste von Zeit zu Zeit gezügelt werden. Dies taten Kopfnüsse, deren Härte Herr Kuhn genau definierte und dosierte. Da er ungern strafte, musste er zuvor sich selbst überzeugen; er hielt ein kurzes Plaidoyer. «Walo, jetzt reicht es; zehnmal hab ich dir gesagt, du sollest den Schnabel halten; du störst deine Kameraden. Du bist rücksichtslos; stell dir vor, wenn alle schwatzten und *gigelten* und *gagelten* wie du. Wir sind nicht in der Katzenschule. Wenn das am grünen Holz geschieht … Die Gerechtigkeit erfordert es, dass ich dich strafe. Das wirst du einsehen. Ich werde dir eine Kopfnuss schenken.» Gerechtigkeit und das grüne Holz der Bibel waren Lieblingsformeln von Herrn Kuhn.

Nun trat er hinter Walo, meinen Schulfreund: «Was ist dir lieber, eine Buchnuss oder eine Haselnuss oder eine Baumnuss?» Womit er Walo den Schein einer freien Wahl einräumte. Den Kopf zwischen den Schultern, entschied Walo sich für die Buchnuss. Die Sekunden vor der Bestrafung waren unerträglich. Der Schlag, geführt mit dem Knöchel am eingebogenen Mittelfinger der rechten Hand, fiel, das Echo des mit

Gehirnmasse gefüllten Schädels war dumpf, der Gerechtigkeit war Genüge getan, die Stunde nahm ihren Fortgang.

➢Gerechtigkeit 281 ➢Kalligraphie 63 ➢Raumer 71 ➢Walo 230

Führer

Fritz Heimann, Metzgerssohn, *de Heimi* geheissen, ein kräftiger fleischiger Junge mit blonder Bürste, befehlendem Diskant und Kinnhakenfäusten, war geboren zum Anführer der Klasse von Lehrer Kuhn. Leider aber gab's noch Peter, den Sohn des Delikatessenhändlers Hürzeler, der keine hundert Meter von der Berner Metzgerei Heimann entfernt seinen scharf nach Fisch und Käse riechenden Basler Laden hatte. Der sehnig athletische, mit zähem Durchsetzungswillen ausgestattete, hart gehaltene und wohl geprügelte *Hüürzi* machte *Heimi* die Führung streitig. Er hatte Laufburschenerfahrung, sein Strahl stieg höher und reichte weiter als derjenige *Heimis*. Sieg und Niederlage der zwei wogen einander auf, Waffenstillstände folgten. Solche Neutralisationsperioden verschafften den Diadochen Spielraum, so dass weder *Heimi* noch *Hüürzi* je eine Terrorherrschaft errichten konnten.

Während dergestalter Koexistenz kamen subtilere Qualitäten als Faust, Stimme, Dauerlauf und Pinkeln zum Tragen. Urs Meier, der Sohn des Chefchirurgen vom Bezirksspital, glänzte mit seinem Imitationstalent und der komischen Laune. Auch er fand das Führerduo vermutlich borniert; unterstützt wurde er von Dieter Hauri, seinem Freund, dem Sohn des Bezirksstaatsanwalts. Beider soziales Prestige drückte zuweilen selbst die grossen zwei an die Wand, doch fehlte Urs wie Dieter der Wille zur Macht; sie alberten lieber.

Urs war längere Zeit krank gewesen, und ich hatte ihn vermisst, denn ich liebte ihn, seiner mitreissenden Lachlust wegen, heimlich und innig. Als er eines Morgens wieder unter uns vor dem Klassenzimmer wartete, fiel ich ihm um den Hals. Er stiess mich nicht zurück, er strich die Liebeshuldigung ein wie ein Trinkgeld.

➢Fip-Fop-Club 222 ➢Offside 161

Aufsätze verbessern

Fünftklasslehrer Raumer hat eine milde Gewohnheit: Er legt die Aufsatzstunden so, dass eine Pause sie unterbricht. Dies ist vertretbar; allenfalls mag erstaunen, dass selbst er auf den Genuss verzichtet, seine Schüler zwei Stunden lang ohne Pause über ihren Arbeiten schwitzen zu sehen. Mir gibt er Gelegenheit, sozusagen mit inoffizieller Duldung rasch die Texte einiger Kameraden zu überfliegen und ins Auge springende Fehler zu verbessern. Ich tue dies, um sie vor Raumers Hohn zu bewahren, denn schwere Fehler – schwer in seinen grünlichblässlichen Augen – locken ihn aufs Schlachtfeld, und dann Gnad Gott.

«Doo schriibt drMarazzi ‹flüüge› mit V und ‹Vogel› mit F. Wäisch, Marazzi, daas längt nidemou idSchpeziauklass. Jemee Brilantiine ufem Chopf, deschtweniger Hirni drininn. Chaufder emoou es Büchsli vom Bessere. – Natüürlech, sBarrelet hetno immer nid bigriffe, das ‹ich› *käis Dingwoort isch. Chunnschder eso wichtig voor, wiut inere Villa hocksch? Aber zGäut ungGschiidhäit händ gottlob sHöi nid ufdr gliiche Büni. – Moserli, no jedem Uufsatz wuurd ii am liebschte diis Heft verschränze. Hesch dRingmuursöili druff lo tanze? Dasch guepfür dGüselabfuer.»*

›Aargauer Schulwand- und Schülerkarte 77 ›Gerechtigkeit 281 ›Raumer 71

Schweizerdeutsch und Deutsch

Ich kann mich nicht erinnern, Deutsch gelernt zu haben; die Eltern lesen oft vor; in der Schule steige ich mühelos um und zurück, wenn auch in ländlich schweizerdeutscher Aussprache. Meine Hemmungen vor dem abfallenden Schluss-E überwinde ich erst in der 3. Klasse. Dass man nicht wie ein buchstabierender ABC-Schütze Tagé, Mühé, Schulé, sondern Tagö, Mühö, Schulö sprechen sollte, geniert mich entsetzlich. Als mir dämmert, dass man dies nicht zu betonen braucht, sind die Hemmungen überwunden. Tagə: nichts natürlicher.

Als wir in der 5. Klasse der Sprache grammatikalisch zu Leibe rükken, halte ich's für unnötig, Konjugation von Deklination zu unterscheiden, überhaupt Grammatik zu lernen. Als Raumer mich auffordert, die vier Fälle des Wortes «der Mann» herzusagen, bleibe ich stumm. Um so prompter schnarrt meine Nachbarin über dem Mittelgang, Rosmarie mit den roten Haarmaschen, «der Mann, des Mannes, dem Manne, den Mann» herunter. Raumer ist beglückt: Das kommt ja wie aus der Kanone geschossen! Und er macht Rosmarie schwache Hoffnung, vielleicht, wenn sie sich von nun an ins Zeug lege wie ein Ackergaul und ihr Schwatzwerk ausschliesslich für Antworten auf die Fragen des Lehrers in Gang setze, doch noch mit knapper Not in die Bezirksschule zu rutschen. Es gibt also eine Grammatik, welche die lebendige Rede in ihren Netzen fängt und sie darin zappeln lässt wie den Fisch im Netz und Richtig von Falsch scheidet. Absurd.

➤Elternsprache 84 ➤Vorlesen 45

Liedgut

Unser Gesangsunterricht begann mit «Alle Vögel sind schon da» und dem Kanon «Bruder Jakob», bei dem ich vor Angst, aus dem Takt zu fallen, den Anschluss verpasste. Er setzte sich etwas später fort mit «Lustig ist das Zigeunerleben, trarira», gewann Erhabenheit mit «Der Du die Himmel hältst in Deinen Händen», einem der zahlreichen Versuche, den allzu anspruchsvollen «Schweizerpsalm» resp. «Rufst du, mein Vaterland» als Nationalhymne abzulösen; offenbar sollte dessen Gesangstauglichkeit fürs Volk an uns Schülern getestet werden, auch wollte man uns wohl das Schicksal ersparen, «Froh noch im Todesstreich» zu enden. Nun steigerte die Musikpädagogik sich zum Sempacherlied «Lasst hören aus alter Zeit/von kühner Ahnen Heldenstreit,/von Speerwucht und wildem Schwertkampf,/von Schlachtstaub und heissem Blutdampf». Das Nazilied «Wir sind die jungen Schweizer,/gar heiss ist unser Blut», hatte die Tugend, mir endlich und für immer den Mund zuzusperren – aus Scham und Ekel.

Wenn schon eine Nationalhymne sein musste, warum konnte diese nicht das «Beresinalied» sein? Was sind wir im besten Falle? Brüder (und Schwestern). Was ist unser Leben andres als eine Reise in der Nacht?

➤Friede 94 ➤Klavierspiel 136 ➤Krieg 36 ➤Kriegsschuld 91 ➤Schlagen 38

Raumer

«Hört, was das Moser zusammengeschludert hat. ‹Gestern liefen wir› – gemeint ist die Familie Moser, die Eltern, das Moserli und zwei Brüder –, ‹weil es schön war, von der Ringmauer ins Kunzenbad. Beim Kunzenbad angekommen, bellte der Hund, und Vater sagte, jetzt laufen wir auf den Heiternplatz, dort hatten wir Durst und tranken, und vom Heiternplatz liefen wir wieder in die Ringmauer. Fritzli musste hatschielen und schnuderte in den Nasenlumpen. Der Spaziergang hat mir fest gefallen.›» Raumer, das Gesicht abgewendet, schüttelt mit zwei spitzen Fingern das Aufsatzheft von Ruthli Moser aus, als ob es von Läusen wimmelte, und das Löschblatt trudelt übers Pult weg zu Boden. «Stellt euch die Mosers vor! Es ist Sonntag, und weil's schön Wetter ist, brechen sie, Vater voran, im Sturmschritt aus ihrem Loch in der Ringmauer ins Freie, rennen durchs Pomernquartier ins Kunzenbad, immer voran Papa Moser, dann das Moser und seine Brüder, zuhinterst keuchend Mutter Moser. Doch Moser *père* hat den Sonntag und das schöne Wetter im Nacken und rennt, die Familie auf den Fersen, auf den Heiternplatz. Dort langt man schweisstriefend an und lappt Wasser aus dem Brunnen. Nun könnten die Mosers verschnaufen und die Aussicht auf unsre schöne Stadt mit Mauern, Türmen, der Kirche und den behäbig in die Obsthänge gelagerten Villen geniessen. Sie aber sind nicht zu bremsen und rennen im *Garacho* durch die Pünten und über den Hirzenberg hinunter, um ja früh genug wieder in ihr Loch an der Ringmauer zu schlüpfen. Doch da bekommt Bruder Fritz den Schnupfen. Undsoweiter. Moser, du bist die stockdümmste Gans, die ich je habe mitschleppen müssen! Laufen, hochdeutsch, meint rennen, *louffe* heisst gehen, *hatschiele* niesen, *iNaselumpe schnudere* sich ins Taschentuch schneuzen! Oder entleert ihr Mosers eure Rotznasen in alte Scheuerlappen? Würd mich nicht wundern. Und du willst in die Sek? In der Oberschule werd ich dich anmelden, denn irgendwo muss man dich reif werden lassen, bis du von selbst aus der Schule faulst, und Herr Keller wird Gott danken, sobald er dich durchgeseucht hat. Wenn du so lang wie dumm wärst, du könntest über den Mond weg aus dem Dachkännel Wasser lappen, und wärst du so klein wie deine Intelligenz, Moserli, du könntest in jedes Mausloch schlüpfen und dort den Hochsprung üben! Huschhusch!» Raumer verscheucht einen bis zur Unsichtbarkeit verächtlichen Floh mit der linken Hand. «Nimm endlich dein Löschblatt vom Boden! Ja, die Mosers in ihrem Ringmauerloch: Du wohnst, wo du hingehörst. Das nächste Mal liegt ein sauberes Löschblatt im Heft, und du hast den Aufsatz fehlerlos abgeschrieben, sonst schreibst du ihn im Arrest noch ein drittes Mal. Da hast du dein Meisterwerk!» Raumer wirft das Heft vor Ruthli Moser, die unter ihm in der ersten Reihe sitzt, auf die Bank, dass es klatscht wie eine Ohrfeige. «Und heul nicht schon wieder! Heulen können sie, gescheiter werden nicht! Dumm, dümmer, am dümmsten – jetzt werden wir das Eigenschaftswort weiter steigern, schaut euch das Moser an: saudumm – dreckdumm – stinkdumm. Heb endlich deinen Schnuderlappen auf, dem ihr Mosers Löschblatt sagt!»

Klein, unterernährt, bleich und braunschopfig, rappelt Ruthli Moser sich aus der Bank hoch, schleicht geduckt zum Mittelgang, den linken Unterarm im roten Pulloverchen vor Mund und Nase pressend, und grapscht halbblind vor Tränen, am dreckgrauen Schulzimmerparkettboden herum nach dem Löschbatt.

Er galt als der Star. Keiner hievte und mostete so viele Fünftklässler in die Bez wie Raumer. Daran wurde er gemessen, darob war er hochgeachtet. Er leitete die Sektion Zofingen des Schweizer Jugendhilfswerks Pro Juventute. Er hat unsre Kindheit im 11. Lebensjahr ins Grab geschaufelt. Er trug eine randlose Brille, hatte graues, nach hinten gekämmtes Haar und züchtigte seine Strafkompanie vokal. Er war das lebende Lehrersyndrom. Kinder, ihre ängstlichen Seelen, ihr fragiles Selbstbewusstsein, waren sein Morgarten und Sempach. Er hätte ein guter Lehrer sein können, doch sein Auftrag: «Rein in die Bezirksschule!» hat ihn geschlissen. Dafür hielt er sich schadlos.

Ich sehe ihn am ersten Schultag. Er thront friedlich hinterm Katheder, und der Reihe nach muss jedes von uns aufstehen und seinen Namen nennen. Er zieht die Karteikarte und wirft einen prüfenden Blick auf die Personalien. Ein dickliches rothaariges Mädchen ist an der Reihe: Erna Leu. – *«Löi?»* Raumer studiert die Karte. Der Abglanz innern Triumphs erhellt sein Gesicht: *«Aha, soso, auso duu bisch sLöi ungchunnsch eerschno usem Rohrbachgrabe, natüürlech, has tängkt, alli Zigüüner chömed usem Rohrbachgrabe, döört hepmese siinerziit versoorget. Aber scho chrüüchets wider atSunne, säh wämmer dänn no luege, und rooti Hoor hesch au no, diir isch sZigüünerbluet iChopf gschtige. Daas wiirpmer au öppis Guets sii! Hockap umpmach äntlech de Chlaffe zue.»* Damit ist Erna Leu abgeschrieben.

Raumer in der Primarschule und Vogel in der Bez. Vogel war abscheulich, weil er den Sadismus genoss und nach jeder Bestrafung laut sich selbst belobigte. Klatschten Ohrfeigen, prasselten Arreststunden, musste man ihm mit lauter Stimme danken. Tat man es zu leise, verdoppelte sich die Strafe, und Vogel rühmte sich seiner Gerechtigkeit wie Gott im Buch Hiob. Raumer schlug nie, er genoss subtiler. Er demütigte ohne Ansehen der Person, um der Leistung aufzuhelfen – zu unsrem «Besten». Raumer wusste intuitiv, wie man schulschwache Kinder am tiefsten verletzt, am nachhaltigsten kaputtmacht: mit unablässig über sie herabtröpfelndem, beissendem Hohn. Ruthli wurde nicht nur als *das* Moser, sondern in seiner Familie und deren Grundschichtzugehörigkeit vernichtet. Raumer besprühte, gut sichtbar, wenn die Morgensonne ins Zimmer fiel, die stumme Hilflosigkeit und die Tränen der Unbegabten, die er in der vordersten Bankreihe zusammengezogen hatte, mit seiner nassen Aussprache. Raumers Hatz war sanktioniert von der Gesellschaft, welcher die Schulleistung alleingültiges Kriterium für die Beurteilung eines Kindes war.

Verleumde den armen Schulmeister nicht, der schon längst das Gras von unten betrachtet! Obige direkten Reden sind weitgehend Zitat aus der Erinnerung, Beweis, wie unauslöschlich Raumer die Gemüter zu tätowieren wusste. Mir ist er nie zu nahe getreten. Einmal, weil mein Vater in der Schulhierarchie ein entscheidendes Stockwerk über ihm logierte, zum andern, weil ich vermutlich einer der paar Lichtstrahlen unter so viel vermeintlicher Intelligenzverdunkelung gewesen bin. Denn die beiden Fächer, welche Raumer am liebsten, ja, meine ich, hervorragend unterrichtete, Heimatkunde und Geschichte des Kantons Aargau, waren für mich Stunden halb mystischen Glücks. Raumer erzählte spannend; ich habe ihn weder gehasst noch gefürchtet. Er stand in der Glorie dieser beiden Fächer. Der Arme war wie seine Schüler ein Opfer.

Einen Erfolg über mich hat er verbucht: Ich habe ein Jahr lang an Magen- und Darmkrämpfen gelitten. Dann bettete mich der ausgebildete Samariter eigenhändig in die leere hinterste Bankreihe, träufelte Kirsch auf einen Würfelzucker und steckte mir diese Widrigkeit in den Mund. Der Unterricht nahm seinen Fortgang; zusammengekrümmt starrte ich an die weissgraue Zimmerdecke. Meine Eltern waren ratlos, brachten mich ins Spital; Darmeinlauf, Röntgenaufnahme: nichts. Der Vorschlag wurde erörtert, mir wie meinem Bruder prophylaktisch den Bauch aufzuschneiden und bei diesem Augenschein gleich den Blinddarm wegzumachen. Die Diskussion zog Fäden, bis ich Raumers Strafkolonie entronnen war und die Krämpfe verschwanden.

Zur selben Zeit hat mir das TUTTI, das Kindersanatorium der Pro Juventute in Davos, gedroht. Asthmaanfälle und Absenzen häuften sich, die Eltern bekamen es mit der Angst zu tun, ich könnte den Anschluss an die Bezirksschule verpassen. Ich habe mich hartnäckig gewehrt – und mich durchgesetzt. Die Verbannung unterblieb.

➤Aargauer Schulwand- und Schülerkarte 77 ➤Ersticken 153 ➤Aufsätze verbessern 69 ➤Gerechtigkeit 281

Schulzimmer des Vaters

Während der Kinderjahre habe ich das Zimmer des Vaters nur als Besucher betreten, frei von meiner Scholaridiosynkrasie; erst als noch nicht schulpflichtiges Anhängsel der Mutter, wenn sie bei aktivdienstlicher Abwesenheit des Vaters unterrichtete, später hat der Vater mich mitlaufen lassen, sooft die Mutter abwesend und niemand sonst zu Hause war. Für mich war es das schönste Zimmer im Schulpalast, und wenn es das nicht sein konnte, da alle Zimmer mit ihren hohen Plafonds und grossen Fenstern einer Universität würdig waren und einige mehr als drei Fenster besassen, dann war es mit Gewissheit das vornehmste. Im obersten Geschoss gelegen, schloss es nördlich an die Aula an, welche die ganze Breite des Mittelrisalits der Hauptfront einnahm. Ich bin während der ganzen Primarzeit im Nordflügel zur Schule gegangen. Versuche ich die Schulzimmer mit den in ihnen waltenden Lehrern zu besetzen, gelingt mir dies nur in der Nordhälfte. Meine Parteilichkeit hatte noch einen Grund: Ein Kind nimmt die Umwelt unter den Vorzeichen von Liebe, Neugier oder Angst wahr. Nord- und Südteil wurden im Hochparterre durch das auf Bodenniveau abgesenkte, finster-unheimliche Atrium getrennt, wo der Karzer lauerte. Man stieg im Halbdunkel einige Stufen hinunter und drüben erleichtert wieder ans Licht. Im obersten Geschoss trennte die Aula; sie zu durchqueren war Schülern nur als Boten von Lehrer zu Lehrer erlaubt. Nachrichtenübermittler: Man empfand mulmigen Stolz, beim Durchschreiten der Aula legal ein Verbot zu brechen.

Während der Primarschulzeit bin ich zwei Jahre im Hochparterre und drei Jahre im zweiten Geschoss unterrichtet worden; das oberste Stockwerk war der Bezirksschule vorbehalten; offenbar wurde weite Aussicht mit Erkenntnis gleichgesetzt. Ich bin nicht selten kurz vor Pausenende – die Pause war «im Freien» zu verbringen – oder nachdem meine letzte Unterrichtsstunde ausgeläutet war, die Treppe hochgerannt, um meinen Vater zu begrüssen, zuweilen, um ihm etwas auszurichten, häufiger wohl, um mich zehn Sekunden lang in der Zuneigung von Julius Rütsch zu sonnen.

Meine freundschaftliche Beziehung zum Vaterzimmer kulminierte am Vorabend des Kinderfestes während der Hauptprobe des Mädchenreigens, die als erste von zwei öffentlichen Aufführungen galt. Er entfaltete sich gut 15 Meter in der Tiefe auf der Turnplatzwiese. Die klassische Musik schallte über den Rasen; die Mädchen in weissen Tüllkleidern schwärmten aus den Turnhallen. Ich lag in einem der drei grossen Fenster, die nach Osten gingen, neben mir der Bruder; hinter uns oder in einem andern Fenster standen die Eltern. Ich kam mir als Mitbesitzer der Loge vor, besonders dann, wenn Lehrer, deren Zimmer anderswohin blickten, eintraten und um die Erlaubnis baten mitzuschauen. Die Herren, mit oder ohne Gattin, traten herzu, bedankten sich, während ich mich, meines natürlichen Anrechts wegen, nicht zu bedanken brauchte. Ihre Schulautorität war dahin, sie grüssten wie normale Menschen und liessen mir auf Radiator und Fenstersims den Vortritt, reihten sich hinter mir ein, und ich glaubte zu wissen, dass sie einen Teil der ihnen gewährten Gunst auch meiner Grosszügigkeit verdankten. Denn hätte ich mich nicht gegen den Zutritt gewisser Dritter verwahren können? Was, wenn meine Gründe zwingend gewesen wären? Hätte der Vater sich trotz eines noch nicht besetzten Logenplatzes höflich entschuldigt: Alles längst vergeben! Wäre er über meinen Einspruch hinweggegangen? Ich habe es nie versucht, vor allem wohl weil kein Anlass bestand, da meist Freunde wie Frank Bertschinger anklopften, und auch weil es schöner ist, seine Macht potentiell auszukosten und sie nicht auf die Probe zu stellen.

➢Kinderfest 185 ➢Klavier und Saurier: Frank Bertschinger 249 ➢Lehrerssohn 272
➢Jules Rütsch 245 ➢Schulhaus 54 ➢Turnplatz 170 ➢Vorausschule 46

Intermezzo: Aargauer Schulwand- und Schülerkarte

Neben der Wandtafel von Raumers Zimmer hängt, einige Spannen unter der Decke, ein knapp zwei Meter langer Holzstab, um den eine Wachstuchrolle gewickelt ist, die Aargauer Schulwandkarte. Ob wir rechnen, schreiben oder von Bürgern, Rittern und Zenturionen hören: meine Gedanken kreisen um dieses Mysterium. Uns hat Raumer die Schülerkarte des Kantons im Massstab 1:100 000 ausgehändigt, mit Ermahnungen, ihr Sorge zu tragen, doch für immer. Meine erste geographische Karte, und sie bleibt mir unter den Geschenken, die dieser Staat seinen Kindern macht, das liebste. Ich hüte sie und halte sie sauber von Tintenklecksen und Radiergummikrümeln, und wenn der Lehrer, was fast jeden Tag vorkommt, in die Ecke tritt und die Karte entrollt, indem er zwei Schnüre löst und gemächlich durch die Finger schlurren lässt, habe ich die meine längst auseinandergefaltet.

Heimatkunde, geographisch und historisch, muss Raumers Lieblingsfach gewesen sein, er hat lebhaft erzählt und einfallsreich unterrichtet, er hat mit Perlen die unreifen Ferkel überschüttet, die er vor sich hatte. Der Heimatkundeunterricht scheint die vorzugsweise bei Fünftklasslehrern auftretende lokalantiquarische Manie zu befriedigen. Denn ist die Geographie des Kantons Aargau, versteht man sie aus ihrer chartomystischen Tiefe, nicht der unwiderlegliche Beweis der Existenzberechtigung des aargauischen Fünftklasslehrers? Rechnen, Schreiben und Lesen einpauken kann jeder *Dubel* zwischen Weltevreden und Flagstaff. Dagegen erschliesst sich die tälerreiche, faltengesegnete, ruinenübertrauerte, von Bahnen und Bähnchen, Strassen und Strässlein durchschlängelte, mit Städtchen und Dörfern wie mit Flicken und Noppen durchsetzte, von Aare, Reuss, Limmat und den Grundwasserströmen eingeweichte und vom weltberühmten Rhein im Norden gegen ein drohendes Deutschland abgeschirmte Geographie des Kantons Aargau in ihren Subtilitäten denn doch nur dem im ehemaligen Kloster Wettingen als Internatszögling zur Reife gebrachten und im selbstlosen Schuldienst ergrauten Fünftklasslehrer. «Gestern haben wir den gewaltsamen Tod von König Albrecht von Habsburg durchgenommen. Wo ist er seinem Mörder erlegen? Hartmann?» – «König Albrecht ist seinem Mörder in Königsfelden erlegen.» – «Wie hiess der Schurke? Siegrist?» – «Der Schurke hiess Johannes Parricida.» – «In welches Jahr fällt die abscheuliche Untat? Abt?» – «Die abscheuliche Untat fällt ins Jahr 1308.» – «Sehr gut, wir schweigen während einer Minute für den aufs Rad geflochtenen Mitverschwörer, den jungen Freiherrn von Warth.»

In Raumers krähende Stimme hat sich ein weicher Beiklang gemischt, der Märchenerzählerton. Er blickt versonnen über die kurzgeschorenen oder bezopften Esels- und Schafsköpfe hinweg auf die staubweissliche Hinterwand des Schulzimmers, die von zwei Plakaten, eins über Lebensrettungsmassnahmen bei Ertrinkenden, das andre über geschützte Pflanzen im Kanton Aargau – «Lass ab Hand und Fuss von jeglichem Frevel an Pflanzen» – verschönt wird. Ja, wer erahnt, was für einsam blauende Höhen, efeuüberwucherte Mauerreste, rauschende Bäche, klappernde Mühlräder, friedlich in den Winterabend rauchende Strohdachdörfer, einsam im Mittagsglast schlummernde Weiler, von keines Menschen Fuss je betretene Waldschluchten, was für stampfende Fabrikhallen, vesperläutende Kirchen und avebimmelnde Kapellen, bemooste erratische Blöcke, Grundmauern römischer Theater und Villen in *Opus reticulatum* oder *spicatum*, welch hämmernde Nagelschmiede, kühne Flösser, die Kehlen voll wehmütiger Lieder, gutmütige Buschauffeure und unterm Westwinddirigat rauschende Wälder nunmehr und trotz der dummen Plakate während einer Minute durch die Oberfläche der staubweisslich getünchten Hinterwand des nach Osten orientierten Klassenzimmers schimmern. Eine Dia-Schau. Grad wie auf der grundierten Leinwand seinerzeit vor dem grossen Rubens seine mythenbelebten Landschaften. Ja, gab es nicht auch im Aargau diese ahnungslos verspielten, etwas zu dicklich geratenen, einladend zum Bade sich räkelnden Dorfnymphen und Gemeinderatsgattinnen?

Vielleicht ist die Erinnerung des Mannes fast scheu in die Zeiten seiner ersten Vikariate auf dem Dorf zurückgeschweift, in Oberbözberg oder Böbikon im Studenland oder, wer weiss, Balzenwyl am Boowald. Damals war der Lehrer, die nüechteligen Korridore und die dumpfige Klosterkirche von Wettingen noch im Gemüt, Selbstversorger mit Buschbohnen und Kohlrabi – und Kulturbotschafter auf dem Land.

Vielleicht aber sind diese Raumer zugeschriebenen Wallungen nur durch mein Bubengemüt gezogen, wenn ich die vom simulierten abendglarigen Herbstföhnlicht der Kartenkoloristen von Südwesten her übergossenen Waldberge und Täler durchstreift, in jedem der grünen Waldpunkte eine knorrige Eiche oder silbrige Buche gesehen, die braunen Winkel der Burgruinen erklettert und die roten Halbkreisscheiben der prähistorischen Tumuli nach rostigen Eimern voller Goldmünzen durchwühlt habe. Jahrelang habe ich mir gewünscht, Besitzer einer Schulwandkarte zu sein. Denn wieviel weiter, einsamer, menschenleerer erschien auf diesem unerschwinglichen und unerreichbaren Unterrichtsmittel im Massstab 1:40000 der Raum zwischen den Weilern Galten und Büren im Sulztal, zwischen Rütihof und Wannenhof, Ampferen und Elfingen, wo die Elfen wohnten! Auf dieser Karte hätte ich für immer der Welt verlorengehen können. Es hätte nur eines Zauberspruchs bedurft, der die seltsam klingenden und unerklärlich rätschenden Namen des Kantons aufreihte – eine Gebetsschnur. Ich hätte um Mitternacht mit leicht verschatteter Stimme den Zauber gesprochen und wäre in die Karte eingetaucht wie das Gespenst König Rudolfs von Habsburg ins Weihrauchfass von Muri. Doch dieses Geschenk hat Raumer mir nicht gemacht. Erstens geht die Freigebigkeit des Staates Aargau so weit nicht, zweitens ist Heimatkunde keine Wissenschaft für Grosszügige. Die Schulwandkarte verschenken und auf eigene Kosten eine neue anschaffen? Da werden Aare, Reuss und Limmat eher in den Thuner-, Vierwaldstätter- und Zürichsee zurückfliessen oder die Gehälter der Fünftklasslehrer verdoppelt.

Ein Papierkügelchen prallt an der Wandtafel ab. Raumer hat die Gedenkminute weit überzogen. «Wer ist das gewesen?» – «So, niemand? Ganze Klasse eine Stunde Arrest!» – «Aha, der Daetwyler! Heute von vier bis sechs. Ich hatte schon alle Hebel in Bewegung gesetzt, dass wir heuer nicht die obligate Schulreise aufs Gebenstorfer Horn abtippeln müssen.

Das werd ich nun bleiben lassen. Welche Flüsse strömen übrigens am Fusse des Gebenstorfer Horns zusammen? Hauri!» – «Am Fuss des Gebenstorfer Horns strömen Aare, Reuss und Limmat zusammen.» – «Richtig, doch unvollständig. Du hast den Höhlibach übersehen, der, auf der Münzlishausener Hochfläche entspringend, sich nach 3,1 Kilometer langem Lauf unterhalb der Gebenstorfer Kirche in die Reuss stürzt, nicht ohne vorher noch eine Knochenmühle angetrieben zu haben.» Raumer winkt mich nach vorn und drückt mir den Zeigestock aus Bambusrohr in die Hand: «Wir alle möchten wissen, welche Verkehrsmittel auf welchen Strecken wir benutzen müssen, um von Zofingen nach Schupfart und von Schupfart nach Aettenschwil zu reisen.»

Fussangel an Fussangel. Der Aufgerufene fährt mit dem Zeigestock langsam die Strecken ab und nennt die öffentlichen Verkehrsmittel. Wahrhaftig, denkt Lehrer Raumer, in diesem Kopf hat die Aargauer Verkehrsgeographie kräftig Wurzeln geschlagen. Doch schon zeigt sich der Pferdefuss jeglicher kopflosen Schülerbegeisterung. In Schupfart zögert der Bub: «Ich würde, statt die Strecke von Mumpf bis Brugg wieder zurückzufahren – das ist langweilig –, über die Ruinen Thierstein, Homburg und das Horn von Wittnau wandern, wir sind ja auf der Schulreise. Erst in Wittnau würde ich wieder das Postauto Richtung Wölflinswil, Oberhof, Benkerjoch, Küttigen und Aarau besteigen. Von dort würde ich mit der Wynentalbahn nach Suhr, ab Suhr mit der Nazibahn bis Hendschiken und ...» – «Falsch!» kräht Fünftklasslehrer Raumer, der Mühe hat, bei der extemporierten Reise mitzuhalten und soeben im Dorf Oberhof angekommen ist. «Falsch! A: Wer sagt, wir seien auf der Schulreise? B: Die Strasse von Oberhof übers Benkerjoch nach Küttigen ist nicht gestrichelt, also gibt es keinen Postautokurs. Du hast Flausen im Kopf. Geh an deinen Platz. Nur über Frick, Herznach, Ueken, Densbüren und die Staffelegg wirst du dein Ziel erreichen. C: Die Nazibahn heisst Nationalbahn und fährt nicht über Hendschiken, sondern von Suhr über Lenzburg und Othmarsingen nach Mellingen und Baden-Oberstadt.» Raumer lächelt versonnen: «Kann jemand unter euch mir sagen, wer in Othmarsingen wohnt?» Robert Kammermann streckt auf und hackt mit dem gekrümmten Zeigefinger in die Luft: «In Othmarsingen wohnt meine Gotte Rickli.» Das Leuchten auf Raumers Gesicht erlischt, er lässt stöhnend den Atem fahren: «Ihr seid wirklich die hoffnungsloseste Herde von Hornochsen und Gänsen, denen für des Teufels Dank die Saat des Wissens in die Hohlköpfe zu streuen ich die Plage gehabt habe. Kammermann, bis morgen schreibst du mir zwanzigmal den Satz: ‹In Othmarsingen an der Nationalbahn wohnt die grösste Aargauer Dichterin, unsre hochverehrte Sophie Hämmerli-Marti. ›»

➢Jahrhundertstimmungen 135 ➢Karte und Landschaft 140 ➢Raumer 71 ➢Rittertum und Burgen 107
➢Schulhaus 54 ➢Statistik 143 ➢Zahlenspiele 142

Zofinger Tagblatt, 12. Juli 1946

Zofingen–Suhr–Aarau elektrisch

Für das Einzugsgebiet der neuelektrifizierten Bahnstrecke bedeutet das Inkrafttreten des ausgebauten Fahrplanes am 15. Juli eine grosse Wohltat. Denn sowohl der Personen- wie der Güterverkehr mussten – als Folge des Kohlenmangels – während den letzten Jahren auf ein Minimum an Zugsführungen reduziert werden. Heute sind es nur fünf bzw. sechs Zugspaare, welche die Linie befahren. Ab 15. Juli erfolgt ein *Ausbau auf 12 bzw. 13 Zugspaare.* Die Anschlüsse an alle wichtigeren Fernverbindungen sind in Zukunft sowohl in Aarau wie in Zofingen garantiert.

IV. Die Familie

Kunst des Befehlens

Ich bin nie geheissen worden; ich wurde gefragt. Vermutlich hat das Bürgertum des 19. Jahrhunderts den Fragebefehl entwickelt. Für solche Subtilitäten haben Kinder wenig Verständnis. Hol mir vier Liter Milch! Und basta; ich hätte weniger ungern gehorcht. Statt dessen kamen Anfragen, die das Ja oder Nein meiner moralischen Reife überliessen. Dies weckte Widerstand, denn die Bitte meinte: Du musst.

Du hättest heut nachmittag wohl nicht Zeit, das Salatbeet umzugraben? Ich hasste diese Arbeit. Was subsumierte die Frage? Dass meine Spontanreaktion «nie im Leben» mich vor mir selbst als bar jeder Hilfsbereitschaft blossstellte. Es war meine persönliche Aufgabe, mich soweit selbst zu erziehen, dass ich freudig ja sagen und den Abenteuerzug im Wald, den ich geplant, ins Kamin schreiben würde. Ein strahlendes Ja zu einer verhassten Pflicht aber war Heuchelei, und ich würde es mir nie abringen. Warum nicht: Grabe mir bitte das Salatbeet um, ich bin müde. Und ich hätte gedacht: Zwar tu ich's ungern, doch deinetwegen, Mama, sei es getan. Statt dessen blieb mir nur, mich in stummer Wut darauf einzustellen, das mistige Beet umzugraben. Auch du wirst dir überlegt haben, ob du die Eier nicht vor dem Mittag holen solltest. Es sieht nach einem Gewitter aus. Klar hatte ich – und damit gerechnet, dass das Donnerwetter mich der Pflicht entheben würde, am Nachmittag nach Kaninchendorf zu *tschieggen* und die blöden vierzig Eier zu holen, die in derselben Qualität in der Stadt zu haben waren. Doch Walti Plüss war ein Dienstkollege des Vaters.

Die Kaschierung des Befehls als Vorschlag oder Bitte gab mir allerdings eine Waffe in die Hand: mich an den gewählten Code zu halten und nicht zu reagieren. Die Frage «Hättest du nicht?» muss auch mit der Antwort «Ich habe nicht» rechnen. Linguistisch-syntaktisch konnte niemand mir einen Vorwurf machen. Als mich die Mutter einmal zu Ferienbeginn fragte, ob nicht auch ich nunmehr in Ruhe den Schulstoff repetieren möchte, versagte die Form. Es ist nie zu solcher Entselbstung gekommen. Vermutlich habe ich in Schuldingen zum ersten Mal genügend Wut im Bauch gehabt, um ein Nein für ewig zu verantworten. Der Vorschlag war eine Zumutung. Zu meinem Besten tat die Mutter ihn dennoch – dies eine Mal zuviel. Der Moment markiert eine Wende. Bei Elfjährigen ist es zu spät, die Befehlsform einzuführen. Allmählich engte sich der Spielraum ihres Vorschlagsrechts ein.

Diese Jahrzehnte zurückliegenden Fragebefehle machen es mir bis heute schwer mit der Pflicht, selbst wenn deren Erfüllung interessant wäre. Ich kann nicht anders, als mich gegen ein von Dritten auferlegtes Muss zu sträuben, trotz Einsicht in dessen Berechtigung. Es braucht quälende Selbstüberwindung. Ich habe nie gelernt zu müssen.

›Freiheit des Kindes 111 ›Gartenkies 103 ›Milch 100 ›Moral 115 ›Schuhputzer 102

Orangen

Im Winter verkauft Gemüsehändler Hostettler in der Unterstadt Orangen. Sie sind kostbarer als Mandarinen, grösser, kugelig, und ihr Aroma ist eine Exklusivität; ich presse jedes Stück Schale aus, biege es, drücke, bis das ätherische Öl ins Licht spritzt, es verbreitet seinen fremdartigen, herbsauberen Duft und brennt in den Augen. Halte ich es über eine Kerze, sprühen winzige gelbgrünliche Flämmchen. Wie manche Orangenschale müsste ich auspressen, bis das Wohnzimmer wie ein Orangenhain duftet?

Für mich schält der Vater die Früchte. Erst hebt er mit einem entschiedenen Schnitt die Kuppe ab, wo die Orange am Stiel gehangen hat. Der Nordpol ist jetzt flach und weiss. Nun führt er einen Schnitt über den Bauch bis fast zum Südpol, einen zweiten, dem ersten genau gegenüber, dann einen dritten und vierten, senkrecht zu den beiden ersten. Die Schale ist in vier Schnitze zerteilt, die nur am Südpol noch verwachsen sind, doch dies bemerkt nur, wer zugesehen hat. Der Vater schiebt die Klinge in einen der Schnittmeridiane ein, lockert und löst die Schale vom Fruchtfleisch bis unter den Äquator; so verfährt er mit allen

Vierteln, wobei er die Orange dreht. Ein Kelch hat sich unter der Frucht geöffnet. Im letzten Durchgang löst er sie bis ans Ende der von Pol zu Pol laufenden Meridiane ab, legt das Messer hin und spreizt die Schnitze der Frucht. Nun sitzt eine rotdurchäderte Seerose auf vier orangegoldenen, innen milchweissen Hüllblättern. Da! Der Vater lächelt, wie er sie mir auf der leicht geöffneten Hand herüberreicht.

➤Kirschen 167 ➤Rationierung 95

Elternsprache

Welche Sprache haben sie benutzt, wenn sie in unsrer Gegenwart über den Tisch hinweg Dinge beredeten, die nicht für unsre Ohren bestimmt waren? Italienisch wohl, hatten sie doch etliche Jahre in Mailand gelebt. Ich war zu klein, um unterscheiden zu können. Ich erinnere mich an Frustration, auch beim Hören von Schallplatten, die meine Tante aufgenommen hatte. Unterschiede in der Lautung, ja, doch diese einer bestimmten Sprache zuzuordnen, war mir unmöglich. Vom Dialekt zur Hochsprache wechselte ich spielend; demnach mussten Fremdsprachen ungeheuer verschieden sein, oder dann war ich unmusikalisch und unbegabt. Dass man von einer Sprache den ihr eigenen Klang und einige Worte kennen muss, ging mir damals nicht in den Kopf.

Und *was* mögen die Eltern sich mitgeteilt haben? Zunächst bin ich geneigt anzunehmen, dass sie ihrem Ärger über unsre Unarten und Torheiten Luft machten. Dem widerspricht, dass nachher kaum gescholten wurde und in meiner Erinnerung die Elternsprache mit Neugier verbunden ist. Vermutlich ist sie meist in heiterer Stimmung verwendet worden; das Erfreuliche, die Beobachtung der kindlichen Entwicklung, überwog. Die Mutter führte Tagebuch über uns.

Es entsprach bürgerlicher Erziehungspraxis, Kinder möglichst wenig merken zu lassen, sowohl von den Sorgen wie auch, leider, von der Freude. Löbliches Verhalten wurde als natürlich vorausgesetzt. So bewegten wir uns meist in einem Raum stirnrunzelnden oder lächelnden Gewährenlassens. Geplaudert wurde frei und viel, doch die Rede der Freude war selten und gemessen. So tasteten wir uns über ein vor allem vom sogenannten Gewissen, diesem Laufgitter protestantischer Innerlichkeit, umschränktes Feld. Unser Hochmut wäre nicht ins Kraut geschossen, hätten wir mehr von der Freude der Eltern an uns gespürt. Sicher hat es eine Zeit gegeben, da ich mir selbst als gut erschienen bin. Bald jedoch, vielleicht mit 8 oder 9, habe ich lernen müssen, mit dem Bösen in mir zurechtzukommen.

>Eltern-Tabu 104 >Kind und Öffentlichkeit 275 >Kunst des Befehlens 82 >Patriarchat und innere Emigration 286 >Schweizerdeutsch und Deutsch 69

Die Schwester

Ich bewunderte ihr langes dunkelbraunes Haar, das, bevor sie die Zöpfe flocht, ihr frei um Gesicht, Hals und Schultern fiel, und ich wusste: So sollte sie aussehen, königlich. Mehrmals forderte ich sie auf, die Haare offen zu tragen; Zöpfe gäben ihr das Aussehen eines Schulmädchens. Doch sie fand, frei fallende Haare seien unpraktisch beim Turnen und Spielen, beim Kochen und Aufgabenlösen, im Garten, im Schwimmbad, auch müsse man offene Haare viel öfter waschen, sie würden gleich staubig und schmutzig. Nun, wendete ich ein, könntest du nicht ein goldenes Stirnband tragen? Das sähe noch viel schöner aus. Kriemhild und Brunhild haben ihre Haare lang und offen unter Kronen getragen. Und kannst du dir Hadwig und Hadumoth anders vorstellen als mit frei fliegenden Haaren? Auch hättest du dann kein Kopfweh. Doch selbst die Damen aus ihrem Lieblingsroman und der Hinweis auf ihr Jugendleiden vermochten meine Schwester nicht umzustimmen. Sie wollte nicht, sie fand langes Haar altmodisch – und überhaupt. Buben sind Phantasten und Mädchen Realisten.

Sechs Jahre älter als ich, hat Ursula mehr als die Hälfte ihrer Kindheit hinter sich, als meine Erinnerung einsetzt. So finde ich sie kaum je dort, wo ich bin, und ihre Ängste und Wünsche wirken hinter meinem Horizont. Mir Nebensächliches ist ihr wichtig und umgekehrt. Ich rühre keine Puppe an; sie hat einen Stubenwagen voll Kinder. Auch ihre Zornausbrüche verstehe ich nicht. Warum drängt es sie aufzubegehren? Mit unsren letzten Hausmädchen überwirft sie sich zuweilen und hängt ihnen Spitznamen an. Mir tun sie dann leid, vor allem Vroni. Steht sie den beiden im Alter zu nahe?

Doch ihr heiteres unbeschwertes Gemüt vergisst und vergibt leicht. Überall ist sie willkommen. Ihre Freundinnen Ruth und Annemarie, die Energische und die Sanfte, die älteren Schwestern unsrer Freunde Peter und Fritzi, verkörpern beide einen ihrer Wesenszüge. Als sie zum ersten Mal ihre Seminarklasse von Aarau nach Hause einlädt, bin ich in der merkwürdigen Lage, einen Nachmittag lang bemuttert zu werden. Zugleich aber will ich wissen, aus welchem Dorf jede stamme, und verschmelze ihr Gesicht und den Namen des Orts zu einem Geheimnispunkt auf meiner Aargauer Schülerkarte in kaltem Septemberspätlicht.

Als meine Schwester ihren Deutschvortrag über ihr Kopfkissenbuch «Ekkehard» auswendig lernt, stehe ich hinter ihrem Stuhl. Noch Wochen, nachdem sie ihn gehalten, weiss ich den Text von Anfang bis Ende. Allmählich entschwindet er mir dann doch, und wenn ich ihn mir vor dem Einschlafen vorsagen will und feststelle, dass die memorierten Bruchstücke immer kürzer werden, mache ich die erste schmerzliche Erfahrung des Vergessens. Die Bilder allerdings bleiben länger als die Worte. Zuletzt überlebt der Vortrag in meinem Kopf als wolkig helldunkles Gebilde. Viel erfundener Text hat sich eingeschlichen, der meinen eigenen poetischen Vorstellungen folgt; auch die Handlung ist durcheinandergeraten. Und doch bin ich, wissend, dass dies das Echte längst nicht mehr ist, recht zufrieden damit. Endlich unterscheide ich nicht mehr, wessen Worte mir durch den Kopf gehen, wenn ich in den Schlaf gleite. Die «Ekkehard»-Stimmung jedoch, ein zartes Abendgoldrot, darin die Bilder vorbeiwandern, fern und klein und scharf, als ob ich verkehrt durch den Armeefeldstecher des Vaters blicken würde, bleibt aufgehoben in ihrer Unantastbarkeit, auch dann, als ich das Buch selbst lese.

Spielend lernen: die beste Schule. Bedeutsam für mich war Ursulas Altgriechisch in der letzten Klasse der Bezirksschule. Ich, in der 3. Primar, machte mir die neue Schrift sogleich zu eigen. Sie wurde zu meiner Geheimschrift, kollerte und schlängelte sich fremd und zart über die Zeilen. Ich lernte gleich auch etliches Vokabular mit, um ein durchgepaustes Portrait Alexanders des Grossen, meines Lieblings, eine der sogenannten Ptolemäerkameen aus St. Petersburg, griechisch Αλεξανδρος μεγας beschriften zu können. Ich verwahrte es in dem mir überlassenen Winkel der elterlichen Bibliothek, und wenn niemand hinschaute, zog ich's hervor, blickte rettungslos verliebt auf die Schönheit dieses Menschengesichts und sprach langsam halblaut den altgriechischen Namen samt dem Beiwort aus.

›Jahrhundertstimmungen 135 ›Kindheit und Erinnerung 305 ›Vroni B. 96

Der Bruder

Er war der Erfinder der *Manschenattli*. Ein versunkenes Wissen signalisiert mir, dass die *Manschenattli* eine ausgefallen originelle, koboldartige Sippe waren, die ihre Umwelt pausenlos bass in Bestürzung versetzte. Die *Manschenattli* haben, wohl dank fragmentarischen Berichten meines Bruders, so starken Eindruck auf mich gemacht, dass ich darunter litt, nicht imstande zu sein, selbst ein solches Volk auszuhecken. Meine Phantasie lebte mit Wölfen und pflegte mit Parzival, Achill und Siegfried Umgang.

In der Kindheit sind vier Jahre das halbe Leben. Vom vierten bis zum fünften Weihnachtsfest: welch unvorstellbare, kaum zu erlebende Zeitspanne! Mein Bruder hat mich unsern Altersunterschied kaum merken lassen; nie hab ich gehört, ich sei zu klein oder zu dumm. Seine Abwesenheit in der Schule, wenn ich Lust zu spielen gehabt hätte: das waren die zwischen uns liegenden Jahre. Dass ich mit elf stenographieren gelernt habe, ist sein Verdienst. Er fragte mich zu Beginn der Sommerferien, ob auch ich es mir beibringen wolle. Gewiss wollte ich; wir übten Stolze-Schrey. Als ich das Wort «Recklinghauserinnen» – meine Erfindung, typisch für einen Geographieverrückten – fehlerlos schreiben konnte, fühlte ich mich der Kurzschrift mächtig.

Obwohl er nach Erhalt der bewussten Glückspost bat, mich im Spital zu lassen, hat mein Bruder mich nie zurückgestossen; wir stritten uns wie alle Geschwister, er war der Stärkere; die Siege hat er nicht missbraucht. Er gestand mir Ebenbürtigkeit zu und liess mich sein, der ich war: anders als er. Ein einziges Mal gelang es mir, ihn zu bodigen, ein unglücklicher Zufall. Regungslos, wohl weil ich ihm sehr weh getan, lag er auf dem Stubenboden; ich, schwer atmend über ihm, sagte: *Soo, ietz hesches*. Doch während dieser Worte bereits überfiel mich Panik, ich könnte ihn schwer verletzt haben. Ich war entsetzt, statt zu triumphieren. Er stand auf, wortlos, und ich hasste meinen Sieg.

Da Thomas mir um vier Jahre vorausging, hat er mir bei meinem Eintritt in die Bezirksschule und ins Gymnasium, die je vier Jahre dauerten, die grossen Erwartungen der Lehrer und einen guten Leumund vermacht. Er war fleissig, auf natürliche Weise wohlgelitten und respektiert. Er war im Löwen geboren und wies den Weg; dennoch blieb eine Sanftheit. Ich lebte, behindert durch die Krankheit, meinen einsamen Unternehmungen zwischen Realität und Fiktion.

Zuweilen fragte er mich, welchen Erdteil ich wolle; wir waren grosszügig im Aufteilen der Welt. Gleich fügte er bei, er wolle Amerika, damit ich ihm diesen fettesten Brocken nicht wegschnappe. Doch Amerika interessierte mich überhaupt nicht; ich hatte etwas gegen die Amerikaner, obwohl sie den Krieg gewonnen hatten. Ich wolle Asien und Russland, gab ich zurück, denn die Geheimnisse Indiens und Chinas und die Waldunendlichkeiten Russlands und Sibiriens hatten ein ganz andres Kaliber als die ewig erfolgreichen Amerikaner. Nun wandte Thomas ein, Russland sei doch mehr oder weniger in Asien enthalten, ich könne beides gar nicht wünschen. Dies war mir klar, dennoch blieb ich dabei: mein Weltteil war der Osten, Asien und Russland – und grösser war er auch.

Wir sind auf langen Waldspaziergängen sehr vertraut miteinander. In den Frühlingsferien vor Bezirksschulbeginn bitte ich Thomas, mir Französisch beizubringen. Die erste Fremdsprache macht mir angst, denn die Reaktion der Eltern auf meine Schülerlaufbahn ist von Sorge geprägt: zu liebe Lehrer, zu gute Noten, mangelnder Fleiss, ständig krank, so geht das nicht weiter. Auch er steht vor einem Anfang, in der 1. Klasse des Gymnasiums in Aarau. Der Unterschied: Ich habe ihm nichts zu bieten. Wir wandern einen Nachmittag lang kreuz und quer auf Nebenpfaden. Er spricht mir französische Vokabeln vor, ich spreche sie nach, er verbessert mich. Als zukünftiger Pädagoge beginnt er mit dem elsässischen Kindervers «Le boeuf – der Ochs, la vache – die Kuh, ferme la porte – die Türe zu». Bald kann er mich die Wörter auf deutsch abfragen, und ich antworte französisch. Der Wald ist schattengrün, mir kommt es vor, wir wanderten durch einen Laubtunnel, darin die Vokabeln jener fremdklingenden Sprache blinkten. Sie versammeln sich gleich einem Schmetterlingsschwarm. Keins will ich fahrenlassen, die Angst beginnt zu weichen. Wir nähern uns dem Waldtor, das aufs Hochfeld hinter dem Heiternplatz mündet. Da sagt er: Das genügt, mehr lernt ihr in den ersten Wochen nicht. Überwunden die Angst. Das Französische weht mich heute noch kühl und spöttisch an.

Von unsern Spielen weiss ich wenig mehr, als dass sie ausgiebig waren und wohl oft kindlicher, als es Thomi lieb sein mochte. Mit Ausnahme des von mir ersonnenen Feudalspiels wird die Erinnerung nur im unangenehm faden Metallgeruch der mit unzähligen Löchern für die Schräubchen gestanzten Meccanoteile und in zwei Kriegsspielzeugen lebendig, die ihm seine in Mannheim lehrende Tante Sängerin geschenkt hatte. Das unheimlich elegante, reptilgraue Schlachtschiff mit drehbaren Geschütztürmen schwamm quer über den Eisweiher, und der Kampfpanzer spie echte Funken aus dem Rohr.

Warum wird, scharf umrissen, Nebensächliches aufbewahrt? Warum versinkt unsre Lebenszeit rings um diese leuchtenden oder blutenden Steine in einer flauen Kollektiverinnerung? Zuweilen kommt mir vor, Tag für Tag, Jahr um Jahr seien damals im Wachtraum hingegangen.

>Eisenbahn 22 >Das Feudalspiel 132 >Fritzi 234 >Kindheit und Erinnerung 305 >Peter 233 >Schlitteln 172

Zofinger Tagblatt, 6. März 1949 Beilage «Der Hausfreund»

Warme Quelle am Kältepol

In der Sowjetrepublik Jakutien im nördlichen Sibirien liegt im Bekken des Indigirka der Kältepol, wo die Durchschnittstemperatur des Jahres –16 bis –17 Grad beträgt. Im Januar werden in der Gegend von Oimekon die niedrigsten Temperaturen gemessen, die in

Europa und Asien vorkommen: 65 bis 68 Grad unter Null. In dieser Gegend nun hat man unterirdische Quellen entdeckt die mit 5 Grad über Null an die Erdoberfläche treten; dichte Dampfwolken breiten sich über die Schneefläche. Auch im Norden von Oimekon hat man mehrere warme Quellen gefunden, von denen eine mit plus 8,5 Grad entspringt; sie nährt einen Fluss, der auf eine Länge von annähernd fünf Kilometer nicht zufriert, obwohl die Aussentemperatur 40 bis 45 Grad unter Null erreicht. Diese Quelle liefert 3000 Liter in der Sekunde. Das Landschaftsbild in der Umgebung der warmen Quelle ist ganz einzigartig: Hundertjährige Pappeln ragen 15 Meter hoch; neben ihnen gedeihen riesige Weiden, Birken und andere Bäume, während sonst nur Lärchen, Zwergbirken und Krüppelkiefern zu sehen sind. Der warme Bach hat einen ungeheuren Fischreichtum, und der Lachs liebt es, hier zu überwintern. Dass in dieser kältesten Gegend Sibiriens warme Quellen vorkommen, erklärt sich daraus, dass die Erdrinde noch in jüngster Zeit mehrfach durchbrochen wurde, so dass das Wasser aus den Spalten zutage treten kann, obwohl die ewig gefrorene Erdkruste 200 bis 250 Meter dick ist.

Das Teeservice

Die Eltern hatten es in Italien gekauft, Steingut mit figürlichem Dekor in Preussischblau, dessen Darstellungen mich grotesk, bedrohlich, phantastisch-finster anmuteten, weil ich vergeblich daran herumrätselte – Elemente einer Landschaft, Andeutungen von Gebäuden, Menschen und Tieren. Eine Angst blieb. Offenbar haben kleinere Kinder es ebensoschwer, komplizierte oder verzerrte Darstellungen zu entwirren wie verschachtelte Sätze zu zerlegen. Sobald ich das in zwei Hälften geschnittene Butterbrot, sonntags noch ein Stück Gugelhupf oder Hefering und ein Schokolädchen weggegessen hatte, begann ich die Tassen, Unterteller und Teller hin und her zu drehen. Der Blick irrte darüber hin, erfasste Einzelheiten und konnte sie nicht zum Passen bringen. War's ein Saurierkampf oder eine Hirtenszene in zerfallenem Burggemäuer? Das Nachtblau und am Tellerrand die hakenschlagenden Schmuckbänder suggerierten Gewalt und Tod. Um mich zu fassen, sammelte ich rings um den Tisch alle Schokoladepapierchen der Teetrinker ein, strich sie glatt und glänzend, vom Wald im Osten wölkte die Dämmerung herab, und ich fand in der mystischen Vollkommenheit der Farben Gold, Grün, Blau und Rot ein restloses Glück.

>Der Fingerring der Sängerin 248 >Grandhotel «Seelisberg» 183 >Glasmurmel Achill 35 >Vorlesen 45

Zofinger Tagblatt, 3. Februar 1944

Ruinenstadt Berlin

Im Westen sei der Kurfürstendamm nur noch ein rauchender Ruinenteil. Und grosse Teile von Charlottenburg und Schöneberg wären in ihrem jetzigen unbeschreiblichen Zustand überhaupt nicht mehr wiederzuerkennen. Aber auch im Osten hätten das alte Neukölln, Mariendorf und andere Stadtteile schwer gelitten.

In den Trümmern der Hausresten leben die Menschen jetzt ein unsagbar schweres Höhlendasein, für das vor allem die vollständige Dunkelheit nach Sonnenuntergang bezeichnend ist. Selbst Zündhölzer, Kerzenstumpen und kleine Taschenlampen müssten mit Papier abgeschirmt werden, da Fenster, die man noch verdunkeln könnte, fast nirgends mehr vorhanden wären. Zehntausende von Obdachlosen strebten mit Kleiderbündeln unter dem Arm den Evakuierungsbaracken zu. Im ganzen sei der Eindruck der Ruinen von niederdrückender Öde und Einförmigkeit. Die Haltung der Bevölkerung wird als geduldig, hilfsbereit und im ganzen erstaunlich aktiv in gegenseitigem Schutz und Beistand geschildert. Doch erlebe man es auch, dass selbst harte Fronturlauber in den immer wiederkehrenden Schrecken der Berliner Bombennächte schliesslich zusammenbrächen. Berlin ist heute eine tote Stadt. Aber um es vollständig zu zerstören, wären wohl noch zehn solcher Angriffe nötig wie die beiden letzten.

Kriegsschuld

Schmerzlich erregend waren die zwischen den Eltern und Tante Rosa ausgetragenen Dispute über die Kriegsschuld der Deutschen. Rosa, eine gläubige Frau, Hauswirtschaftslehrerin, wirkte in mehreren religiösen und karitativen Organisationen, so für die *gfallne Mäke* (lange hat's gedauert, bis ich begriff, was gemeint war). Sie stieg wohl fast jeden Sonntag zu unsrem Haus über der Stadt hinauf, erprobte neue Menüs für die Schule, war der Mutter behilflich und liess uns Kinder nicht aus den Augen, geschweige dem Sinn.

Die Auseinandersetzungen müssen kurz vor Kriegsende aufgeflammt sein. Schmerzlich waren sie mir, weil Streit zwischen Nahestehenden mir eine Qual ist, erregend, weil ich gerne auch eine Meinung gehabt hätte, mangels Wissen jedoch die Partei der Eltern, also der Alliierten und Sieger, ergreifen musste. Wie anders? Aber ungemütliche Zweifel an der von mir gewünschten fraglosen Gerechtigkeit dieser Position stellten sich ein. Für meine Eltern war die Globalschuld eine nicht diskutierbare Tatsache. Die mit jedem befreiten Konzentrationslager, mit jedem publizierten Bild unwiderlegbarer und unfasslicher ans Licht kriechenden Schlächtereien führten den Beweis. Man konnte, so schien es, nur eins wünschen: das Verschwinden der Hölle Deutschland.

Meine Tante sah die Sache weniger simpel, und sie verteidigte in den Streitgesprächen ihre Meinung mit nie wankendem Mut. Kollektivschuld? Nein! Die Deutschen seien nicht samt und sonders Kriegsverbrecher; die Verantwortung für die Vernichtungslager treffe eine winzige Minderheit, ja, auch hierzulande hätten sich Handlanger für jedes Verbrechen finden lassen, nur die Gelegenheit habe gefehlt. Man dürfe die vielen nicht vergessen, die Menschenleben gerettet, Verfolgte versteckt, das System zu unterwandern und zu bekämpfen versucht hätten und dafür hingerichtet worden seien. Denkt an Dachau, den 20. Juli 44, die Geschwister Scholl. Recht hatte sie. Sie hatte 1930 in den Bodelschwinghschen Anstalten von Bethel und Bethanien bei Bielefeld die Ärmsten der Armen gepflegt, Epileptiker, von Geburt an schwer Verstümmelte, gliederlose Fleischklumpen, deren wunderbarstes Lebenszeichen vielleicht ein Lächeln gewesen sei, wenn man sie gestreichelt und mit ihnen gesprochen habe. Sie erzählte, dass Friedrich von Bodelschwingh sich den von den Nazis in seinen Hospitälern beabsichtigten Tötungen sogenannt lebensunwerten Lebens unter Einsatz seines eigenen Lebens erfolgreich widersetzt und zusammen mit dem Bischof von Münster, von Galen, der Euthanasiekampagne öffentlich entgegengetreten war und die Machthaber zur Einstellung zumindest dieser Morde gezwungen habe (was nicht stimmt; doch dass im Geheimen weitergetötet worden ist, hat sie nicht wissen können).

Man dürfe die Schuld nicht auf ein ganzes Volk wälzen, mag sie am Sonntagstisch argumentiert haben. Dies wäre eine Sünde wider den Geist, dem wir glückhaft Verschonten besonders verpflichtet seien. Wer töte, mache sich schuldig, selbst wenn sein Tun wie dasjenige der Alliierten in diesem Krieg um der Rettung vor den Mördern willen zum Teil bejaht werden müsse. Doch erinnert euch an die in den Feuerstürmen zu Hunderttausenden Verbrannten. Pure Unmenschlichkeit! Tante Rosa entschuldigte nicht, sie bestritt kein Verbrechen, doch hatte sie den Mut und die Umsicht, energisch dafür einzustehen, dass man darüber der Gerechtigkeit nicht enthoben sei.

Ich sass da, schweigend, und Wellen von Bewunderung und Empörung schlugen durch mich hindurch. Welche Unbeugsamkeit, meinen Eltern die Stirn zu bieten! Ich hatte eine Fliegende Festung der Amerikaner, von Schweizer Abfangjägern in Brand geschossen, abstürzen sehen, ein Schock, der mich jahrelang im Traum verfolgt hat. War es gerecht gewesen, einen Kämpfer für Gerechtigkeit abzuschiessen? Ich hatte, eben erst des Lesens kundig, auf einem Zeitungsblatt, das vom Wind über die Strasse geschleift wurde, die Balkenzeile DER KAMPF UM BERLIN entziffert; darunter wimmelte ein Stadtplan von roten Marschpfeilen. Doch das Subversive sind jene Diskussionen gewesen, die Erfahrung, dass Erwachsene, sogar Verwandte, diametral verschiedener Meinung sein können und man die Loyalität teilen muss. Hier die Verurteilung der *Tütsche*, dort die Forderung, selbst den *Düütsche* als Menschen gegenüberzutreten. Mit sieben bin ich gelehrt worden, dass Eltern nicht immer Recht haben. Fruchtbare Zweifel!

Die deutsche Katastrophe, der Verlust grosser Teile des deutschen Erbes und die Kontamination des Restbestands mit dem grössten Verbrechen der Geschichte verfolgen mich bis heute.

➢Alarmsirene und Schlachthaus 18 ➢Krieg 36
➢Mutter und Mythen 121 ➢Die Nibelungenfresken Schnorrs 128

Zofinger Tagblatt, 27. Mai 1945
Ein Schweizer besucht das Konzentrationslager Buchenwald
Sonderbericht eines Mitarbeiters der SDA
Die Todesstrafe wurde teils durch Hängen, teils durch Erschiessen, teils durch Ertränken, teils auch dadurch vollzogen, dass man die Opfer mit einer mit Blei gefüllten riesigen Holzkeule so auf den Kopf schlug, dass mit einem einzigen Schlag der ganze Schädel gespalten wurde. (...) Im Kleinen Lager, wo Ukrainer, Weissrussen und galizische Juden untergebracht waren, kam es vor, dass Häftlinge andere Häftlinge nachts töteten, um am nächsten Tag das Fleisch ihrer Kameraden zu kochen und zu essen; so weit trieb sie die systematische Aushungerung. (...) *Die Objektivität des Berichtes.* Der Korrespondent der SDA sah mit eigenen Augen (...) das Kleine Lager, die Laboratorien und Sezierzimmer, er sah auch präparierte Menschenhaut, die Tätowierungen aufwies. (...) *Die Weimarer und das Geschehen im Lager.* Alle Weimarer betonen, sie hätten von den Vorgängen im Lager Buchenwald nicht die allergeringste Ahnung gehabt. Auf Drängen geben sie zu, dass sie zwar «geahnt» hätten, dass nicht gerade ideale Zustände geherrscht haben.

Friede

Nachdem am 8. Mai 1945 alle sechs Glocken der Stadtkirche geläutet hatten, fragte ich: Ist jetzt Friede? – Nein, antwortete der Vater, nur Waffenstillstand zwischen den Alliierten und den Deutschen. Bis zum Frieden dauert's wohl noch einige Wochen. – Was heisst das: Waffenstillstand? – Dass Deutschland bedingungslos kapituliert hat und nicht mehr kämpfen kann. – Die Deutschen haben den Krieg also verloren? – Ja, Deutschland ist am Boden; man sagt, es solle Deutschland nie mehr geben.

Einige Wochen später fragte ich: Ist jetzt Friede? – Nein, beschied mich der Vater, immer noch Waffenstillstand; bis zum Frieden dauert's wohl noch etliche Monate. – Doch wenn nur Waffenstillstand ist, ist niemand zufrieden, und alle wollen wieder mit Krieg anfangen. – Hoffen wir das Beste, sagte der Vater. Sicher nicht die Deutschen.

Etliche Monate später fragte ich: Ist jetzt Friede? – Der Vater schüttelte den Kopf: Die Alliierten können sich nicht darüber einigen, was aus Deutschland werden soll. – Gibt es denn überhaupt den Frieden? fragte ich. – Der Vater zuckte die Schultern.

Sechs Jahre lang war der Naturzustand der Welt Krieg gewesen; andres hatte ich nicht gekannt. Nun konnt' ich's nicht fassen, dass die Politiker nicht schleunigst Frieden schlossen.

›Krieg 36 ›Schlagen 38 ›Schüsse 35

Rationierung

Ein Gefühl des Mangels oder dass ich Hunger gelitten hätte, ist mir nicht in Erinnerung geblieben; die ‹süssen› Marken wurden eingetauscht und so die Fleisch-, Eier-, Brot- und Butterrationen aufgebessert. Dagegen spüre ich noch das empörte Erstaunen, als die Rationierung aufgehoben wurde, man ohne die vielfarbigen Marken einkaufen ging, weil Brot und Butter, Fleisch und Eier, Zucker und Kaffee wieder nach Dicke des Geldbeutels zu haben waren. Alle atmeten auf; ich nicht; für mich war's kein «Endlich-Wieder», sondern das erste Mal im Leben, und ich fand es falsch, wurde das Gefühl lange nicht los, dass wir in eine verantwortungslose Verschwendung geschlittert seien.

Wenn ich heute den Warengestellen eines Grossmarktes entlanggehe, Futter für Pets, Kalorienbomben zur Zwischenverpflegung, Tiefgefrorenes aus allen Weltmeeren, schüchtert mich die Überfülle ein; ich bin der Besucher aus dem Ostblock.

›Knüsel, Kolonialwaren 260 ›Krieg 36 ›Orangen 83

Zofinger Tagblatt, 10. Oktober 1942

Die Rationierung von Brot und Milch

Ab 16. Oktober 1942 sind Brot und Milch rationiert. Die festgesetzten Tagesrationen lauten wie folgt:

	Brot	Milch
Jahrgänge 1937 und später	112½ g	7 dl
Jahrgänge 1930–1936	225 g	6 dl
Jahrgänge 1923–1929	325 g	6 dl
Jahrgänge 1877–1922 (Kat. 1)	225 g	4 dl
Jahrgänge 1877–1922 (Kat. 2)	325 g	4 dl
Jahrgänge 1877–1922 (Kat. 3 u. 4)	425 g	5 dl
Jahrgänge 1876 und früher	225 g	5 dl

Um unsozialen Hamster- und Run-Erscheinungen vorzubeugen, ist mit sofortiger Wirkung eine vorsorgliche *Abgabe- und Bezugssperre* für Dauerbackwaren und Dauermilchwaren erlassen worden. Als Dauerbackwaren gelten: getrocknetes oder gedörrtes Brot, Zwieback, Knäckebrot, Biskuits, Hüppen, Waffeln, Bretzeln und weitere ähnliche Produkte. Dauermilchwaren sind: Kondensmilch, Milchpulver und Milchpräparate.

Zofinger Tagblatt, 4. Februar 1948

Abbau der Rationierung. Milch, Butter, Käse, Rahm und Zucker sind im Handel freigegeben; wesentlich bessere Versorgungslage.

Noch nicht aufgehoben werden kann die Rationierung von Fetten und Ölen wie auch von Brot, Mehl und Teigwaren.

Vroni B.

Das erste Hausmädchen, dessen Gesicht und Stimme mir heute noch lebendig sind, kommt wie alle vor ihm aus dem Dorf der Mutter. Es macht bei uns das Haushaltlehrjahr und gibt noch ein Jahr dazu. Ich bin fünf oder sechs. Es hat, was man eine lange Leitung nennt, doch das stört mich nicht, denn es ist ein herzensguter Mensch. Ich hab es gern und spiele oft mit ihm, und für Vroni bin ich wahrscheinlich ein spätgeborener jüngster Bruder. Ist es doch selbst ein halbes Kind. Bisher hat es auf dem Feld und im Haus geholfen und Gelegenheit zum Spielen nur mit seinen beiden Brüdern gehabt. Freiluftabenteuer.

An Nachmittagen, wenn weder Gartenwetter noch Französischstunde ist und nichts in der Stadt zu besorgen, Vroni auch nicht zur Fortbildungsschule muss, sitzt es meist am Wohnzimmertisch, strickt, näht oder flickt. Ihm gegenüber auf der Bank vor der östlichen Fensterfront lasse ich meine Blechtiere als Karawane durch die Sahara der Tischdecke ziehen. – Was ist das, die Sahara? – Eine Wüste in Afrika, Vroni. – Aha. Vroni zögert; es erzählt gern von zu Hause: Du, einmal ist es bei uns auch wüst zu und her gegangen, als der Ruedi und der Kari das Schlossgespenst ausgelacht haben. Ich hebe den Kopf, Vroni senkt seine Handarbeit, beide sind wir begierig – in verschiedenen Richtungen. So etwas gibt's doch nicht, sage ich, weniger aus Überzeugung, als um die Geschichte hervorzulocken. – *Waas nid!* Weisst du, der Ruedi und der Kari haben vor nichts angst gehabt, obwohl es Schläge geregnet hat, wenn etwas ausgekommen ist. (So lerne ich den Rhythmus einer Erziehung kennen, die mir exotisch-ländlich vorkommt: Bubenstreiche und Schläge in gerechter und geregelter Folge.) Aber, fährt Vroni fort, jenes eine Mal haben sie nicht mehr gelacht. – Ist das Schlossgespenst denn so schrecklich? Vroni blickt über meinen Kopf hinweg durchs Fenster: Nu also, Schläge seien seine Brüder gewohnt. – Das hast du schon erzählt. – Ja, aber einmal ist die Sache schiefgelaufen, in jener Nacht, da sie das Gespenst im Alten Schloss herausgefordert haben.

(Am Oberende des Dorfs, wo meine Mutter aufgewachsen ist, liegt der besterhaltene barocke Landsitz des Bernbiets. Von seinem noch halb wehrhaften Vorgängerbau aus dem 16. Jahrhundert haben sich etliche ineinander verbackene Reste von Toren, Türmen und Wirtschaftsgebäuden erhalten: das sogenannte Alte Schloss.)

Vroni schüttelt sein Gestrick und lockert mit einem Ausschwenken der linken Hand das Garn: Dort wo die grosse Scheune beim Folterturm mit dem Mützendach an die Mauer lehne, dort sei es passiert. Der Turm sei leer, es selbst sei nie droben gewesen. *Deert isches ughüür, u deert huset dsGschpäischt.* Ich bin fasziniert vom Wort «haust»: ein sausendes Heraus- und Hineinfahren, zugleich ein Totenstillesitzen und staubgraues Eingesponnensein erfüllen es. Ein richtiges Gespenst? – Nu, wart nur. Also meine Brüder sind in jener Nacht, schlag zwölf, in die Scheune eingebrochen und die Tennsleiter auf den Heuboden hochgestiegen. Erst haben sie dem Gespenst manierlich guten Abend gewünscht, doch nichts hat sich *grodt*, geschweige zeigen wollen. – Aber Vroni, wie soll ein Gespenst sich zeigen, wenn es stockdunkel ist? – *Abaa*, natürlich kann es sich zeigen, es brennt doch und stöhnt wie am Spiess in der Hölle. Item, da sind sie halt auf den Bohlen des Heubodens herumgetrampelt *u heis usegfötzlet*, es solle endlich *us de Fädere*, seine Sturmhaube aufsetzen und die Schnabelschuhe anziehen, schliesslich könne es *sauft* nachts arbeiten, wenn es den ganzen Tag auf der faulen Haut herumliege. Da trifft den Kari ein Schlag wie von einem Pferdehuf gegen den Kopf, so dass er über den Heuboden rollt und durch die Heulücke hinab auf den gestampften Boden der Scheune stürzt, und den Ruedi schleift es an den Haaren herum, und die Schläge prasseln. Der beginnt zu brüllen, als ob er am Messer stäke. Zum Glück ist der Fankhauser Fritz vom Radau erwacht … – Wer ist das? – Der Grossknecht natürlich. Der hat dem Ruedi links und rechts *eis abegwäsche* und den Kari *zämeramisiert.* Der hat sich den Kopf eingeschlagen und ein Bein gebrochen, und der Ruedi hat vom Vater *nomaau uf dNiss überchoo, daser gschroue het.* Ich sehe Vroni starr vor Schreck an: Und der Kari ist nun tot? – Tot? *B'hüetis nei!* – Aber er hat doch den Kopf eingeschlagen! Ich sehe einen eingebeulten Gummiball, dem die Luft ausgegangen ist. Vroni nimmt die Handarbeit wieder auf: Dem sagt man Schädelbruch. Aber er hat viele Wochen im Spital gelegen. *Weisch, Uchrut verdiirbt nid.*

›Der Grossvater 263 ›Das Grossvaterhaus 181 ›Die Schwester 85 ›Totemtier 12

Spaltholz

Jedes Frühjahr die grosse Fuhre. Vom Forstacker her karrt uns das Städtische Forstamt zwei oder drei Ster gefräste Holzklötze, halb *tannigs*, halb *buechigs* und *eichigs*, bis zum Mauerwinkel unten an der Strasse, wo der Hydrant steht. Eine harzduftende Holzhalde wird angeschüttet und ist, wohl vierzig Fuhren mit vollgeladenem Leiterwagen, den Hang hinaufzubefördern. Anders als zu zweit oder dritt ist die Steigung, vor allem das Rollkies bis zum schwarzen Eisentor, nicht zu bewältigen. Dessen schwere Flügel werden aufgesperrt, und wir alle teilen uns, wie es sich eben machen lässt, in die bevorstehende Arbeit. Die einzige Erleichterung bringt der Moment, da man sich, auf der Höhe der Hausterrasse angekommen, an der Wagendeichsel langsam aus der weit vorgebeugten Stellung des Zugtiers aufrichtet, entspannt keucht und sagt: Sechs. Oder bereits: Siebzehn. Ist man jedoch wieder unten, scheint der Holzstoss nicht kleiner geworden. Irgendeinmal ist er abgetragen. Am nächsten Morgen, wenn ich mit dem Schultornister ums Mauereck biege, habe ich den Eindruck, ein Zauberer habe über Nacht das Holz auf seinen fliegenden Teppich geladen und auf der Südterrasse wieder ausgeleert.

Würde ich mich heute, fünfzig Jahre später, solch körperlicher Arbeit in aller Öffentlichkeit schämen? Wir überlassen sie den Ausländern. Nur im Sport und beim Hobby ist sie nicht ehrenrührig. Wäre ich mir unterklassig vorgekommen, ich würd's erinnern. Doch es war Brauch und ehrlich, im Quartier hielten alle es gleich.

Nun folgt das Spalten, ein Hauptvergnügen. Mit einem leichten Kinderbeil, halb so gross wie die Äxte für Erwachsene, kann ich mir nachmittagelang die Zeit damit vertreiben und bringe spielend ziemlich viel vor mich; der Haufen wird kleiner. Das Aufschichten der kunstvollen Kreuzbeigen, welche die Endpfeiler der etliche Schritt langen und etwa anderthalb Meter hohen Scheiterbeige zwischen Waschküchen- und Haustür bilden, überlasse ich dem Vater. Schon als Bub, frage ich mich, warum ich das Kiesharken verabscheue, dagegen mit Leidenschaft Holz spalte: Postieren des Holzes auf dem Scheiterstock, Wahl der Spaltstelle und ihres Winkels zum Faserverlauf, Hieb, erschrockenes Entzweispringen des sauber zerteilten Klotzes. Ihren Höhepunkt erreicht die Spaltlust, wenn die Kraft genau bemessen, die Spaltstelle exakt getroffen und der Hieb präzis und mit Gespür geführt worden ist. Ein Quentchen weniger Kraft, und das Trumm wäre in seiner Klotzzufriedenheit nicht überrumpelt worden, nicht vor lauter

Überraschung fast widerstandslos in zwei Hälften links und rechts vom Scheiterstock auf die Steinplatten gekollert, ich hätte nur einen Fingerbreit daneben einhauen müssen, und der bläuliche Astansatz wäre nicht mittig unter die Schneide gekommen, die Axt hätte sich im Holz verkeilt. Doch selbst sperrige oder falsch getroffene Klötze bereiten Lust. Ich drehe die Axt um und lasse sie mit dem stumpfen Rücken locker auf den Scheiterstock niedersausen. Der Schock ist so hart, dass der verkeilte Kloben entzweigeht oder in hohem Fluchtsprung wegsatzt. Es mag noch so buchsen, asten, knorzen, irgendeinmal springt jeder Klotz in Stücke. Doch denk dir was dabei!

➢Waschtag 48

Milch

Ab etwa drei Jahren begleite ich die Mutter beim Einkaufen und trage das eine oder andre in einem Maschennetzchen neben ihr her. Betreten wir die Ladengeschäfte, werde ich nach ihr als Subkunde mit Vornamen begrüsst. Die Wurstzipfel von Metzger Bär mag ich nicht, noch weniger die Molkerei von Herrn und Frau Leuenberger. Ich setze es durch, auf der Gasse warten zu dürfen, da mir vom pestilenzialischen Käse- und Milchdunst speiübel wird. Ich stehe draussen vor der Auslage mit den «appetitlich» aufgeschnittenen und auf Holzbrettern arrangierten Käselaiben, den Schimmel-, Weich- und Hartkäsen und blicke durchs Schaufenster in die Tiefe des Ladenraums, wo sich die Mutter von Herrn Leuenberger den Weissblechkessel mit vier Liter Milch füllen lässt. Der mächtige Mann taucht viermal eine Schöpfkelle an langem Stiel in die hohe runde Tanse, hebt sie triefend heraus und schüttet den Inhalt in den Kessel. Mir graust, wenn die Milch vom Rand der Kelle wieder in die Tanse hinuntertropft. Die Mutter drückt den Deckel auf den Kessel; Frau Leuenberger mit dem käsigen Sommersprossengesicht reicht ihr ein *Mödeli* Butter und, sauber in weisses Papier eingeschlagen, ein Stück Emmentalerkäse. Die Mutter spricht mit der Frau, die Lippen der beiden bewegen sich, lächeln, im Hintergrund wartet, Einverständnis auf dem Bauerngesicht, der Mann. Nun nicken sie einander zu, die Mutter dreht sich weg und tritt durch die von der Frau für sie geöffnete Tür auf die Gasse. Aus ihren Kleidern sintert der Molkereigestank.

In den folgenden zehn Jahren werde ich in jenem Laden Milch holen. Der Ekel bleibt. Ich bin ein Opfer des Berner Syndroms. Leuenbergers geben meiner Mutter, und sie gibt ihnen das Gefühl, nicht ganz heimatlos zu sein; Leuenbergers *si rächti Lüt*, selbständig erwerbend, der städtische Milchmann dagegen ist Angestellter. Die Mutter scheint vor dem, was er verkauft, kaum minderen Abscheu zu empfinden als ich vor Leuenbergers Molkereiprodukten. In ihrer Vorstellung zieht die Milchmannsmilch, wenn er gegen neun Uhr vormittags unten auf der Rebbergstrasse die Glocke seines Elektromobils rührt, bereits graue Fäden. Landwirtschaftliche Produkte sind, so die Überzeugung der Mutter, nur im Bernbiet gut, genauso wie fiebersenkende Mittel in Basel gedeihen, Schabziger im Appenzellerland wächst und die Nusstorte einzig im Engadin gebacken werden dürfte. Aargauer Milch ist aus dungstarrenden Kuhställen zusammengepanscht; Simmentaler Kühe dagegen harnen neben die Melkeimer.

Hunderte von Malen latsche ich in die Stadt, um die paar mich angrausenden Liter Milch zu holen. Ich stelle den Kessel auf den Rand der Kanne, die Milch aus der Schöpfkelle trieft von ihm ab, ich halte so lange wie möglich den Atem an, versuche an etwas andres zu denken, damit ich mich nicht übergeben muss, trotte nach Hause, den Kessel zentnerschwer an der Hand: Kirchensteig, Kirchplatz, drei Liter Milch, Lateinschulhaus, Hintere Hauptgasse, Pfarrhäuser, Ringstrasse, und – das schlimmste – vorbei am Schulhaus, wo die Schüler, wie ich mir vorstelle, mich und meine drei Liter Milch geniessen. Dies Kreuz und Stigma verzeihe ich der Mutter nie. Genau so, denke ich später, haben sie mich als Kleinkind halbe Nächte durch schreien lassen, weil, mir etwas einzuflössen, um mich zu beruhigen, den Erziehungsprinzipien des Berner Lehrerinnenseminar-Musterpaukers oder des Pädagogikprofessors an der Uni, Häberlin, widersprochen hätte.

Nun, warum hast du dich nicht gewehrt? Ich hab's versucht. Nage jemand einen Tunnel durch den Gotthard! Gegen die Nibelungentreue einer Bernerin zu Berner Ladenbesitzern, alle in schmerzlichster Aargauer Diaspora, sozusagen unter Eingeborenen, gelandet, setzt sich (oder setzte sich damals) niemand durch. Sie klebt und hält.

➤Freiheit des Kindes 111 ➤Kunst des Befehlens 82 ➤Plüss Walti, Dienstkollege 252

Schuhputzer

Bisweilen eine lästige, doch nie eine verhasste Pflicht. Schlammbespritzte Schuhe zu bürsten, zu wichsen und zu polieren, bis sie warm und geschmeidig glimmen, kann eine Lust sein. Etwas war jeden Tag anders, sei's das Wetter, die Stunde oder Zustand und Art des Schuhwerks. Auch gab es heitere Herbsttage, die auf den Halbschuhen und Kindersandalen am Abend keine Spur hinterlassen hatten; ein prüfender Blick bestätigte: Du hast frei.

Bei warmem, trockenem Wetter putzte ich die Schuhe auf dem Brüstungsgeländer der Pergola draussen vor der Küchentür. Die Paare standen nebeneinander auf dem Geländer, links die schmutzigen, rechts die gesäuberten, dazwischen Bürsten und Wichsetöpfchen. Ich blickte durch die aufsteigenden Lilaschleier der Dämmerung auf die kohligen Baumsilhouetten vor dem letzten Abendrot. In der dichten Buchshecke, welche das Grundstück im Westen begrenzte, finsterte es, und etwas Fremdes schien sich dort eingenistet zu haben. Der kleine, hinter der Hecke stehende Gartenschuppen des Nachbarn, ein langsam vermorschendes Hexenhäuschen mit schief gerutschten Ziegeln, stand geheimnisvoll und abgeschieden. Ich habe ihn nie betreten. Stand er leer? Füllte er sich allmählich mit Gerümpel? Der Himmel über den Bäumen fiel vom Lila ins Kobalt, und plötzlich lag die mit dem Tau einfallende Kühle auf den nackten Armen und tastete mit Froschfingern über die Brust unter dem dünnen Hemd. Ich setzte die Bürste ab, horchte, wandte den Kopf. Durch den halboffenen Flügel der Küchentür drangen die Stimmen der Abwaschenden und rötliches Kunstlicht.

War das Wetter wendisch und warm, zog ich mich einen oder zwei Schritt vom Geländer unter den mächtigen Dachvorsprung zurück. Streckte ich den Arm aus, fiel der Regen sacht auf die Hand; die Werkzeuge und Schuhe lagen auf dem Zementboden, und die Reinigungsarbeit tat ich auf einem grätschbeinigen Hocker, den ich nach Gebrauch unter den Küchentisch zurückstellte. Aus der Buchshecke herüber sinterte leicht beizender Duft. Die Dämmerung fiel rascher ein; rechts das rotgelbe Licht hinter den Scheiben der Tür, voraus zwei Zementstufen, dann Kies, eine junge Scheinzypresse, die bereits ihre Farbe eingebüsst hatte und aus deren finsteren Zweigen feuchtes Dunkel tropfte, linker Hand silberte schwach das nasse Geländer. Ich empfand mich als Vorposten, ausgesetzt der näher rückenden Dunkelheit. Die Küchentür war geschlossen, Stimmengesang, unverständlich; ich hätte lautlos verschwinden, mich in die Wälder schlagen und gleich einem dickfelligen Fuchs in einer Sandsteinhöhle schlafen gehen können.

›Eisweiher 171 ›Schuhe kaufen 195 ›Waldbahn 175 ›Waschtag 48

Gartenkies

Das schwarze Eisentor auf halbem Weg zum Haus hinauf war Grenze. Sein linker Flügel blieb normalerweise geschlossen. Dahinter ragte die Scheinzypresse, und die Farbe des Kieses wechselte von Grau zu Gelb, Jurakalk. Eine der wenigen mir fest zugeteilten Arbeiten war das Harken der, was weiss ich, 150 Quadratmeter Jurakies auf dem Zugangsweg zum Haus und auf dem Spielplatz hinter dem Haus. Sie kostete mich vielleicht zwanzig Minuten, aufzubringen am frühen Samstagnachmittag; im Herbst mochte sie eine Viertelstunde länger dauern; von Dezember bis März entfiel sie. Ab dem achten oder neunten Jahr hab ich sie erledigt; ich wuchs, und der Holzstiel des Laubrechens schrumpfte.

Ich habe das Kiesharken gehasst, zu umgehen versucht, vor mir hergeschoben. Ich war der Sklave dieses Rechens, welchem bereits drei oder vier Blechbarten fehlten. Sogar an Samstagnachmittagen, wo ich darauf brannte, jeder Pflicht zu entrinnen, sogar dann noch zu müssen, war eine Zumutung. Ich wollte baden gehen und durfte Kies harken; ein spannendes Buch wartete, doch ich kratzte Kies aus den Holzrinnen, die den Zugangsweg entwässerten; ich wollte mich für zwei Stunden im Wald verirren, o nein: Kies harken; ich hatte den leidenschaftlichen Durst der Kinder, doch das Kies war noch ungeharkt. Die 150 Quadratmeter Kiesfläche waren nicht eine halbe Stunde: sie waren das Ende jeglicher Freiheit, mein Schatten. Sie feierten den Stumpfsinn und verkörperten den Leerlauf spiessigen Einzelheimglücks.

Die absolute, unerschütterliche Ablehnung dieser Gartenarbeit konnte selbst von der befriedeten Stille, die jeder reinlichen Kiesfläche innewohnt, nicht besänftigt werden. Samstagnachmittagsverdunkelung.

➢Fallaub 168 ➢Freiheit des Kindes 111 ➢Kunst des Befehlens 82

Eltern-Tabu

Ich habe meine Eltern nur bekleidet gesehen und keine Vorstellung von ihrer Beziehung. Ich habe nie danach gefragt. Das Thema, auf sie bezogen, widersteht mir. Meine frühesten Berechnungen, ob mich ein jüngeres Geschwister noch entthronen könnte, fallen ins 9. Jahr; eine Angst war mir bewusst geworden, und ich habe sie mit kühler Umsicht mattgesetzt. In «Dr. Hoppeler's Hausarzt» fand ich, dass Frauen mit fünfzig keine Kinder mehr kriegen, meine Sonderstellung demnach gesichert war.

Damals wusste ich, wie Kinder gemacht werden. Drängender als dieses Wissen war die Frage, warum ich gezeugt worden sei. In Leidenschaft? Das ging über jede Vorstellung. In Liebe? Hoffentlich. Aus dem Wunsch, noch ein Kind zu haben? Wahrscheinlich. Aus der Überlegung, dass für die älteren ein jüngeres Geschwister kein Schaden wäre? Möglich. Oder verdankte ich Leben und Leib dem Zufall? Denkbar. An sich war die Sache ohne Bedeutung, solange ich durch meine Krankheit und mein Wesen die Liebe der Mutter besass. Die phantasielose Wahl des Vornamens (Name des Paten) legte Möglichkeiten 3, 4 oder 5 nahe. Aber ich musste ihnen nachträglich doch ziemlich ans Herz gewachsen sein – ungewöhnlicher Sippennachwuchs. Ob sie das freute?

Das Eltern-Tabu hatte irrationale Verästelungen. War die Mutter krank, wollte sie's nicht sein, und das zwang uns, ständig daran herumzustudieren. Der Körper, selbst wenn er mit hohem Fieber Aufmerksamkeit heischte, blieb Nebensache. Die Mutter, kämpfend gegen den drohenden Schwächekollaps, erledigte weiterhin die Arbeit. Sie gönnte sich Nachmittagsruhe und ging früh zu Bett. Während ihrer Krankheitszeiten dünstete eine fahle Atmosphäre durchs Haus, die Luft zog kühl, das Dach war weg. Was man vornahm, schien geschwindelt, Spiel Sünde, denn im Hinterkopf nagte die Frage: Wie geht es ihr? Doch niemand stellte sie laut, denn hier arbeitete sie ja und mühte sich, gesund zu scheinen. Krankheit als moralischer Defekt. Hätte sie sich freimütig ins Bett gelegt und gesprochen: Kinder, ich habe eine schwere Grippe, nun müsst ihr einige Tage den Haushalt übernehmen –, welch natürliche Herausforderung wäre das gewesen! Ein-, zweimal ist es vorgekommen. Aber die Pflicht – ihr eingeimpft als ältestem Mädchen unter neun Kindern, das deren fünf erzogen hatte, weil ihre Mutter chronisch überlastet und der Vater oft abwesend war –, dieses Heiligtum protestantischer Moralität, verbot ihr's. Noch für die Kranke brach Pflicht die Rechte des Körpers. Wie erst für die Gesunde?

Die Krankheiten des Vaters dagegen waren real, weil er den Beruf dann nicht ausübte. Einmal haben wir nebeneinander krank gelegen, er mit schwerer Lungenentzündung, ich mit Asthma. Man fürchtete für sein Leben, auch ich, da er zuweilen nicht mehr reagierte. Es muss nach Kriegsende gewesen sein; Penicillin für die Zivilmedizin war noch nicht verfügbar. In jenen Wochen habe ich ein Medikament verehren gelernt, das ihn gerettet hat: Cibazol. Dieses Sulfonamid ist sozusagen mein Penicillinerlebnis gewesen, Basis meines Vertrauens in die moderne Chemie und Medizin. Es gibt Medikamente, die helfen, wenn die Pflege der Gattin rund um die Uhr, Umschläge, Wickel, Hustensirup, Bettwärme, wenn die Liebe und Angst der Kinder versagen.

Ich denke, meine Eltern hatten wie alle Eheleute zuweilen Differenzen. Nie hab ich ein lautes Wort vernommen. Da ich in mehrfachem Wortsinn von der Mutter abhing, pflegte ich ihr, wenn sie mir niedergedrückt schien, besorgt hinterherzulaufen: Ob sie krank sei? Nein, das nicht. Ob sie traurig sei? Ich fasste nach einer ihrer Hände. Dann mochte ein schwaches Lächeln über ihr Gesicht huschen, sie drückte meine Hand im Loslassen: Sie sei etwas nachdenklich. ‹Nachdenklich› ist für mich lange Zeit synonym gewesen mit niedergeschlagen, geistesabwesend, selbst für mich und meine Bitten unzugänglich. Wenn ich nun weiter in sie drang, worüber denn?, kam die Auskunft, das verstehe ich noch nicht. – Wann ich es denn verstehen werde? – *Lue Chind, du muesch mi ietz i Rue laa.*

Fazit: Das Eltern-Tabu wog nicht leichter als ein Tabu in den *tristes tropiques*. Wenn ich mir eine kleine Liste der Schwierigkeiten mache, die ein Ehepaar mittleren Alters zum Eheberater trägt, könnte ich kaum einen Punkt belegen. Wahrscheinlich gab es ihrer nicht viele. Unterfazit: Der familiale Hafen bot sicheres, ruhiges Wasser. Wir haben die Bange um das Zusammenbleiben der Eltern nie gekannt, selbst dann nicht, als wir wussten, dass der Vater eine Verehrerin hatte, mit deren Sohn ich zur Schule ging. Wir schüttelten amüsiert die Köpfe. Um ihr frühzeitig zu begegnen, glaube ich heute, wurde die Gefahr öffentlich vor den Kindern zur Sprache gebracht.

➢Elternsprache 84 ➢Krankheit und Macht 147 ➢Patriarchat und innere Emigration 286

Intermezzo: Rittertum und Burgen

Jahre über die Kindheit hinaus verkörperte der Ritter auf seiner Burg für mich die einzige menschenwürdige Existenzform. Ich begriff die soziale und wirtschaftliche Realität der Stadt nur als platte Gegenwelt phantasieloser Pfeffersäcke, und ich benutzte sie ohne Dankbarkeit. Täglich, ohne Scherben, trat ich durch die Glaswand, welche den Feudalherrn vom Schüler, die zwang- und pflichtbehaftete Alltagswelt von der unter föhnigen Erhellungen, Wolkenverdunkelungen und Lichtstürzen sich ereignenden Ritterherrlichkeit trennte. Koexistenz in einem kalten Krieg.

In der Bibliothek des Vaters stand ein Werk des Kantonsarchäologen Walther Merz, «Burgen und Schlösser des Kantons Aargau», die Bibel meiner ritterlichen Ausschweifungen. Fotos, in Farbe gemalte Wappen mit wuchernder Helmzier, feingestrichelte Ruinenzeichnungen von Rahn aus dem 19. Jahrhundert, Grundrisse und Rekonstruktionsskizzen betteten sich in einen wissenschaftlich referierenden und doch aus der Tiefe romantischer Zeit und Sprache heraufklingenden Text über die Schicksale der gebrochenen Gemäuer, der Burgen und Herrensitze sowie ihrer Erbauer. Aargau, wohlbestocktes Burgenland. «Unweit des Weilers Kindhausen auf einem bewaldeten Felskopf, der vom Landmann noch heute ‹Burg› genannt wird», so etwa stand zu lesen, «sollen vor undenklichen Zeiten Raubritter ihr Unwesen getrieben haben. Jüngst vorgenommenen Grabungen ist es gelungen, die 1,2 bis 1,4 Meter dicken Grundmauern eines kleinen Wohnturms, eine schwache, 60 bis 80 Zentimeter dicke Umfassungsmauer, einen Halsgraben sowie bescheidene Wirtschaftsgebäude nachzuweisen.» Dazu die Zeichnung des Türmchens aus Bollensteinen mit vorkragendem, ringsum laufendem Wehrgang unter primitivem Schindeldach.

Born ritterlicher Phantasie! Ich zog das Buch aus dem verglasten Schrank im väterlichen Studierzimmer, trug es ins Esszimmer hinüber, legte es vor dem Platz des Vaters auf der Schmalseite der Eckbank auf den Tisch, schlug es auf und begann durch die Vergangenheit zu schweifen; zugleich genoss ich die Glorien meiner ritterlichen Zukunft, denn die war mir gewiss. Über den Rücken und von rechts fiel das Vormittagslicht auf die Seiten mit den Erzählungen meist unheilvoller oder trauriger Schicksale, denn eine Ruine zeugt von Zerstörung und Gewalt oder doch vom Zahn der Zeit. Aber das Licht erfüllte mich mit Zuversicht, die mich erst verliess, wenn ich das 17. Jahrhundert erreichte, da die Gründergeschlechter meist längst ausgestorben, vergessen, verarmt oder, von Verleumdungen belastet, in die Sage zurückgesunken, die Bauten auf Bergvorsprüngen, über Flüssen und Tälern entweder bürgerlich-behaglich eingerichtet oder zerfallen oder gewaltsam gebrochen worden waren, nicht selten unter lärmender Beteiligung berserkerhaft ihre Morgensterne schwingender Eidgenossen, die ich verachtete. Denn ich zählte mich zu den andern, den verschwundenen, verschollenen, vertriebenen, zu armen Tagen gekommenen Geschlechtern. Hatten meine Ahnen doch auch auf einer Burg gesessen, von der sie hatten weichen müssen!

Erhaltenes interessierte mich weniger, weder die Habsburg – immerhin die ‹Wiege› des erfolgreichsten Adelsgeschlechts Europas – noch der kostbar ausgestattete Sitz der Effinger auf Wildegg. Meine Zuneigung galt den verstürzten Resten ehemaligen Stolzes und Hochmuts, wie ich ihn mir im Sinne des Historismus vorstellte: den Gemäuern der Homburg, von Thierstein, Schenkenberg, den beiden ertrunkenen Wasserstelz – auch Gottfried Keller war ein Phantast – oder den oft ergrabenen Mauerspuren primitiver, halb ritterlicher, halb bäuerlicher Wohntürme wie Urgiz, Bottenstein oder Rosenberg. Ich selbst würde «dereinst» in einer Burg ähnlich Schlossrued oder Auenstein oder Brunegg wohnen: nicht riesig, doch so gelegen, dass jedermann deutlich war: Der dort sitzt, ist anders als du.

Aus meinem 7. oder 8. Jahr hat sich eine Bleistiftzeichnung erhalten, der ich in unbeholfen schwankender Schrift den Titel «Auf vergessenen Höhen» gegeben habe, ein Blatt Aquarellpapier in Hochformat. Sie zeigt einen steilen, von dichtem, struppigem Waldfell überzogenen, einschultrigen Bergkegel. Am gerodeten Fuss desselben ist mit fetten Strichen ein Dorf angedeutet: Kirche, einige Häuschen mit Giebel, Tür und

Fenster, dazu zwei oder drei Steckenmännlein. Vom untern Blattrand her windet sich ein Strässchen zwischen den Häusern durch und endet abrupt am wilden Waldverhau. Nun schwebt der Blick über das Wipfelgewirr bis zur Kegelspitze, und dort, so nah am Blattrand, dass Berchfrit und Palas nur als zwei winzige Rechtecke aneinandergeschoben sind, dort also steht meine Burg, auf der ich abgeschieden von den Menschen hause. Die Erinnerung hat sich erhalten, wie verbissen, fast verzweifelt und doch glücklich ich die Tannen dieses Urwalds – zwei senkrechte Striche für den Stamm, schräge für die Astfittiche – gemalt habe, seiner Undurchdringlichkeit nie ganz gewiss, ständig Lücken aufspürend, in denen ich sogleich Tannenstruppen wachsen liess. Eine graue Atmosphäre vom verwischten Graphitstaub verschattete das Blatt, als ich aus der Trance forstlicher Verwildung auftauchte und mich ein Schreck anfiel: der Berg war zu hoch geraten. Im Bestreben, mich weit weit vom Dorf abzusetzen, hatte ich für die Burg kaum Platz gelassen. Dass ihre zwei Klötzchen die Ferne und Einsamkeit erst fühlbar machten, tröstete mich wenig.

Später habe ich komplizierte Grundrisse und Schnitte von Höhenburgen gezeichnet, Palas, bezinnte Doppelringmauern, Trutztürme, dazu Halsgraben, Zugbrücke, Sod, Kellergelasse und Verlies. Nie fehlte der unterirdische Fluchtgang, der irgendwo in einer unwegsamen Waldschlucht oder Geröllhalde ins Freie führte.

Die Begegnung mit dem Vorgestellten in der Realität erfolgte während halbtägiger Streifereien im Wald. Die Stadt Zofingen hat sich den grössten Forstbesitz im Mittelland bewahrt; vom Boowald im Westen abgesehen, ziehen sich die Wälder im Nordosten, Osten und Südosten über die Molassehügel. Deren Erforschung war zugleich Suche nach dem idealen Standort meiner Burg. Ich habe sämtliche Kreten und Kuppen zwischen dem Martinsgraben im Norden, Bottenwil sowie Neudorf im Osten und der Nonnenburg Wikon im Süden auf ihre Eignung geprüft. Die Suche hat auch andres zutage gefördert. Ich entdeckte eine blaue, hochreine Tonschicht, fingerdicke Braunkohlenflöze, halbverwachsene Kiesgruben, Quellen, jahreszeitliche Weiher, Aussichtskanzeln, einsame Gehöfte, ich überraschte das verborgene Leben und Erschrecken des Wilds wie auch das fasoltische Treiben der Holzer.

Ich habe mir nie sonderlich Mühe gegeben, als Ritter zu leben. Sicher wäre ich gern geritten, doch da kein Pferd da war, konnt' ich's auch bleiben lassen. Eine schimmernde Rüstung hätte mir gefallen, jedoch war, keine zu besitzen, nie ein Hindernis für meine Phantasien. Da ich Schlägereien verachtete, entwickelte ich mein Rittertum in König Artus' Bahnen; dabei halfen mir Krankheit und Lektüre.

Vielen fällt es leicht, in die wirtschaftliche Realität hineinzuwachsen, eine Karriere zu planen und bald eine Stütze der Gesellschaft zu sein. Ich habe mich spät, mühsam, enttäuscht mit der Wirklichkeit abgefunden. Mir stehen die wirrköpfigen Phantasten näher, die auf Träumen ausfahren und bitter scheitern. Ich habe Glück gehabt; es gab die Droge noch nicht. Ich habe meine Träume anders leben müssen.

➢Aargauer Schulwand- und Schülerkarte 77 ➢Das Feudalspiel 132 ➢Heimat 297
➢Jahrhundertstimmungen 135 ➢Mutter und Mythen 121 ➢Schlossweid 179 ➢Waldläufer 289
➢Wandel 292 ➢Was … nicht 268 ➢Das unlösbare Wenn 300

v. Bilder

Freiheit des Kindes

Meine Freiheit ist nicht über Gebühr beschnitten worden. Gewiss musste ich mich zu Tisch setzen, wenn gegessen wurde, musste lernen, mit geschlossenem Mund zu kauen und den Löffel statt mit der Faust mit den Fingern zu führen, was ich ungern befolgte, da es mir geziert erschien und ich, den Löffel in der Faust, das Gefühl haben durfte, ich sei noch ein kleiner Bub. Die Schule wurde nicht geschwänzt, und die Aufgaben (zehn ärgerliche Minuten) gingen vor. Noch galt der Grundsatz, Arbeit komme vor dem Vergnügen, und bei der Erfüllung meiner kleinen Pflichten hab ich mich unfrei gefühlt. Doch wurde mir weder irgendein Glaube eingetrichtert, noch wurde ich abgerichtet.

Die Eltern verstanden es, Forderungen und Ansprüche auf ihrer wie auf meiner Seite vernünftig zu gewichten. Wir haben uns respektiert. An der unscharfen Grenze zwischen der Selbständigkeit des Kindes und dem Erziehungsauftrag der Eltern trat der Ernstfall selten ein. Vorstösse bis zu dieser Demarkationslinie fanden die andre Seite zur Verteidigung bereit; Ansinnen über Gebühr wies ich sofort entrüstet zurück. Es galt, keinen Schritt vom Territorium abzutreten, wo ich ungestört lesen, spielen und mich im Wald tummeln konnte. Doch auch überrissene Forderungen von meiner Seite wurden ruhig abgelehnt. Ich akzeptierte unter Protest bis zu dem Punkt, wo unerfüllte Wünsche gleich im Finger stekkengebliebenen Dornen bei jeder Berührung schmerzten. Dann liess ich nicht locker. Im Berner Dialekt der Mutter hiess das *müede*, und die Stimme der Geplagten klang dementsprechend müde. Erfolgte endlich und umständlich die Gewährung, zeigte sich bald, wieviel ich gewonnen hatte. Wenig im Fip-Fop-Club, viel Freiheit (und einen schweren Unfall), als ich das elegante «Kristall»-Rad geschenkt bekam.

Einige Jahre lang schienen die Grenzen stabil und durch Liebe unverrückbar gezogen. Dann begann meine Krankheit sie aufzuweichen.

Ich lag an den äussersten Rändern. Wenn ich nur überlebte, den Mut nicht verlor und nach der Genesung die Schule nacharbeitete. Der Verlust der körperlichen Beweglichkeit öffnete die Räume der Phantasie. Ungefähr vom 9. oder 10. Jahr an war ich während der Krankheit oft in dramatische Handlungen verwickelt, von denen niemand etwas ahnte und die heute selbst unter meinen Horizont versunken sind. Nur so erkläre ich meine Erinnerung an leidenschaftliche, auf hochdeutsch gehaltene und an den Spielbären gerichtete Anklage- und Verteidigungsreden, auf die er die Antwort nie schuldig blieb. Was man mir vorwarf, weiss ich nicht mehr.

Ich habe jahrelang nur nach innen wachsen können, nachsinnend über die Trigonometrie der Sinnlosigkeit, welche die unter der braunen Alabasterlampe herumzuckenden Fliegen für Zehntelssekunden in die Sommerhitze ritzten, über die Knorpel- und Wolkengesichter auf den in Kirschholz furnierten Möbeln – oder über die Bergwerksglocke zu Falun. Finstere Unendlichkeit, wenn ich die Seitenspiegel der «Psyche» parallel stellte und in die Spiegelung der Spiegelung blickte, Atemweite und Ritterfreiheit, wenn ich auf den Rauchfahnen der Hochkamine über die Wälder nach Osten ritt. Und wurde mir nachmittags der Tee gebracht, löffelte ich ihn aus der Tasse aufs Tablett, zog mit dem Finger die Donau ins Kaspische Meer, die Wolga in den Aralsee, den Tarim in den Jang-tse, und indem ich das Tablett leicht aus der Waagrechten kippte, wanderten die blendendweissen Segel der Dschunken hinter meinen Augen bis in den Stillen Ozean.

›Das Bärlein 31 ›Diminutivverlust 279 ›Ersticken 153 ›Fip-Fop-Club 222 ›Gartenkies 103
›Hochkamine und Sirenen 208 ›Krankheit und Macht 147 ›Kunst des Befehlens 82
›Schuhputzer 102 ›Das unlösbare Wenn 300

Namen

Ich mag meinen Vornamen nicht. Mir missfallen die vier hintereinander her hagelnden und mit dem Geräusch eines Motorschadens zum Stillstand kommenden Konsonanten; ich stosse mich am nichtssagenden Vokal E, der Zwerchfelldruck braucht, um den Anfang zu machen, statt dies einem Konsonanten zu überlassen. Warum heisse ich nicht Stern? In denselben Lauten würde ich mich besser erkennen. Löwenstolz klingt A; liebkosend und verspielt, auch leicht görenhaft, tönt I; hochgefüllt mit grossen Versprechungen von Glanz und Macht dröhnt O; geheimnisvoll aus Höhlen und braunen Erdtiefen, durchzuckt von Juwelenblitzen, hallt U. E, du grünlicher Allerwelts-Verlegenheitsvokal! Wenn einmal alle Sprachen zu einem Einheitsbrei verkocht sein werden, wird E als einziger übrig sein, demokratischer Sieger, weil kleinster aller selbstlautenden Nenner. Niemand wird gegen E was einwenden, weil E allen egal ist. Ein Trost mag sein, dass Ernst in den mitteldeutschen Fürstenhäusern ein nicht unbeliebter, doch ebensowenig überstrapazierter Name gewesen ist. Kaiserehren keine.

Doch Ernst heisse ich nicht der sächsischen Fürsten wegen und schon gar nicht, weil es der einzige bis heute überlebende, von Anbeginn an einsilbige germanische Vorname zu sein scheint. Ich heisse so, weil dieser Fünfbuchstaber in der Familie der Mutter üblich ist. Meine Eltern haben sich schlicht nichts einfallen lassen; für eine Pfeife mehr in der Sippenorgel reichte das Nächstliegende. Wären wir katholisch gewesen, ich wäre Sepp oder Köbi getauft worden. Nicht mal die Alternative eines zweiten Namens haben sie mir hinterlassen. Hätte mich zur Eitelkeit verführen können. Ich muss mit Ernst wie mit einer krummen Nase leben.

So beginnt die Suche nach dem Wunschnamen. Aus allen Büchern, angefangen bei Homer, aus der ganzen Weltgeschichte trage ich Namen zusammen. Im Lauf der Jahre habe ich jeden mit einer nur ihm eigenen Aura und Vorstellung erfüllt. Stoff für meine Namenträume hat vor allem der Sagenkreis um König Artus geliefert. Mystische Versenkung in Galahad, diesem schimmernd glatten Namen von silbergrau reflektierendem Metallschwarz; Tatkraft in Parzival, der grüngolden und braunschwarz vorbeigeht; wild und kindlich, hüpfend zwischen Rot und Gelb Orilus, so dass man seiner Schönheit alle Tollheit verzeihen muss; Tristan steht durch seine Anfangskonsonanten unerschütterlich verankert, weisses Licht schiesst aus seiner schwarzen Gestalt und verliert sich in vornächtiger Ferne.

Auch nach dem Wunschnamen meiner Geliebten halte ich Ausschau, schwanke zwischen der goldstrahlenden Isolde, dem Waldgeheimnis Sigune, der träge klagenden und etwas fülligen Jeschute, der erotisch mit Haar und Augen winkenden Magelone, der statuenklaren Andromache und Dido, diesem Klagehall durch ein tiefes Abendrot.

In der 2. oder 3. Primar mache ich eine kurze brennende Namensverliebtheit durch. Jemand erzählt von einem Schüler namens Döbeli – und diese Lautung trifft mich wie ein Blitz. Döbeli – Schöneres ist mir nie zu Ohren gekommen. Den Jungen habe ich nicht gekannt, er muss älter als ich gewesen sein; doch ich vermute, dass ich dieses Namens wegen während einiger Wochen alles für ihn getan hätte. Ausgerechnet Döbeli! Der Rausch verraucht, ich erwache tief erschrocken und beschämt aus dieser Wonne einer Titania.

Ich habe mich nie für meinen wahren Namen entscheiden können, habe es vorgezogen, bei Ernst zu bleiben. So war ich frei, die Klänge, Farben und Gestalten aller Namen der Welt durchzuphantasieren. Denn auch die Namen von Städten, Flüssen, Landschaften, Gebirgen, Wüsten, Meeren habe ich mit Charakter begabt gleich lebendigen Menschen. So werde ich unter allen Achttausendern nur die Annapurna besteigen, zu Recht eine Göttin des Schnees; die faszinierendste Stadt Indiens ist Lucknow, ausgesprochen Buchstabe für Buchstabe, wie ich's als Kind getan, dann folgen Madurai und Lahore. Das Silbengestotter der Transkription hat mir die Städte und Flüsse Chinas verleidet. Wie entschieden königlich klingt dagegen Kyoto, angesiedelt in Rot, Braun und Gelb, oder Quito, goldene Reisszwecke, gedrückt ins Kakaobraun eines Sonnenuntergangs in der Wüste. Schwerfällig und von Fischen brodelnd wälzt sich der Strom Limpopo daher; dagegen führt Orinoco schmelzendes und lutschendes Wogengeroll über Goldflittern, Orinoco, die beste Confiserie der Welt: Apfelstrudel mit Vanillesauce bei Orinoco. Verloren am Ende der Welt, gurgelt Ardvreck keltische Schwermut und Öde unter zerbröckelnden Türmen hervor, und dass sich einer am moorweichen irischen Whisky sanft unter den Boden säuft, ist in Tobercurry Schicksal. Was brauchen Caltabellotta oder Quedlinburg den Zoo, das Landesmuseum, das Tram und die Dampfschiffe auf dem blauen See des armselig quäkenden *Züri*? Namen tragen das Wesen an die Oberfläche. In Zeiten der Depression weiss ich, mein Bild von mir sähe weniger gewöhnlich aus, wenn ich Manuel oder Absalom, Julian oder Anatol hiesse. Da reitet Orlando, er muss sich nicht um sein Genie mühen. Und wer humpelt zuhinterst? Er heisst wie ich.

>Diminutivverlust 279 >Jahrhundertstimmungen 135 >Karte und Landschaft 140 >Parzival und Tristan 125

Moral

Ich liege im Krankenbett, es ist Sonntag nachmittag, ich habe die Bilderbibel von Julius Schnorr von Carolsfeld gegen die angezogenen Knie gestützt, am Bett sitzt Tante Rosa. Kennst du die Geschichte von Absalom? Ich schüttle den Kopf, denn ich liebe es, ihr zuzuhören. Sie schlägt das Bild auf, und Absaloms Tragödie nimmt ihren Lauf. Davids Lieblingssohn hat sich auf der Flucht nach verlorener Schlacht gegen das Heer seines Vaters mit dem langen blonden Haupthaar – «200 Lot nach königlichem Gewicht» (2. Sam. 14, 26) – in einem Eichenast verfangen und ist aus dem Sattel seines Maultiers gehoben worden. Wut und Schmerz im verzerrten Gesicht, versucht er sich zu befreien. Doch im Hintergrund reitet Davids Feldherr Joab heran und wird ihm mit eigener Hand drei Speere durchs Herz bohren. Der Vater und König wird nicht triumphieren: «Er stieg in das Obergemach am Tor hinauf und weinte; noch im Gehen rief er: O mein Sohn! o Absalom! mein Sohn, mein Sohn! o Absalom! O wäre ich für dich gestorben! O Absalom, mein Sohn, mein Sohn!» (2. Sam. 19, 1).

Mich verstörte Davids Klage. Hatte doch das Recht gesiegt! War nicht ein Rebell gezüchtigt worden, der wandelnde Hochmut und eitle Stolz gestürzt? Wie konnte der König den Gott wohlgefälligen Tod unter Strömen von Tränen betrauern? Die Worte meiner Tante erinnere ich nicht mehr. Aber ich weiss, dass sie Absaloms Geschichte gewählt hat, um mir frühzeitig ein starkes Bild im Sinn einer christlichen Erziehung einzupflanzen: Hochmut kommt vor dem Fall. Es hat nachgewirkt: als Schmerz um Absalom, als Mitleid mit dem kühnen Bruder der geschändeten Thamar, der den Mut hatte, gegen den senilen Vater aufzustehen, dem die Zügel der Regierung entglitten waren. Als Bewunderung. Demut war die Moral der Geschichte; doch der nach Glück und Unheil und

Menschenschicksal begierige Junge entdeckte den Unterschied zwischen Hochmut und hohem Mut.

Eine meiner und ihrer Lieblingserzählungen hat die erhoffte Wirkung getan: David und Jonathan. Tante Rosas Bericht, verbunden mit Schnorrs Bild, hat mir eine Ahnung davon gegeben, was Freundschaft sein könnte. Beide wissen, dass einer von ihnen den Kampf um die Königsherrschaft nicht überleben wird. David wehrt sich seines Lebens und greift nach der Krone; Jonathan ist König Sauls Sohn. Todfeinde müssten sie sein, doch im 1. Buch Samuel ist das Gegenteil nachzulesen (20, 42 bis 21, 1): «Da erhob sich David neben dem Erdhaufen, warf sich auf sein Angesicht zur Erde und verneigte sich dreimal: und sie küssten einander und weinten umeinander über die Massen. Und Jonathan sprach zu David: Zieh hin in Frieden! Was wir beide einander im Namen des HERRN geschworen haben und gesagt: der HERRN sei zwischen mir und dir, zwischen meinem Samen und deinem Samen, das bleibe ewiglich. So machte sich David denn auf und zog hinweg. Jonathan aber kehrte heim in die Stadt.» Geschichten können Vorbilder werden, wenn ein Kind ihnen in einer bewegenden Darstellung und in der Erzählung eines nahen Menschen begegnet. So ist mir auch die Grossmut des Wüstenkriegers David selbstverständlich, der in der Höhle von Engedi dem schlafenden König Saul einen Zipfel vom Gewand wegschneidet und es nicht zulässt, dass seinem Verfolger ein Haar gekrümmt wird. Ich glaube heute noch und nehme in Kauf, mich zu täuschen, dass man anders nicht handeln kann, wenn man einen würdigen Gegner waffen- und hilflos vor sich hat. Dieser Mut zu aristokratischer Gesinnung liegt ausserhalb moralischer Skalen.

➢Gerechtigkeit 281 ➢Kriegsschuld 91 ➢Das unlösbare Wenn 300

Höllenbraten

Senkrechte und schräggestellte Stangen, an ihren Oberenden mit einem eisernen Firstbalken verschraubt, breit genug, dass man sich draufsetzen kann, schmal genug, dass die Angst dem Stolz die Waage hält: das bockbeinige Klettergerüst. Oben bist du ein Mann.

Heute sitzt ein Bub meines Alters dort, sieben oder acht, mir unbekannt. Was der hier wohl sucht? Ich ergreife eine der senkrechten Stangen. Los! Ich schwinge mich auf den Balken, links von mir hockt der Junge. Wir blicken mit zusammengekniffenen Augen – grad wie Sheriffs nach Rothäuten am Horizont – über den Turnplatz zur braunschwarz verwetterten Reithalle. Ich schweige; nur Feiglinge reden einen Eindringling als erste an. Da beginnt der andre auf dem Stangengerüst zu schaukeln, offenbar will er sich bemerkbar machen oder mit seinem Mut prahlen. Doch ich unterlasse Blick und Wort. Er schaukelt stärker: *Hee, duu, bisch kattolisch?* Ich drehe halb den Kopf: *Nei. – De chunnsch itHöu.* Nun ist der Teufel mir von allen Sagengestalten am stärksten ans Herz gewachsen, ein Clown, der über die von ihm gespannten Drähte stolpert. Daher finde ich die Vorstellung, in der Hölle meine Zugehörigkeit zur evangelisch-reformierten Konfession büssen zu müssen, komisch und lache los. Der andre sieht mich beleidigt und unsicher an: *Is Füür! Wentte ader Gable stecksch, de chasch de lache!* Meine Heiterkeit weicht dem Unwillen, dass jemand solchen Mist glauben kann: *Bisch e tumme Lööli! Verzellt öie Pfarer sone Blödsinn? tHöll gits gaar nid.* Ich klettere vom Balken und lasse mich an der senkrechten Stange in die Tiefe sausen. Von der Hölle bleiben mir zwei Brandblasen an den Händen.

>Turnplatz 170

Zofinger Tagblatt, 16. Mai 1947

Heiligsprechung des Niklaus von Flüe

Achttausend Schweizer Pilger befanden sich unter den vierzigtausend Menschen, die Donnerstag anlässlich der Heiligsprechung des Schweizer Eremiten Niklaus von Flüe durch den Papst die Peterskirche füllten. (...) Während einer ganzen Stunde läuteten die Kirchenglokken Roms zu Ehren der Heiligsprechung des Niklaus von Flüe. Auf den Sondertribünen bemerkte man u.a. Bundesrat Celio, die Gattin des Bundespräsidenten, die Mitglieder der Regierung von Ob- und Nidwalden, Vertreter der Regierungen der Kantone Uri, Schwyz, Luzern, Zug, Freiburg, Wallis, Appenzell Ausser- und Inner-Rhoden und Tessin.

Der arme Teufel

Er war mein Liebling in den Sagenbüchern. Ohne die Geschichte gelesen zu haben, ahnte ich, welche Früchte seine Bemühungen ernten würden. Zwar konnte der Teufel mehr als Brot essen, doch ich sah voraus, dass seine Strategie in der Krise kläglich versagen würde und dass seine schwarzen Künste von der Dummschlauheit derer, die ihn für ihre Zwecke einspannten, um den Lohn geprellt würden. Er war sein eigenes Opfer, wie alle streng rechtlich Argumentierenden und Handelnden. Er war im grossen Spiel um Erlösung oder Verdammnis und das Fortkommen der Menschheit zum Übertölpeltwerden da. Wortklauberisch, vertraute er der Unterschrift unter dem Pakt, zuweilen einer mündlichen Zusage. Sein Glaube an die Ehrlichkeit des Menschen machte ihn einfältig und blind. Als Neuerer und Querdenker war der Teufel stärker als die Menschen auf einen juristisch stabilen Rahmen angewiesen, und dieser wurde regelmässig gebrochen. So blieben seine Leistungen isoliert, brachten den Auftraggebern nicht den vollen Nutzen. Es gab nur *eine* Teufelsbrücke statt der Wissenschaft des Teufelsbrückenbaus, welche allen zur Verfügung gestanden hätte. Dazu hätte es eines echten Opfers von seiten der Menschen bedurft. Der Teufel war besser als die Menschen. Wahrscheinlich hatte seinerzeit bereits Gott ihn betrogen.

Des Teufels Einsicht kam stets zu spät. Er entdeckte den Gedankenfehler, den Gummiparagraphen im Vertrag erst, wenn ihm der Lohn für geleistete Schwerarbeit meckernd über die Brücke entgegengetrieben wurde. Zwar schäumte er vor Wut, doch seine Redlichkeit war machtlos vor betrügerischen Auslegungen von Verträgen. Bestenfalls reklamierte er höheren Orts, doch an diesem Thron war kein Recht für ihn zu finden. So fuhr er, Verwünschungen ohne Wirkung ausstossend, im Schwefelfurz von hinnen, und braute er ein Unwetter mit Blitz und Rüfenschlag, schickten die Menschen ihre psalmodierenden Pfaffen los. Dagegen war Gottes Rache ewig und unwiderruflich. Was er verflucht und verschüttet hatte, wurde nie wieder lebendig und grün, und gab es Ausnahmen, mussten sie wie auf der Surenenalp ohne Abstriche mit dem Leben bezahlt werden.

Sogar eine verflixte Selbstironie besass der Teufel. Wie anders hätte er sich nach zahllosen Abfuhren und Enttäuschungen wieder an die Menschen herangemacht? Auch in dieser Beziehung war er anders als Gott, dem jeder Humor, gar Selbstironie, ein Greuel war. Wer ewig im Recht ist, der kennt nur Peitsche und Zuckerbrot. Welche Schwäche des Christentums, dass Gott über keinen Witz lachen, gar einen Witz machen darf! Er gleicht seinen Priestern. Und diesen Griesgram galt es zu lieben! Nicht so beim Teufel. Grad ihre schlaue Meineidigkeit, ihre kühne Feigheit schienen ihn an die Menschen zu fesseln. Sie lagen ihm am Herzen. Vielleicht wünschte er aufrichtig, sie seiner schwefelgesättigten Seligkeit teilhaftig werden zu lassen. Oder empfand er ein quälendes Vergnügen an dem Betrug und der Schadenfreude dieser ungeratenen Kinder Gottes?

Ach, das Böse war ganz andrer Art: Wie brennend meine Angst, wenn ich die Märchen von Fallada oder Schneewittchen oder den Sechs Schwänen las. Es war weder mit List noch mit Rechtlichkeit zu besiegen. Das Böse hielt sich an keine Deklarationspflicht mit Hahnenfeder auf grünem Hut und Bocksfuss. Es konnte schön sein wie die Stiefmutter Königin oder unauffällig, eine Küchenmagd, oder mitleiderregend, ein schitteres Altchen. Seine Verleumdung ging weit über die Vorstellungskraft der Opfer, und nur mit Glück konnte man es abwenden. Es war heillos und unheilbar, missachtete jede Satzung, verlachte jede Güte, versessen nur auf die Herrschaft seiner Abscheulichkeit. Es war ein Fluch nicht des Teufels, sondern Gottes. Wohl wurde es am Ende oft vernichtet, doch keine Heiterkeit blieb zurück, wie ich sie empfand, wenn der Teufel, schachmatt gesetzt, mit eingeklemmtem Schwanz davonhinkte. Es blieb bei Zufallssiegen nach Punkten; bereits in der nächsten Runde konnte das Resultat sich umkehren.

Nach solch bodenlosen Lektüren entbehrte meine Rückkehr in Teufels Küche nicht der Nestwärme und Wiedersehensfreude.

➤Gerechtigkeit 281 ➤Schneewittchen 121 ➤Vorlesen 45

Totemtier

Mein liebstes Spielzeug ist eine Serie gestanzter, jedoch bis ins Detail von Gelenk, Gefieder oder Fell geprägter Blechtiere, holländisches Fabrikat; jedes steht auf einer schmalen Metalleiste und ist an deren Unterseite fremdländisch angeschrieben. Ein Löwe (Leeuw), ein Tiger (Tijger), zwei Kamele, zwei Elefanten, zwei Hunde, zwei Kühe, ein Adler (Aar), ein Wolf, ein Schwan (Zwaan), ein Seehund sowie eine Äffin, die ihr Junges laust. Für jedes fertige ich eine Rüstung aus Papier an mit Öffnungen für Kopf und Beine. Sie schlüpfen hinein, sobald der Krieg ihnen gefährlich wird.

Ihr Anführer ist der Wolf, immer, obwohl mich Zweifel beunruhigen, ob nicht Tiger oder Löwe oder Elefant kommandieren müssten, denn die Sprungkraft und Grausamkeit des Tigers sind im Tierreich unübertroffen, der Löwe ist König, und der Elefant, riesig, dass niemand sich in seine Nähe wagt, trompetet sich seinen Weg durch die Savanne frei. Aber ich vermag die Reihenfolge nicht zu ändern. Mein Bruder wendet ein, der Wolf heule nur, er sei ein feiges Tier, falle seine Opfer im Rudel an, sei struppig und ewig hungrig, nicht viel mehr als ein bösartiger Hund. Ich muss diese Aufzählung wölfischer Untugenden bestätigen und kann doch nicht anders wählen. Dem sibirischen Wolf, halte ich meinem Bruder entgegen, wächst im Winter ein bläulichweisses kostbares Fell; so streift er durch die Schneestürme. Er ist ein grosser Jäger und Hetzer, er bewältigt unvorstellbare Distanzen, wohin niemand ihm zu folgen vermag. Er ist einsam und traurig, sein Geheul fern in der Winternacht jagt jedem Menschen einen Schauder über den Rücken. Der Wolf gehört dem Mond. Siehst du, dort steht das Rudel im Halblicht, es unterscheidet sich nur durch die Schatten, die es wirft, vom blauen Schnee. Der Wolf sehnt sich nach dem Feuer und dessen Wärme, aber der Mensch hat ihn davon ausgeschlossen, weil er sich geweigert hat, ihm zu gehorchen. Ich und mein Wolf, sag ich zu meinem Bruder, beschützen einander, er wärmt mich nachts mit seinem Fell. So also trabt mein Wolf im lockigen Winterfell an der Spitze der Blechtiere.

➤Alter und Zeit 278 ➤Das Bärlein 31 ➤Vroni B. 96

Schneewittchen

Warum erscheine ich mir in der Erinnerung winzig klein, fünf statt sieben oder acht? Es muss am Raum gelegen haben. Das Taschenformat des Berner Stadttheaters kam mir riesenhaft vor, nicht wegen der minimalen Ausdehnung, sondern durch die im Versuch, aus der Not eine Tugend zu machen, steil übereinandergetürmten Etagen der Ränge. Ich suche im 2. Rang meinen Platz. Vor mir reisst der Abgrund der unteren Ränge seinen saugenden Schlund bis aufs Parkett hinunter auf, in meinem Rükken staffeln sich die oberen Reihen dunkelrot, und ich halte mich an der Lehne fest, um nicht abzustürzen. Noch eine Angst quält mich: dass die Balkone und Ränge unter dem Gewicht der dichtgepackten Kinder zusammenstürzen.

Wir waren mit der Tante Apothekerin im Wagen hingefahren, Weihnachten 45 oder 46. Vom Märchenstück ist mir geblieben, dass Schneewittchen eigentlich Valerie Steinmann geheissen und weisshäutig, schwarzhaarig, totenbleich, anmutig in seinem Glassarg lag, so herzbewegend hingebettet, dass mich das Verlangen verbrannte, neben ihm im Sarg zu liegen, es wachzustreicheln und sein Lieblingszwerg zu sein. Hat mich dieses Gefühl damals zum ersten Mal gequält? Jedenfalls blieb ich nach der Aufführung schweigsam; ich hätte nur von meiner Liebe berichten können. Weisse Haut und schwarzes Haar: das erste Frauenbild.

>Erste Heimlichkeit 44 >Das Grossvaterhaus 181 >Konzerte 204

Mutter und Mythen

Was hat sie mir erzählt in den Jahren, da wir halbe Tage allein zu Hause waren? Viel Selbsterfundenes; eine Fortsetzungsgeschichte handelte von einem Buben wie ich. Erinnerlich ist mir noch deren Spannung, auch, dass ich Richtigstellungen vornehmen musste, wenn die Mutter an eine Einzelheit anknüpfte, die ich anders im Kopf hatte.

Schwerer wog, was sie mir von den Nibelungen und aus der Edda mitgeteilt hat. Wüsst' ich's nicht sicher, ich möcht' es nicht glauben: Es war Krieg, und im grossdeutschen Reich stanken die germanischen Mythen. Dass die Mutter trotzdem daran festhielt, schreibe ich einer Faszination zu, die ihr aus einer Zeit geblieben war, da es den Nazismus noch nicht gegeben hatte. Sie mochte ihrem Sohn die starken Bilder – Siegfrieds stürmische Fahrt zur Feuerinsel Thule, Loges triumphierendes Wüten beim Weltuntergang – nicht vorenthalten, grad weil sie verhunzt wurden. Da kein Radio im Hause stand, war sie dem Politgeheul nicht täglich ausgesetzt. Am neuen deutschen Wesen ist sie vor allem beim Lesen der Berichte in der «Weltwoche» genesen.

Wie hat sie erzählt und welches waren die Umstände? Fast alle Wollsachen, die wir trugen, Pullover, Schärpen, Kappen und Handschuhe, kamen aus ihrer Werkstatt. Stricken, scheint mir, ruft dem Erzählen. Ich sehe sie am Krankenbett, auf dem Stuhl mit olivgrünen Samtpolstern, die Hände flink beschäftigt, an einem Gelenk ein Überbein, zu dem sich ein schlecht verheilter Knochenbruch ausgewachsen hatte. Ich verbinde das Weiss meiner Kissen und der Federdecke mit Fafnirs Blut, mit dem Fallen des Lindenblatts, dem Ruf des Waldvögeleins und mit Hagens Lanzenstoss in Siegfrieds Rücken. Von ihren Erzählungen der griechischen Mythen sind mir Winzigkeiten geblieben, etwa dass sie den Listenreichen alemannisch erstbetont Ódysseus nannte und ich ihr dies jahrelang nachgetan habe.

Ehrfurcht vor der Selbstverständlichkeit im Weiterreichen von Geist. Was würde aus ihm ohne die Mütter? Da lebt in einem Haus über einer Industriestadt eine Frau mit ihrem Jüngsten. Ihre Zeit ist voll Pflichten; die Zeit des Kindes dagegen will gefüllt sein, seine Neugier befriedigt, sein Hunger nach Leben gestillt, seine Phantasie beschäftigt. Es braucht eine nährende Stimme. So wechseln Bilder vom Menschen ihre Besitzer: der Argonautenzug, Medeas Rache, Theseus' Kampf mit dem Minosstier, König Ödipus, Hektors Tod unter Trojas Mauern, Priamos' Klage im Zelt Achills, Brünhilds Erweckung aus dem Feuerring, Baldurs Lichtreich. Dann die grossen Märchen: Die Sieben Schwaben, Dornröschen, die Gänsehirtin am Brunnen, Fallada, Rumpelstilzchen, Brüderchen und Schwesterchen. Und dies alles wie Essen und Trinken. Es bleibt das Wachstum daran und ein diffuses Erinnern.

Als ich lesen konnte, machte ich mich auf die Suche nach ebendiesen schwankenden Erinnerungen. Ich nannte sie «Vorgeschichte»; der

Begriff meinte den zentralperspektivischen Punkt in der Zeit, wo die Mythen wirklich gewesen waren. Und eingeschrieben in die von ihm ausstrahlenden Fluchtlinien waren die Erzählungen der Mutter, das Original und meine Sehnsucht zurück dorthin. Da ich die alten Epen ihres Verscharakters wegen zunächst scheute, suchte ich nach Prosafassungen. Nur Gustav Schwab erfüllte die Erwartungen. Sonst vermisste ich das Mitreissende der mütterlichen Wiedergabe, die warme Stimme. Jugendkonformer Stil ist nicht Poesie.

Ob ein Kind, dessen Einbildungskraft sich früh mit den Mühen, Verwicklungen, den Abgründen und Erfüllungen menschlicher Existenz beschäftigt hat, je imstande sein wird, im Vollzug eines wohlbestellten Alltags sein Genügen zu finden?

>Alter und Zeit 278 >Geschichte 273 >Jahrhundertstimmungen 135 >Das unlösbare Wenn 300

Apfelstrudel

Ich helfe in der Küche, wenn etwas für mich abfällt: Häppchen, Lob und Erzählungen. Ich nehme das spannendicke Rosshaarkissen von meinem Stuhl am Esstisch, lege es auf einen Küchenhocker und klettere hinauf. Die Mutter schält Gravensteiner; Apfelstrudel ist eins meiner Lieblingsgerichte. Sie schält von oben bis unten in einem Zug. Die Schale ringelt sich grünlichgolden mit züngelnden Flämmchen und berührt beinahe den Tisch. Ein Schnitt, die Mutter hält sie hoch, ich lege den Kopf in den Nacken und sperre den Mund auf. Beide müssen wir lachen. Die Schale lagert sich in der Mundhöhle ein, doch nun bringe ich kein Wort mehr heraus und beginne zu kauen. Der süssaure Saft löst das Fett und schwemmt die gewachste Glätte der Rinde weg.

Die Mutter hat die Hände sinken lassen und erzählt. Tristan, vom tödlichen Gift aus Morolds Schwert zerfressen, fährt als zerlumpter Spielmann in einem winzigen Boot nach Irland; nur die Zaubertränke der Königin können ihm Heilung bringen. – Warum Morolds Ritter, die nach Cornwall gekommen, um den Tribut zu holen, ihn nicht wiedererkannt hätten, will ich wissen. – Weil er todkrank gewesen sei, sich verkleidet und sogar den Namen geändert habe: Tantris. – Umgedreht hat er ihn. Die Mutter nickt. Auch habe der Zweikampf ja auf einer Insel und ohne Zeugen stattgefunden. Sie ergreift den nächsten Apfel, ich halbiere den geschälten, schneide das Kernhaus mit einem Schalenmesser heraus, zerteile die Hälften in gleichmässige Schnitze, schiebe diese mit beiden Händen wieder zusammen und drittle quer zu den Schnitzen. Dieses Kleingeschnittene schütte ich in eine Steingutschüssel und rühre es unter die Füllung aus Zucker, Sultaninen und etwas Zimt.

Die Mutter erzählt nun von Isoldes goldenem Haar, das zwei Schwalben nach Cornwall gebracht, vom Entschluss König Markes, nur die Frau zu heiraten, der es gehört, von Tristans zweiter Irlandfahrt, diesmal als Kaufmann, um Isolde zu gewinnen, von seinem Kampf mit dem Drachen, der Tristan ein zweites Mal beinahe das Leben kostet. Apfel um Apfel geht durch unsre Hände. Noch einmal müssen Isolde und ihre Mutter Tristan gesundpflegen; diesmal erkennt die Königstochter Morolds Mörder in ihm, nicht am Namen noch am Gesicht, sondern am Schwert. Der Splitter, du erinnerst dich, der aus der Klinge gebrochen war. Diesen Eisensplitter aus Morolds Haupt hatte Isolde aufbewahrt. Eine Scharte im Schwert des Drachentöters hat sie daran erinnert, sie hat ihn geholt, und er hat hineingepasst. – Aber du hast mir erzählt, Tristan und Isolde sei eine wunderbare Liebesgeschichte. Wie kann Isolde Tristan lieben, wenn er ihren Oheim erschlagen hat? – Weisst du, die Liebe ist schwer und leicht zugleich. Gewiss will Isolde Morold rächen, und Tristan weiss, dass sie ihn erkannt hat und töten möchte. Doch sie liebt ihn bereits, ohne es zu wissen, weil er so krank oder so schön oder so anders ist als alle andern Männer, anders auch als Morold. Ja, die Liebe wird sogar den lieben, den sie hassen müsste. Isolde hat das Schwert gezogen, um es Tristan ins Herz zu stossen; da hat er sie angeschaut, sie hat es sinken lassen. Einmal wirst auch du das begreifen. Und wie es mit Tristans und Isoldes Liebe so weit gekommen ist, dass man sie bis heute nicht vergessen hat, das werd ich dir morgen erzählen. Komm, nun wallen wir den Teig aus.

Die Mutter streut Mehl auf den saubergewischten Küchentisch, setzt die Teigkugel darauf, drückt sie mit der linken Hand flach und gibt mir das Wallholz: Mach du den Anfang. Ich knie mich auf das Rosshaarkissen und rolle das Wallholz in die Kreuz und Quer. Aus dem Knollen wird ein unregelmässig dicker Fladen. Wenn der Teig droht, sich um das Wallholz zu wickeln, streut die Mutter etwas Mehl darüber. Er wird dünner, noch hat er die Form eines riesigen Tintenkleckses. Die Mutter nimmt mir das Wallholz aus den Händen und rollt es mit dem Gewicht ihrer vorgelehnten Grösse nachdrücklich nach oben und unten, schneidet die äussersten Teigfransen weg und fügt sie dort an, wo der Fladen eingebuchtet oder zu kurz ist. So gerät er in die gewünschte hochrechteckige Form, dünn und dünner.

Möchtest du? Sie hat ein Teigende abgeschnitten. Ich stecke es mir in den Mund; der Teig ist fad, lumpig, zieht Fäden und zergeht nur langsam, wobei er Zunge, Zähne und Gaumen mit einem dünnen Film überzieht. Einen Moment lang habe ich den Geschmack verloren. Auf der Anrichte im Rüstbecken liegt noch eine Apfelschale. Ich fische sie heraus. Das säuerliche Apfelfleisch reinigt den Mund. Darf ich von der Füllung haben? – Vielleicht, wenn etwas übrigbleibt. Mit einem kleinen Pinsel streicht die Mutter zerlassene Butter auf den Teig und streut reichlich gemahlene Haselnüsse darüber. Noch mehr, sag ich, die hab ich so gern. – Ich glaube, das genügt, sonst gerät der Strudel aus dem Gleichgewicht. Die Mutter rührt die Füllung in der Steingutschüssel noch einmal um und verteilt sie dann mit dem Schöpflöffel gleichmässig auf dem Teiglaken, wobei sie auf allen Seiten einen Saum freilässt. – Wie kann ein Apfelstrudel aus dem Gleichgewicht geraten? – Nun, wenn du nicht alles schmeckst, was drin ist, wenn der Zimt oder die Haselnüsse die Äpfel übertönen. Wenn alle Zutaten im richtigen Verhältnis stehen, dann ist das Ganze im Gleichgewicht.

›Der Jüngste 270 ›Waschtag 48 ›Das unlösbare Wenn 300

Parzival und Tristan

In zwei Büchern, Jugendstil in Initialen, Schrift und Schmuck, erzählte ein Autor namens Will Vesper die Epen von Wolfram von Eschenbach und Gottfried von Strassburg. Da mich die Mutter längst in den Sagenkreis um König Artus und seine Tafelrunde eingeführt hatte, war die Lektüre mir Rückkehr in eine walddunkle Landschaft, deren Weglosigkeit von Namen wie Tintagil, Muntsalväsche und Kareol erhellt wurde. Ich habe die sachlichen Berichte oft gelesen; Tristan und Parzival haben meine Vorstellung von mir selbst, von dem, was ich sein oder werden wollte, nachhaltiger geprägt als die Gestalten aus der Bibel, den germanischen Mythen und sogar aus Homer. Tristan und Parzival tauchten auf und verschwanden zwischen Stämmen in bläulichem Morgendunst, und ihnen dort zu begegnen, auf ihren Spuren durch die Wälder zu streifen, die hinter unsrem Haus begannen, war eine Suche nach mir selbst, und die Vorstellung des Waldes von Broceliande, wo kein fremder Blick die Liebenden erspähte, eines grossen Orts des Schweigens, war ein Trost im Umsturz der Kindheitswelt. Begegnete ich Burgen, Ruinen und andern Überresten des Rittertums, bevölkerte ich die hohläugigen oder eingestürzten Türme und Wohnbauten mit Gestalten aus der *matière de Bretagne*, ahnungslos, welchem Anspruch ich mich aussetzte. Wie leicht ist es, einen Ort oder einen Menschen zu ersehnen. Wie schwer, ein Liebender zu werden und ein Suchender zu bleiben, eine unheilbare Wunde mit sich zu tragen gleich Amfortas, niemals satt zu werden oder sich auf endgültiges Wissen zu verlassen! Es gibt keines.

Über Parzival und Tristan habe ich saftige Stücke der Realität verpasst, ihretwegen habe ich mir die Sicherheit derer, die es ein für allemal lernen und ein Leben lang wissen, wie wir unsern Vorteil wahren, nie angeeignet. Meine Sozialisation ist über Parzival, die Gralsburg, Tristan und Isolde gestolpert. Den Suchenden, den Liebenden interessieren Königreiche nicht für den Gebrauch; er ist unterwegs nach dem Menschenunmöglichen; den Besitz lässt er am Wegrand liegen. Nicht seinetwegen ist er in die Welt gestossen worden. Klar, ich habe gelernt, mich durchzuschlagen, die Wirklichkeit zu respektieren – mit Unbehagen. Wie leicht haben die es, denen die Wirklichkeit ihr Leben ausmacht! Und sie sind gerechtfertigt in den Augen aller.

Weswegen, fragt jemand, zu welch höherem, exklusivem, von Gott auf Sie persönlich zugeschnittenem Zweck wollen Sie denn geboren sein? – Zuweilen habe ich versucht, mir Glück und Genüge in der Alltagswirklichkeit zu verschaffen. Da hat es in meinem Kopf zu singen begonnen –

die wortlose Klage einer nicht ganz menschlichen Stimme. Sie mahnt zur Umkehr. – Wissen Sie, dass Schizophrenieausbrüche mit derartigen Hörphänomenen zuweilen gekoppelt sind? – Ja; der Gesang hat das Unwiderstehliche einer Lockung und Warnung. – Was Ihnen nottäte, wäre eine gründliche Analyse. – Kann sein, kann auch nicht sein, ich werde darauf verzichten. – Und was soll der von Ihnen gebrauchte Begriff Umkehr? Wollen Sie wieder Ritter werden und in rostiger Rüstung als Don Quijote die Schweiz abklappern? – Ich meine damit ein Durchscheinendes, für das Parzival und Tristan ihr Leben gewagt oder vertan haben, einen Ort der schweigenden Verwandlungen, der lautlosen, kaum merklichen Umwälzungen, wo sich findet, was noch nie begegnet ist. Rückkehr ins Meer der Metamorphosen, nicht durch Handeln, sondern durch Werdenlassen. Nur so ereignet sich, wovon man keine Ahnung hat. – Die üblichen Phrasen der Erfolglosen. – Was haben denn Sie von Ihrer Million? Die Angst, sie zu verlieren, und den Zwang, sie zu verdoppeln. – Na, und? – Und das soll ein Mensch mit Vernunft und einer Seele sein?

Wie entscheidend es für uns wäre, unser Teil am Durchscheinenden nicht zu verleugnen, davon berichten Musik und Dichtung ebenso wahr wie gelogen.

➢Alter und Zeit 278 ➢Jahrhundertstimmungen 135 ➢Rittertum und Burgen 107 ➢Waldläufer 289 ➢Wandel 292

Zofinger Tagblatt, 7. März 1950

Literarische Gesellschaft Zofingen

Gründungsversammlung am 6. März 1950

Wie sich die Initianten die Zielsetzung einer Literarischen Gesellschaft Zofingen zurechtgelegt haben, skizzierte Herr Dr. J. Rütsch, Bezirkslehrer. Zwei Kreise sollen sich in ihrer Tätigkeit ergänzen: die öffentliche Vortragstätigkeit und die interne Aussprache. Die Aussprache ist so gedacht, dass sie näher in die Welt des Vortragsthemas einzudringen hat. Auf diesem Gebiet, das neben den öffentlichen Vorträgen besonders gepflegt werden soll, werden die Mitglieder unter sich arbeiten. Fähige Männer und Frauen werden ihr Wissen und ihre Liebe um die Kunst und unser Geistesleben bei-

tragen. Dabei handle es sich ebensosehr um die Neigung zur Sache, wie um das fachliche Wissen. Was die Überlieferung uns gegeben, soll gehegt und weitergepflegt werden. Neben der Literatur fallen in das nächste Tätigkeitsgebiet die Anliegen der bildenden Kunst und der Musik. Ein lebendiger Kontakt mit dem geistigen Leben unserer Zeit ist – neben der Hege und Pflege des Überlieferten – herzustellen. Dichter sollen ans Vortragspult treten und aus ihren Werken vorlesen. Bedeutende und für die Zeit charakteristische, ausschlaggebende Persönlichkeiten aus unserem Geistesleben werden Vorträge halten. Zunächst werden mehrere öffentliche Vorträge geboten. Anschliessend wird sich die Zusammenarbeit im internen Kreis aufbauen lassen. Geplant ist, von September bis Juni jeden Monat einen öffentlichen Vortrag und ein bis zwei Zusammenkünfte im internen Kreis zu veranstalten.
[Der erste Vortrag fand am 16. März 1950 statt: Karl Schefold sprach über «Phidias und die klassische Kunst».]

Die Nibelungenfresken Schnorrs

Julius Schnorr von Carolsfeld hat in der Münchner Residenz etliche Räume mit Fresken zum Nibelungenlied ausgemalt. Dass sie die Bombardemente des Zweiten Weltkriegs überstanden haben, berührt als lokale Ironie des Weltuntergangs. Schnorr hat sich Zeit gelassen. 1827 erteilt ihm König Ludwig I. den Auftrag; die Fertigstellung besorgen Schnorrs Schüler in den 1860er Jahren. Schnorrs Anteil an den klassizistischen, sorgfältig kolorierten Szenen scheint unterschiedlich. Hans Makarts Wiener Atelier hätte später die Aufgabe spannungsreicher, mit Verve und Erotik gelöst. Am sterilsten wirken die Massenaufgebote von Statisten, die pralle Wirklichkeit suggerieren sollen. Der Statik entspricht der dünne Film der aufgetragenen Farbe. Als ich zum ersten Mal davorstehe, ist meine Enttäuschung über so viel braven Akademismus gross.

Denn acht dieser Fresken, auf 9 x 12 cm verkleinert, haben die neuhochdeutsche Auswahlausgabe des Nibelungenlieds in der Bibliothek der Eltern geschmückt: 1 Siegfrieds Heimkehr aus dem Sachsenkrieg,

2 Brunhilds Ankunft in Worms, 3 Der Streit der Königinnen vor dem Domportal, 4 Siegfrieds Ermordung, 5 Der Leichenfund, 6 Kriemhilds Anschuldigung Hagens, 7 Kriemhilds Besuch bei Hagen und Volker in Etzels Burg, 8 Auslieferung Gunters und Hagens an Kriemhild. Im Kleinformat befriedigen die illustrativen Qualitäten eher, und das siebente Bild prägt die Stimmung und die Farben meiner Vorstellung vom Nibelungenlied: der Besuch Kriemhilds bei Hagen von Tronje und Volker. Die zwei halten Wache vor dem Saal, darin die reiseerschöpften, Böses ahnenden Burgunden schlafen. Im Epos dauert die Szene drei Strophen (1783–1785, 29. âventiure). Schnorr hat in diesem frühen, spontanen Bild für ihn Kühnes gewagt: ein Zeugnis seines Anfangsenthusiasmus. Deswegen wohl signiert und datiert er *18 JS 30.*

Kriemhild unter Königskrone und langem, über den Rücken fliessendem Blondhaar schickt sich an, von rechts eine kleine Treppe zu den zwei vorsätzlich salopp beieinandersitzenden, wenig heimeligen Gästen hinabzusteigen. Sie trägt einen lilafarbenen, lindengrün gefütterten Mantel, den sie mit der rechten Hand vorn zusammenhält; die linke stützt mit einer forcierten Geste der Trauer den gesenkten Kopf. Hagen in karminrotem Mantel und violettem Kleid, auf den Knien das lange Schwert in aggressiv roter Scheide, dreht den Kopf, voran den spanischen Spitzbart, demonstrativ weg, doch aus den Augenwinkeln blickt er scharf nach der Königin. Volker in lichtblauem Gewand, auf dessen Brustpartie ein weisser Schwan gestickt ist, stützt sich mit der Rechten auf das Schwert in metallisch dunkelblauer Scheide.

Der übermüete Hagene leit' über siniu bein
ein vil liehtez wâfen, ûz des knopfe schein
ein vil liehter jaspes, grüener danne ein gras,
wol erkandez Kriemhilt, das es Sîfrides was.

Dô si daz swert erkande, dô gie ir trûrens nôt.
sîn gehilze daz was guldîn, diu scheide ein porte rôt.
ez mante si ir leide: weinen si began.
ich wæne ez hete dar umbe der küene Hagene getân.

Volkêr der snelle zôch nâher ûf der banc
einen videlbogen starken, vil michel unde lanc,
gelîch einem swerte, vil scharpf unde breit.
dô sâzen unervorhte die zwêne degene gemeit.

Architektur in Stein: die Nische, darin die zwei standzuhalten entschlossen sind, wird von einem romanischen Bogen überspannt, die Hinter- und eine Seitenwand sind durch Blendbogen gegliedert. Im Rücken der Sitzenden öffnet sich ein von Figurensäulchen gebildetes Quadriforium in ein oberes Geschoss, und Hunnenkrieger äugen auf die beiden herunter. Kriemhild bewegt sich in der Hut einer waffenstarrenden, einheitsgraubraunen Hunnenschar, welche hinter ihr her die Haupttreppe besetzt. Diese mündet auf das kleine Podest, von dem die Königin bereits eine Stufe zu den Gästen hinabgestiegen ist.

Wie lang diese Beschreibung und wie im Augenblick wirksam der unheimliche Eindruck! Die Lautlosigkeit der Szene steigert die Spannung. Das Interesse wird unwiderstehlich durch Hagen und Volker in Anspruch genommen, die mehr als die Hälfte des Vordergrunds beherrschen, durch das Gold der Gewandsäume und von Hagens Helmtuch, durch das starke Karmin, Violett und Lichtblau, die metallisch angriffslustig schimmernden Schwertscheiden, die hochmütig aufragenden Helmzierden Schwan und Adler und durch die individualisierte Charakteristik der Gesichter. Selbst Kriemhild wirkt blass, verstaubt in ihrem überlebten Kummer, von den Hunnen zu schweigen, die eigentlich nur als Gescharre von Füssen wahrgenommen werden und die mir immer eine Rotte Nazis waren. Die Sympathie gilt den um ihr Ende Wissenden, die ihr Leben teuer verkaufen werden. Die Verlängerung von Hagens Schwert trifft Kriemhild in der Körpermitte, während Volkers Degen, der Fiedelbogen des Textes, auf die Hunnen im Quadriforium zielt. Die grauschimmernden Strümpfe an Volkers und Hagens Beinen, die Glanzlichter auf Hagens Degenknauf aus Jaspis und auf dem rechten Schnabelschuh, Volkers trotzige, doch hoffnungslos und Schweres sinnende, zum linken Bildrand geneigte Haltung, seine über einem wortlosen Mund in den Abend oder die Nacht ausser Sicht des Betrachters gerichteten Blicke. Dagegen sind Hagens unbezähmbare Kraft, Wachheit und sprungbereite Eleganz mit den aus dem Halbdunkel brennenden Farben der Gewandung eine Herausforderung in äusserster Gefahr. Als einziges Bild kein Wachsfigurenkabinett. Betrachtet mit dem Wissen um Ende und Vernichtung, wirkte es als absurde Hoffnung, dass so viel Tod – alle werden erschlagen – durch gewisse Gerinnungen der Handlung, die man Kunst nennt, doch noch aufzuhalten sein könnte. Volker der kühne Geiger und Hagen der Mörder aus Lehenspflicht und Habsucht sind mir die hintergründigsten und wirklichsten Gestalten des Nibelungenlieds geblieben.

Sollten wir nicht von Glück reden, dass Schnorr der Nibelungen Not so antiquarisch und biedermeierlich kindertümlich ins Bild gesetzt hat? Möglicherweise die einzige akzeptable Darstellung eines Mythos, der von Blut und Rache trieft.

>Jahrhundertstimmungen 135 >Krieg 36 >Kriegsschuld 91 >Rittertum und Burgen 107

Ranglisten

Es gab nicht nur, in der 5. Klasse, meine überall herumgezeigte Liste der Millionenstädte der Welt von New York bis Nanking sowie die Aufstellungen der längsten Ströme, höchsten Berge, ja sogar der Erhebungen des Aargaus, der grössten Inseln und Seen oder die Listen der englischen Könige, der römischen und der deutschen Kaiser, der Kalifen von Damaskus und Bagdad. Was mich quälte – und ich sehe noch die karierten, mit Bleistift bekritzelten Zettelchen voll durchgestrichener oder mit Pfeilen versetzter Namen –, war die Rangfolge der griechischen Götter nach ihrer Bedeutung im Himmel und auf Erden. Diese Liste zeigte ich niemandem, schämte mich, da ich sie nie zu Ende brachte.

Sommerhitze im Krankenzimmer – die Stunde nach dem Mittagessen, Stille im Haus. Zeus und Hera, Göttervater und Göttermutter, machten den Anfang. Und bereits hatte ich Schwierigkeiten. Sollte ich über ihnen und in Klammer Grossvater Uranos und Vater Kronos aufführen? Doch die waren gestürzt. Nun die Kinder: Kam Ares, der dumme Wüterich, vor dem Krüppel Hephäst? Wie stand es mit Apoll und Artemis, Zeus' Bastarden von Leto? Wo war Athene einzuordnen, die Hephaistos mit einem Beilhieb aus seinem Haupt befreit hatte? Was tun mit Poseidon, Zeus' älterem Bruder und Meerherr? Den Gipfel der Unordnung verkörperte Aphrodite, die ewig Jüngste, Schönste, Lieblichste. Als Tochter des Uranos, dem im Meer treibenden Samenschaum seines von Kronos abgehauenen Glieds entstiegen, war sie Zeus' Tante.

Je genauer ich die Liste ausarbeitete – es mögen endlich vierzig Namen gewesen sein – bis hinab zu den Göttern zweiten Rangs, den Musen und gottgezeugten Heroen, je mehr meine Forschungen sich vertieften und ins Weite gingen, desto unregierbarer wurde sie; jede Ordnung versagte. Bedachte ich die Rolle der Moiren, der Schicksalsgöttinnen, die durch ihr Geheimwissen um die Zukunft – sie schloss den Untergang der Olympier ein – selbst dem Göttervater übergeordnet sein mussten, fühlte ich mich versucht, die Liste nicht nach der Macht oder dem Alter zu ordnen, sondern nach der Tiefe des prophetischen Blicks in die Zeit. Offensichtlich war Weisheit dauernder als Herrscherglorie und Befehlsgewalt. Mir aber lagen diese am Herzen. So gab ich's auf.

Mein Versuch einer Rationalisierung des Mythos war gescheitert. Mythen blühten aus dem Chaos.

➢Astronomie 145 ➢Besessenheit 14 ➢Gerechtigkeit 281 ➢Glasmurmel Achill 35
➢Statistik 143 ➢Zahlenspiele 142

Das Feudalspiel

Ich hatte es erfunden; meinen Bruder, vierzehn oder fünfzehn, im Alter, da die Buben trainieren und ihre Kopfstände zählen, muss es gefesselt haben, da er seine Geschicklichkeit demonstrieren konnte.

An der Nordwestecke des Hauses steht das Teppichklopfgestell. Eingehängt in Metallhaken, überspannt die Stange die vier Schritt breite Kiesfläche des Spielplatzes. Ich sitze, mit beiden Händen das Gleichgewicht sichernd, in der Mitte der Stange; der Bruder ist bereit. Los! Er kippt nach vorn und macht einen eleganten Handstand gegen die Wand. Sehr gut, sage ich, und er kommt herunter. Jetzt bist du Leibeigener. Offenbar ist er in meiner Vorstellung zuvor aus dem Paradies verstossen worden. Erneut lässt er sich auf die Hände fallen, denn er hat nicht im Sinn, sein Leben in der geplagten Masse der Leibeigenen zu fristen. Als er wieder aufrecht steht, ernenne ich ihn zum Hörigen, was wenig besser ist. Nach dem dritten Handstand rückt er zu den freien Bauern auf. Zielbewusst und ehrgeizig turnt er sich durch die Hierarchie des Lehenswesens: aus dem Freibauern wird ein schild- und waffentragender Ministerialer; schon darf er sich Freiherr, ja Reichsritter nennen. Ich lege Wert darauf, dass mein Bruder die Beförderungen durch eine tadellose Leistung auch verdient. Der Einzug in den Grafenstand bereitet Schwierigkeiten: für zwei schiefe, schwankende Anläufe kann ich mit dem besten Willen nur den Titel eines Barons verleihen. Ordnung muss sein, denn die Beförderungen erfolgen auf Lebenszeit. Nun aber liegt der Graf hinter ihm; er erringt den Fürsten, anschliessend greift er nach dem Hut des Landgrafen, der reicher befiedert ist, dann hält er Einzug in den durchlauchtigen Stand der Herzöge, nach zwei Versuchen – Hast bringt nichts! – steht er den Kurfürsten und Pfalzgrafen. Letzteres sei, erkläre ich, deutsche Sonderklasse. Doch was willst du? Zwei Anläufe weiter mischt sich mein Bruder aufrechten Hauptes unter die königlichen Majestäten.

Gebannt vom Spiel, balanciere ich auf der Teppichklopfstange und verteile so gern wie gerecht die Belohnungen für die Mühen. Die von Turneis und schönen Damen, Feuerschein nächtlicher Fehden und einsamen Ritten durch Schnee und Eis, von Zweikämpfen und Minneliedern unter Trutztürmen flackernde Feudalwelt dreht sich mir im Kopf. Dass ich meinem Bruder bürgerliche Titel verleihen könnte – Armenvogt, Schulvorsteher, Stadtpfarrer, Zunftobmann, Pannerherr, Stadtschreiber, Seckelmeister, Schultheiss –, kommt mir nicht in den Sinn; unter Bürgern kenne ich mich schlecht aus; meine Welt interessiert mich nicht.

Mein Bruder steht einen herrlich eleganten letzten Handstand. Er lässt sich zurückfallen und steht aufrecht, etwas rot im Gesicht. Das ist der schönste gewesen, bemerkt er. In der Tat, bestätige ich feierlich, jetzt bist du Kaiser: weiter geht's nicht, denn Papst willst du sicher nicht werden, der hat nicht mal eine … In diesem Moment verliere ich das Gleichgewicht und falle platt nach vorn auf den Bauch und das Gesicht in den Kies. Weinend vor Schreck und blutend, rapple ich mich auf und fliehe ins Haus, der Mutter mein Leid zu klagen.

➤Der Bruder 87 ➤Heimat 297 ➤Jahrhundertstimmungen 135 ➤Rittertum und Burgen 107
➤Das unlösbare Wenn 300

Eiffelturm und Laternenfisch

Dem Schaubuch fehlten Rücken und Einbanddeckel, es war wenig mehr als eine dünne Lage grossformatiger Öldrucke, lose zusammengehalten von einem letzten Faden. Ich fasste es mit Sorgfalt an und schlug die teilweise angerissenen Blätter behutsam auseinander. Öldrucke kleben, sobald die halbdurchsichtigen gelblichen Einlagefolien herausgefallen sind. So waren die Farbschichten an etlichen Stellen aufeinander klebengeblieben, und die schwächer haftende Schicht, beim Aufschlagen weggerissen, hatte einen weissen Fleck hinterlassen, der sich auf der gegenüberliegenden Seite spiegelbildlich wiederholte.

Das Buch enthielt die Wunder und Merkwürdigkeiten der Welt. Auf einer Doppelseite tauchte man ins Meer zu den Seepferdchen, roten Seesternen und Laternenfischen, die aus einem weit aufgerissenen, nadelscharfe Zähne fletschenden Rachen, einem Kugelbauch, einem Flossenschwänzchen und einer Leuchtangel bestanden; etwas Boshafteres liess sich nicht vorstellen. Diese Welt aus Schrecken und Mordlust in ewigem Dämmer oder Dunkel wurde durchpfeilt von den Projektilen der Haie, durchfühlert von den Tentakeln der Riesenkraken, durchzittert von den grünlichgelben Feenschleiern der Quallen und Medusen. Etliche Seiten weiter schimmerte neben antiken und neueren Weltwundern von Menschenhand in unbegreiflich ziselierter Schönheit der Taj Mahal.

Eine Seite war den Höhen und Tiefen gewidmet. Der höchste Berg der Welt trug einen Namen, der mir missfiel, Mount Everest, doch verglichen mit ihm war der Mont-Blanc ein Hügel; das höchste Gebäude hiess Empire State Building, doch Nummer zwei, der Eiffelturm, war unvergleichlich eleganter. Der höchste Kirchturm stand in Ulm, die höchste Pyramide hatte Pharao Cheops erbaut. Im Schatten solcher Leistungen Babels aber rissen Tiefseegräben die Erdkruste zehn Kilometer tief auf; dort trieben kieloben gekenterte Segelschiffe, und am Grund, in der Nacht aller Zeiten, rollten die Seewalzen.

Dann muss das Buch mir unter den Händen zerfallen sein.

➢Karte und Landschaft 140 ➢Kontinente 137 ➢Das doppelköpfige Kalb 206 ➢Ozeanerforschung 139

Jahrhundertstimmungen

November. Eva und ich gehen der Kanalallee entlang oder im Wald. Bise reisst die Hochnebeldecke für Minuten auf, blasses Blau schimmert zwischen den lichtlosen Schwaden. Siehst du das frühe 11. Jahrhundert? Eva nickt. Wir sind uns einig über die Beleuchtungen und die Himmel des 9. bis 13. Jahrhunderts. Das 9. und 10. Jahrhundert kehren im Spätherbst und Winter ein; doch liegt die Landschaft des 9. Jahrhunderts düster, starr und menschenleer unter dünnem Schnee da, während das 10. Jahrhundert mit hellerer Einsamkeit lockt. Die Anwesenheit des Menschen oder moderner Bauten stört das Aufgehen früherer Zeiten nicht; das 10. Jahrhundert kann sich über Ausfallstrassen oder Lagerhallen ankündigen, eine Übergangsepoche, schwimmend in feucht-kühler Atmosphäre; die Wälder, die Mitteleuropa gleich einem Fell überziehen, das an wenigen Stellen von Schaben durchgefressen ist, belasten und bedrängen mit ihrer Schwere, ihrem moosigen Dämmer noch die Atmosphäre. Züge von Menschen, vielleicht auch Tieren, sind unterwegs durch Waldschneisen, unter Wasserlicht, über kahle Bergrücken: Ferne, Zukunft, die Stimmung gibt zu Hoffnung Anlass.

Was soll werden? Die Antwort weiss das späte 11. Jahrhundert: Eiskalter Himmel von kristallinem Türkisgrün sinkt zwischen kahle Baumkronen und graue Stämme im Schnee, ein Leuchten aus sich selbst; im Vorfrühling dann geht in sanfter Helligkeit das 12. Jahrhundert auf. Zwar bleibt die Sonne versteckt hinter vergessen im klaren Himmel herumhängenden Wolken. In der Atmosphäre aber liegt das Zittern ihrer Strahlen. Die Landschaft nimmt Gestalt an: kräftige Hügelformen, klare Flussbiegungen, gelbe oder hellgrüne Feldrechtecke; der Wetterbericht ist verlässlicher. Die Waldränder tragen Farbe: das intensive Braunrot der

Blattknospen, ehe sie aufbrechen – Verheissungen, die das 13. Jahrhundert nicht einlösen wird.

Woher die Zusammenschau von Landschaftsstimmungen mit früheren Jahrhunderten? Waren es Lektüren während bestimmter Wetterlagen? Unter den historischen Darstellungen habe ich das Früh- und Hochmittelalter bevorzugt und bin im Wald den Gestalten der keltischen und germanischen Epen jener frühen Jahrhunderte nachgelaufen. Am Fuss der Stämme im gedämpften Licht geht Untermeerisches um. Weitab vom Weg erspäht man plötzlich einen Sonneneinbruch und schlägt sich, unwiderstehlich angelockt, durch die Büsche darauf zu, eine winzige Offenbarung: In ihrem Licht verschmelzen Mythos und Geschichte. So irrt Parzival, bevor er ins Hoflager zu König Artus findet, durch die vom Februarschnee noch feuchte, blauweisse und kalte Deutlichkeit des späten 10. Jahrhunderts.

Skurrile Meteorologie, die nicht vom Föhn redet, sondern im März vom späten 12. oder im Mai vom mittleren 13. Jahrhundert, nicht von einem Hoch mit typischer Vorfrühlingsbisenlage und Nebelmeer, sondern vom späten 11. Jahrhundert, nicht von Schneeschmelze bei eisigem Westwind, sondern vom 10. Jahrhundert. Dort ziehen die abenteuersüchtigen Ritter dahin, stumm im Wachschlaf oder verloren hinter grossen Hungeraugen und im kindlichen Gemüt der Überzeugung, nun endlich hätten sie das Rätsel der Schöpfung gelöst.

➢Apfelstrudel 123 ➢Mutter und Mythen 121 ➢Parzival und Tristan 125
➢Rittertum und Burgen 107 ➢Das unlösbare Wenn 300

Klavierspiel

Das Instrument ist dunkelbraun, die Eltern haben es in Mailand bei Ricordi & Finzi erworben, ich liebe es, allerdings nicht der Czerny-Etüden wegen, die ich üben sollte, sondern um darauf zu phantasieren, fremde Klänge aus den Tasten zu locken und auf bleistiftlinierten Notenblättern festzuhalten. Aus einem Liederbuch singe ich die Ballade vom König in Thule, dem sterbend seine Buhle, und so weiter, oder das Volkslied von der schönen, mit einem Lilienbouquet ermordeten Marquise. Während mir die Klavieraufgaben wie alle Hausaufgaben zuwider sind, die Mutter mich mahnen muss, ich angeödet den dreibeinigen ledergepolsterten Drehhocker kreiseln lasse, bald wie einen Dackel zwischen die Beine nehme und die Tasten auf Augenhöhe bewundere, bald wie ein Kamel besteige, kann ich meinem Spiel, auf der richtigen Höhe sitzend, die längste Zeit obliegen.

Ich bin auf Musik versessen, der ich technisch nicht gewachsen bin, und sollte das Klavierspiel geduldig und von Grund auf erlernen, also müheloses Notenlesen, saubere Läufe, genaues Taktieren, vernünftigen Fingersatz. Wenn schon! Ich schlage den Tastaturdeckel zurück, lege mir die weisse Wollstola mit dem eingestickten Firmennamen, welche die Elfenbeintasten vor Staub schützt, über den Schoss, klappe das Notenbrett herunter und stelle eine schwergewichtige Ausgabe der Sonaten Beethovens darauf, blättere Nr. 11 für die Gräfin Guicciardi auf, «Quasi una fantasia», oder Nr. 23, die «Appassionata», schlage die ersten Töne an, der Blick irrt ab, zählt die Querstriche an den Schwänzen der Falsett- und Bassnoten, springt zu den schwarzen, an dicken Zweier- und Dreierbalken hängenden Akkordfolgen, die ich kaum greifen kann. Ich lasse sie aufdröhnen, presse das Pedal, lausche, sehe Bilder. Rote Himmel, Meerglitzern unter Vollmond, warmer Nachtwind, eine Melodie wird hörbar, das Thema. Warum locken mich nur die Stellen, die mit Adagietto, Adagio, Largo, Lento überschrieben sind? Beethoven hat es mich gelehrt: mein Tongeschlecht ist das weibliche Moll.

Klavier zu spielen, habe ich nie gelernt, wohl aber den thematischen und harmonikalen Verwandlungen, den Fugen, Variationen, den vielfältigen Rhythmen und der abstrakten Innigkeit der Musik genau zuzuhören. Einige Jahre später öffnen Wagner und Bruckner ihre Räume.

›Klavier und Saurier: Frank Bertschinger 249 ›Geläut 210 ›Konzerte 204 ›Was … nicht 268

Kontinente

Afrika schweigt, massig, rätselhaft, abweisend – der Schwarze Kontinent. Während ich seinen Umriss aus dem Atlas auf Butterbrotpapier durchpause, frage ich mich, was es in dem ungeheuren Haupt mit der am Scheitel aufgesetzten Buckelstirn wälzt, die südlich des aufgeregten Europa das Mittelmeer zurückdrängt. Schläft es? Träumt es von seiner Grösse und Schwere? Afrika ist träge, nicht aufzurütteln, undurchdringlich, und ich liebe es, diesen Umriss durchzuzeichnen. Am Horn südlich von Arabien aber schiesst es gewalttätig in den Indischen Ozean hinaus – und bleibt ohnmächtig stecken, die Gebärde eines Gefesselten. Europa schwatzt ununterbrochen in den Atlantik und das Mittelmeer hinaus. Afrika hockt auf seinem geballten Kern, und sobald ich auf den Umriss blicke, kriecht eine Ahnung von finstrer Keulenwut über mich. Auch seine Hauptströme – Nil, Sambesi, Limpopo, Oranje, Kongo, Niger, Volta und Senegal – entlässt es stumm ins Meer; sie sind ihm egal, es will mit dem Meer nichts zu schaffen haben. Zufällig rinnen sie aus dem dumpfen Inneren und gehen verloren. Es gibt sogar Ströme, lang wie der Rhein, die nach innen fliessen, sich nach dem schwarzen Herzen auf den Weg machen. Sie heissen Okawango und Schari, sie versickern in unbegehbaren Sümpfen und Seen, die bald gross, bald klein werden. Pulsieren.

Südamerika ist ein Nasentier; geziert steht es auf einem lächerlich winzigen Huf und blinzelt, wo der Amazonas in den Atlantik mündet, mit seinem einen Auge, Marajó genannt. Obwohl es die Lippen zusammenpresst, erkenne ich an seinem Profil, dass es ununterbrochen lacht. Worüber? Dass es für alle Ewigkeit nach Afrika starren muss? Langweilige Aussicht! Weiter unten besitzt es noch eine Öffnung, den Rio de la Plata. Es muss weiblich sein. Südamerika hat hinterhältigen Humor; in der ungeheuren Nase, dort wo die Stadt Pernambuco sitzt, schnuppert es wie ein Hund hinter Herrn Afrika her.

Südamerika tut es nicht mehr lange, es ist bereits halb verwest, denn der Knochen seines einen Beins liegt bloss, hundertfach zersplittert, und der Huf ist abgefallen. Zwischen Bein und Huf ist Magellan vom einen in den andern Ozean gesegelt. Oben also aufgeschwemmtes Fleisch, unten ein Skelett; es wird eine Zeit kommen, da nur noch Gebeine im Meer herumliegen werden, eine unendlich lange, rachitisch verkrümmte Wirbelsäule. Unter den Strömen der rätselhafteste ist der São Francisco: so lang wie die Donau, ist er doch nur ein Unfall, eine

Nebensache, die man besser vergisst. Ob Herr Raumer weiss, dass es ihn gibt? Tausende von Kilometern fliesst er weit hinter der Küste; längst hat er sich damit abgefunden, das Meer zu verpassen – und plötzlich gibt er sich einen Ruck nach Osten und erreicht es doch. Seine Art, nicht so recht vorhanden zu sein und unter der Hand zu verschwinden, würde zu Afrika passen; er muss in früheren Erdzeitaltern quer durch die Sahara geflossen sein.

➢Aargauer Schulwand- und Schülerkarte 77 ➢Karte und Landschaft 140

Ozeanerforschung

Dies ist der Stille Ozean im Massstab 1:30 000 000, kaltes fremdes Blau. Quer über das Doppelblatt in Dierckes Schulatlas ist «SÜDSEE» zu lesen; die Buchstaben muss ich mir zusammensuchen. Der Inselschwarm am linken Rand, Borneo, Celebes, Neuguinea sowie die Philippinen, scheint knapp einer ungeheuren Überflutung entronnen, und Australien gleicht einem halb aufgegessenen Apfel. Mein Blick wandert über das öde Blau, das von schwarzen Pünktchen einzelner Inseln und verstreuter Archipele aus Korallenatollen belebt ist, die fernher tönende Namen tragen: Tokelau, Manihiki, Paumotú. Fliegende Fische blitzen, Dampffahnen von Walen steigen, und die schwarzen Tentakelräder ungeheurer Kraken dreschen plötzlich durch die in der Tropenhitze stumpfe Meeresoberfläche. Dorthin werde ich nie kommen; diese Inseln werden ein Traum unter glimmrigem Dunst bleiben.

Unter den Nähsachen der Mutter im Fensterschrank suche ich die Lochzange; sie sieht aus wie eine kleine Schubkarre, denn die eine Zangenbacke ist als Speichenrad ausgebildet, dem jedoch kein Radkranz aufliegt. Das Instrument locht Leder, Stoff und sogar Papier. Nun fische ich im Papierkorb einen Zettel und knipse in der Mitte ein winziges Auge hinein: dies ist mein Schiff mit roten Segeln, mein Ausguck, mein Fernrohr. Ich lege das Blatt mitten in den Ozean. Auf einem Bogen Papier werde ich die Resultate meiner Entdeckungsfahrten kartieren.

Um mich dehnt sich das Stille Meer; nichts durchbricht den aus dem Himmel geschnittenen Horizont. Langsam führe ich den Zettel über die Bläue und blicke unverwandt durch das runde ausgestanzte Auge in die Tiefe. Winzige, von der Farbe nicht vollständig imprägnierte Papierfäserchen streichen vorbei gleich Gischtkämmen. Kaltes leeres Blau, nichts deutet Land an, der Wind frischt auf. Ich spähe mir die Augen hohl, meine Wasservorräte und das Frischgemüse gehen zur Neige, ich segle unter einem Unstern, ein böses Geschick lotst mich zwischen den weit verstreuten Inseln hindurch. Da wird das Meer heller, und ein Kap zeigt sich. Ich umfahre die Insel, schätze ihre Position und übertrage den Umriss auf mein Blatt.

Ich nehme Wasser auf, lade Südfrüchte an Bord, die Eingeborenen sind freundlich. Ungern trenne ich mich von ihnen. Nun hat mich das Glück ganz verlassen, das einzige, was ich ausmachen kann, sind Längen- und Breitengrade; Hitze, Durst, Hunger und Skorbut. Eines brütend heissen Abends habe ich einen niedrigen rauchenden Vulkan vor mir und lande. Als ich am Morgen erwache, ist er versunken. Ich bin gestorben, mein Schiff wird zum Gespensterschiff; jahrzehntelang, ein Skelett an Bord, geklammert um einen Maststumpf, kreuzt es nun durch die Südsee, Schrecken und Legende aller Piraterie und Kauffahrtei.

›Aargauer Schulwand- und Schülerkarte 77 ›Ränder 283

Karte und Landschaft

Meine Eltern besassen zwei Exemplare von Diercke. Zwei Doppelseiten zum Ausfalten zeigten die physikalische Karte des Deutschen Reiches, Nord- und Südhälfte, in Grün-, Beige- und Brauntönen. In der Ausgabe von 1911 gingen diese zart abschattiert, ineinander über. Auf den Karten der Zwischenkriegsausgabe hatte eine Neueinfärbung der Druckplatten die Kartenstimmung und damit auch meine Vorstellung der Landschaften verändert. Das Tiefland, der gesamte deutsche Norden, lag in dumpfem mürrischem Kunstwiesengrün, gleichsam unter Regenhimmel da, und der geringste Hügelzug über hundert Meter Höhe stiess als Wüstengebirge durch diesen Grasteppich. Im Grün, das sich gleich einer Marsch hindehnte, die bei Taufall in die erste Dämmerung zurücksinkt, schlängelten sich die Ströme, krakelten die kleineren Flüsse und die an Nähte erinnernden Kanäle schwarz wie Pech. Ihre Schmutzfracht wälzte sich durch meine Phantasie und begegnete in den Ästuaren und Haffen der Nord- und Ostsee dem ausgezehrten Meerblau, das kalt, leer und zu keiner Fahrt einladend, um das Küsten- und Inselland herumschwappte.

Ich war Flussschiffer. Zunächst suchte ich das Ankersymbol, das den Beginn der Schiffbarkeit anzeigte. Die Landschaft oberhalb des Ankers musste menschenleer sein, bedeckt von dichtem wildem Wald, und mir war's ein Trost, so weite unberührte Landstriche zu wissen, wo ich meine Sehnsucht, ganz und für immer zu verschwinden, irgendeinmal würde stillen können. Jetzt aber liess ich mein Boot zu Wasser und fuhr tagelang zwischen bald näheren, bald ferneren, allmählich in den Dunst zurückweichenden Ufern meerwärts, ohne einen Ruderschlag, einzig von Zeit zu Zeit das Steuer nach der nächsten Biegung des Flusses richtend oder mich nach den Türmen und Brücken einer Stadt zurückwendend, die allmählich hinter dem Horizont versank: Ratibor – Kosel – Oppeln – Brieg – Breslau – Glogau – Crossen – Frankfurt an der Oder – Küstrin – Stettin.

An den Flüssen wartete die deutsche Geschichte, wie ich sie aus Grubes Geschichtsbildern im Kopf hatte. Naumburg und Merseburg an der Saale, Magdeburg an der Elbe, Regensburg an der Donau, Nürnberg an der Pegnitz, Heidelberg am Neckar, Konstanz, Basel, Speyer, Worms, Mainz, Coblenz und Cöln, endlich Xanten am Rhein, und in Hameln an der Weser pfiff der Rattenfänger.

Ich war nie im Ausland gewesen; um so fester stand meine Vorstellung. Sandfarbene Wüstenödnis füllte Afrika aus; sie hatte ihre Dünen selbst übers Kongobecken geblasen, obwohl ich wusste, dass dampfender Urwald es bedeckte. Warum? Weil es, über zweihundert Meter hoch gelegen, in Beige-Braun gedruckt war. Was aber sollte ich mit der Schweiz? Nuss- und Russbraun füllten sie aus; die klatschblauen Seen waren nicht minder schmutzig als die bläulichweiss eingekratzten Firn- und Gletscherflächen. Wenn *ein* Land anders aussah, als die Atlasmacher es darstellten, dann die Schweiz, die ich selbst kannte, besonders an Bisentagen, da die Alpen durchsichtig gleich Glasscherben in den

Südhorizont schnitten. Trotzdem habe ich noch lange an meinen Kartenvorurteilen über die Landschaften andrer Länder und Erdteile festgehalten, und ich reise noch heute auf Wasserstrassen, nicht mit Eisenbahn oder Flugzeug.

➤Aargauer Schulwand- und Schülerkarte 77 ➤Abwässer 20 ➤Heimat 297 ➤Waldläufer 289

Zahlenspiele

In der 4. Klasse bin ich eine Weile besessen vom Gedanken, auf eine Million zu zählen. Auf dem Schulweg, im Bett vor dem Einschlafen, während des Sonntagsspaziergangs und sogar am Familientisch, zähle ich bald flüsternd, bald stumm. Die Zahlen wandern durch meinen Kopf, werden hörbar, tauchen weg. Geschwister und Eltern wissen: Wenn er nicht redet, zählt er. Zuweilen fragt mich jemand halb mitleidig, wo ich angekommen sei. Hundertdreizehntausendfünfhundertneun, sag ich und zähle halblaut weiter: zehn, elf, zwölf, dreizehn. Mein System, die Tausender im Kopf zu behalten und nur die Abfolge der dreistelligen Endziffern zu denken, erlaubt mir, rasch zu steigen, doch droht die Gefahr, dass ich über dem ewiggleichen 1, 2, 3 bis 999 vergesse, an welcher Zahl die Hunderter hängen. Es kommt der Morgen, wo ich nicht mehr weiss, ob ich gestern durch die Zwei- oder die Dreihunderttausender geklettert bin. Die Aufgabe hat sich selbst erledigt. Befreit!

In der 5. Klasse erliegen einige von uns der Faszination der absoluten, höchsten Zahl. Röbi Kammermann pflanzt sich vor mir auf und heftet seine begierigen, kindlich runden Augen auf mich: Du, wie viele Nullen haben hundert Trilliarden! – Dreiundzwanzig. Aber deine hundert Trilliarden sind ein Pfupf. Zehn Sextilliarden. Wie viele Nullen? Röbi rechnet kurz: Vierzig. Doch das ist nur ein Furz: Tausend Oktilliarden? – Vierundfünfzig, sag ich, doch das heisst Nonillion. Aber jetzt kommt eine Zahl so gross wie ein Brontosaurier, dagegen ist deine Nonillion eine Mücke: Hundert Duodekilliarden. Wie viele Nullen? Röbi schliesst die Augen: Vierundsiebzig. Aber ich hab eine Zahl, gegen die sind deine hundert Duodekilliarden ein *Schpeutz* ins Meer: Ich schreibe ins erste Häuschen meines Rechenheftes eine Eins und dahinter Nullen, bis das Heft voll ist. Nun bin ich sprachlos. Was sind vierundsiebzig Nullen gegen Tausende?

›Aargauer Schulwand- und Schülerkarte 77 ›Besessenheit 14

Statistik

Remo Marazzi mit der schwarzen brillantinierten Mähne schenkt mir einen Taschenkalender – zum Dank für meine Verbesserungen in seinen schriftlichen Arbeiten. Auf einer der letzten Seiten finde ich eine Liste der Millionenstädte der Erde, angeführt von New York und London, Schlusslicht ist Nanking. Und die Erde zählt 1949 2,2 Milliarden Menschen.

Diese erste Begegnung mit Menschenmassen stülpt meinen Weltbegriff nach aussen und schafft mein selbstgenügsames Kinderdasein mit einem Schlag ab. Ich gäbe meine Spielzeugeisenbahn um die genauen Bevölkerungszahlen aller Städte mit 100000 und mehr Einwohnern. Plötzlich füllt sich die Welt, die bisher auf das Städtchen Zofingen und den Kanton Aargau, auf mein Brüten über Atlanten sowie auf diffuse Nachrichten über Flüchtlingsströme in Deutschland, Indien und China beschränkt gewesen ist, überall mit wimmelndem warmem Leben. Ein Zauberstab hat den Erdball berührt, und dessen Oberfläche beginnt zu brodeln. Ich begegne mir zum ersten Mal als Atom eines ungeheuren pulsierenden Ganzen, das sich zugleich in mir spiegelt. Jede Zahl ein Gesicht. Auf der Hermes 2000 meines Vaters schreibe ich die kostbare Liste mit rotem Farbband auf ein A4-Blatt ab. Sie dient mir von nun an als Wegweiser bei weiteren Nachforschungen.

Ich habe der Statistik Jahre geopfert und meine Forschungen auch rückwärts bis gegen 1800 ausgedehnt. Würde ich jemandem detaillierten Einblick in den Termitenstock von Zahlen gewähren, den ich zusammengetragen, er wüsste, wohin er mich versorgte, und zuweilen, wenn ich dringende Pflichten tagelang zurückstelle, um obskuren Volkszählungsergebnissen aus dem vorletzten Jahrhundert nachzujagen, *bin* ich übergeschnappt.

Wenn meine statistische Leidenschaft, von den Geschwistern spöttisch «Zahlenbeigerei» genannt, alle andern Interessen zu ertränken drohte, habe ich verzweifelt nach Gründen gefragt. Bringen Zahlen eine unblutige Weltherrschaft? Hab ich meine Weltangst mit Zahlen bewaffnet? Ersetzen sie Reisen in ferne Länder, die zu machen ich verhindert gewesen bin? Bekämpfen sie die Angst vor dem Menschen, der nach jeder Katastrophe gleich den nächsten Untergang vorbereitet? Statistik als Bändigung des Chaos? Hoffnung, mit einer säuberlichen Subsumierung der Menschen unter Länder, Provinzen, Distrikte und Städte vermessener Fläche und gezählter Bevölkerung lasse sich der Dschungel der Welt zähmen, statuiere man einen Punkt des Stillstandes im ungeheuren Strom und Sturz? Heisst es nicht: *divide et impera*?

Die Beschäftigung mit Statistik schwemmt Tagträume und Phantasien von Landschaften, Schicksalen, Lebensmöglichkeiten heran, in Zahlen erkenne ich mich selbst. Aus dem Kollektiv erwächst für mich die Beschäftigung mit dem einzelnen. Denn dass Geborgenheit und Würde selbst in der Zahl schlummern, verdanken wir den einzelnen, aus denen sie sich zusammensetzt. So mache ich den Bericht vom Menschen zu meinem Beruf, bewahre einen Happen Leben in Worten, bevor er für immer verschwindet. Schwimme ich doch selbst im Strom der Lebenden todwärts! Und wenn ich dieser Tabelle mit elf Jahren nicht begegnet wäre? Wäre meine Neigung zu Sucht und Besessenheit durch das Geld geweckt worden? Und was hab ich in den Jahren des Zahlenirrsinns verpasst? Weiss es nicht. Dagegensetzen kann ich nur einige Bücher.

➢Aargauer Schulwand- und Schülerkarte 77 ➢Besessenheit 14 ➢Namen 112 ➢Raumer 71

Zofinger Tagblatt, 31. Januar 1948

Mahatma Gandhi ermordet. Ein grosses Unglück für Indien

Die Trauer in Indien. Der Tod Gandhis hat die Hauptstadt Indiens am Freitagabend in Dunkelheit gehüllt. Die Strassen blieben unbeleuchtet und menschenleer. Kinos und Theater waren geschlossen. (...) Männer und Frauen brachen, als die Todesnachricht bekannt wurde, öffentlich in Tränen aus. Aus allen Städten Indiens liegen Meldungen über eine ähnliche Aufnahme des Todes von Gandhi vor. (…) In Bombay brachen sofort nach Bekanntwerden des Mordes an Gandhi Unruhen und Schlägereien aus. Mohammedanern gehörende Läden wurden zertrümmert und geplündert; die Polizei musste drei Stadtbezirke besetzen. (…) Der Mörder Gandhis erklärte während des Verhörs, er sei ein Gegner der von Gandhi befürworteten und von Pandit Nehru durchgeführten Politik.

Astronomie

Die erste ernsthafte Beschäftigung mit den Sternen fällt ins letzte Jahr meiner Kindheit, angeleitet von Harms' Lehrbuch der Astronomie, darin das Wissen der zwanziger Jahre zusammengefasst ist. Spektralanalyse und die Verschiebung der Absorptionslinien infolge des Dopplereffekts ermöglichen die Berechnung der relativen Fluchtgeschwindigkeit der näher liegenden Sterne sowie ihrer Distanz und chemischen Zusammensetzung. Das also ist für mich die Spitze der Forschung. Auf einer Karte mit drehbarer Zelluloidabdeckung kann ich den idealen Horizont für jeden Tag und jede Stunde einstellen. Ich lerne, was das ist: Rektaszension und Deklination, Frühlings- und Herbstpunkt und Ekliptik.

Hinfort verziehe ich mich bei klarem Winterwetter, bekappt und eingemummelt, mit Karte, Glas und darin brennender Kerze sowie dem Militärfeldstecher des Vaters auf die Südveranda und suche mir die Konstellationen zusammen. Die Übersetzung der Karte in die Wirklichkeit ist schwierig. Ich sehe Fünkchen in einem Dunkel, das sie, kaum blicke ich weg und wieder hin, zurückgesogen hat; und keine Linien verbinden sie zu den Bildern, die mir geläufig sind. Die mythischen Heroen, die Tiere oder Gegenstände haben mit der Flimmerstreusaat weniger gemein als mein Skelett mit meinem Körper. Der Löwe ist ein an der Grundlinie leicht eingedrücktes Trapez, der Grosse Bär ein Karren mit geknickter Deichsel, der Schwan ein simples Segeldreieck, der Stier ein Keil und die Cassiopeia ein erstklässlerhaft schief gezogenes W. Und erst noch, lerne ich, fahren diese Sterne aus- und durcheinander und jeder in einer andern Entfernung dahin; in zehntausend Jahren werden die Menschen neue Sternbilder erfinden müssen. Die arabischen Namen der grösseren Sterne leiere ich vor mich hin gleich einer Litanei: Benetnasch oder Alkaid, Alkor mit Mizar, Alioth, Megrez, Phekda, Merak, Dubhe – das also ist der Grosse Bär.

Am genausten erinnere ich die Momente, da aus der finsteren Himmelswüste der milchstrassenleeren Kalotte plötzlich die zarte Lichtspur eines zerbrechlichen Gebildes auftauchte, das ich abendelang vergeblich gesucht und bereits aufgegeben hatte, Delphin oder Dreieck oder der Schlangenträger. Als der rote Überriese Antares die Strahlen des Skorpions tief im Süden bündelte und als der goldene Arcturus endlich als letzter der Bootes-Sterne über den Waldhorizont im Nordosten herauffuhr, rannte ich, voll der Nachricht, ins Haus. Was mögen meine Mutter, lesend unter der Hängelampe, oder mein Vater an seinem Eichenpult, über Büchern oder Schulheften, gedacht haben, wenn ich die Entdeckung des Andromedanebels oder des Kugelhaufens im Herkules meldete? Mir schien, der Himmel sei um einen Sprung in die Tiefe weiter geworden.

Noch lag die Nacht dunkel und dicht auf den Aussenquartieren der Städte; ein paar Funzeln am Fuss des Hangs beeinträchtigten kaum die Beobachtungen; sie warfen ihr kränkelnd rötliches Licht von splissigen Holzstangen herab den Spätheimkehrern und Säufern ins Gesicht: Hier durch, ihr Besten! Bis heute empfinde ich das Verschwinden der Nacht als Verlust an Leben. Millionen von Lichtern stehlen uns die andre Hälfte des ersten Schöpfungstags.

›Besessenheit 14 ›Ränder 283

Intermezzo: Krankheit und Macht

Krankheit greift über den Betroffenen hinaus ins Leben der Umgebung ein, fordert Schutz, Zuwendung, rücksichtsvolleren Umgang, Liebe. Der arme Bub! Jedes Kind, das sich an die Mutter hängt und weint, spürt das. Chronisch Kranke vor allem versetzen die Gesunden durch ihr Leiden ins Unrecht – vor einer höheren Instanz, einer Art Buchhalter der gerechten Verteilung von Glück und Unglück. Heimgesucht vom Leiden, sind sie der lebende Vorwurf: «Wenn ihr euch vorstellen könntet, wie schlecht es mir geht und wie schön ihr's habt! Doch ich bin allein.» Kranke setzen die Gesunden unter Druck, zwingen sie dazu, für das eigene Wohlbefinden mit Angst, Sorge und Liebe zu bezahlen. Chronisch Kranke werden zum Mittelpunkt der Familie; um ihr behindertes dreht sich das normale Leben der andern, auf sie muss es Rücksicht nehmen.

Wie geht es ihm? Schlechter? Ich würd alles tun, damit er endlich gesund würde. Doch alles tun kann kein Mensch, denn das hiesse, sich das Herz aus der Brust reissen. Mit dem Selbstopfer der Gesunden ist den Kranken am wenigsten gedient; schliesslich brauchen sie Gesunde, um krank bleiben zu können. Also lebt auch der Bestwillige mit einer Restschuld – oder er resigniert und empfiehlt sich.

Meine Geschwister haben eher selten ins Krankenzimmer hereingeschaut. Sie konnten und wollten sich nicht in diesen langsamen Maelstrom hineinziehen lassen, darin meine Eltern sich drehten. Ich habe es ihnen nicht übelgenommen, ich brauchte sie nicht, ich war krank mit Hilfe der Allernächsten, der Mutter. Ich erinnere mich an einen Schreikrampf, als ich gepocht hatte und sie ausblieb.

Ich habe den Vater Jahr für Jahr viele Wochen aus dem Eheschlafzimmer vertrieben – und dieser Tatsache keinen Gedanken geschenkt. Ich war dazu nicht verpflichtet; war ich doch krank. Trotzdem hat der Vater abends oft an meinem Bett gesessen und mir vorgelesen, wenn ich, von der Atemnot erschöpft und fiebrig, voller Angst in die violette Nacht der Fenster starrte. Ich hatte Mühe zu sprechen; während der kritischen Phasen beschränkten sich meine Mitteilungen auf das stimmlose Hervorzischen von Wörtern, die sich mühsam zu Sätzen verhakten. Reichte die Luft nur noch für die Aufrechterhaltung eines flachen, raschen Herzschlags, sass ich, gestützt von einem Rosshaar- und mehreren Daunenkissen, halb aufgerichtet, hechelnd da, durch die Fensterfront über die Stadt hinweg auf die rauchenden Hochkamine blickend, meinen wachtraumähnlichen Vorstellungen und erfundenen Geschichten aus Ritterzeiten und dem Reich der Tiere nachhängend, mich wegsehnend, bald in einer Art Erschöpfungsschlummer, bald lesend oder unter Vermeidung jeder nicht absolut notwendigen Bewegung Spiele spielend, die klein genug für eine Bettdecke waren. Das Federbett war die Landschaft, durch die meine Züge in die Ferne dampften, es war das Schneegebirge, in dessen Falten die Bobbahnen kurvten, auf dem schönsten Murmelschlitten flitzte ich selbst zu Tal.

Habe ich meine Macht als Kranker missbraucht? Verlor sich das Asthma, habe ich die Rekonvaleszenz verlängert, um einige Tage Schulfreiheit in Gesundheit herauszuschlagen. Wie bettbeschützt ich gelebt hatte, ist mir jeweils am ersten Tag, da ich aufstehen durfte, fühlbar geworden. Ein Müssen war's. Kurz vor Mittag stieg ich ziemlich taumelig in die steif und fremd gewordenen Kleider, die plötzlich neben dem Bett bereitlagen, und tastete mich die Treppe ins Wohngeschoss hinab, dessen Zimmer ich wochenlang nicht betreten, eigentlich aufgegeben hatte. Ihre Weiträumigkeit, das helle Naturholz des Wohnzimmertäfers, sogar das Klavier wehten mich kalt an, Ausstattung eines Heims für Irdische, Gesunde, Fröhliche. Ich hatte in einem Raum gelebt, dessen eine Hälfte nach Medizin roch, während die andre sich ins Jenseits öffnete. Erträglicher war das Studierzimmer des Vaters. Von der Höhle der Krankheit hatte es die dämmernd abgedunkelte Stimmung. Ich strich verloren durch die Räume, berührte die Kanten der Möbel, presste das weiche Leder von Sofa und Sessel, als wär's das erste Mal, schaute aus den Fenstern, deren Aussicht geschrumpft war. Verödete Wirklichkeit! Was hatten die Nachbarhäuser, das gegenüberliegende Amslergut hier zu suchen. Vors Haus durfte ich noch nicht; die

Freude der Mutter musste ich verzeihen. Ich hörte die lebhaften Stimmen der Geschwister, die den Weg herauf aus der Schule kamen. Die Scheinwirklichkeit der Gesunden hing so drohend wie leblos über mir, und ich wünschte mich weit und für immer weg, zurück in die einzige Realität, wo die Mutter und ich in einem Zimmer hausten, ich tagsüber in ihrem Bett sass und des Nachts im Bett des Vaters mich in Angstträumen wälzte, sie mir um zwei in der Früh vorlas oder eine Geschichte erzählte, um mich zu beruhigen, wo unter der flachen, braunrötlichen Alabasterlampe, die Fliegen stundenlang in einer halbmystischen Verzückung, ähnlich tanzenden Derwischen, von denen ich gelesen hatte, bald lautlos, bald leise sirrend, in immer denselben Triangeln und Trapezen umeinander herumzuckten und ich, ihnen mit den Blicken folgend, auf dem Rücken von Nils Holgerssons Gänserich oder auf dem fliegenden Teppich der Peri Banu nach meiner Burg auf der Spitze eines steilen dichtbewaldeten Bergs ritt. Sie versank im Sonnenglast oder Schneesturm wie Muntsalväsche, wurde unkenntlich, Stein wie Stein, Luft wie Luft, und keiner wusste von ihr ausser mir. Ich war ihr Kinderkönig in einer silbernen Rüstung.

Ich habe meine Krankheit nicht gemacht. Gemocht aber sehr. Ich bin nicht schuld daran gewesen, doch hat sie etliches entschuldigt. Allergische Veranlagung (Hausstaub und Industrieabgase) hat sie gefördert, Übersensibilität, die Angst, gross zu werden, wie alle andern sein zu müssen, ein fröhlicher Junge. Einengung und Belastung, nicht zuletzt durch die Fürsorge, die ich suchte und auf mich häufte. Angestrebt habe ich Macht nie, ausgeübt, sei's über die Mutter, sei's in meinen Vorstellungen, wohl. Habe ich sie genossen? Kaum. Ich vermute, mein Bruder, zwischen der Schwester und mir, sei nicht zu beneiden gewesen. Wie ist ihm gewesen, wenn ich wochenlang nicht am Familientisch gesessen, also auch keine Dummheiten gemacht habe, halb bereits zu einem Engel sublimiert, und statt gescholten bedauert worden bin? Zehnmal im Tag musste jemand ins Obergeschoss steigen und etwas bringen oder holen. Hat er das dumpfe Klopfen des Spazierstocks mit dem birnenförmigen, lederüberzogenen Knauf, das Wünsche, Bitten, Nöte signalisierte, gehasst? Hätte er statt meiner krank sein wollen?

Krankheit ist Macht, wie immer du krank bist, ob lieb und stumm, ob klagend und fordernd, ob engelhaft oder aufsässig. Heute übe ich ungern Macht aus; sie beschneidet die kleine Freiheit der andern.

›Alter und Zeit 278 ›Das Bärlein 31 ›Der Bruder 87 ›Diminutivverlust 279 ›Eltern-Tabu 104 ›Hochkamine und Sirenen 208 ›Mutter und Mythen 121 ›Die Stimme des Atems 156 ›Was … nicht 268

VI. Die Krankheit

Gesundheit und Krankheit

Wie entwickelt sich ihre Wahrnehmung? Ein Kind wird erst unterscheiden, wenn es sich eines Normalzustands bewusst geworden ist. Frühkindliches Leiden ist nicht minder schmerzhaft oder bedrohlich als die Krankheit eines Erwachsenen. Dieses Böse aber, genau wie das Gute, ist ohne Ende oder Vergleich, so wie man bei der Mutter ist wie die Mutter, beim Vogel wie der Vogel, man ist das blutende Knie und die Beule am Kopf. Man existiert, bald beseligt und still in einem Sonnenteich von der Grösse des Laufgitters, bald fassungslos schreiend vor Grauen in den Klauen von etwas, das einen in seinen finstern Sack stecken möchte. Kleinkinder trennt wenig von den lauten und stillen, beweglichen und reglosen, guten und bösen Wesen um sie herum. Belebt und unbelebt ist ihnen eins, sie gehen auf in allem, was ihnen entgegentritt – öffentliche Personen wie kein König oder Popstar.

Vielleicht ist es die wachsende Handlungsfähigkeit, die mit einer Besitzstandbildung im Reich der Dinge, der Sinne und Vorstellungen einhergeht, welche erst fliessende, dann sich verfestigende Grenzen zieht. Das Kind beschäftigt sich mit dieser Habe wie mit sich selbst. Nun erst wird Krankheit als Krankheit, als Abweichung vom Wohlbefinden und nicht als ewige Qual, wahrgenommen. Nun erst bleiben frühe Eindrücke von schlimmstem Schmerz haften, tiefe Schnitte ins Fleisch, welche die meisten von uns aufbewahren. Dass wir sie nie vergessen, gründet in deren Erstmaligkeit. Erwacht zu uns selbst, werden wir irgendwoher brutal überfallen.

Unauslöschlich, als ob er mir ans Leben gegangen wäre, hat sich ein kleiner Unfall in meine Erinnerung eingegraben, weil er die Folge eines heftigen Glücks gewesen ist. Ich datiere ihn zwei, drei Monate nach meinem 3. Geburtstag. Ich spiele im Wohnzimmer, die Sonne steht im Vormittagsviertel, grosse, durchleuchtete Ruhe. Vom Flur her wird die

Tür geöffnet, die Mutter steht im Rahmen. Es ist das erste Jahr, da beide Geschwister zur Schule gehen, wir zwei einige Stunden im Tag allein miteinander leben. Das Erscheinen der Mutter, vielleicht ein leiser Anruf, schliesst die Kuppel über meiner lichterfüllten Zufriedenheit. Ich renne ihr quer durchs Wohnzimmer entgegen, mich in ihre ausgestreckten Arme zu werfen. Vor der Tür endet der Teppich, ich gleite aus, schlittere über die Holzschwelle und schlage rücklings mit dem Hinterkopf auf. Ich beginne zu schreien wie am Spiess, werde vom Boden gehoben und weggetragen. Dieses nicht schlimme, doch erschreckende Ungefäll – von einer Gehirnerschütterung weiss ich nichts – erscheint mir heute noch lebensbedrohender als das wenige Jahre später an meinem Lebensfaden nagende Asthma.

Meine früheste Erinnerung an eine Atemnot datiert aus dem 6. Lebensjahr. Die Krankheit nistet sich ein, nimmt überhand, lähmt endlich und verändert schleichend das Empfinden der Umwelt: diese scheint schwer und verschattet, wo sie licht und leicht war. Die Strecke, die ich im Spiel gehüpft und gerannt bin, dehnt sich, führt jetzt in eine Gegend, die ich noch nie betreten, und das Ziel schmilzt in der Erschöpfung zu einem brennenden und quälend fernen Punkt; ich laufe, sinke zusammen, bleibe auf der Strecke. Halb tot.

›Krankheit und Macht 147 ›Offside 161

Erstes Asthma

Sommersonntagnachmittag: vom Haldenweiher her, die staubig heisse Strasse entlang, die sich unmerklich zur Stadt senkt, kehren wir, die Sonne in den Augen, aus dem Wald zurück. Rechts marschieren braune Staketen in der Gegenrichtung, an der Ecke des Grundstücks steht der splissige Laternenpfahl, zwei Schritte weiter beginnt die Steigung des Zugangswegs. Ich blicke durch die Lücken im Zaun zum Haus hinauf; es äugt böse aus spiegelnd bebrillten Fenstern, und ich weiss, schweissgebadet und ausgepumpt: dorthin werde ich es nie im Leben bringen. Etwas hockt mir auf der Brust; ich will aber nicht aufgeben, versammle meine Kräfte in den Beinen, um die Rampe, diese Steigung von kaum zwanzig Metern, zu erklimmen, trotz der Bruthitze, die mir einen trockenen Wattebausch tief in die Kehle hinuntergesteckt hat. Ich beginne zu taumeln.

Offenbar sind die Eltern auf meine Notlage am Fuss des Himalaja aufmerksam geworden. Im nächsten Erinnerungsbild sehe ich mich links und rechts an den Händen gefasst und werde Schrittchen für Schrittchen die Rampe hinaufgezogen, schwankend wie ein Betrunkener durch unerträgliches Flimmern, gegen die hechelnde Atemnot und das Dröhnen des Bluts in den Ohren. Noch bevor wir auf halbem Weg zum Haus bei der Scheinzypresse in den Schatten der hohen Buchshecke treten, erlischt die Erinnerung.

➤Tödlein 19

Ersticken

Nachts fahren die Alpträume auf und spiegeln mir im Fieberdunkel den Tod in den Schlaf. Am stärksten ängstigt mich ein Traum kurz nach dem Einschlafen, wenn die Mutter das Licht gelöscht und das Zimmer verlassen hat. Ich befinde mich in einem finsteren Raum. Doch geben mir der Boden, auf dem ich stehe, die hohe Decke, die entfernten, aber ahnbaren Wände Schutz und Halt, fast ein Zuhause. Ausser mir kein Mensch, kein Gegenstand. Mein Gefängnis ist dunkel, aber immerhin ein Ort, herausgeschnitten aus dem Ortlosen, mich zu fassen. Da alles Freundliche mich verlassen hat, bin ich dankbar für so viel Güte, ich habe nicht mal das Verlangen nach Licht.

Der Raum gerät in eine schwankende Bewegung, er fliegt mit mir davon oder dann schaukelt er auf einer schwarzen Dünung wie Noahs Arche. Mit einem Krachen birst er auseinander. Wände, Boden, Decke werden weggeschleudert, mich selbst saugt die Explosion ins Leere. Gemessen am Wegsturz der Mauertrümmer ist mein Flug ein lautloses Schweben. Es gibt in der Weltraumleere nur noch Eigenbewegung, kein Oben oder Unten, Fall ist Aufflug, Stand Bewegung. Ich bin unverletzt, doch das Gefühl der drei Dimensionen ist mir genommen. Die Leere des Zimmers hat sich zu finstrer Unendlichkeit geweitet.

In grosser Distanz werden bleiche Wölkchen getupft, als ob dort eine Dampflok unterwegs wäre. Sie wachsen, empor und in die Breite, ihre Farbe ist ein kaltes Grauweiss. Sie nähern sich im Tiefflug und mit einer Geschwindigkeit, vor der ich mich nicht retten kann. Denn sie suchen mich. Es sind Knochenberge, sie haben sich ausserhalb des für mich überblickbaren Raums losgerissen, um mich zu zerschmettern. Ich sehe, dass sie mich am Kopf treffen werden. Ich versuche mich zu bücken, auszuweichen. Doch wie, wo kein Gegenstand ist, daran ich mich abstossen könnte? Die Knochenbrocken donnern auf der Höhe meiner Stirn heran. Einen Augenblick bevor sie mir den Kopf abschlagen, wälze ich mich mit der Kraft der Todesangst aus dem Fieberschlaf ins Wachen, taste nach der Kordel zum Schalter an der Wand, ziehe. Das rötliche Licht der Alabasterlampe füllt das Elternschlafzimmer, am Nachttischchen lehnt der Spazierstock mit Lederknauf. Ich poche um Hilfe auf den Boden und versuche mich höher zu stemmen, um eine Handbreit über meinem Kopf ein Restchen Luft zu schnappen.

›Löwentraum 56 ›Nils Holgersson 157 ›Die Ruhmeshalle 163 ›Tödlein 19

Der Joggeli söll ga Birli schüttle

Bin ich krank, wird mir am Morgen, am Abend und, steht es schlimm, auch über Mittag das Fieber gemessen. Die Fieberkurve bleibt über Wochen konstant: 38, 3 bis 38, 8 Grad am Abend, 36, 7 bis 37, 3 am Morgen, kaum finde ich Atem, um «guten Abend, gut' Nacht» zu sagen; das Fieber hält mich im Schweiss. Meine Fieberkurve gleicht Eiger, Mönch und Jungfrau: meine erste Bekanntschaft mit Millimeterpapier.

Die rektale Fiebermessung dauert zwei Minuten und ist unfehlbar, doch es braucht jemanden, der dir das Fieber abnimmt. Wer wenn nicht die Mutter? Zwei- bis dreimal am Tag drehe ich mich auf die Seite, sie zieht mir das Nachthemd über den Po hoch und steckt den gläsernen kühlen Fisch des Fiebermessers in den Anus. Um sich selbst und mir die Zeit zu verkürzen und um der Prozedur einen spielerischen Anstrich zu geben, rezitiert sie mir die Verse aus Lisa Wengers Bilderbüchern: *«Hüt isch wider Fasenacht, / Wo-n-is d'Muetter Chüechli bacht, / Und der Vatter ume springt, / Und de Chinder Chüechli bringt»* oder *«Der Joggeli söll ga Birli schüttle, / d'Birli wei nid falle»*. Derweil schaue ich mir die Bilder an; das Buch lehnt aufgeschlagen an den Kopfkissen im väterlichen Ehebett, und die Dämonie von Lisa Wengers Zeichnungen fällt mich umweglos an. Die hölzernen Gliedmassen der Figuren, die genagelten oder geschraubten Gelenke erinnern mich an das Bengele Pinocchio, das mir beim Betrachten ein Grauen einjagt, dessen ich mich nicht erwehre, und unlösbar scheint das heimlich Böse der Geschichte von Joggeli. Er trödelt genau wie ich im Garten herum, statt die Birnen herunterzuschütteln, liegt auf dem Rücken, den lieben Himmel blau über sich und steckt sich eine Birne in den Mund. Bestraft wird er – Gipfel der Ungerechtigkeit und unbegreiflich – nicht durch den Biss des *Hundeli*, denn dieses gibt nur die Strafe des *Stäckli* an ihn weiter; nein, der Meister rächt sich durch die Abschlachtung des Kälbchens, daran Joggeli vermutlich mit zärtlicher Liebe gehangen hat und das an seinem Ungehorsam keine Schuld trägt. Denn wenn es das *Wässerli* gelappt hätte, wäre die Kette von Befehl und Wirkung erst recht unterbrochen worden. Oder lauert Gott am Anfang der Mordgeschichte?

Oder wird das Kälbchen, wenn die Birnen fallen, doch nicht geschlachtet? Jedenfalls hasse ich das lange Messer des Meisters aus tiefster Not, und das *müend ietz* anstelle des immer wiederholten *wott nid* oder *wei nid* schlägt mir jedesmal wie ein dumpfer Vorhalt in die Seele: Nun wird die Katastrophe doch ihren Lauf nehmen. Und im Hintergrund machen die vier Bäume je nach dem Verlauf des Geschehens amüsierte, strenge, traurige Gesichter, zuletzt wollen sie gar nichts gesehen haben, um nicht auch noch bestraft zu werden, und ich weiss, dass Joggeli zeit seines Lebens den ihn verfolgenden Blicken nicht entgehen wird.

Besser enden die Geschichten im Buch von der *Fasenacht*; tröstlich geht selbst diejenige des Jungen aus, der in den Bach gefallen ist und, schon halb ertrunken, herausgefischt wird. Warum nur fällt die untergehende Sonne vor Schreck beinahe in Ohnmacht, statt sich über die Rettung zu freuen? Die Geschichte vom *Chemifäger* endet unentschieden, sein *ruessigs Hemmeli* können alle Wäscherinnen von Paris nicht wieder weissschrubben, doch die unzählbaren Waschfrauen, die auf einem weit geschwungenen Parkweg hintereinander hereilen, um im Vordergrund ihre Künste zu versuchen, versichern mich, dass alle sich seinetwegen Sorgen machen. Mein Lieblingsbild zeigt Hans und Greteli *uf der Brügge*. Mir ist, ich kenne die rotäugigen Eulen, die schwarzen Schwämme, den halb schon versunkenen, die Landschaft in ein überwirkliches Nachtgrün tauchenden Mond, ich sei schon hundertmal durch den finstern Tann und über den schwindligen Steg gegangen und aus der grundlosen Schlucht habe ein kalter Wind mich angeweht.

So! Die Mutter zieht das Thermometer heraus. Das Morgenlicht füllt das Zimmer und vibriert unmerklich auf dem crèmeweissgestrichenen Wand- und Deckentäfer mit den lindengrünen Deckleisten und Türrahmen. Siebenunddreissig sechs. Ihre Stimme ist neutral, und ich weiss: Auch das Fieber will nicht fallen. Ich erkenne ihre Enttäuschung am müden Schritt, mit dem sie das Zimmer verlässt, um das Thermometer zu waschen. Und ich muss meine Genugtuung verheimlichen, wird doch mein schulfreier Zustand um mindestens zwei weitere Tage verlängert.

➢Kirschen 167 ➢Kunst des Befehlens 82 ➢Rationierung 95 ➢Waschtag 48

Die Stimme des Atems

Je kleiner der Fingerhut Luft, den seine Lunge fasst, desto enger wird die Kugel, in deren Mittelpunkt er lebt, desto weniger Dinge und Menschen nimmt er wahr. Er schaut zu, wie die Welt sich zusammenzieht. Wände, Stühle und Nachttisch sind noch da, doch sie haben ihr Gewicht verloren; zweifelhaft stehen oder schwanken sie herum, aufgeblasen von der Leere. Seine Augen wandern hin und her, von der Lampe zur Bettdecke, zum Spielbären, zum Bambi-Buch, zurück zu den Fliegen unter der Lampe; er hat keine Kraft mehr, etwas festzuhalten, und er ist zu erschöpft, sich vorzustellen, wie glatt und hart die Bauklötzchen seiner Fachwerkstadt sich anfühlen. Selbst wenn er sich aufrichten, aus dem Bett steigen, gehen könnte, die Gegenstände anzufassen: sie würden bei der ersten Berührung wie Seifenblasen zerplatzen.

Er liegt da, halb aufgestützt, halb zusammengekrümmt, konzentriert auf das Löffelchen Atemluft, dessen Bedeutung mit dem Schrumpfen der Umgebung übermächtig wird, einzige Wirklichkeit bei Tag und bei Nacht. Er lebt nur noch für diesen keuchenden Hauch. In der Dämmerung hinter den halbgeschlossenen Augen treibt er auf ihm gleich einem Stück Kork auf grünlichdunklem Wasser in der Badeanstalt; daran hält er sich und schwimmt; hechelnd verdrängen und verjagen sich die Atemzüge. Er ist nur noch Atem, dies allein unterscheidet ihn von der Leere. Die Hand eines andern, Früheren umklammert, sieben Meilen von ihm entfernt, den Spielbären; er selbst schwebt heiss und allein im Vakuum; dahinter, unerreichbar, unwirklich, weisse Kissen, weisse Bettdecke, weisse Gesichter, weisse Stimmen, weisses Streicheln über die Stirn. Doch er will nicht ersticken, sich von der Leere nicht aufsaugen lassen, er bleibt ein letzter Kern, ein lichtloser treibender Stern. Er schliesst die Augen, um sich im Schwindel aufrecht zu halten.

Wieder hört er die Stimme aus seiner Brust, den eintönigen Singsang, die winzige Klage, aufjammernd, wenn er einatmet, hohl nachseufzend, wenn er ausatmet. Schleimblasen in den Bronchien sind der Faden, der Spinnenfaden, auf dem er spielt, daran er hängt. Er liebt die nur für ihn hörbare Klage, sie ist ihm zum Trost geschenkt, sie ist seine letzte Gesellschaft, eine Mücke, die singt: Ich verlasse dich nicht. Solange du mich hörst, lebst du. Ich bin das summende Flämmchen auf dem Scheit im Ofen, und solange ich tanze, lebst du. Ich klage für dich und ich singe für dich, keine Angst, du bist mein Kind, ich summe so vor mich hin, ich bin du und du bist ich, ich liebe dich, Mückenkind, und solang du mich hörst, hörst du dich, und du lebst. Sei tapfer. Ich summe dich in den Schlaf. Schlaf ein. Schlafe.

➢Diminutivverlust 279 ➢Ersticken 153 ➢Löwentraum 56 ➢Schlagen 38 ➢Tödlein 19

Nils Holgersson

Wenn ich krank bin, liegt «der Nils» in Griffnähe, dick und in hellgelbes Leinen gebunden. «Nils Holgerssons wunderbare Reise durch Schweden» von Selma Lagerlöf ersetzt mir die Spiele auf der Strasse, in den Hintergärten und Wäldern. Muss ich stilliegen, da bei jeder Veränderung der Körperstellung Atemnot mir die Brust zuschnürt, lehnt das Buch an den angezogenen Knien; ich vergesse die Krankheit und lebe, schwitzend und hechelnd, reglos die Abenteuer. Lesen ist inneres Schauen, und was ich sehe, ist in die vornächtig graue Stimmung der Radierungen von Wilhelm Schulz getaucht. Streckenweise weiss ich den Text auswendig, und kein Satz ist mir neu. Um so leidenschaftlicher lese ich. Ich mache die Erfahrung, dass ein guter Text mit jeder weiteren Lektüre gewinnt. Ich pilgere von Station zu Station; und jedesmal mächtiger füllen Erwartung und Erschütterung die Erzählungen. Die Tiere des Buchs sind mir wirklicher als unsre Nachbarn: der Gänserich Martin, der Fuchs Smirre, Herr Ermenrich der Storch, Mutter Akka die Leitgans, der Rabe Bataki, der Adler Gorgo. Jedes Kapitel ist ein Haus, das mit erleuchteten Fenstern in der Dämmerung steht. Ich trete ein, verweile lange, entferne mich zögernd, widerwillig fast, doch bereits angezogen vom Schimmer durch die Bäume des nächsten Gartens. «Die Stadt auf dem Meeresgrund», «Die Ysätter-Kajsa», «Im Bergwerkdistrikt», «Der Dalälv», «Die Grube zu Falun», «Die Neujahrsnacht der Tiere», «Die Sage von Jämtland». «Nils» fasst die Monate meiner Krankheit in Kraftlinien und ist mein Buch der Wandlungen. Nach Jahren erst fesselt mich das Soziale, in den Geschichten von der alten Bauersfrau etwa (Auswanderung nach Amerika) oder von Åsa und Klein Mats (Volksseuche Tuberkulose), von der Kerstin aus Dalarna (Kinderwanderungen nach Arbeit), genauso wie die Abenteuererzählungen. Ich bin den heimlichen Korrespondenzen, den flüsternden, rufenden Stimmen verfallen, wo Menschenwelt und Tierreich sich durchdringen wie in der Geschichte vom Bübchen Ole auf dem grossen Vogelsee Tåkern, einer Pioniererzählung zum Thema Ökologie. Und von Karr und Graufell lese ich nie ohne Tränen.

Zuweilen an Abenden, wenn die Finsternis mit dem roten Licht der Nachttischlampe in den Fenstern zu violettem Bernstein schmilzt, tritt der Vater ins Krankenzimmer, rückt einen Stuhl heran und liest mir aus dem Buch vor. Ich liege, abgeschnitten von der Atemluft, bereits fieberheiss und hinter offenen Augen geängstigt vom Erstickungsanfall der nahenden Nacht; der Raum zieht sich enger, zwei Zimmerfliegen schwirren irrsinnig um die Alabasterlampe.

«Die Jäger und Hunde dagegen, die von viel leichterem Gewicht waren, konnten auf der Eisdecke gehen und verfolgten den Elch immer weiter. Er floh und floh, aber seine Schritte wurden immer unsicherer und schwankender, und er keuchte gewaltig. Er litt nicht allein starke Schmerzen; das Waten durch den Schnee ermüdete ihn zusehends. Schliesslich verlor er die Geduld. Er hielt an und liess die Hunde und Jäger näher herankommen, um den Kampf mit ihnen aufzunehmen. Während er so dastand und auf seine Verfolger wartete, warf er einen Blick nach oben, und als er die Wildgänse, die über ihm schwebten, sah, rief er: «Bleibet hier, Wildgänse, bis alles zu Ende ist! Und wenn ihr wieder über den Kolmården hinzieht, dann suchet den Hund Karr auf und saget ihm, dass sein Freund Graufell einen schönen Tod gehabt habe.» Der Vorleser zögert, ich höre seiner Stimme an, wie bewegt er ist. Ich weiss, was kommen muss: beider Tod, des Elchs unter den Messern der Wilderer und des Jagdhundes Karr, seines Freundes aus Gefangenschaft und Kindheit, und ich könnte sagen: Lies nicht weiter. Doch ich darf das Ende nicht überspringen.

Meine Krankheit und die Lektüre von «Nils Holgersson» sind *ein* Geschehen. Es scheint, meine Heilung setze den Durchgang durch dieses 504 Seiten starke Buch in Frakturschrift voraus. Der Abflug des vierzehnjährigen Nils Holgersson aus Väst Vämmenhög ist mein Sturz in die Krankheit; einmal im Buch drin, bin ich unangreifbar, es ist meine Burg, Nils' Wichteldasein ist meine Abschottung vom Alltag, mein Tor zum Wunderbaren. Nähert sich das Ende, verbreitet sich eine abgebrannte Stimmung; mich weht beim Aufbruch der Wildgänse aus dem herbstlich-unwirtlich gewordenen Lappland nach Süden der kühle Hauch des Abschieds an. Das letzte Fünftel des Buchs ist von Wehmut überschattet. Denn nun *muss* ich gesund werden, und somit hat auch Nils seine Menschengestalt wieder. Trauer darum, dass Nils die Tiere nicht mehr verstehen wird, mischt sich mit der Angst vor Schule und Schulkameraden, denen ich längst entfremdet bin. Die Krankheit hatte mich der Bewegungsfreiheit beraubt, um mir eine viel grössere Freiheit einzuräumen, ein Reich aus dem Glas und Spinnweb der Träume, das zerreissen und zersplittern wird, sobald ich unter die im herkömmlichen Sinn Gesunden und Wirklichen zurückkehre.

➢Hochkamine und Sirenen 208 ➢Vorlesen 45

Erinnerungsschwur

Im 4. Schuljahr lese ich Felix Saltens «Bambi»-Serie, meist im Bett. Ich lebe, hoffe, bange mit den vermenschlichten Tieren, bin erleichtert über jede bestandene Fährnis. Bambi und seine Familie sind ausgesetzt, mir fehlt die Atemluft; sie verbergen sich im Waldesdickicht, ich mich im Elternschlafzimmer und Krankenbett. Die Wochen sind mir weder Leid noch Verbannung, sondern Fest der Phantasie.

Doch morgen habe ich den verhassten Schulweg anzutreten. Die Bilder und das Glück der Krankheitszeit werden versperrt von der Schulangst. Ich suche verzweifelt den Übergang, die Brücke. Wie kann ich weiterhin im Wald der Tiere leben und doch Schüler sein?

Es ist Winter. Die Familie, unter der Hängelampe um den Tisch in der Fensterecke versammelt, löffelt Suppe als Vorspeise. Vater und Schwester an den Schmalenden, der Bruder sitzt der Mutter und mir gegenüber, wir kehren dem Zimmer den Rücken zu. Es wird geredet, ich beteilige mich nicht. Ich blicke in die Fensterscheiben, die das Familiensuppenlöffeln spiegeln. Die Mutter und ich von vorn, Vater und Schwester von der Seite; der Bruder, mir schräg gegenüber, verdeckt zum Teil seinen finstern Umrissschatten. Auch Suppenterrine, Teller, Gläser haben sich im Spiegel versammelt – ein Gefängnisstilleben im Holzgitter der Fenstersprossen, getaucht in rötlichen Dämmer, und ich fühle mich ausweglos in die Enge getrieben. Im Fensterglas bewegen sich stumm die Lippen, heben gespiegelte Hände unter dem gespiegelten Lampenschirm geräuschlos gespiegelte Löffel an gespiegelte Münder. Was soll werden? Ich bringe nichts über die Lippen, Hilflosigkeit schnürt mir die Kehle zu, und die Spiegelungen in den Scheiben sind Geister von Toten.

Könnte es sein, dass die Gespiegelten wirklich sind? Dass die Familie, im Glauben, beim Abendessen versammelt zu sein, einer Täuschung aufsitzt, dass ich morgen nicht in der Schule auftauchen werde, sondern als Spiegelung hier hängengeblieben bin? Wär's möglich, dass ich diesen Alptraum, Wirklichkeit geheissen, an die sie alle hier ohne jeden Zweifel glauben, nur träume, doch in Wahrheit frei bin wie die Schattenbilder, unkörperlich, dass ich überall sein könnte, wo ich hinzudenken beliebe? Brauchte ich vielleicht nur einen mir unbekannten Gedanken zu denken, und ich wäre uneinholbar, ungreifbar, alle Verzweiflungen und Ängste für immer los. Ich würde in die wahre Welt eintauchen, schmerzlos und vogelfrei, allein für mich. Der Gedanke: Wo ist der mich lossprechende Gedanke?

Ich will mein Anrennen gegen die Gefängniswände der Wahrnehmung und Wirklichkeit nie vergessen, nie meine Vermutung, dass es anders sein und ich gleich den Schatten durch die Glasscheiben hindurchtreten könnte; ich gelobe mir, nie dieses Bankett braunrötlicher Spiegelungen zu vergessen, ihr stummes Kauen von Worten und Suppenfleisch und nie mein eigenes regloses Bild. Ich schwöre es mir zu: Nie!

Kinder sind Fundamentalisten des Schwurs. Der einzige Kindheitsschwur, den ich nicht vergessen habe, ist dieser: er hängt in den Spiegeln meines Freiheitsverlustes.

>Diminutivverlust 279 >Ränder 283 >Schuhputzer 102 >Schulschock 55
>Waldbahn 175 >Walo 230 >Wandel 292

Offside

Die Krankheit drückt mir mit ihren Klauen Brust und Kehle zusammen und steckt mich in Einzelhaft, mit weiter Sicht durch die Bücher nach innen, durch die Fenster nach draussen. Der Hinweg ist kurz, den Rückweg gehe ich mit wachsenden Schwierigkeiten. Sitze ich wieder hinter der Klappbank unter den Kameraden, bin ich fremd und muss die Gesichter rekapitulieren, mir die Sprache, den Ton, ja einzelne Wörter aneignen. Zwischen der Schülersprache und der Sprache, in der ich während der Krankheit geschwiegen, gelesen und stossweise zischend mit der Mutter verkehrt habe, dehnt sich ein Glacis von Hemmungen. Ich stehe im Trubel der Zehnuhrpause allein unter regnerisch grauem Himmel.

Das Schulhaus drückt, der Asphalt dampft, die Kameraden rennen schreiend herum, es riecht nach nasser Wolle und Schweiss, ein bisschen wie in der Fabrik. Mich aber hat während der Krankheit eine hauchdünne Membran eingewachsen, Krankenzimmerluft füllt sie, und ich will diese Eihaut nicht zerreissen, lausche noch auf die schwachen Echos meiner Innenwände. Ich bin aus der Umwelt herausoperiert.

Nach einigen Tagen verschwindet das Zögern, ich weiss, angeleitet von Freunden sowie vom Lehrer, wieder, wo ich bin und wie ich mich zu äussern habe. Doch wächst mein Rückstand mit jeder Krankheitszeit. Ich verstehe die Worte meiner Kameraden; was sie mitteilen jedoch, dechiffriere ich nur mangelhaft, meine Sozialisation kommt nicht vom Fleck. Wenn der Chef einer Partei etwa sagt, er gehe trainieren, ist mir klar, dass Langlauf, Fussball oder ähnliches gemeint sind; die im Tonfall mitschwingende eigentliche Bedeutung aber, die Aufforderung an die *gang*, ihre Lehenspflicht abzuleisten, entgeht mir und ist mir gleichgültig, betrifft mich, wie fast alles, nicht. Ich habe andres im Kopf: den Argonautenzug oder die Erkundung eines steilen Grabens im Mühletalwald. Die Folgen meiner Absenz sind gering; niemand macht mir einen Vorwurf. Ich gehöre mir selbst, nicht irgendeinem Boss, dem an Eigenbrötlern ohnehin wenig gelegen wäre, und die Kluft vertieft sich zwischen den Eingeweihten und dem Aussenseiter, der von all den während des Trainings besprochenen und befohlenen Haupt- und Staatsaktionen – Anschleichen, Mutspringen, Ausdauertests, Spionagemissionen, hartes Gefecht – keine Ahnung hat. Bald nimmt sich niemand mehr die Mühe, mich wieder ans Gros und Peloton heranzuführen; ich fahre das Klassenrennen im Besenwagen. Rivalitäten, Führungskämpfe und -pflichten, Siege und Niederlagen, gut und schlecht Wetter, Stürze und Aufstiege und Parteiwechsel, erfolgen ohne mich, ja meine Kameraden würden sich bass wundern, wenn ich mich eines Tages anschlösse.

➤Fip-Fop-Club 222 ➤Führer 68 ➤Lehrerssohn 272 ➤ *Lumpe legge* 15 ➤Schulhaus 54

Intermezzo: Die Ruhmeshalle

Der einzige Bildschmuck des sippeneigenen Feriendomizils auf dem Hasliberg hing über dem Sofa des Wohnzimmers im Hauptgeschoss. Der farbige Öldruck gehörte wohl zum Ur-Inventar des Hauses: »Ruhmeshalle der edelsten Männer aller Zeiten». Ich nahm das Bild vom Nagel, setzte mich hin und begann die männlichen Grössten der Menschheit, die sich numeriert auf den Stufen vor ihrem Ruhmestempel versammelt hatten, zu identifizieren.

Fünf, sechs Glied tief hatte sich, was Rang und Namen besessen, Brust an Brust, Kopf über Kopf gleich der Belegschaft einer Fabrik auf den Stufen zum Tempel versammelt. Naturgemäss – denn die Geschichte begann oben hinten und endete unten vorn – konnte nur das jüngste Glied Kleider oder Uniformen zeigen. Getragen wurden goldene Helme mit Helmzier, Turbane, poetische Lockenköpfe, Humanistenberets, Glatzen, Perücken, Pickelhauben, spanische Hüte und ein Fadenbart (Konfuzius). Und wie verschieden der Ausdruck der Gesichter! Perikles schlief mit offenen Augen, auch Caesar, der knollennasige Kahlkopf Sokrates und Alexander der Grosse waren antiken Portraitbüsten abgekupfert; Moses in der obersten Reihe stammte von Michelangelo, hatte Hörner und trug eine Miene grimmiger Entschlossenheit. Für Gestalten des Mythos war die Phantasie des Zeichners zuständig. Dem listenreichen Odysseus stand die Ränke im Gesicht, Achill schien dumm, was mich kränkte.

Meine Bewertung der Ruhmreichsten stützte sich auf die Schönheit der Gesichter und die Kopfbedeckungen. Dass Alexander der Grosse alle überstrahlte, dankte er der Jugend, dem Goldhelm und meiner Vorliebe. Ihm folgten Saladin, Barbarossa und Richard Löwenherz, Idealfiguren mittelalterlichen Herrschertums; kühn blickten sie zwischen zwei Vordermännerköpfen in die leere Luft.

Die Giganten der Kunst, angefangen beim blinden Homer, interessierten mich weniger; ich glaubte an Schönheit, Ritterlichkeit und

Macht. Molière war eine Modepuppe unter drückender Perücke, genau wie sein Mäzen, der Sonnenkönig; an Shakespeare störte mich das Schnäuzchen; Cervantes trug den Ausdruck einer dösenden Sphinx; Camões unter spärlichem Lorbeerkranz missfiel mir – weshalb ich die «Lusiaden» bis heut nicht gelesen habe.

Der Öldruck lud zum Erkennungsspiel ein; man schob die Hand über die Namen unterm Bild und prüfte, wie viele Ruhmbedeckte einem vom letzten Jahr her noch geläufig und was für Leuchten einem entfallen waren. Da mochte sich zeigen, dass entweder des Zeichners Phantasie zu kurze Beine gehabt oder Ruhmwürdige Aufnahme gefunden, die so unverwechselbar nicht waren. Napoleon oder Bismarck zu identifizieren – kein Problem. Doch Blücher und Moltke? Wo der Unterschied? Weniger wäre mehr gewesen. Denn die Männer waren dem Bott zum Edelstenklassentag zahlreich gefolgt. Über sechzig hatten sich zusammengefunden, und allein die Vorstellungsrunde dürfte Wochen gedauert haben. Denn wer es bis an den Schermen der Ruhmeshalle gebracht, hatte andern viel zu erzählen. Hier ein Händedruck zwischen Hermann dem Cherusker und Jesus, dort das Nasenreiben von Buddha und Bayard, dem Ritter ohne Furcht und Tadel, drüben die Umarmung von Goethe und Mohammed!

Die «Ruhmeshalle» durchleuchtete mit Spannung und Welt das aus drei Stockwerken und einem bergseits angelehnten Schopf zusammengestrickte ehemalige Schusterhäuschen. Ein uralter Fallriegel aus einem Hartholzkloben schloss die Tür der öldruckgeweihten Wohnung; man musste ihn anheben, sich gegen die schweren Bohlen stemmen, und hell ächzend schwang sie auf, man stolperte über die spannenhohe Schwelle, zog den Kopf ein und landete in der fensterlosen Küche, wo man an einem langen, mit rotweiss kariertem Wachstuch überzogenen Holztisch dinierte. Über einen altanähnlichen hölzernen Laufsteg mit Geländer erreichte man das im Sommer weit umher stinkende Plumpsklo. Ich liebte diese Hütte, obwohl ich in ihrer staubgeschwängerten Atmosphäre mehr als einmal an Asthma beinahe erstickt bin. Ich hatte mich zu oft darauf gefreut, dort die Schule zu vergessen.

Wenn nach Verlassen der Station Giswil das in die Zahnstange eingreifende Zahnrad der Lokomotive dem Zug der Brünigbahn plötzlich einen von Wagen zu Wagen durchschütternden Ruck versetzte, wenn die Beschleunigungen und Bremsungen dem kontinuierlichen Schnurren der Bergfahrt wichen und wilder, auf Blockfluren wachsender Wald vorbeizog, wenn wir auf der Brünig-Passhöhe die Koffer zum Postauto schleppten und der Chauffeur, Herr von Bergen, sie in den mit einer grauen Tuchplane bespannten Gepäckanhänger stellte, ich den schwachen Benzin- und Ölgeruch einschnoberte, der damals einzig vom Postauto verströmt wurde, ich mich über tausend Meter Höhe wusste, dann fand eine Abkoppelung von allen Zwängen statt. Plötzlich konnte ich mir nicht mehr vorstellen, dass auch in Zofingen Ferienabenteuer warten mochten. Im Schatten eines ewigen Sonnenuntergangs dämmerte das weiche weite Mittelland, im Herbst unter Nebel versunken. Entronnen auf eine unerreichbare Lichtinsel für zwei Wochen!

Der Motor sprang an; ich sass neben Herrn von Bergen auf dem Beifahrersitz, einem für Kinder viel zu hohen und breiten Kunstledermöbel, das meinem Selbstbewusstsein einen gesunden Ruck gab. Das Auto überquerte auf einer Brücke die Bahn und bog in die schmale, ungeteerte Haslibergstrasse ein, hornte zum ersten Mal melodisch a-c-f, und Augenblicke später tauchte, von alten Tannen umstanden, hinter einem weiten gekiesten Vorplatz voller Unkraut das Grandhotel «Brünig» auf, ein breiter, mehrstöckiger Bau, schlossweiss unter blaugrauen Mansartdächern, dicht vernagelt.

Sehnsucht und Melancholie! Hätt ich mein Feriendomizil wählen können, es wäre das Grandhotel gewesen. Von den Hotels des Feriengebiets Hasliberg – «Dossenhorn», «Wasserwendi», «Alpenruhe», «Bellevue» (von Stefan George geweiht) und so weiter – war es als einziges meinem Adel angemessen. Der Oberkellner hätte uns, wenn wir der Wetterhorngruppe gegenüber um fünf auf der Aussichtsterrasse unsern Tee getrunken hätten, in der servil-zudringlichen Mischsprache des Kioskinhabers auf Brünig-Bahnhof bedient: «*Wungerbaars Wätter, vereerti Herrschafte*, ma foi, *Septämberduft – u daa hani diir*, mon cher petit, *nones äxtra für dii iipackts roots Schoggeládeli.* Kaiserwetter, parbleu, *übere Septämber geipmiir nüüt, Aupe wiufem Präsäntierbrätt. Wüssters scho, geschter si zwee am Wätterhoorn abgstüürzt,* par exemple, *ii sägenimmer, muesmede* risquer sa vie? Voyez, Madame, *daa isch dsChüssi, wo Diir scho zletsch Jaar …* Mais non, wir kennen unsre Pappenheimer. *Unitz hoffeniig, s'sig* tutto apposchto … Mon dieu, *der Zucker fääut ja no,* mille excuses, *uds* field glass, Monsieur, *chunnt o graad, nume öng* tout petit *ängstang. S'hett drum Gämschi idenÄnguhöörner!*» Das Hotel ist seit fünfzig Jahren niedergewalzt.

›Dienstmann Küpfer 256 ›Ersticken 153 ›Der Grossvater 263

Zofinger Tagblatt, 1. Februar 1946

Montgomery als Generalstabschef

Die Schweiz wird schon in den nächsten Tagen den neuen Generalstabschef des Britischen Reiches in ihren Grenzen begrüssen können. Es ist niemand anderes als Feldmarschall Montgomery, dessen Ernennung zur höchsten militärischen Persönlichkeit des Empires nun amtlich bekanntgegeben worden ist. «Monty» hat, wie bereits gemeldet, die Absicht, einige Ferientage in der Lenk zu verbringen. Zu Neujahr war er in den Rang eines Viscount erhoben worden, und man glaubt, dass er zum Andenken an seinen ersten grossen Sieg den Titel «Lord Montgomery of El Alamein» annehmen wird.

VII. Orte

Kirschen

Auf der obersten Gartenterrasse stehen zwei alte Kirschbäume, näher beim Haus der edle, zehn Schritt weiter hinten der halbwilde. Ihretwegen hat der Vater eine hölzerne Ausziehleiter angeschafft, die er allein behändigen kann. Kirschen werden frisch gegessen oder siedend in grüne Bülacher Litergläser abgefüllt. Im Winter sind auch eingemachte Kirschen gut, gleichmässig süss wie der Saft, darin sie schwimmen. Man drückt den metallenen Kippbügel vom Flaschenhals, hebt seine beiden Klauen aus der Rille im Glasdeckel und zieht an der heraushängenden Zunge des Gummidichtungsrings, Luft dringt mit einem Schmatzen ein, man nimmt den Deckel ab und schaut nach. Schimmelfrei; nur drei weisse Kirschenwurmleichen treiben im Glashals; das stört ein bisschen, mindert jedoch den Genuss nicht. Denn besteht ein Kirschenwurm – dies das einleuchtende Argument der Mutter – nicht letztlich genauso aus Kirschenfleisch wie die Kirsche selbst? Also schöpft man die Würmer ab und lässt die nun totalentwurmten Früchte und den Saft in die Dessertschüssel gluckern.

Die Kirschen reifen zu verschiedenen Zeiten, die edlen haben es eiliger, Mitte/Ende Juni. Der edle Baum bringt weniger, grössere und süssere Früchte an längeren Stielen, der andre etwas kleinere, doch diese in dichten Büscheln; mir sind sie nicht weniger lieb, da ich das Saure dem Süssen vorziehe.

Ende Juni sitze ich an schwülen Nachmittagen pflückend oder essend in den Bäumen. Heute lehnt die Leiter am Edelkirschbaum. Ich steige auf ins dichte Laub und rasch ausser Sicht. Umdunkelt von Kirschenbüscheln. Mich fasst erneut wundergläubiges Staunen ob der Fülle, die einfach da ist und gegessen werden will. Im Wipfel scheint mir noch niemand vorgearbeitet zu haben. Rings um mich hängen Kirschen, dunkelbraunrot mit Glanzlichtern von der durch die Blätter flirrenden

Sonne. Die Gewissheit, dass ich es nie schaffen werde, alle zu essen, ist ein Glück ohne Rest. Einige Atemzüge lang, mich versichernd, dass ich fest stehe und nach allen Richtungen zugreifen kann, gebe ich der Fülle dieses Kirschensegens Zeit, dann lange ich aus.

Zweier- und Dreierbüschel – wir sagen *Drüerp'hängk* –, sogar Vierergehänge gibt es. Die Kirschen sind so willig und süss, dass ich mir nicht die Zeit nehme, die Steine auszuspucken. Bald muss ich zur ersten Entlastungsaktion schreiten: Gezielt spucke ich durch kleinere Lücken im Laubwerk; dank wachsendem Druck der Puste bei sich leerendem Mund steigere ich die Weiten. Es gelingt mir sogar, einige Kerne in der Blumenrabatte am Fuss der Terrassenenmauer zu plazieren. Der Mund ist leer: zweiter Gang.

Die Früchte sind sonnenwarm und weich, die erste Gier ist gestillt. Stecke ich die Kirschen in den Mund, ohne sie zu zerbeissen, scheint mir, sie reiften in seinem feuchten Dunkel in Sekundenschnelle zur lieblichsten Güte. Langsam – ich brauche den Druck der Zunge kaum zu verstärken – sickert der Saft ihrer Überfülle aus der winzigen Stielwunde und durchsüsst den Mund: Dies ist das Höchste. Allmählich wird die Haut runzlig, nun erst beisse ich zu, zerdrücke das Fruchtfleisch, schlucke und lange nach der nächsten Kirsche. Als der Mund zum dritten Mal voller Kerne ist, werde ich zum Tee gerufen.

›Dampfdreirad 34 ›Fossilien 237 ›Orangen 83 ›Der Steinalte 22

Fallaub

Leben ohne Kühltruhe bedeutet Einwintern. Das Gemüse musste dunkel, trocken und kühl eingelagert und vor Frost geschützt werden. Auf der Nordseite des Hauses liessen drei Lichtschächte einen Tagesschimmer in den Kellerkorridor, den Kohlenbunker sowie auf die Hurden für Wein, Eingemachtes und Geranienstöcke fallen. Hier wurde das Wintergemüse gelagert. Sobald die Stein- und Eierkohle – vierzig Säcke wohl – in die Tiefe geprasselt war, fuhren wir mit dem Leiterwagen zur Volière hinunter, wo die Kastanien des kleinen Parks ihr Laub abgeworfen hatten, und harkten Laub; zwei vollgestopfte Säcke – eine Fuhre. Zu Hause wurden die Lichtschächte ausgepolstert und Kohl, Salat, Lauch, Randen, Sellerie wurden sorgfältig ins Laub gebettet, bis der Schacht voll war und die Laubpackung das Brett trug, welches das Gemüse vor Regen und Schnee schirmte.

Die Geschwister und die Mutter sind unterwegs. Ich harke; von Zeit zu Zeit trete ich an die ovale burgartige Mauerbrüstung des Volièrenparks und blicke auf den Platz mit der flachen, von drei Wasserstrahlen belebten Brunnenschale vor dem Stadtsaal hinab. Linker Hand die Stadtsaalbauten, rechter Hand hinter abgeernteten Gemüsegärten die Kapelle der Evangelischen Gemeinschaft. Angelockt vom Geräusch, schwimmt ein Schwan quer über den Weiher ans feinmaschige Gitter. Blassblauer Himmel in den beinahe kahlen Kastanienkronen, kühler Windzug, schwache Sonne auf den freigelegten Bahnen feuchtgrauen Kieses. Am hintern Ende der Volière fällt der Stadtbach, der den Teich speist, verstohlen plätschernd über ein Wehr. Flittrig gefiltertes Licht. Der Schwan ist seine eigene Spiegelung. Ich bewundre die metallisch blau und grün schillernden Erpel der Stockenten.

➤Freiheit des Kindes 111 ➤Gartenkies 103 ➤Milch 100 ➤Die Reisigsammlerinnen 259 ➤Spaltholz 98

Zofinger Tagblatt, 3. Oktober 1941

Das Einwintern von Gemüse

Und nun das Unterbringen der Gemüse im Keller oder andern passenden Überwinterungsräumen wie Schuppen und dgl.: *Kohlgewächse:* Kabis, Köhli (Wirz), Rübkohl, Blumenkohl. Kabis und Köhli werden von losen Blättern befreit und dann mit Erdballen eingesetzt. Sie können auch, mit dem Kopf nach unten, am Drahtgespann an der Decke aufgehängt werden. Rübkohl (Kohlrabi) werden ebenfalls eingesetzt, nachdem man das Blattwerk bis an die Herzblätter entfernt hat. (…) *Sellerie:* Das Blattwerk wird bis an die Herzblätter sauber und glatt, aber die Knollen schonend, entfernt. Das Gewurzel wird zurückgeschnitten, und so werden die Knollen eingesetzt. Die gesunden Blätter werden gedörrt, die kranken verbrannt. *Die Wurzelgemüse:* Sie werden abgerieben (also nicht gewaschen) und gut erlesen; denn nur gesunde Ware darf überwintert werden. Das gilt ganz besonders für die Rübli, die sehr häufig «madig» sind. G.R.

Turnplatz

Er umfasste zwischen der alten und der neuen Turnhalle einen etwa neunzig Meter im Geviert messenden Rasen, Aschenbahn und Weitsprunganlage und wurde vom Stadtbach, der vom Volièrenweiher herkam, in einem Betonkanal umflossen. Parallel, durch ein Eisengeländer gesichert, führte eine Strasse an Reithalle und Schützenhaus vorbei zum Friedhofseck. Auf einem Kiesplatz östlich der neuen Turnhalle standen ein mehrjochiges Reck und das Klettergerüst im Sand. Dieser Platz, der stadtwärtige Auslauf des Rebbergquartiers, galt, wenn nicht von Schulklassen benützt, als öffentlicher Spielgrund.

Dort trainiere ich Hoch- und Weitsprung, Klettern und Klimmzug. Die Anlage mit Reck und Klettergerüst ist mein natürliches Revier, so auch die Nordhälfte des Rasengevierts, die ersten achtzig Meter Aschenbahn und die Weitsprunganlage am Stadtbach. In den Zielgeraden der Aschenbahn nähere ich mich einer der Grenzen, welche das Kind seiner Welt freiwillig setzt. Sie manifestiert sich als Helligkeitsverlust des Erinnerungsbildes; ich betrete eine Dämmer- oder Grauzone, mir unheimisch.

Die Aschenbahn endete unter einer finstern Baumgruppe östlich der alten Turnhalle; sie verlor sich gleichsam in der Biegung des Stadtbachs, der aus der Süd- in die Westrichtung umschwenkte. Der Auslauf der Aschenbahn war feucht, das ungepflegte Gras bedeckt von Blättern und Nadeln, ebenso eine längst aufgegebene Sandkuhle, voller Laub und Moder. Mein Gefühl, hier fremd zu sein, erklärt sich weniger durch den Schatten der Bäume als mit der Zugehörigkeit dieser Südhälfte des Areals zum Quartier Amslergut. Denn selbst den sonnenprallen Kiesplatz auf der Nordseite der alten Turnhalle, darin wir noch im Sommer beim Umziehen frieren, habe ich von mir aus nie betreten.

➢Höllenbraten 116 ➢Ränder 283 ➢Schulhaus 54 ➢Schulzimmer des Vaters 74

Eisweiher

Unheimliches, grundloses Gewässer: im Sommer von Gebüsch verdunkelt und eingedeckelt von lindengrünen Wasserlinsen, eine Nährsuppe, im Winter von grauem Eis, das nach Schneefällen blankgewischt oder freigeschippt wird – der Haldenweiher. Wahrscheinlich hätte man ertrinken können; falls nicht, wäre eine schwere Erkältung unvermeidlich gewesen; eine Anderthalbmeterpfütze ist nicht trockener als die Nordsee. Von Zeit zu Zeit pickeln wir ein Loch und stecken eine Haselrute hindurch, auf Grund stösst sie nie. Bei dieser Gelegenheit messen wir die Eisdecke. Niemand weiss genau, wie dick sie sein müsste, um ein Dutzend Buben und Mädchen und ihre Stürze zu tragen, ohne einzubrechen. Zehn Zentimeter scheinen uns ein sicherer Wert.

Peter weiss als erster, wann das Eis trägt. Einen Tag später erhalten mein Bruder und ich die Erlaubnis. Wir setzen uns auf den Holzsteg am Wehr und schrauben die Stahlkufen an die Winterschuhe. Peter, zur Begrüssung herbeikurvend, versteht es, dem Abenteuer in unsern Köpfen die Luft rauszulassen, indem er *business as usual* demonstriert und mit der Perfektion seiner Lauftechnik glänzt. Er spurtet los wie Bibi Torriani. Schlittschuhe, deren Sohlen mit den Kufen fest verbunden sind, mein unerfüllbarer Wunsch, besitzt niemand.

Während der ersten Stunde bin ich ein Klumpfuss, herumklobend und einknickend, und möchte den Karsumpel hinwerfen. Bringe ich es fertig, einige Meter weit zu gleiten, fahren die Kufen auseinander in den Spagat oder mit den Füssen unter meinem Körper davon, und ich lande hart auf dem Hintern, jedesmal verwundert, wie unelastisch das milchige Eis ist. Doch ich bin klein, die Stürze schmerzen wenig. So bringe ich es während einiger Winter zu sauberem Laufen in Geraden, Wellenlinien und Kreisen, vor- und rückwärts. Vogelfreieres als die Leichtigkeit, sobald Körper und Schlittschuhe sich im Einklang bewegten, ich rasch und lautlos nahe den dicht bebuschten Ufern des Weihers entlangglitt, einen Schuh elegant über den andern setzend wie die Finger auf dem Klavier, habe ich nie gekannt. Der Westhimmel talauswärts rötet sich, die Dämmerung sinkt herab, jeder Atemstoss pufft als graues Wölkchen. Allmählich, von den Füssen her, wird mir kalt, und endlich setze ich mich freiwillig hin und schraube im letzten Tageslicht die Kufen von den Schuhen.

Eines Nachmittags im Spätwinter läuft ein hohler Knall über die Eisfläche, auch, wie mir scheint, unter mir durch, und verliert sich in einen Seufzer. Es bricht! schreit einer, und innert Sekunden sitzen wir alle wie die Stare auf dem Stänglein am Steg vor dem Wehr und schrauben mit leicht zitternden Händen die Kufen los.

➢Fritzi 234 ➢Peter 233 ➢Schneekönigin 42 ➢Was … nicht 268

Schlitteln

Ein steiler Weg dient als Anlaufstrecke; wo er in rechtem Winkel in die Strasse mündet, steht eine Telefonstange. Vorsicht ist geboten, Unfälle kommen vor. Die Buben schlitteln bäuchlings in Zweier- oder Dreiergespannen; der vorne Liegende hakt seine Winterschuhe hinter die aufgebogenen Kufen des folgenden Davosers. Die Geschwindigkeit vor der Stange ist schwer zu bändigen. Der Steuermann reisst kurz seinen Schlitten hoch, die durch Eis und Kies kratzenden Kufenenden bremsen die Fahrt, er legt sich in die Kurve, so auch der Hintermann, sonst wird er weggeschleudert. *Ietz lömmers lo zie.*

In meiner Kindheit sind auf der Strecke keine Autos zu erwarten, dagegen Radfahrer, auch Fussgänger, denn ein Gehsteig existiert nicht, dann langsamer schlittelnde Mädchen oder Mütter, die, aufrecht sitzend und mit ausgestreckten Beinen «weisend», Kinder an sich pressen, endlich Schlittler, die auf dem Rückweg trödeln. Kommt jemand in Sicht, wird *Obaaacht!* geschrien. Ungefähr in der Mitte des Parcours verflacht sich das Gelände, und gegen Ende des Winters liegt der Schnee hier matschig zerkarrt; so ist, wer nicht genügend Geschwindigkeit drauf hat, gezwungen zu stossen. Der Hintermann packt das Ende des zweiten Davosers, rennt und stösst zugleich, weit vornübergebückt, dann wirft er sich wieder auf die glänzend lackierte Holzpritsche. Im Hochwinter unterwegs steckenzubleiben gilt als Schande.

Mein Bruder überlässt mir früh auf jeder zweiten Fahrt die Führung, was mich mit Stolz und schroffer Bangigkeit erfüllt. Ist die Strasse glatt, schaffen wir ohne Nachstossen die ganze Strecke bis zur metallenen Abschrankung über dem Turnplatz. Zuweilen reicht es noch einmal hundert Meter weiter bis zum Brunnen vor dem Stadtsaal. Einmal – ich lenke, wir nähern uns dem Metallgeländer – zögere ich einen Augenblick zu lang und krache in einen Eisenpfosten der Abschrankung. Den Kopf hab ich gerettet, doch ein greller Schmerz bohrt sich mir durch die Brust und schneidet mir die Luft ab; ich liege etliche Sekunden, unfähig, mich zu bewegen, neben dem umgekippten Schlitten, bis der Bruder mir zu Hilfe eilt und mich auf die Füsse stellt.

➢Der Bruder 87 ➢Schneekönigin 42 ➢Was … nicht 268

Schwimmen

Schwimmen hab ich im Schlaf gelernt. Vorausgegangen waren Versuche im Nichtschwimmerbecken des Freibads draussen in der Wiggerebene. Wusste ich nicht, wie man's macht? Hatte ich die Frosch- und Scherenbewegungen der Arme und Beine nicht intus? Doch mein Wissen hielt zwei Züge vor, und wieder versank ich, hustete, spie und tastete mit den Füssen nach Grund. Das Vertrauen in die Tragfähigkeit des Wassers war nicht zu lernen. Dann träumt mir, ich tauche im Becken für Nichtschwimmer fischflink unter Wasser zwischen den Stahlrohren der Barriere hindurch, die das seichte vom tiefen Becken trennt, steige an die Oberfläche und stelle, fast erstickt von einer Glückswoge, fest, dass ich's kann.

Ist es am folgenden Tag oder wenig später? Als ich im Nichtschwimmertümpel ins Wasser steige, ist der Westhimmel von einem hellgläsernen kühlen Blau. Mir klopft das Herz, ich tue einen ersten, zweiten, dritten, vierten Zug, – ich kann schwimmen. Nicht mühelos, doch immerhin, ohne gleich Wasser zu husten oder mit den Füssen grundeln zu müssen, schwimme ich in kurzen hastigen Zügen, etwas ausser Atem vor Aufregung und noch ungläubig, ob sich, was ich im Traum gekonnt, nicht plötzlich verflüchtige. Ich rudere in den dünnblauen Himmel hinein, an dem noch ein Federwölkchen von einer Wetterstörung hängt. Ich steige aus dem Wasser und setze mich ans Schwimmerbecken, lasse mich hinabgleiten und paddle, das Wasser dreschend, in sicherer Nähe zur

Abschrankung zum gegenüberliegenden Ausstieg zurück. Dort klettere ich aufs Trockene, sehe und höre wie aus grosser Ferne Kleinkinder im Planschteich spritzen und Mütter schimpfen. Ich wende mich ab für immer, über mir flirren die Pappeln. Ich bin frei.

›Der Bruder 87 ›Was … nicht 268

Die Quelle

Aus einer Runse im finsteren Tannenbestand, mündet ein Nebenwasser. Die Hänge sind so steil, dass ich die Halbschuhe in den rutschigen Lehm schlagen muss und nicht mehr als einige Meter Bachlauf überblicke, bevor er um ein Eck verschwindet. Er rinnselt und gluckert hinter kleinen, von ihm selbst aufgehäuften Hindernissen aus Zweigresten und zusammengepapptem Moder. Über mir summt das Dach der Wipfel. Schon könnte ich das Wasser in die Schale meiner Hände fassen. Auf der Hügelschulter verläuft sich die Bachsenke, wenig tiefer, als ich gross bin, im sanften Hang. Noch einmal werden die Böschungen steiler und rükken zusammen. Bereits verdecken mich Tannengrotzen, hoch über mir das Fächergewölbe von Buchen.

Ich kauere mich nieder; der Wasserfaden tritt unter braunen Blättern aus, und mit beiden Händen wische ich sie zur Seite. Noch ist es die Quelle nicht. Ich säubere, dem Wasser entgegen, den Lauf und stosse auf Moderschichten, unter denen es hervorquillt. Ich trage sie ab, das Rinnsal trübt sich: Lehm. Das schwarze Quellauge reinigt sich, ein Mausloch ins Erdinnere. Ich halte einen Finger hinein, darauf gefasst, dass etwas ihn packt, doch nichts geschieht. Das Wasser ist eisig, klar, nachtschwarz.

Nun grabe ich ungefähr auf der Höhe des Wasseraustritts einen Kanal in die Böschung hinaus. Das freigelegte Lehmband zieht sich gelb über der Runse hin. Ein Querdamm aus Aushubmaterial staut das Wasser. Es steigt, erreicht die Kanalsohle und beginnt zu fliessen. Fort rinnt es, rinnt in den Hang hinaus immer höher über seinem alten, jetzt leeren Bett. Nun erreicht es das Ende des Kanals und hüpft raschelnd übers trockene Laub zum Grund. Morgen oder übermorgen will ich den Kanal bis zur Strasse verlängern; in einem Einschnitt wird er sie queren; ich werde ihn an Hügelflanken entlang durch Tannenschonungen und Dickichte weiterziehen; ich werde das Wasser andrer Runsen fassen und in den Kanal einspeisen, je länger, desto breiter wird er sein, der Urkanal, der alle Wasser aufnimmt; meine Schiffe werden auf ihm in ferne Länder schwimmen, wo niemand sie kennt.

Ich suche ein verschrumpeltes Buchenblatt und setze es neben dem Quellauge aufs Wasser. Es wird von der Strömung ergriffen, gleitet in den Hang hinaus, Schiff und Segel in einem, immer höher scheint es zu steigen, stösst an ein unsichtbares Hindernis, kreiselt, wird weitergezogen. Ich sitze im Schiff, ich segle, ich weiss nicht, wohin.

➢Abwässer 20 ➢Ränder 283 ➢Schlossweid 179 ➢Waldläufer 289

Waldbahn

Ich lege sie während eines Winternachmittags im Wald oberhalb des Quartiers an. Da das Gelände mir auf Schritt und Tritt vertraut ist, erschliesse ich es quer zu den Wegen, mitten durch Dickichte, Senken mit Hilfe weiter Schleifen überwindend, kippend über Kreten wie über Gebirgspässe. Hunderte von Metern spure ich, schlurfe, die Schuhe in möglichst gleichbleibendem Abstand, durch Schnee und Matsch. Als die Dämmerung einbricht, fahren die ersten Züge, ich bin Lokomotive und Wagen, Lokführer und Fahrgast, eine geheime Landschaft tritt mir entgegen, neugeschaffen für meinen Blick.

Die Schneedächer der Villen versinken in der Dämmerung, und die Gleise sind nurmehr undeutlich zu unterscheiden, als ich mich heiss vor Eifer und Erschöpfung nach Hause trolle, entschlossen, mit dieser Bahn für Füchse und Hasen in den nächsten Tagen Wälder zu erschliessen, in die noch kein Mensch den Fuss gesetzt hat. Dank der Gleisspur werde ich mich nicht verirren wie Hänsel und Gretel. Es kommt nicht dazu; ich habe mich schwer erkältet und muss wochenlang das Bett hüten. Als ich wieder gesund bin, sind mit dem Schnee die Gleise geschmolzen.

Die Vorstellung, mit einer Bahn meine Wälder auszubauen, bleibt jahrelang ein Wunsch- und Wachtraum. Ich phantasiere mir Spielzeugeisenbahnen aus dem Weihnachtskatalog von Franz Carl Weber ins dürre Laub und feuchte Moos, stelle Güterzüge zusammen. Puffend und klenkend werden sie auf den von mir verlegten Schienen durch die Wälder dampfen. Ein einsamer Wandrer wird hinter Felsnasen und von Fallholzbrücken und Hügelrücken herab, aus Höhlen und Tobeln Rattern und Zischen eines Dampfzuges vernehmen. Irgendeinmal werde ich mich ins verborgenste Waldinnere zurückziehen, die Brücken zerfallen und die Gleise wegschwemmen lassen, ich werde nur noch mit den Tieren leben, in einer Burg an der unzugänglichsten Stelle der Erde.

➢Dampfdreirad 34 ➢Ränder 283 ➢Reisigsammlerinnen 259 ➢Rittertum und Burgen 107
➢Waldläufer 289 ➢Was … nicht 268

Zofinger Tagblatt, 16. Juni 1947

Heute abend kommt die Spanisch-Brötli-Bahn angedampft

Der Jubiläumszug besteht aus folgenden Fahrzeugen: Lokomotive «Limmat», SNB Nr. 1, mit Schlepptender, ein geschlossener Personenwagen 1. Kl. Nr. 1 mit 12 Sitzplätzen (rot), ein geschlossener Personenwagen 2. Kl. Nr. 22 mit 24 Sitzplätzen (gelb), ein geschlossener Personenwagen 3. Kl. Nr. 33 mit 32 Sitzplätzen (grün), zwei offene Personenwagen 3. Kl. Nr. 41 und 42 mit je 20 Sitzplätzen und 20 Stehplätzen (braun); ein Gepäckwagen Nr. 94 mit 5 Tonnen Ladegewicht (blau). (…) *Die Fahrten von Zofingen aus.* Schon am Dienstag morgen um 6. 56 Uhr dampft die Spanisch-Brötli-Bahn mit junger Fracht nach Safenwil; die Bezirksschulen von Zofingen sind die ersten. Später werden die übrigen Schulklassen an die Reihe kommen.

Chuzenhöhlen

Der Sandsteinbruch soll das Baumaterial für den Schulpalast geliefert haben, obwohl die Molasse der Chuzenhöhlen so weich ist, dass man sie mit dem Fingernagel zerkratzen kann. Der Grubengrund ist ein unübersichtliches Gehäuf von Abraum; Buchen haben ihn zurückerobert, sind zu stattlichen Bäumen hochgewachsen, wurzelnd in Gesteinsabfällen, die man zur Seite gekarrt und mit dem Lehm und

Humus der Deckschicht überschüttet hat. Man stolpert über Trümmer, Ecken und Kanten ragen aus Gebüsch; die grosse Höhle, gut zehn Meter in den Berg geteuft, gähnt wie Leviathans Rachen.

Von ihrer Decke schelfern dünne Felsplatten und zerbröseln beim Aufprall, ein wachsender Trümmerhaufen. Steigt man darüber weg und bis zur finstern glatten Hinterwand hinunter, steht man vor prähistorisch anmutenden, verwitterten Ritzzeichnungen und eingekratzten Buchstaben. Wer sein Zeichen hinterlassen hat, bleibt ein Schatten hinter Sinnbildern und Initialen, ein Gespenst, das ein von einem Pfeil durchbohrtes Herz preisgibt, daraus es tropft. In nassen Jahren sammelt sich am Fuss der Hinterwand ein schwarzgrüner Grundwassertümpel an. Ich drehe mich um und klettere über die Deckentrümmer ins glasgrüne Licht unter dem Buchengewölbe zurück.

Den Steinbruch umrundet man der Abbruchkante entlang, wo es lehmig-sandig rieselt und rinnt und die Bäume sich neigen. Es kann vorkommen, dass ein Stück Pfad in die Tiefe gesaust ist, wenn ich eine Woche nach dem letzten Erkundungsgang wieder vorbeikomme. Hinter längst wieder bebuschtem Schutt liegt die nur uns Buben bekannte kleine Chuzenhöhle, die höchstens zwei oder drei Menschen fasst und in deren trockenen Bauch man hineinkriechen muss. Ich bin noch ein Junge, als die Höhle einstürzt.

Ein Eck des Steinbruchs ist, der verschieden harten Schichten wegen, zu unregelmässigen Bändern und Vorsprüngen verwittert und kann senkrecht durchstiegen werden. Eine Mutprobe, auch wenn die Wand nicht hoch ist. An zwei Stellen muss man jeden Handgriff vorauskalkulieren, jeden halbwegs sicheren Halt für den Fuss nutzen. Nie hat das bröselnde Gestein unter dem Schuh nachgegeben, einmal nur reisst eine morsche Wurzel. Reflexrasch greife ich nach einem aus der Wand hängenden Grasbüschel; er hält mein Taumeln. Ist die Wand durchstiegen, klopft das Herz und leichter Schweiss kühlt die Haut – nicht der Anstrengung wegen, die gering war: es ist das überstandene Wagnis. Mit der Achtlosigkeit des Davongekommenen lässt man die Füsse nun schlendern.

➤Flachmaler Siegrist 30 ➤Die Quelle 174 ➤Ränder 283 ➤Walo 230

Die Baumruine

Auf der Buchebene östlich der Chuzenhöhlen liegt gleich einer finstern, dem Blick undurchdringlichen Kapelle im laubhellen Raum eine Tannenschonung. Eines Tages dringe ich ein, zwänge mich, die Arme vor Gesicht und Augen, durch die Splitter und Stacheln der abgestorbenen Astkränze. Das Dunkel hellt sich, ich betrete eine Lichtung und bleibe starr. Vor mir ragt, schief abgebrochen wie der Turm zu Babel, die Ruine des mächtigsten Stamms, den ich je gesehen; Sturm oder Blitz müssen den Riesen vor Zeiten gefällt haben, fünf Meter über dem Boden ist er weggebrochen, der Stumpf sein letzter Überrest, ein morsches Denkmal gefallener Grösse und Wucht. Tannenborke deckt noch die auf Hüfthöhe ansetzenden, über den Boden sich schlängelnden Wurzeln. Ich umrunde das Monument des Zerfalls.

Ich schätze den Durchmesser auf anderthalb Meter; macht vierzig Meter Höhe oder mehr, eine Herrscherin, die zu ernten kein Förster gewagt hat. Je länger ich emporblicke, desto sagenhafter erscheint mir die Ruine. Ich stolpere gegen eine der hochrückigen Wurzeln, die erst am Rand der Lichtung in den Boden eintauchen, und breche durch die Rinde; Waldameisen quellen aus der Bresche, ich weiche zurück, mir graust. Die Hitze drückt, ich mache kehrt, schlage mich durchs dürre Geäst und trete aufatmend unter die hohen Buchen.

Ein Jahr später vielleicht bin ich zurückgekehrt; der Stumpf war eingebrochen. Meine Enttäuschung war ein Schmerz um einen verlorenen Schatz. Weitere zwei Jahre vergingen, da buckelte, von Hallimasch und Schirmlingen in Kaskaden überwachsen, ein braunschwarzer, in sich verstürzter Haufe morsches Holz. Ich muss der Ruine im letzten Stadium ihrer Grösse begegnet sein. Drum wohl hab ich mich später gefragt, ob ich nicht einer Materialisation aus der Prähistorie begegnet sei, die sich für einige Minuten vor meinen Augen aufgerichtet hatte. Die Zeittiefe jener Begegnung; der Tannenstumpf mag der älteste Baum gewesen sein, dem ich als Kind begegnet bin, älter als die Heiternplatzlinden und die Hochwachteichen.

➢Waldläufer 289 ➢Wandel 292

Schlossweid

Jedes Dorf besass seinen Steinbruch; keiner war noch in Betrieb. Derjenige der Safenwiler lag in der steilen unwegsamen Schlossweid, wo, wie mir ein grauhaariger Pilzsammler erzählt hat, das Wilde Heer bei schweren Unwettern vom Säubühl herüberfahrend, mit funkensprühenden Hufen wieder Boden berührte. Doch die Lawine des Autoverkehrs am Striegel überdonnere heute das Hornen und Johlen von *Tüürscht* und *Sträggele*, murmelte der Mann voller Trauer.

Die Schlossweid war schwer zu finden. Jedesmal stand man vor den aus dem steilen Hügel gesägten Felswänden, als wären sie soeben dem Boden entstiegen, hatte doch vor einer halben Stunde – das hätte man schwören mögen – an dieser selben Stelle nichts als wilder Wald gewuchert. Dies vertiefte das Geheimnis des Bruchs – und er war der vornehmste, geadelt durch Monumentalreliefs eines sagenhaften Bildhauers, die sich über drei Wände hinzogen. Sein Name hatte sich in der Tiefe des Menschenvergessens verloren, und ich stand vor den Szenen aus der Heilsgeschichte wie vor einem prähistorischen Werk. Elefanten, Kamele, Zelte, Adam und Eva, das Opfer Abrahams auf Moria, die Anbetung der Könige. Die Gestalten hatten abzubröckeln begonnen, Köpfe hatten die Nasen, Hände die Finger verloren, andres fehlte ganz oder war verwittert zu ausfahrenden Tentakeln. Wasser tröpfelte, sickerte, der Stein wurde wieder zu Sand. Ein Sektierer und Sonderling, der sich für einige Jahre hierher zurückgezogen hatte, hiess es, um seine Vision der Heilsgeschichte von «Es werde Licht» bis zu den fernen Katastrophen der Apokalypse aus der Molasse zu meisseln.

Am deutlichsten traten die Reliefs aus der grossen Wand. An den Seitenwänden erzählten die Fragmente Geschichten, die man bereits selbst erfinden musste. Aus einer Sandhalde ragten, halb verschüttet, Palmen. Oder waren es Tiere? Die verschwiegene Hoffnung, an einer bisher von niemandem entdeckten Stelle, sozusagen um eine Ecke ins Unerforschte tretend, einen Kampf zwischen Sauriern zu finden, trieb mich ins dichteste Gestrüpp. Doch was ich erblickte, waren Rätsel, versinkende, zerbröselnde, unlesbare Runen des Zerfalls, ein Zeitlupenhappening, ununterscheidbar bereits von den Erosionsformen der Natur. Der

Fels, dieser traurig-schwere Molassestock, hatte die Träume seiner dumpfen Tiefen für einige Jahre an die Oberfläche getrieben und nahm sie unter meinen Augen wieder zurück.

›Klavier und Saurier: Frank Bertschinger 249 ›Ränder 283 ›Strohkappen 219 ›Waldläufer 289 ›Wandel 292

Fahrt in die Nacht

Sie führte in der Weihnachtszeit zu den Grosseltern. Stiegen wir in Burgdorf aus dem Schnellzug, überquerten mit Köfferchen und Koffer den Bahnhofplatz und enterten auf einem der zwei Gleise der EBT-Station den Lokalzug, begann es zu dämmern, das Wetter war trüb, Nebel schleppte. Ich setzte mich an ein Ostfenster. Kurz nach Hasle-Rüegsau fiel die Nacht ein, und der Zug bog in das einsam ansteigende Bigental. Die Reihenfolge der Stationen kann ich noch auswendig: Schafhausen, Bigental, Walkringen, Biglen, Grosshöchstetten. Auf einzelnen Eggen und in den tief ausgefressenen Waldschrunden stak hie und da ein goldenes Licht, doch gleich schlug der Vorhang der Finsternis seine Falten zu. Auf den Stationen zwitzerten die wenigen Lampen, denn, erklärte der Vater, die Emmental–Burgdorf–Thun-Bahn benutze eine niedrige Stromfrequenz, Nebel zog seine Zungen zwischen den schuppenähnlichen Holzgebäuden, Milchkannen kesselten beim Ein- oder Ausladen, ich las die Höhe über Meer der Stationen ab, welche auf dieser Nebenstrecke seltsamerweise auf den Zentimenter genau vermessen und auf einer Bronzetafel verzeichnet war, metallen dröhnte die Stationsglocke, der Vorstand in roter Mütze blies die Pfeife und hob die Kelle, der Zug ruckte an, die Lichter liefen noch hundert Meter nebenher, dann schwappte das Dunkel zurück.

Am Bahnhof in Oberdiessbach warteten zwei Tanten, halfen die hohen Einstiegstreppen aus dem Wagen hinunter, umarmten, begrüssten, fragten, griffen sich einen leichteren Koffer, freuten sich, Schnee lag eisblau im Stationslicht, es war kalt, hundert Meter weiter die erste Strassenlampe des Mutterdorfs. Mir war mulmig: Vorfreude aufs gute Nachtessen, den Lichterbaum, die Geschenke – und ein bisschen Angst vor der Grossmutter in Schwarz mit der feinen Stimme, vor den unzähligen

Cousins und Cousinen, deren Vornamen ich still für mich nach Alter und Familienzugehörigkeit repetierte, und Ehrfurcht vor dem Grossvater, der mit weissem Schnurrbart die Gesellschaft präsidierte.

➤Eisenbahn 22 ➤Dampfdreirad 34 ➤Eltern-Tabu 104 ➤Der Grossvater 263 ➤ Waldbahn 175

Das Grossvaterhaus

Wohnhaus mit Stallung und Kutschenremise, internationaler Chaletstil kurz vor 1900, Fachwerk mit Backstein, grau gestrichen, Balkone vor jedem Obergeschoss, die Giebelsparren verziert mit Laubsägeschmuck aus Hängezöpfen, Kreuzen, Rauten und Blattwerk.

Die nach Westen orientierten Schlafzimmer sowie das grosse Esszimmer sind erfüllt vom Rauschen des Diessbachs, der dem Dorf seinen Namen gibt. Er fliesst durch ein ausgemauertes Bett in Gefällstufen rasch und laut am Garten vorbei. Im Osten, gegen die Käserei, steigt von Balkon zu Balkon eine Aussentreppe, steil, eng, mit Geländer versehen, unbenutzt, ausser von Enkeln, die hier in den Ferien weilen. Statt einer seinerzeit nicht vorgesehenen Innentreppe hat man sich später mit einer steilen eisernen Wendeltreppe beholfen, die im verlorenen Winkel hinter der Küche aus dem Keller herauf bis ins zweite Obergeschoss turnt; jeder Schritt hallt, als wäre eine Ritterrüstung lebendig geworden. Die schmalen Korridore haben Klinkerböden, die mit Läufern belegt sind. Die von drei Generationen losgetretenen Kacheln klingeln wie Porzellan, und nachts, zu unregelmässigen Stunden, klickert etwas den Korridor im Obergeschoss zwischen den Schlafräumen entlang, doch niemand öffnet oder schliesst eine Tür. Seltsamerweise hat man keine Angst.

Abgesehen vom Salon mit gefirnisstem Holztäfer und dem langen Tisch, daran wohl zwölf Personen Platz fänden, vom grünen Zimmer, das von Pflanzen unübersichtlich durchwuchert wird und wo die Frauen strikken, häkeln und Frauliches bereden, vom Musikzimmer, wo neben einem schwarzlackierten Piano um einen runden Tisch zwei Sessel und ein Sofa gruppiert sind und in einem verglasten Bücherschrank unter andrem «Das grosse Weltgeschehen» untergebracht ist, gibt es sieben Schlafzimmer, und keins ist ohne seine Bibliothek. Die reichste füllt eine Ecke des sogenannten Bubenzimmers bis unter die Decke. Dieses grosse Dreibettzimmer über dem Salon, in Naturholz getäfert, bietet Gästen Tisch, Stühle, Schränke, Sofa und Kommode. Hier übernachte ich mit den Eltern; die Geschwister sind auf der andern Seite des Korridors einquartiert.

Jeden Morgen erwache ich zwischen der hohen Daunendecke und den dicken Kissen hervor mit staunendem, unersättlichem Blick auf Dürers Kupferstich «Ritter, Tod und Teufel». Durch die halboffene Balkontür rauscht der Bach, noch sind die hellen Vorhänge über Fenstern und Tür zugezogen, und der Ritter trabt im Sattel seines mächtigen Streitrosses durchs abgedämpfte Licht des Sonntagmorgens, fest in die Steigbügel gestemmt, das Visier des Helms aufgeschlagen, die Lanze über der Schulter, den Blick vor sich nachdenklich auf den Weg geheftet. Offenbar hat der mit Schweinsrüssel grimassierende, mit Widder- und andern Hörnern verunstaltete, himmeltraurige Teufel vergeblich versucht, ihn zu erschrecken, und humpelt jetzt, besiegt, hinter und neben der Kruppe des Rosses auf kleinen hilflosen Hufen. Schwieriger abzuweisen ist der Tod mit Schlangen in der Zackenkrone. Auf seiner ausgemergelten Mähre, die ihren Kopf zu einem Totenschädel am Wegrand senkt, weicht er dem Ritter nicht von der Seite, ja, mit plötzlich emporschiessender Gebärde, Fortsetzung seines schreckhaften Auftauchens, denke ich, hält er ihm das Stundenglas vors Gesicht. Doch dieser, fest im Zügel das Ross, welches das ganze Blatt füllt, reitet voran. Sind Tod und Teufel Alpträume in der bergig-felsigen Wildnis, die den Ritter in die Irre locken sollen? Sie schrecken ihn nicht. Ein paarmal wird er tief durchatmen, und sie werden unter den Hufen des Pferdes versinken. Nun reitet er doppelt gewappnet voran nach der türmereichen Burgstadt auf der Bergspitze; vielleicht wohnt dort seine Gattin und öffnet ihm die Arme; vielleicht aber hat er Abschied genommen und reitet zum Heer, das der Kaiser wider die Türken sammelt, und weiss, was ihm bevorstehen könnte: Tod, Verstümmelung, Sklaverei. Doch weder zögert er, noch übereilt er sich, Tollkühnheit wäre ihm Flucht. Er vertraut sich selbst, unerschütterlich, auch wenn ihm die Prunkrüstung vom Leib gerissen werden sollte.

Nach dem Frühstück trete ich vors Haus. Eine bunt verglaste Wand schirmt den Fuss der Aussentreppe. Blicke ich durch die Scheiben, erscheinen mir Garten und Springbrunnen gelb, rosa, violett, grün, rot oder orange, und ich frage mich nach der Originalfarbe der Welt. Wer weiss, ob diese so ist, wie ich sie beim Aufwachen wahrnehme, grün die Bäume, blau der Himmel, rot die Rosen? Vielleicht ist alles anders; und nicht nur die Farben der Gegenstände werden zweifelhaft, sondern der Sinn ihres Daseins. Möglicherweise blühen die blauen Sonnenblumen nicht, um gelb auf dem Esstisch in einer Vase zu prangen, wächst der rote Salat nicht, um grün gegessen zu werden.

Mit einem Satz springe ich vom Podest hinter der Verglasung und renne durch das offenstehende Gittertörchen zum Springbrunnen.

>Der Grossvater 263 >Rittertum und Burgen 107 >Der arme Teufel 118 >Tödlein 19

Grandhotel «Seelisberg»

Der Besuch fällt in mein 4. oder 5. Jahr; er bestimmt meinen Inbegriff vom Hotel und färbt einen der wenigen Orte der Seligkeit auf Erden blutrötlich wie einen Mutterschoss.

Damals empfing auf dem Seelisberg ein Grandhotel Gäste. Meine Grosseltern waren in früheren Jahren nach Lugano-Paradiso gefahren, und ich stelle mir vor, wie sie sich an der Seeuferpromenade Richtung Lugano in Gesellschaft einer Folklorebäuerin mit Gerla haben ablichten lassen: Klick, Knicks, Trinkgeld. Später war's dann der Seelisberg; seine kühne Lage am äussersten Absturz der Felsbastion, die Vierwaldstättersee und Urnersee zum Knie biegt, dürfte die Vorstellungen des Grossvaters von Ferien im Herzen der wehrhaft basisdemokratischen Urschweiz besser erfüllt haben.

Unser Besuch wurde von Hohfluh aus unternommen. Der Aufbruch zu einem Abstecher in die Höhen des Oberklassentourismus erfolgte in den Niederungen der Familienferien. Es war Herbst: Fahrt mit dem Dampfschiff zur Treib, Bergbähnchen, Spaziergang, Teestunde mit den Grosseltern. Im Kopf trug ich das knarrende, vom Plumpsklo durchsäuerte *Chrutzli* auf der Hohfluh. Nun stand ich zwischen Tapeten mit klassizistischem Dekor, gefasst in Goldleisten, unter wilden Berglandschaften, gischtenden Wasserfällen und abendleuchtenden Seestücken, vor wandhohen Spiegeln; dunkelrote Teppiche waren rings gebreitet, selbst die Treppen dick beläufert und lautlos unter den Schuhen. Bewunderung löste mich auf, und doch hatte ich auf der Stelle die Gewissheit, diese wärmeschwangere Höhle habe auf mich gewartet, ich sei für sie und sie für mich geschaffen. Die Zeit würde kommen! Portier in Blau, Concierge in Rot, am Hinterausgang der Lobby die ersten Kellner in schwarzen Fräcken mit Fliegen, allesamt beflissen, freundlich, zuvorkommend. Zwischen Kübelpalmen und Blumenbuketts räkelten sich auf plüschsamtbezogenen Sofas und Sesseln Zeitungsleser oder flüsternde Damen in Posen, welche ihr Nichtstun zelebrierten, Schokolade nippend und Süssigkeiten pickend. Sogleich begann ich zu lernen, gierig wie der importierte Schwarze im Buckingham Palace, achtete auf jeden meiner Schritte und aufs Geschirr, das vor mich hingestellt wurde, dass ja nichts in Brüche ging.

Nach dem Tee und den belegten Brötchen wurde ich freigelassen. Unterstützt von Zimmerburschen, die auf Bubenlaunen getrimmt waren, konnte ich herumtollen. Ich hatte vermutlich den Aufzug entdeckt, war hochgefahren, in den obersten Korridor getreten und losgerannt, dem schwindenden Licht entgegen. Lustvoll warf ich mich die beläuferte Haupttreppe hinunter, die in ihrem eigenen Haus durch alle Stockwerke stieg. Auf dem ersten Zwischenpodest blieb ich angewurzelt stehen: Die Aussenwand war ein einziges, vom Erdgeschoss bis unters Dach reichendes Fenster, und dreihundertfünfzig Meter senkrecht in der Tiefe, am Grund der rot schimmernden und golden lüsternden Seelisbergwelt, lag dämmerblau, bodenlos der See. Beim nächsten Schritt, schien mir, würde ich durchs Glas brechen und ins Leere stürzen wie ein allzu schwerer Vogel. Mich überschwemmte ein Mischgefühl, nicht Schwindel, der den Magen aushöhlt, eher das begeisterte Entsetzen eines Bergsteigers am Ziel, zuoberst oder zuäusserst und ganz auf sich allein gestellt, vor ihm die Leere, in seinem Rücken ertastet er mit dem Fuss noch den letzten Schritt, welcher der erste in den Abstieg sein wird. Diesen aber kann er jetzt noch nicht ertragen. Er schaut um sich und schaudert: nicht Angst, sondern Erschrecken über die Staubkornwinzigkeit seines die rings gebreitete Welt widerspiegelnden Ichs.

>Der Grossvater 263 >Die Ruhmeshalle 163 >Ränder 283 >Der weisse Pullover 3

Intermezzo: Kinderfest

Schlag sechs, ein Knall rüttelt an den Scheiben; am Schlafzimmerfenster stehend, fixiere ich die Linden, die als grüne Perücke dem Heiternplatz aufsitzen; unser Haus liegt ihnen in einem Kilometer Distanz gegenüber. Ein weisses Wölkchen pufft unter den Laubmassen hervor, drei Sekunden später ist der zweite Schuss da. Zwölf Böller rollen über die Stadt hin; den Nachschlag bilden vier oder sechs gedämpfte Detonationen, als kämen sie von weither und nähmen das Versprechen zurück – man hat den Schlund der Kanone nach Südwesten gerichtet. Das Fest hat begonnen; Lampenfieber. Werde ich ein paar Tänze wagen oder mich der Balustrade der Tanzbühne entlang aus dem Gehopse der glücklichen Tänzer schleichen?

Am Vorabend hatte das Fest, das jedes Jahr für uns Kinder stieg, gelockt und gedroht und gleich einem betrunkenen Gespenst im Ermessen der Festwetterkommission hin und her geschwankt, die an einem dunklen Ort drunten in der Stadt tagte, Prognosen auf die Goldwaage legte, den Hundertjährigen studierte, sich über das zu befürchtende Nachmittagsgewitter die Köpfe rotdiskutierte und den Bericht des Wetterpropheten *Seppetoni* im Giebelgelass des Pulverturms abwartete. Die ersten Julitage sind eine gewitterhafte Zeit.

Wenn am Vorfesttag der Himmel seinen Bauch über die nassen Dächer schleppte, stäubte Asche durch den Niesel. Man mochte, obwohl die Sommerferien begonnen hatten, nicht froh werden; das Fest in der Schlechtwettervariante bedeutet keinen Tanz auf den Bretterbühnen unter den Heiternplatzlinden, keinen Fackel- und Lampionumzug, nur Kinderumzug am Vormittag unter Regenschirmen, dann Wurstweggen in trüber Stimmung zu Hause, verregnetes Gefecht, nach 16 Uhr übersüsster Lindenblütentee und Mütschli in der Wandelhalle des Stadtsaals sowie einige Tanzversuche neben dem Takt her im Saal. Besser, man wäre nie gegangen.

Mir fehlen datierbare Erinnerungen an diesen Inbegriff städtisch-schulischer Festlichkeit fast ganz, obwohl ich, selbst wenn ich krankheitsbedingte Absenzen subtrahiere, sicher siebenmal dabeigewesen bin. Habe ich als ABC-Schütze im Kinderumzug ein Mädchen an der Hand gehalten? Wohl ja; ich habe nur gemischte Klassen besucht. Erinnerung null. Habe ich die Mutter unter den etliche Reihen tief die Gehsteige säumenden Zuschauern entdeckt? Haben wir einander gewinkt und zugerufen? Vermutlich, gewiss; doch dies ist die Hypothese eines Archäologen, der eine Mumie nach ihrer Geschichte befragt. Habe ich den Bruder unter den mit geschultertem Gewehr Spalier stehenden Kadetten bemerkt? So gewiss, wie ich's nicht weiss.

Da der Umzug durch die Stadt zwei Schleifen machte, konnte es sich treffen, dass die Kleinen an der Spitze in nicht allzu grosser Entfernung von den Grossen, die noch drei Häuserblöcke zu umrunden hatten, vorbeiwanderten, an den bekränzten, ondulierten, tüllstrotzenden, trotz Verbot geschminkten, Samttäschchen schwingenden und Blumensträusse im Arm wiegenden Dritt- und Viertklassbezirksschülerinnen. Hab ich meine Schwester unter ihnen gesucht? Oder den Vater, sei's neben einer Klasse, sei's am Schluss, wo die Honoratioren und Gäste defilierten, im sogenannten Schwarzen Fleck, diskret elegant in Frack und Zylinder? Und wie ist mir die Altstadt erschienen? Aus ihren Fenstern und Giebelluken schlappten und flappten im Sonnenwind des späten, bereits erhitzten Vormittags Hunderte von Flaggen in den rotweissen Stadtfarben, einige wenige auch in blauschwarzer Aargauer Tristesse. Zum Anhubsatz aller Erinnerer jedoch: «Mir ist, als wär's gestern gewesen», bin ich unvermögend.

Natürlich gibt es Erinnerungen, scharf, aber winzig wie ferne Türme im Föhnlicht: an Versuche auf dem Zitterbalken, der mich abwarf, an den splissigen Kletterpfahl, an die Originalität oder Langweil einer Festansprache in der Stadtkirche, an das Verzehren des heissen Wurstweggens, den die Mama, vom Festumzug nach Hause geeilt, inzwischen in den Backofen geschoben hatte: jene Mischung von schwachem Ekel ob der Wurstfüllung, die ich nicht mochte, und schmeichelnder Fettigkeit der Blätterteigroulade im Gaumen und stolzem Wissen, dass dies das Festmenü für uns Kinder war, an dem alle Bäcker der Stadt seit 4 Uhr früh geknetet hatten. Ich wollte es herrlich finden. Um zwei stand ich wieder bei den Oleandern im Schatten der Veranda neben der Haustür, auf ein zweites Knopflochsträusschen hoffend. Deutlich ist mir auch die fahle Verlorenheit, sobald mich das Fest für eine Stunde entlassen hatte. Nichts wollte mir behagen, da dieser Tag anders als alle andern zu sein hatte. Ich trödelte durch diesiges Licht schwitzend Richtung Elternhaus und kehrte auf halbem Wege wieder um, getrieben von einer diffusen Angst, etwas zu verpassen oder wagen zu müssen.

Auch das Nachmittagsgefecht zwischen den Kadetten und den Freischärlern, das mit dem Untergang in einem Flammenmeer der Reisigburg der letzteren zu enden hatte, ist Patchwork. Waren die Sympathien bei den Räubern unter Rodeohüten und Karl-Moor-Mützen? Sie hatten Schnäuze aufgeklebt, die Gesichter korsarenmässig mit Russ bemalt, trugen rote Hemden und khakibraune Pluderhosen, zusammengehalten von breiten Gürteln, schwangen rauchende Flinten, Säbel und die halb schon zerfetzte Fahne ihrer Verworfenheit, sie führten Kanonen mit sich, und ihre Offiziere galoppierten zu Pferd. Doch die in Schützenlinien über die Hänge um den Heiternplatz schwärmenden Befehlsempfänger triumphierten über die Einzelkämpfer, die Ameisen über die Hornissen-Mache. Das letzte heisse Ringen um die Reisigburg-Mache, sie stank bereits von Benzin, der Brand gelegt von einem Bauamtsarbeiter. Um diesen Betrug zu kompensieren, verteilten die Freischärler Ohrfeigen an die frechsten unter den Milchbärten. Anschliessend bei gutem Wetter Tanz und Tee, in der Nase den von Osten herüberwehenden Rauch aus der in Asche gesunkenen Festung.

Lücke.

Die Zeit setzt wieder ein um halb neun; es dämmert. Der Fackel- und Lampionumzug ist die einzige Phase des Festes, an die ich eine längere frühe Erinnerung knüpfe. Der Zug formiert sich am Heiternplatz, dumpfe Trommeln, Fackeln voraus, eine kurze, fern flackernde Lichterkette; man hört, verschlagen, verweht, Pfeifenschrillen und den stampfenden Takt eines Marschs. Bald spielen die Kadetten, bald die Stadtmusik, denn die gibt es ja auch, in violetten Uniformen mit dicken

Goldtressen. – Gehen wir jetzt? Die Mutter hat mich zu Hause verköstigt, das ist bei kleinen Schülern so üblich; die Schwester isst wohl im Stadtsaal, der Bruder marschiert als Kadett, der Vater ist amtlich verpflichtet. – Mama, wenn wir nicht endlich gehen, kommen wir zu spät! Der Zug nähert sich dem Villenquartier der Pomern, und wir steigen vom Hügel in den dunkel werdenden Abend hinunter. Bäume und Häuser schieben sich vor die Lichter, die Musik wird deutlicher herangetragen. Wie blau die Dämmerung, durch welche sie herüberweht, sie klingt für diese Stunde. Auch andre Leute sind unterwegs, mir scheint, es seien immer dieselben und sie hüpften in Zeitlupensprüngen von einer zur andern Strassenlaterne durchs Dunkel.

Am Kirchensteig zur Unterstadt treffen wir auf den Umzug. Er windet sich durch die Vordere Hauptgasse in der Oberstadt, um den Kirchenhügel. Und jetzt blicke ich von oben auf die Spitze eines breiten wispernden Lichterstroms, weihnachtshell mitten im Sommer; allmählich füllt er die Hauptgasse der Unterstadt von Gehsteig zu Gehsteig. Jetzt! sagt die Mutter, ergreift den zum Halbkreis zusammengefältelten Lampion, richtet noch einmal die Kerze, zündet sie an und klappt ihn hoch. Im Entknittern raschelt das Japanpapier; ein Mond lacht über mir, gelb, rot, blau, kugelrund und spöttisch. Ein grosses Licht mehr, mischen wir uns in den Zug, wo ich einige Schulkameraden erspäht habe. Ich lasse die Hand der Mutter los und bin doch froh, sie neben mir zu wissen. So hoch wie möglich trage ich am dünnen Stab den Lampion, achte auf sein Baumeln, äuge nach allen Seiten, damit er in keine Kollision mit Lichtern schubsender Kälber verwickelt wird. Zu deren Warnung geht wenige Schritt vor mir ein Schweizerkreuz in Flammen auf, und ein Keuchen lang fürchte ich um mein ganzes Glück.

Bei der Mutter und fern von ihr wandere ich mit. Bald schmettert irgendwo in der Gegenrichtung, in der Hinteren Hauptgasse, eine Blechmusik, bald ist nur Geflüster, Scharren und Schlurfen unter der Nachtkuppel. Ich habe keine Angst mehr; mit beiden Händen halte ich den Lampion ruhig und hoch und gehe merkwürdig einsam, abwesend versunken in den hämischen, übermächtig wissenden Mond, mein

Lieblingsgestirn. Wir sind unterwegs in eine dunkle Tiefe; sie weitet sich vor jedem Schritt; der Lichterstrom tritt in den blauen Spiegel der Nacht ein.

>Astronomie 145 >Besessenheit 14 >Circus 196 >Konzerte 204 >Schulzimmer des Vaters 74 >Zofingerfest 202

Zofinger Tagblatt, 10. Juli 1947

Zofinger Jugendfest 1947 [Aus der Ansprache von Dr. Otto Mauch]

«Jä», het er ganz langsam gseit, «i stoh erscht sit füfzg Johre...» Aber do, das hättet dir selle gseh. Uf eimol händ d'Waffe vom Thuet der Glanz langsam verlore, i ha gmerkt, jez stoht der Geischt vom alte Niklaus Thuet vor mer, ebe vo dem, wo i dem schröckleche Kampf bi Sempach 's Fahnetuech is Mul ine gschoppet het, für's z'rette. Er het uf eimol in ere alte Sproch gredt, 's isch nid eifach gsi, ne z'verstoh. Aber gwüsst het er vil, er isch ebe die ganz Zyt dure immer wider um si Stadt ume gsi, bis in eusi Tag ine.

«Zu myne Zyte», het er agfange, «het's das Fescht nonig ge. Die paar Buebe vo der domolige Latinschuel, das hät es churzes Umzügli ge. Do isch jo au die Chile, wo si jez ame drin fyre, nonig so gross gsi. Erscht e paar hundert Johr noch mir händ si agfange, Anno 1833 het me's erscht Mol öppe so duregfüert wie hüt.» (...)

Und de Thuet het der Schwärtgriff packt. Aber i ha ne chönne beruehige: «Nei! Ned emol die frömde Bomber händ vor e paar Johre der Feschtzug chönne störe.» Schliessli han-em dankt und Adiö gseit. (...)

Wo-n-i do gege d Pomere hindere bi, stoht uf eimol es anders Bild vor mer. Au en Feschtzug: zvorderscht Jungfraue mit lange, faltige, wyte Gwänder, denn jungi Manne mit schwere, grosse Tonchrüeg uf de Schultere, hindedra di höche Beamte von ere alte, grosse Stadt, und zum Schluss stolz, all uf de Ross, di ganzi adligi Juged. Es isch der Umzug vom Panathenäefescht im alte Athen gsi. So schön het si de eifach Feschtzug dunkt, dass si die beschte Künschtler agstellt händ, und die händ ene müesse der ganz Zug in Marmor haue, rings um der Athenetempel ume.

VIII. Die Stadt

Überlieferter Sozialkataster

	Wohnlagen	*Geschäftslagen*
I. Klasse	Bärenhubel, oberer	Hauptgasse, Unterstadt
	Finkenhalde/Finkenherd	Thutplatz, Nordseite
	Hirzenberg/Pomernhalde	Hauptgasse, Oberstadt
	Pomern	
	Rebberg, oberer	
II. Klasse	Amslergut, vorderes	Gerbergasse
	Bärenhubel, mittlerer	Kirchplatz
	Bergli, oberes	Rathausgasse
	Rebberg, mittlerer	Fegergasse, vordere
	Römerhalde, vordere	
III. Klasse	Amslergut, hinteres	Bärengasse
	Bärenhubel, unterer	Engelgasse
	Bergli, hinteres	Schifflände
	Neuquartier, vorderes	Sternengasse
	Rebberg, hinterer	Thutplatz, Ostseite
	Römerhalde, hintere	Pfistergasse, vordere

	Wohnlagen	*Geschäftslagen*
IV. Klasse	Altachen Henzmann Junkermatt Neuquartier, hinteres Rotfarb Talpi/ Ischlag	Lindenplatz Pfistergasse, hintere Fegergasse, hintere
V. Klasse	Haurihäuser Klösterli Negerdörfli Ruhbank (Oftringen) Stöckliacker	
VI. Klasse	Letzigasse Ringmauer	Letzigasse Ringmauer

>Strohkappen 219 >Dienstmann Küpfer 256 >Raumer 71 >Reisigsammlerinnen 259 >S Bääni-Miggi 259

Gassen

In der Erinnerung geht die Vordere Hauptgasse in der Unterstadt allen voran, die stolzeste; auf ihrer Ostseite, im kirchenwärtigen Teil ist sie doppelstöckig. Unten poltern die Fuhrwerke, klackern später die Autos übers Würfelpflaster; auf dem erhöhten, von Kellern um ein bis zwei Meter auf den Rücken genommenen Gehsteig kommen die Passanten vom Hügel des Kirchplatzes her. Ich hüpfe über die geometrischen Ritzmuster im glattgestrichenen Zementboden, darunter die Wölbung der Keller ansetzt, und blicke auf die Gasse und die Ladengeschäfte gegenüber: Spielzeuge, Gemüse und Früchte, Molkerei, Apotheke, Kolonialwaren, Geschirr, Armaturen, Kleider. Über mir schwingen die Dachhimmel der giebelständigen Häuser, breit, schmal, hoch, niedrig, bald einfarbig graugrünlich, bald in Dekorationsmalerei einander übertrumpfend. Die Ebenen nähern sich an, ein paar Stufen, und ich bin auf der Höhe des Gassenpflasters. Hier platscht ein Brunnen mit zwei Strahlen in ein Becken; ich beuge mich über den Trog und sehe den schweren schwarzgrauen Fischen zu; träge stehen sie im Wasser, mit den Brustflossen leise fächelnd, fahren plötzlich in unerklärlichem Schrecken auseinander. Wenige Schritt weiter weiss ich das Glockenspiel des Uhrmachers. Zwei, drei Figuren sind auf ihrer Tanzbühne sichtbar, die andern halten sich im Gehäuse versteckt, bis die Stunde voll ist. Von hier bis zu den zwei Wächterlöwen auf Steinsockeln, den Nachfolgern des Untertors, sind es wenige hundert Schritt.

Enger, mittelalterlicher, unter Dachhimmeln dämmrig beschützt wirkt die Vordere Hauptgasse in der Oberstadt. Von der Markthalle und der alten Kanzlei ausgehend, beschreibt sie einen schwachen Bogen, so dass sie in ihrer ganzen Länge nirgends bequem zu überblicken ist, das schnürt ein und verdunkelt ihren Raum. Hier überlebt ein Rest Pfahlbürgerei, Selbstgenügsamkeit, Aufsässigkeit von Tür zu Tür, von Fenster zu Fenster. Hier wohnt der Goldschmied, ein grauer buckliger Mann, öffnet sich die altertümlichste Spelunke der Stadt, werden Teppiche und Tapeten verkauft, floriert der Garnladen, hält das stattlichste Herrenkleidergeschäft den St. Urbanhof besetzt, und beim Delikatessenhändler stinkt es jahraus, jahrein nach Fisch, Sardinen und rässem Käse.

Ländlich breit, weniger hoch umbaut, für Kutscher, Reiter und die promenierenden Bürger an milden Sommerabenden gedacht, fast schon ein Platz, verläuft die Gerbergasse senkrecht zum oberstädtischen Ende der Vorderen Hauptgasse. Sie schafft die Verbindung zur Rathausgasse, welche an der doppelläufigen Freitreppe des Rathauses und dem spitzbehelmten Fünfeckschneggen der Metzgernzunft vorbei ihren Raum dem Thutplatz mit dem repräsentativsten Stadtbrunnen zuführt. Die Brunnenfigur, Altschultheiss und Pannerherr Niklaus Thut, anlässlich des Auszugs des Zofinger «Fähnleins» in die Katastrophe von Sempach im Jahre 1386, wirkt marignanesk, in Sturmhaube, Harnisch, Beinschienen, Eisenfäusten und -schuhen, so wie ein Bildhauer sich das in den 1880er Jahren vorstellte. Er nagelt den Platz an seine Stelle.

Die andern und kürzeren Längs- und Quergassen hüten jede ihre Stimmung. Um die im hinteren Teil ärmliche, im vorderen klassizistisch erneuerte Fegergasse schlage ich einen Bogen: ich fürchte das Schlachthaus und die Alarmsirene. Am liebsten sind mir Pfistergasse und Schiffländе, wo früher Wigger- und Aareboote angelegt haben sollen. Zarte kühle Vormittagssonne fällt auf das bräunliche Eierpflaster aus Feuersteinen und scheint die niedrigen Häuser sanft auseinanderzudrängen; ein kleiner Brunnen füllt unentwegt sein kleines Becken. Zwei Scheunen haben sich erhalten; dazu passen der Flickschuster Righi und die Seilerei und Landproduktehandlung, wo mich eine junge Frau bedient, die einer Hasenscharte wegen Mühe hat zu sprechen, jedoch jedesmal fix und fehlerlos abrechnet.

Unter den rotgestrichenen Stelzenlauben des Klösterli ist es still, wenn nicht irgendwo Webstühle schlagen; auf seiner Ostseite hat sich ein Stadtpalais hinter eine hohe Mauer zurückgezogen, aus dem verwunschenen Garten quellen die Kronen von Linden. Finstere Enge, nach Schreinerei duftend, das ist die Letzi-, früher Henkergasse, die am Fuss des massiven Pulverturms endet. An dieser Trutzecke der Stadt, wo Fahnen herausgehängt, Böllerschüsse gelöst oder Tusche über die Dächer trompetet werden, sind etliche Häuser in bedenklichem Zerfall, eins stützt seine Lauben windschief auf halbvermorschte Holzpfeiler. Die Ringmauergasse ist sprichwörtlich. *Dää wont idr Ringmuur* heisst: Er ist arm oder dumm oder grob oder alles miteinander, jedenfalls heruntergekommen. Geblieben ist mir, obwohl ich damals erst drei Jahre alt war, der kurze Aufsatz eines Ringmauer-Buben, der mit meinem Bruder 1941 in die 1. Klasse ging. Thema: die Sonne; er grub aus seiner Erinnerung einen einzigen Satz: «Di Sonne schäint in den Abee» (Abort).

Der Lindenplatz liegt umschlossen von einem Gedränge ineinandergeschachtelter Häuschen: Schreiner, Tischler, Schuster, Schneider, Sanitär. Hier mündet einer der engsten Durchschlüpfe, das Schattengässchen, wo zwei Menschen knapp aneinander vorbeikommen, sogar eine Tür geht auf diesen finstern Haarriss im Stadtkörper, dahinter eine steile Stiege. Oben empfängt einen der fröhliche Herr Fehlmann, der auf dem Schneidertisch im Schneidersitz Herrenanzüge ausbessert, immer dem Tageslicht im einen Fensterchen entgegen.

Märchenarmut! Was brechen und beissen diese Kleinhandwerker und Kleinhändler? Vom Stolz der Stadt auf sich selbst können sie nicht zehren. Einer meiner Schulkameraden in der 1. Klasse war Fritzi vom Kirchplatz, dessen meist ansehnliche Häuser mehrmals am Tag vom Fundament bis in den Giebel von Glockengeläut durchschüttert werden. Der Sohn des Coiffeurs Bächli war knapp 90 Zentimeter gross, und ich empfand mütterliche Zärtlichkeit für dieses freche Püppchen der Unter- oder Fehlernährung.

Einblick in fremde Stadthäuser hab ich wenig gehabt. Die paar Blicke aber, etwa während des Pro-Juventute-Marken-Verkaufs in der 5. Primar, haben mich verstört. Finstere, von schlechtem Fett aus unbelüfteten Küchen stinkende Korridore, knarrende steile Stiegen, abschelfernder Verputz, Feuchtigkeit, niedrige Stubengelasse, zuweilen ein tiefes Misstrauen vor allem älterer Leute, die nach der schüchternen Bitte *Chauffed Si au Pro-Juventuute-Maargge?* den Türspalt zuschlugen. Und in irgendeinem Kübel voll Erinnerung modert ein Verdacht von unguter Freundlichkeit.

›Alarmsirene und Schlachthaus 18 ›Gerechtigkeit 281 ›Kinderfest 189

›Knüsel, Kolonialwaren 260 ›Zofingerfest 202

Zofinger Tagblatt, 16. November 1946

Was uns Pro Juventute zum Kauf anbietet!

Ab 1. Dezember sind wieder die beliebten Pro-Juventute-Marken erhältlich. Sie werden durch alle Poststellen und von vielen tausend freiwilligen Helfern angeboten. [5er-Marke: Portrait Rodolphe Toepffer, 10er-Marke: weisse Narzisse, 20er-Marke: Berghauswurz, 30er-Marke: Alpendistel] (...) Der Ertrag des Dezember-Verkaufs Pro Juventute wird vor allem der Vor- und Fürsorge für Mütter, Säuglinge, Kleinkinder (und Familien) bestimmt sein. (...) Mit dem Hinweis darauf, dass der gesamte Reinertrag des Dezember-Verkaufes in den Bezirken verbleibt, die selbst über dessen Verwendung im Rahmen des Jahreszweckes bestimmen, sei die Bitte verbunden, die jugendlichen Verkäufer und Verkäuferinnen, die sich begeistert und freiwillig im Dienst für die hilfsbedürftige Jugend betätigen, wohlwollend zu empfangen.

Schuhe kaufen

Ich bin heute noch ausserstande, ein Stück für meine Garderobe anzuschaffen, ohne ungeduldig zu werden. Ich wähle etwas halbwegs Passendes, zahle und fliehe aus dem Laden. Einmal finde ich den Aufwand für meine Person unverantwortbar, vor allem aber wirkt das Tischleindeckdich-Syndrom. Die Hosen sollten durch die Luft geflogen kommen, sich mir hinhalten, ich sollte das eine, dann das andre Bein heben und mich darin fühlen dürfen, als hätte ich sie schon zehn Jahre getragen. So sehr ich als Kind die allzu langbeinigen kurzen Hosen meines Bruders verabscheute: Bot sich die Gelegenheit, schönere kaufen zu gehen, machte ich Tänze. Somit ist meine Garderobe vorbildlich klein geblieben.

Schuhe dagegen mussten neu gekauft werden. Dies besorgte man im Schuhgeschäft von Fräulein Berner an der Vorderen Hauptgasse zwischen Hellmühletor und Bahnhofstrasse. Dorthin musste ich nicht befohlen werden, weniger der Schuhe wegen, die ich am Sonntag spazierenführen würde; mich lockte der Guckkasten; ich steckte den frisch beschuhten Fuss hinein und drückte einen Knopf, dann presste ich das

Gesicht auf das in Kopfhöhe angebrachte Guckloch, eine aus dem Röntgenkasten ragende schräge Röhre, deren oberes, mit Samt überzogenes Ende so eingebuchtet war, dass es die Augenpartie aufnahm und seitlich kein Licht hereinblendete. Nun sah ich unter mir, grüngelblich durchleuchtet, mein Skelett, jedes Knöchelchen an Mittelfuss und Zehen, umsteckt von den schwarzen Metallzähnen der Stifte in der Brandsohle. Ich begann die Zehen zu strecken und zu beugen, und im Jenseits turnte mein eigenes Tödlein.

Ein Kauf ging nicht ab, ohne dass etliche Paar ausprobiert wurden, und wieder, selbst wenn ich spürte, der Schuh sass angegossen wie bei Aschenbrödel, trat ich an den Kasten. Nach einer Viertelstunde hatte sich die Auswahl auf zwei Paar reduziert, beide perfekt sitzend, beide schön. Ich promenierte unentschieden vor dem Spiegel. Da wusste Rat nur der Guckkasten. Also nochmals gelaufen; und ein letztes Mal, leicht wehmütig, krümmte und spreizte ich das auseinanderstrebende Knochengitter im Unterwasserlicht der Röntgenröhre und liess die Zehen gleich den Fingern auf dem Klavier abrollen.

Wie viele Millirem Strahlung gingen auf einen Schuhkauf? Wäre die Dosis vernachlässigbar gewesen, stünden die Röntgenkästen als Kinderspielzeug heute noch in den Geschäften.

›Knüsel, Kolonialwaren 260 ›Der weisse Pullover 33 ›Schuhputzer 102 ›Tödlein 19

Circus

Knie gastiert jedes Jahr im Westen der Stadt und des Industrieviertels auf einem baumlosen Wiesengelände. Dass er sich ausserhalb des bewohnten Stadtgebiets in der Wiggerebene niederlässt, rückt ihn ins Zwielicht; zugleich steigert dies seine Anziehungskraft auf behütete Kinder und macht den Verzicht auf den Besuch schmerzhaft. Er ist mir krankheitshalber fast immer auferlegt. Wer in den Circus geht, verschwindet aus Sicht und Obhut der Eltern.

Einmal bin ich gesund. In der Hosentasche trage ich das Eintrittsgeld, dazu ein Extra. Walo und ich sitzen im Rund der Holzbänke nicht zu weit vorn, denn, warnt er, es werden immer wieder Kinder als

Versuchskaninchen herausgeholt. Die Vorstellung, mich vor aller Augen vom Meisterdieb bestehlen lassen zu müssen, kostet mich beinahe den nach Wochen wiedergefundenen Atem. Doch hinten sind wir sicher vor Blamage, und ich bin bereit für Wunder und Künste.

Zu meiner Enttäuschung, die ich verheimliche, kann ich der Sache wenig abgewinnen. Klar muss ich über die *Gloons* lachen, die ständig über ihre ellenlangen Schlarpen stolpern und trotzdem hart am Ball bleiben, über die tätlichen Missverständnisse oder die unsäglichen Aufmunterungsversuche, wenn beide platt auf dem Bauch im Sägemehl gelandet sind. Wohl finde ich's beinahe Zauberei, wenn die Equilibristin eine Leiter mitten in der Manege an die Luft lehnt, hinaufklettert, den Handstand macht und hin- und herzuschwingen beginnt, ohne dass die Leiter umstürzt. Doch zum Jauchzen ist einzig die glitzernde Kunstreiterin, die sylphidenleicht von Rücken zu Rücken der um die Manege trabenden Schimmel springt und zum Schluss über die wellenwogenden Kruppen hinweg das Rad schlägt, ins Zentrum der Manege saltiert, fussvoran aufsetzt und sich lächelnd verbeugt.

Nach der Vorstellung streichen Walo und ich durchs Wagendorf, gucken – ein bisschen angewidert, ein bisschen neugierig, denn der Circus bleibt eine halbziviliserte Welt – in die streng riechenden Raubtierkäfige und bleiben schliesslich vor den Marktbuden stehen, wo man Clownsmasken und Häuptlingsfederkronen, Maskottchen, Messer, Schnickschnack, Schleck- und Tabakwaren kaufen oder Teller und Flaschen zu Scherben knallen kann. Ich erinnere mich plötzlich an mein Extra. Was damit tun? Da, die Spielzeugpistole, der *Chäpslitätscher* mit Patronenstreifen. Der innere Ruck erleichtert mich. Ich füttere den ersten Streifen in die Pistole und ballere los, doch nur in den Boden, so richtig Freude macht mir das Ding nicht.

Zu Hause fragt mich die Mutter, was ich mir gekauft habe. Ich strecke ihr die Spielzeugpistole hin. Nun geht das Licht auf ihrem Gesicht aus. Sie schilt mich nicht; sie hat mir den Fünfziger geschenkt, ich bin frei gewesen, damit nach Belieben zu wirtschaften. Sie tut etwas für mich Schlimmeres, sagt einfach: Aha, und wendet sich andern, wichtigeren Obliegenheiten zu.

Ich glaube, ich habe mit dieser Pistole selten die Luft gelöchert, bald ging sie kaputt. Schusswaffen lagen mir nicht, ich war kein Sheriff, sondern ein Ritter in schimmernder Rüstung mit Schild, Schwert und Speer. Auch besass Peter eine viel grössere und schwerere Pistole, vor welcher mein Fünfzigrappentätscher Kinderkram war. Geschossen habe ich selbst mit jener Waffe von ehrfurchtgebietendem Kaliber und Donnerknall vielleicht zweimal.

➢Fip-Fop-Club 222 ➢Peter 233 ➢Walo 230

Zofinger Tagblatt, 13. Oktober 1950

Zofinger Marktbericht vom 12. Oktober 1950

Der Oktobermarkt präsentierte sich in grosser Aufmachung. Es wurden 85 Stück Gross- und 680 Stück Kleinvieh, total 765 Stück, gezählt; am Septembermarkt sind es insgesamt 614 gewesen. – Auf dem *Grossviehmarkt* ist ausschliesslich Qualitätsware angeboten worden. Der Handel setzte lebhaft ein, bei steigenden Preisen. Der grösste Teil der aufgeführten Tiere wechselte den Besitzer. Die guten Futtervorräte erlauben es, Lücken im Viehbestand wieder aufzufüllen. Es wurden bezahlt für: jährige Rindli 800 bis 950 Fr. (auf dem Septembermarkt: 700–850 Fr.), grössere unträchtige Rinder 1100–1200 Fr. (1000–1200 Fr.), trächtige Rinder 1500–2200 Fr. (1800–2200 Fr.), junge schöne Kühe 1800–2300 Fr. (1800–2300 Fr.). – Auch auf dem *Schweinemarkt* setzte der Handel sofort lebhaft ein. Fast die ganze grosse Auffuhr wurde verkauft. Fremde Händler von Freiburg und aus der Ostschweiz regten die Nachfrage stark an. Kauf und Lauf waren (zu stabilen Preisen gegenüber dem September-Markt) günstig. Es galten: 7–8wöchige Schweine 45–50 Fr. , grössere Schweine 55–65 Fr. , Ausmastschweine 90–130 Fr. (auf allen Positionen gleich wie im September). – Der *Warenmarkt* zeigte wieder alle Stände besetzt. Kauf und Lauf liessen nichts zu wünschen übrig. Denn im Laufe des Tages stellte sich viel kauflustiges Publikum ein.

Markt

Jeden Monat, ausgenommen, glaube ich, November, besetzte der Markt für einen Tag die Stadt und erinnerte deren Bürger an das einträglichste und dauerhafteste Recht, das sie den Dörflern voraushaben. Hundertmal hätte ich Gelegenheit gehabt, mich im sogenannten Markttreiben zu verlieren. Nun, wir hatten ja, was wir brauchten. Doch befriedigt ein Markt nicht genau jene Bedürfnisse, auf die man verzichten kann? Wer lebt von Magenbrot und Luftballons? Grad deshalb bleiben sie Schlager. Gott weiss, was mich abgehalten. Eine gewisse Distanz zu den einfachen Vergnügungen? Schickte sich der Markt für unsereinen nicht ganz? Denn an diesem Tag schwappte das Landvolk in die Stadt, willkommen, gewiss, doch von den ansässigen Ladenbesitzern pauschal bedient und kurzgeschoren und von den Marktfahrern mit stimmgewaltiger Jovialität eingeseift. Die Bauern, Fabrikler und Kleinhandwerker der Dörfer gingen meist in dunklen Halbleinenanzügen und schwarzen Marschschuhen mit runder Stosskappe, unter den Scharen von Frauen etliche in Aargauer oder Luzerner Werktagstracht. Immer friedlich. Alles war halb so teuer und doppelt erstklassig, und die Landleute schienen, obwohl es damals nur fürs Währschafte reichte, den falschen Schwüren der Ausrufer aus irgendeinem Grund Glauben zu schenken.

Zwei- oder dreimal pro Jahr stand an langen Eisenbarren Grossvieh auf dem Thutplatz; Muhen und Gebrüll hallte von den kahlen Fassaden wider. Ferkel wurden an jedem Markttag gehandelt. Erinnerlich ist mir das den Platz aufreissende Kindergequietsch, wenn sie von Bauernhänden aus dem Karren gehoben und, als wären's Zwiebeln oder Lauchstengel, an den Hinterbeinen oder Ohren durch die Luft geschwenkt und vom Metzger auf Schlachttauglichkeit geprüft wurden. Ein Wehgeschrei wie am Spiess, ich hätte davonrennen mögen und konnte es nicht.

Der Markt füllte die Plätze und Gassen, man schlüpfte zwischen Hosen und Röcken durch. Doch die unwiderstehliche Faszination, welche Märkte auf Kinder ausüben sollen, hat mich nie gepackt; der Trubel blieb ein exotisches Geschehen. Ich kam mir vor wie Lederstrumpf aus dem Urwald, der sich, voller Misstrauen ob dem bunten lauten Treiben der Siedler, zu den Wölfen zurücksehnt und die paar

Dollars fest umklammert. Ramsch, das alles! Die Juchtenstiefel, ohne die er im Winter erfrieren würde, das wasserdicht gedeckelte Pulverhorn, die unverwüstliche lederne Jagdtasche, den blauen Regenschirm mit Stahlspitze zur Abwehr der lästigen Braunbären am Lagerfeuer, das alles wird er hier nicht finden, höchstens Kugeln und seinen holländischen Knaster. Ich hatte die Meinung der Eltern übernommen, die nie auf dem Markt eingekauft haben.

Die Kleider, die im herbstlich kalten Wind baumelten, waren Ausschussware, sackplump und grell gemustert oder einfärbig. Die Heftchen am Bücherstand galten als innen so schmutzig, wie sie aussen eselsohrig waren. Essbares interessierte mich nicht; Magenbrot habe ich nie im Mund gehabt, so dass ich nur vom Hörensagen weiss, woraus es gebacken ist; als Kind habe ich mir des Namens wegen etwas Kuttelnähnliches vorgestellt, und somit widerstand mir schon der Anblick der braunen Brocken. Das Rosa der Zuckerwatte reizte meine Speicheldrüsen nicht; neidlos sah ich zu, wie sich die Kleinen daran verschleckten. Das Gold der Ringe und Krawattennadeln des billigen Jakobs blätterte zwei Tage später ab; Dentofix brauchte ich nicht; das Shampoo stank; die Krawatten fledderten; die Brillen sassen schief, und ihre Feinoptik konnte nur verbogenes Fensterglas sein; das Geschirr bekam nach einigen Abwaschgängen *Blätze*, sein fades Grün oder Türkenblau oder Kotbraun missfiel mir. Wahrhaftig, ein Pfahlbürger in Kinderschuhen, abhold jedem Schund, selbst wenn ihn Trompetenengel oder Schiessbudenmamsells anboten.

Länger verweilte ich vor den Ständen mit Armaturen, Eisen- und Stahlwaren und vor dem Spielzeug; hier war ich gewarnt durch den Reinfall mit der Circuspistole. Ich habe die Frage, was mit den paar Batzen zu kaufen sei, nie spontan lösen können. Es hätte das Schönste, Anziehendste, Billigste, Dauerhafteste sein müssen, und dies alles in einem gab's nicht. Das Lokomotivchen hatte Spurweite Ho und passte nicht auf meine Schienen; statt aus Leder war der Ball aus grellgelbem Gummi, ein Nagel, und er war gelöchert für immer; die Landschaft im Glaszylinder, auf die man es schneien lassen konnte, zeigte Bambi vor dem Matterhorn; für das Jo-jo-Spiel war ich zu alt; aus den Knallbonbons sprangen Teufelchen oder nackte Damen. Wen damit beglücken? Schliesslich erstand ich mir das Unnützeste, Zarteste, Geheimnisvollste: Abziehbildchen (hoffend auf Saurier) und eine Tüte japanischer Wasserblumen. Fast alle würden in leuchtenden Farben und rätselhaften Formen erblühen, wenn ich sie, jeden Tag ein paar Samen, in eine Schale Wasser legte. Auch Vater und Mutter würden meinen Kauf billigen; er besass die Anmut und Verspieltheit, die kulturbewusste Eltern von ihrem Kind erwarten. Weder erweckte er böse Vorahnungen eines missratenen Charakters (Spielzeugpistole, Knallbonbon), noch war er töricht (Jo-jo, Lokomotivchen), oder liess für die Zukunft schlechten Geschmack befürchten (Bambi/Matterhorn).

Vor den Eisenwarenständen war mein Vergnügen das reinste. Ich hatte keinen Wunsch mehr, das Börschen war leer, und was ich sah, war nicht für mich. Ich durfte nur bewundern und staunen über das technische Erfindergenie des Menschen. Nägel, Dübel, Nieten, Schrauben und Muttern in jeder Grösse, Machart, Qualität, Dutzende verschiedener Flansche, Briden, Zwingen und Zangen, Hämmer, Bohrer und Schraubenzieher, Ahlen, Sägen und Scheren für jeden Gebrauch, Hirschfänger, Fisch-, Brot- und Fleischmesser – aufgehängt im Defilée oder aggressiv blitzend ausgelegt auf blauem oder rotem Kreppapier, das der Marktfahrer über die Bretter seines Standes gespannt hatte. Und trotz ihrer Gefährlichkeit hatten die Werkzeuge die Vollkommenheit der durch langen Gebrauch aufs Wesentliche reduzierten Form, die jede böse Absicht vergessen lässt und sprachlos beglückt. Vor mir kuschelten Nesthäkchen uralter stählerner Tierarten.

Ein-, zweimal, ja, da waren einzelne Stände bereits geräumt, wenn ich mich in der Dämmerung bergauf nach Hause trollte, mir gelobend, den nächsten Markttag nicht zu verpassen. Doch das Gefühl, etwas Wunderbarem beigewohnt zu haben, war tags darauf verdampft.

›Kinderfest 185 ›Knüsel, Kolonialwaren 260

Zofingerfest

Wer käme heutzutage auf den Gedanken, in Zofingen einen Landesverband zu gründen? Allenfalls die Biberschwanzziegeleien. Die Stadt muss im Jahre 1819, als sich die Studentenverbindung *Zofingia* daselbst ins Leben rief, mit heute verwelkten Reizen gelockt haben. Der Grössensprung vom Städtchen zur Stadt war im frühen 19. Jahrhundert hierzulande klein. Im Jahre 1836 zählte die Stadt Zürich 14 243 Einwohner und die Stadt Zofingen deren 3172: viereinhalb zu eins!

Für Studenten aus der evangelisch-reformierten Schweiz lag Zofingen zentral. Hier schalteten die Postkutschen zwischen Basel und Luzern einen obligatorischen Halt ein. 1844 – bei Bronner nachzulesen – haben sie die Stadt Richtung Luzern täglich um 14.15 und 23.15 Uhr, Richtung Basel um die Mittagszeit und um 1.45 Uhr in der Früh verlassen. Nicht weniger hageldicht folgten sich die Kurse zwischen Bern und Zürich, zu denen jeweils in Zofingen eine Anschlusskutsche nach Kreuzstrasse/Oftringen bereitstand. Als Gründungs- und Versammlungsort der Schweizerischen Künstlergesellschaft sowie der Militairgesellschaft hatte das Städtchen Vereinstradition. Die Behäbigkeit der gewerbfleissigen Bürger lockte, vielleicht gar das Selbstbewusstsein der von ihrer einstigen Herrin Bern (1818 bereits 17 621 Einwohner; Frankfurt 1817: 41 458) in Dreiviertelfreiheit belassenen Municipalstadt, die ihre geistige Regsamkeit durch mehrere Stadtpfarrer, Professoren der Theologie und Gymnasiarchen in Bern unter Beweis gestellt hatte. Diese wiederum vermachten ihre im Lauf eines observanten Lebens geäufneten Bücherschätze testamentarisch ihrer Geburtsstadt – ein modernder Haufen mürben theologischen Aberwitzes, den später ein Stadtbibliothekar von Abracadabra bis Zyankali radikal, wenn auch widerrechtlich und unter Verleimung der betreffenden Seiten im handgeschriebenen Katalog, in alle Winde verschleuderte, um Platz für den Geist zu schaffen. Immerhin ist es diesen Scharteken zu danken, dass 1693 die Stadtbibliothek gegründet wurde, «eyne nutzliche & anstaendige Sach».

Für die betuchten Familien mit mannbaren Töchtern überstrahlte das Zofingerfest das zehn Tage später fallende Kinderfest wie die Sonne den Mond: der Studentenball! Meine Schwester, obwohl im richtigen

Alter, durfte nicht hin, da die Eltern diese Veranstaltung als verkappten Heiratsmarkt ablehnten und den «besseren» Töchtern gern den Vortritt liessen. Für meinen Vater, einen Alt-Zofinger, ergab sich die Gelegenheit, bemooste Studienfreunde zu treffen, sich beim Anhören aufgewärmter Anekdoten in alte Burschenherrlichkeit zurückzuversetzen, dem Wein mässig zuzusprechen und, ohne Restriktion durch familiäre Abstinenz, eine Cigarre zu rauchen. Da ich dies schreibe, fällt mir auf, dass er kaum von seiner Korpsstudentenzeit erzählt und keine zehn Worte über seine Taten verloren hat.

Mir ist der Fackelzug geblieben; er war die Urständ der Wilden Jagd. Solange er durch die Gassen der Altstadt tobte, singend und jauchzend, sahen die Bürger ihm aus einer gewissen Sicherheitsdistanz zu, denn die Fackeln rannten und fochten, wirbelten herum und sprühten Funken, die sich durch Haut und Kleider brannten; dann wieder schwankten sie im Takt: wellenschlagende Karrees.

Erst in der Hinteren Hauptgasse formieren die Studenten sich zur Kolonne; die meisten Fackeln brennen jetzt spannenhoch über dem Handschutz. Sektion für Sektion marschiert zum Thutplatz und bildet einen in mehrere Treffen unterteilten Ring, schwarze Gestalten unter Hunderten flackernder Flammen und etlichen Sektionsfahnen, geschwenkt von den Fähnrichen in reichstem Putz. Aussen herum, locker über den Platz verteilt, die Städter, wir stehend auf dem steinernen Beckenrand des Thutbrunnens, dieser übrigens ein Geschenk des Zofingervereins. Ich glaube mich zu erinnern, dass jede Sektion ein andres Lied sang, bis alle Aktiven versammelt waren, der Ring sich geschlossen hatte. Dann tritt Stille ein, die erste Fackel wird funkensprühend und Purzelbäume schlagend, ins freie Zentrum des Rings geschleudert, scheint auf dem Pflaster in Glusen zu zerbersten. Von allen Seiten steigen sie nun, rote Funkenschwänze schüttelnd, ins Dunkel, prasseln aufs Pflaster und explodieren oder landen im bereits ansehnlichen Feuer, das mit jedem Wurf höher über die Köpfe wächst. Endlich sind alle Flammen aus dem Ring abgezogen, und eine Lohe schlägt machtvoll in die Finsternis.

Dies ist der Moment, da sich plötzlich etwas im Kreis herum skandiert. Erst hört man ein Zischeln, dann glaubt man einer Beschwörung beizuwohnen. Der hämmernde Rhythmus spaltet den bis anhin in Sektoren gegliederten Ring in konzentrische Kreise auf, denn jeder Student fasst seinen Nachbarn zur Rechten und Linken an der Hand. Die Kreise beginnen sich zu drehen, der innerste im Gegensinn des zweiten undsofort, im Takt der Schritte den Oberkörper wiegend, johlen die aneinander Vorbeirennenden die magische Formel, die für mich synonym mit dem Zofingerfest wird: Picculè, picculè, picculè!, immer schneller, endlich der rasende Rundtanz eines prähistorischen Feuerkults, unterscheidbar nur noch die Vokale i-u-è, i-u-è, i-u-è! Da steht der Wirbel still, das Wort oder was es gewesen verhallt, ein Hurra bricht aus den Kehlen, und die Käppis fliegen, schwach noch vom zusammengesunkenen Feuer erhellt, bis fast auf die Höhe der kaum mehr unterscheidbaren Dächer der schmalbrüstigen gotischen Häuser. Dies nun ist der Moment des «Gaudeamus igitur», das auch die Städter mitsummen. Wir Kinder müssen aufbrechen, die Nacht ist dicht, die Mutter tritt an den hohen Brunnenrand und reicht uns die Hand zum Sprung auf den Boden hinunter, und ich frage mich, ob wohl jeder Student sein Käppi wieder finden werde.

➢Bekannte der Eltern 255 ➢Gassen 192 ➢Kinderfest 185

Konzerte

Wir gingen mit; Kultur gehörte zum Alltag. Mein erstes Konzert soll ich mit vier, zeichnend auf einem freigehaltenen Stuhl hinten in der Aula des Schulpalasts, überstanden haben. Die Sinfoniekonzerte mit dem Winterthurer Stadtorchester hatten sich dem Taschenformat des Stadtsaals anzupassen. Ein Konzert lancierte den Kratzfussgeiger, da er jeden entschiedenen Bogenstrich mit einem zürnenden Beinstoss nach hinten quittierte. Für Kammerveranstaltungen, vom Glasharfenvirtuosen bis zum Quartettliederabend, bot die Aula einen düster dekorierten Rahmen. Den bleibendsten Eindruck von Musik haben mir die Oratorien- und Passionsaufführungen in der Stadtkirche hinterlassen. In Langbänken mit Querholz auf Schulterblatthöhe schmerzte mich schon als Kind der Rükken nach dreissig Minuten immer an derselben Stelle wie den Büsser das mitgeschleppte Kreuz. Doch haben mir diese Aufführungen mit guten Solisten und dem Aargauischen Lehrergesangverein, dirigiert von Ernst Obrist, einem Bonbons sückelnden Meister, die geistliche Musik beigebracht, und Bachs Passionen sind mir durch die Seele gefahren.

Erst befiel mich Schrecken, wenn ich das Programmheft öffnete und feststellte, über wie viele Seiten der zu singende Text lief. Ich multiplizierte dessen Länge mit der Getragenheit der musikalischen Diktion: eine Unendlichkeit, dazu noch die Reprisen. Doch je besser das Werk, desto kürzer die Zeit. Am Ende, wenn es still wurde, denn wir waren in der Kirche, und nach einer Weile das Publikum sich zu räuspern, zu husten, aufzustehen, flüsternd durch die Bänke zu schlurfen und sich durch die Kirchentüren hinauszudrängeln begann, sass ich gleich Homunkulus im Glaskolben in einer tönend weiterschwingenden Trance da. Ich blickte wehmütig zurück auf die Gemütsreise durch Empörung, Mitleid, Klage, Erhebung und Freude, kommentiert vom Evangelisten und den Erbauungsliedern, die ins Harmoniumrepertoire eingegangen sind und zwischen Trauer, Lieblichkeit und Hoffnung unantastbar schweben.

Jahre bevor Richard Wagner mit seinen Tonartenwechseln, Intervallsprüngen, mit dem Blaugrün seiner chromatisch aufgebauten Klangblöcke mir das Herz umgedreht hat, ist mir während der Matthäus-Passion Ähnliches widerfahren, wenn der Vorhang im Tempel zerreisst. Der Vorhang – wintersüber vor das spätgotische Chor gezogen, um Heizkosten zu sparen – blieb zwar intakt, weder Blitz noch Donnerschlag, nicht einmal die elektrische Beleuchtung flackerte. In mir jedoch hatte sich ein Schrittwechsel vollzogen, ich hatte einen neuen Raum der Empfindung betreten. Mit einem Glauben, den ich mir zurückgewünscht hätte, hatte er nichts zu tun. Heute kommt es mir vor, eine Klangsäule sei für einen Augenblick in mir aufgerichtet worden. Mein Dasein strahlte von Demut, Trauer, Freude in *einer* versammelten Gemütsbewegung.

›Geläut 210 ›Klavierspiel 136 ›Klavier und Saurier: Frank Bertschinger 249

›Salvatore Salvati, Opernsänger 248

Zofinger Tagblatt, 30. März 1949

Backhaus spielt Beethoven

Für den Meisterpianisten Wilhelm Backhaus, der uns gestern abend dieses grandios aufgebaute Beethoven-Programm [Op. 2, 27, 31 und 111] aus einer durchgeistigten Spenderlaune vermittelte, scheint es technische Schwierigkeiten nicht mehr zu geben. Sein Spiel ist vor allem auf eine Verwirklichung der Formstrukturen des auszudeutenden Werkes eingestellt, um so die eigentliche Wahrheit der Komposition zu verkünden. Mit Leidenschaft und einem starken Temperament ging der nachschaffende Künstler an die Ausführung seiner Aufgabe. Dabei gehorchte er auch einem starken Willen zur geschlossenen Form; der Künstler besitzt auch den Mut, vermeintlich Gegensätzliches zu einer Einheit zu zwingen. So wirkte die Ausdeutung der Klaviersonaten Beethovens, wie sie Wilhelm Backhaus vermittelte, unsentimental und unrhetorisch.

Das doppelköpfige Kalb

Sonntag morgen. Nach der Winterpause öffnet heute das Museum. Um zwölf werden wir zurück sein, sagt der Vater. Schlag zehn steigen wir die Freitreppe zur dreistöckigen Museumsvilla im Park empor, der eine Flügel des mächtigen Portals steht offen. Dämmrige Kühle, mich schaudert, noch trage ich dünnen Schweiss und den Duft der Vormittagssonne auf der Haut. Rechter Hand die Tür zur Stadtbibliothek, deren Bestände das Hochparterre und den Sockel des Neurenaissancebaus füllen; linker Hand steigt die Treppe in zwei breiten, durch ein Zwischenpodest verbundenen Läufen ins erste Obergeschoss; dunkle Portraits an den Wänden, in den Ecken Rüstungen.

Oben ein Holzpult mit geneigtem Blatt, aus dem der Schreiner eine Anzahl winziger Fenster gesägt hat, verglast. Der Vater drückt auf einen Schalter, sie werden hell, in jedem erscheint ein farbig leuchtendes Bildchen, etwa doppelt so gross wie eine Briefmarke. Diapositive. Ich beuge mich darüber: Schneeberge, Brücken, Kirchen. Der Vater weist auf das Bild eines mächtigen, wild gischtenden Brunnens, davor Tauben und Kinder, dahinter eine Säule: Dies sei Trafalgar Square in London und der Mann auf der Säule heisse Admiral Nelson, er habe Napoleons Flotte zweimal besiegt, das zweite Mal, bei Trafalgar, sei er gefallen. Am selben Platz stehe die National Gallery, voller Bilder der berühmtesten Meister; dort könnten wir ein Jahr lang jeden Sonntagvormittag hingehen und würden nicht fertig. In London spazierten die Eltern mit ihren Kindern in die National Gallery oder ins British Museum so wie wir in den Wald. Er knipst das Licht aus.

Wir treten durch die erste Tür und bleiben vor einem schneeweiss glitzernden Miniaturpalast stehen. Er erinnert mich an unsre Alabasterpendüle, die der Grossvater von der Pariser Weltausstellung des Jahres 1900 nach Hause gebracht hat, nur ist er viel grösser und unvergleichlich kostbarer und schöner: Eine grosse Kuppel zwischen vier kleinen, Rundtürme unter Helmhauben, schlank und frei stehend, Portale, Balkone, die Fenster gefüllt mit durchbrochenem Filigran. Er ist so zerbrechlich, man könnte ihn zerpusten. Es ist der Taj Mahal in Agra, ich kenne das Bauwerk aus dem Schaubuch über die Wunder und Kuriositäten der Welt. Das Sonnenlicht lässt das Juwel von innen in einem hellgoldenen Farbton blühen, als ob sich Blut von Perlen durch die Mauern ergösse. Eine Alabasterschnitzerei, erklärt der Vater, der wirkliche Taj Mahal sei aus Marmor, so etwas wie eine Grabeskirche für die Lieblingsfrau eines Grossmoguls. – So könnte auch Schneewittchens Schloss aussehen, meine ich, und Schneewittchen läge unter der Kuppel im Glassarg.

In den grossen Sälen sind die naturkundlichen Sammlungen untergebracht, Kristallstufen, ausgestopfte wilde Tiere, ein Krokodil mit abgebrochenem Unterkiefer. An der Hinterwand des Südsaals drängt sich in Schränken hinter Glas eine Mischfauna aus Boa Constrictor, Wildkatze, Pelikan und Monstern. Ich bleibe vor einem Kalb mit zwei Köpfen stehen; in meinem Rücken fällt die Sonne warm und breit durch die Rundbogenfenster, der Raum ist erfüllt von einer zitternden grünbläulichen Sommerstimmung, im Hintergrund flüstern die Geschwister, dann nähern sich die Schritte des Vaters.

Ich weise auf das Tier: Was denkt das Kalb, wenn es denkt? – Nun, wohl das, was Kälber denken. – Nein, das Kalb denkt zwei Dinge, eins in jedem Kopf. Gibt es das überhaupt, Kälber mit zwei Köpfen? – Offenbar; denk an die siamesischen Zwillinge, die am Rücken oder Bauch zusammengewachsen sind und oft viele Jahre zu zweit leben. – Doch dieses Kalb ist doppelt nur am Kopf. Ist es eins oder zwei? – Schwer zu entscheiden. – Vati, wenn der rechte Kopf fressen möchte und der linke Durst hat, ist es dann eins oder zwei? – Nun, auf der Weide werden wohl beide fressen und an der Tränke beide trinken. Was sonst? Der Vater seufzt: Sie könnten dieses Ungetüm allmählich verschwinden lassen. Willst du dir nicht den Amethyst ansehen? Er leuchtet in der Sonne. – Aber wenn ich nun einer von zwei siamesischen Zwillingen wäre, beharre ich, wäre ich dann ich oder beide? – Wenn ihr zwei getrennte Hirne hättet, dann wärst du wohl du, und der andre wär der andre. – Also ist dieses Kalb zwei Kälber und denkt und will zwei Dinge, auch wenn es nur einen Körper und vier Beine hat. – Vielleicht. Komm nun! – Jetzt will ich zu den Glasflaschen mit den Föten drin.

➤Eiffelturm und Laternenfisch 134 ➤Ränder 283 ➤Schneewittchen 12[illegible]

Hochkamine und Sirenen

Obwohl beinahe berühmt für die Gassen und Plätze, lebt Zofingen von den Fabriken; das Industrieviertel legt einen Halbring um den Ort, am breitesten ist er im Westen, lockerer im Norden und Süden, es bedeckt eine grössere Fläche als die Altstadt. Ein Kaminfegermeister erzählte mir später, er habe als Lehrling achtundzwanzig Kohlegrossfeuerungen für Dampfmaschinen und entsprechend zahlreiche Hochkamine ausrussen müssen. Da die Feuerungen in gewissen Betrieben erst nach der zweiten Schicht gelöscht worden seien, um die Produktionsunterbrüche kurz zu halten, hätten am frühen Morgen dem im Kamin steckenden Jungen nicht selten die Überkleider zu brenzeln begonnen. Vier Industriezweige prägen in meiner Kindheit das Leben der Stadt: als ältester das Textilgewerbe samt Färberei, dann Farbenherstellung und Chemie, weiter Maschinenbau und als jüngster das graphische Gewerbe, vertreten durch eine Grossdruckerei.

Von unsrem Haus an einem Hügel im Osten über der Stadt umfasst der Blick das westliche und südliche Industrieviertel, aus dem die Hochkamine, perspektivisch hintereinandergestaffelt, aufschiessen. Mir kommen sie vor wie dunkelrote Saurierhälse mit kleinen Köpfen. Früh unterscheide ich zwei Haupttypen. Quadratische Querschnitte zeigen die ältesten Schornsteine, niedrig, mürrisch, schwarz bekleckert von dem durch die Zementfugen zwischen den braunen Backsteinen gesinterten Russ; sie enden unter Kranzgesimsen. Höher recken sich und zahlreicher sind die Kamine mit kreisförmigem Querschnitt, auch sie aus Backstein; nur das jüngste ist ein grauweisses Betonrohr; fast doppelt so hoch wie die andern Kamine, steht es abseits im Südwesten, das Wahrzeichen der Grossfärberei.

Ich liebe diese Kaminlandschaft. Sie schliesst sich mit dem fast sechzig Meter hohen Turm der Stiftskirche und einigen stehengebliebenen Türmen des Mauerrings zur Stadtkrone zusammen. Je nach Windlage quillt der Rauch dunkel und fettig aus den Schloten oder fliesst zu einer leichten grauen Wolkendecke zusammen, oder er streicht in eleganten hellbraunen Fahnen ostwärts gegen die Hügel, wo wir wohnen, und verliert sich in den Wäldern. Rauch ist Leben; solange er hängt, steht, flaggt oder zerflattert, geht es der Stadt gut. Rauch aus Schornsteinen mit dem Duft nach halbverbrannter Kohle, Stickoxiden und Schwefeldioxid schliesst mir tiefere Räume auf als Blumenduft. Wenn er zu dick aufliegt, macht er das Atmen zur Last, doch er trägt eine Botschaft von grossen Städten, Meerschiffen, Reisen und Wäldern. Noch heute atme ich auf, wenn mir Kohlenrauchduft in die Nase steigt; doch sogar in Südwales und Ostmitteleuropa schnuppere ich immer seltener das Glück des Kindes.

Liege ich krank, schweifen die Augen durch die Fensterfront des Elternschlafzimmers. An Regentagen mit stetem Westwind hängt mein Blick an den Rauchfahnen, deren mächtigste, diejenige des Färbereischlots, sich zuweilen kilometerlang hinzieht, bis sie über den Wäldern sich auflöst. Ich bin der Rauchreiter. Rittlings, gleich Nils Holgersson auf dem Gänserich, lasse ich mich forttragen aus Fieberhitze und Atemnot, löse mich aus der erzwungenen Reglosigkeit meiner halb sitzenden Stellung in die Freiheit der fliessenden Bilder. Unter mir zieht die sich entfaltende Erde vorbei, Wälder, grau von Sommerschwermut, die selbst in den schmalen Tälern, welche die Hügel trennen, ihr summendes Geheimnis nicht preisgeben: Wiese, Handtuchacker, Bachglitzern, graue Turmruine, verstecktes Dorf, und gleich schliesst sich das Laubdach neu. Die Rauchfahne löst sich auf, ich erwache aus dunstigen Fernen, hechelnd, schwitzend, eingeklemmt.

Der Tageslauf der Stadt wird skandiert vom *Guugen* der Fabriksirenen. Morgens um sieben oder gar früher, abends um halb sechs oder sechs reissen sie ihre Rachen auf und brüllen zehn oder zwanzig Sekunden lang heiser mit voller Gurgel: triumphierend gewalttätig am Morgen, wintersüber noch in tiefer Nacht, rufen sie das Heer der Hörigen aus den Aussengemeinden und frierenden Winkeln der Stadt zusammen, wütend entlassen sie es am Abend. Dampfsirenen sind's, stählerne, fingerähnliche Dinger; ihr Leben hängt an derselben Dampfmaschine wie die Webstühle und Spinnmaschinen, ohne Feuer wären sie tot, und das windelweisse Wölkchen, das sie in die Kühle eines amethystvioletten Abends puffen, wirkt lächerlich, gemessen an der diktatorischen Macht des röhrenden Gebrülls.

➤Abwässer 20 ➤Karte und Landschaft 140 ➤Der Geruch 11

Geläut

Sonntag vormittag, ich warte am offnen Fenster auf das Einläuten der Predigt. Schlag zehn verhallt, und die Mückenglocke springt an, rührt sich unbeschwert, nichts Besondres; bereits schlägt die Bienenglocke dazwischen; ein Schwirren kündigt die Wespenglocke, ein Summen die Hummelglocke an, die soeben noch die vier Viertel der vollen Stunde geschlagen haben. Das Geläut klingt nun ein bisschen einfältig, grad wie auf dem Dorf; wir aber sind eine Stadt mit Türmen und Hochkaminen. Ich warte auf die Maikäferglocke. Ob der Siegrist vergessen hat, sie einzuschalten? Da brummt ihr schwerer Stundenschlag durchs Klanggetümmel. Es wummert aus der Tiefe, scherbelt aus der Höhe, tost ausser jedem Takt hin und her, eine disharmonische Fünftonreihe. Wo auf dem Klavier müsste ich sie zusammensuchen?

Quomm! Die Hornissenglocke, sieben Tonnen schwer, sagt man, hat sich in Bewegung gesetzt, ihr breit hallendes Dröhnen erdet den auf-

und abwogenden Gesamtklang, der ununterbrochen die Farbe ändert, aus Blau wird Rostviolett, wird Meergrün. Ich versuche die sechs Stimmen auseinanderzuhalten. Zuweilen gelingt es, ich höre, wie sie sich jagen, überholen, im Hinfallen übereinanderpurzeln. Wenn alle Klöppel gleichzeitig an die bronzenen Wandungen schlagen, schwappt das Getöse über mich wie eine grünlichgraue Woge; doch bereits zerschlägt sich der Klang, läuft auseinander, singt in der Höhe, ballt sich in der Tiefe, prallt erneut zusammen. Plötzlich muss ich lachen, kann es nicht zurückhalten, finde das Glockengewitter dumm. Was verkünden sie? Dinosaurier-Hirnlosigkeit. Zugleich krümmt sich etwas in mir zusammen: Ich bin ein Grashüpfer und schäme mich.

Glocke um Glocke ist ausgefallen. Das eintönige Restgeläut der Stunden- und der Hornissenglocke taumelt, die Stundenglocke gibt auf. Der Raum dehnt seine Leere, die Hornisse dröhnt fort. Da stolpert sie über einen Takt, kommt zurück, holt ein letztes Mal zum Schlag aus, und die Vibration des riesigen Glockenkörpers hängt als Schatten einer sich auflösenden Wolke im gedankenlosen Sommersonntag. Ich schwebe in einer blauen Raumblase. Im Südwesten über dem Waldbuckel des Kirchbergs sinkt der abnehmende Mond blass in die Tannenspitzen.

›Klavier und Saurier: Frank Bertschinger 249 ›Klavierspiel 136 ›Konzerte 204

Fabrikgerüche

Als Walos Freund, fast noch Hand in Hand, darf ich mehrmals eine Textilfabrik besuchen, eine der grossen Spinnereien und Webereien. Sie liegt draussen in der Ebene an der Wigger, an einem Standort aus der Zeit, da die Schwungkraft der Wasserräder über Wellenbäume und Transmissionsriemen die Maschinen laufen liess. Hier werden Herrenoberbekleidungsstoffe aus Wolle, Baumwolle und Mischgewebe hergestellt, die zum Teil in einer Fabrik in Stadtnähe zu Hosen, Vestons, Gilets, Jacken und Mänteln verarbeitet werden. Ein Konglomerat alter und neuerer, meist niedriger Bauten, die sich auf der künstlichen Insel zwischen dem Fluss und dem Fabrikkanal ineinanderschieben, der etwa zweihundert Schritt flussaufwärts, wo das Stauwehr den Wasserspiegel anhebt, hinter einem Rechen abzweigt. Sie versteckt sich in einem Auenwald, umflossen von Schaumflocken treibendem, schwarzem Wasser. Kloakenduft des mit Abwässern belasteten Flusses friedet sie ein, auffällig, doch freundlicher als der schale Gestank, der bei Schlechtwetter die Stadt einnebelt.

Betritt man durch metallgerahmte, von Guckfenstern aus Zelluloid durchbrochene Schwingtüren die Spinn- und Websäle, überfällt einen stählern scheppernder Lärm, den man keine Minute glaubt aushalten zu können. Er lässt von den Worten der Menschen nur die Bewegung der Lippen übrig. Eine ins Unfassliche vervielfachte Anzahl komplizierter maschineller Hantierungen und Vorgänge steigert die Verwirrung. Die Maschinen imitieren das Holen, Greifen, Wickeln, Tragen und Legen des Menschen, doch die Schnelligkeit ihrer Bewegungen verwandelt sie in bösartige Roboter. Und das sind sie auch: die irre Kreiselbewegung der Garnspulen, das Durcheinanderwirren der verschieden dicken, verschieden gefärbten rennenden Garnfäden, das Hinundherzucken der Schiffchen in den Webstühlen.

Weiter hinten im Betrieb fliesst der Stoff als breites Band lautlos über Rollen und durch Walzenpressen dahin. Und aus diesem Chaos, das ohne Fehler, Zwischenfall und Stillstand ruckt, rattert, hämmert, dröhnt, blicken einen freundliche Menschen an, reichen die Hand, ablesbar ist die Begrüssung. Ein Webmeister oder gar der technische Leiter nimmt sich eine halbe Stunde Zeit, den beiden Buben den Betrieb zu erklären. Ich mache die demütigende Erfahrung, ständig ja sagen zu müssen. Der Mann weiss alles, und ich nichts; mein Schulwissen ist nutzlos, unvermögend, auch nur das Zucken der Weberschiffchen zu begreifen. Für den Techniker ist, was mich fast mit Panik schlägt, ein logisches, bis zum Nadelöhr folgerichtiges, notwendiges Ganzes. Kaum wage ich Fragen zu stellen, denn wenn ich begriffen hätte, was kapiert zu haben ich schon eine Viertelstunde lang versichere, wären sie unnötig.

Die Einsamkeit der Arbeiterinnen in den Alleen der Spinn- und Websäle: weissgekleidet, aus warmem Fleisch zwischen vielen Tonnen kalten oder heissen, in Raserei versetzten, geschmiedeten, gegossenen, geschweissten, verschraubten Metalls: Nadeln, Hämmerchen, Haken,

Ösen, Rechen, Räder, Stahlgelenke, Stangen und Arme. Wer danebengreift, dem fehlt ein Finger. Es duftet nach Staub und erhitztem Maschinenöl, mütterlich und gefährlich in einem; ich atme den Geruch mit Lust, wissend, wie giftig Maschinenöl ist – der Prozess um die «Ölsoldaten» liegt nicht lange zurück. Ich sehe mich um nach Ölkännchen, Putzfädenknäueln, Fettflecken auf den Überkleidern und dem gegossenen Betonboden. Ich ängstige mich für die Arbeiterin, die vier Webstühle überwacht und zu einer Garnspule eilt, deren Faden gerissen ist, und diesen neu knüpft. Doch die sichere Fingerfertigkeit der Frau und der Gleichmut unsres Mentors trösten mich. Irgendwie muss alles seine Richtigkeit haben; doch ein Loch im Stoff wird bleiben, dessen bin ich sicher. Eine andre steckt neue Garnspulen auf.

Was der gemütliche Techniker nicht weiss: dass diese Fabrik nicht minder wunderbar ist als Dornröschens Schloss. Ob sie je stillsteht und einschläft? Nein, es wird in drei Schichten gearbeitet. Die Menschen hier drin müssen erfüllt sein vom Pochen der vielen schlagenden Herzen, angekuppelt an die Energie und Gewalt der stählernen Organe. Ihr Rennen, wenn irgendwo ein Defekt aufgetreten ist, wiederum ihre Gemächlichkeit beim Flicken und Patrouillieren zeigen sie bald als Diener, bald als Herrscher.

Ein organisch-chemischer, nicht mehr fettiger, jedoch streng in die Nase steigender Geruch erfüllt den Saal, wo die Wollstoffe appretiert werden. Er wird der Wolle vom heissen Dampf entrissen, der unter hohem Druck durch die Stoffrollen gepresst wird, welche, in die blanken Stahlzylinder der Autoklaven eingeschlossen, leiden müssen. Heraus zischt der brackige, scheuernde Gestank einer regennassen Pelerine. Dem bärbeissigen Duft begegne ich Jahre später im Whisky, der mir deshalb das liebste unter den gebrannten Wässern wird.

Abgestandene Luft füllt die Büros, sie passt zum gedämpften Geräuschpegel hinter Türen mit Klinke und Schloss. Sie suggeriert Höheres, doch der Emsigkeit der dort Telefonierenden und Tippenden ist wenig abzugewinnen, und diese haben für den durch das Kartenhaus ihrer Zahlen trippelnden Besuch keinen Blick.

Ein weisslichgrau gestrichener Korridor führt nach den Lagerhallen; hier dominiert der Geruch der Gebinde, denn die Rohstoffe werden in Ballen angeliefert. Schwach ölig, an der Grenze zum Gestank, kommt er mir bekannt vor. So riechen meine Finger, wenn ich im Garten Blumen oder Bohnen aufbinde. Unser Begleiter tritt zu einem Stapel schmutzigbrauner Ballen mit schwarzen Stempeln: Indische Jute. Auch ich lege meine Hand auf das grobe Gewebe. Nun macht er die Faust und schlägt auf den Ballen: Merinowolle. Die Lagerhalle dämmert und schweigt. Hier herein reicht wieder das Rieselrauschen des Wassers unter den laubdunklen Bäumen, die den heissen, fern nach Kloake duftenden Frühsommer in den Wipfeln tragen. Bald werden wir baden gehen. Der Mann entlässt uns im Hof. Ich bin erleichtert und verlegen um Worte. Einige Sekunden lang stehen Walo und ich verwirrt und wie entblösst auf der sonnengrellen Betonfläche.

➢Eisenbahn 22 ➢Der Geruch 11 ➢Walo 230

Gestank

Meine Erinnerung, es habe viel geregnet, widerspricht dem Gemeinplatz, in der Kindheit seien die Sommer schön und warm, die Winter kalt und schneereich, die Luft sauber, das Wasser klar, seien die Gewitter heftiger, die Bäume kräftiger, die Kirschen süsser, die Menschen zufriedener, kurz, alles sei besser gewesen.

Mein Erinnerungsschlechtwetter danke ich einem Gestank, einem laugigen Abgas, welches die chemischen Werke in die Luft bliesen. Nebelte es, nicht ätzend und doch die Lust am Atmen verderbend, nicht zur Übelkeit führend und doch ekelhaft, von Westen her die Stadt und die Hügel ein, verlieh seine Widrigkeit einem triefenden Tag die trübe Weihe. Dieser Universalgestank, eher süsslich als säuerlich, weder metallisch noch schweflig, schartig und doch schal, füllt mit schlechter Laune, nassen Schuhen und Haaren sowie übelriechendem Pelerinendunst die Erinnerung.

Das Gas war wohl nicht allzu gesundheitsschädigend, doch es lastete auf Stimmung und Gemüt; selbst im Sommer, wenn Regen Kühlung brachte, mochte man seiner Penetranz wegen an gewissen Tagen die Fenster nicht öffnen. Begann es harnsäuresüsslichschal zu stinken, zogen

Regenschwaden über die Türme der Stadt, der Rauch der Hochkamine im Fabrikviertel wurde niedergeschlagen und kroch bläulichgrau durch die Asphaltgassen zwischen Lagerschuppen und Hallen, deren Wände von riesenhaften summenden Maschineninsekten zitterten und aus deren Milchglasfenstern trübes Licht in die frühe Dämmerung sinterte. Schleppenden Schrittes ging man zur Schule, und unzufrieden ohne Grund kehrte man zurück. Floh man am Nachmittag in die Wälder hinauf, verfolgte einen der Gestank fast bis auf den Hohen Marchstein.

Die ganze Stadt litt, und Nahwohnenden blieb nur Resignation. Einsprachen und Proteste, wenn es sie gab, scheinen nie von der Direktionsetage der chemischen Werke zu den Destillieranlagen, Absaugpumpen und Ventilatoren hinunter weitergereicht worden zu sein. Arbeit brauchte man, um zu leben; dieser Zweck heiligte Lärm und Gestank. Und weil es ohne diese gespenstischen Brüder keine Arbeit gab, war denen, die sich daran störten, nicht zu helfen. Die Landschaft stak weiter im Stinknebel.

Vielleicht ist den Nörglern dank der heutigen, in jeder Beziehung schlechteren Zeiten inzwischen geholfen worden.

➢Abwässer 20 ➢Der Geruch 11

Zofinger Tagblatt, 27. Mai 1945

Ein Schweizer besucht das Konzentrationslager Buchenwald

Beim Betreten des eigentlichen Lagerareals fällt einem sofort ein eigenartiger durchdringender Geruch auf, der einen noch stundenlang nachher verfolgt: Der Gestank von Leichen und Latrinen, gemischt mit dem Geruch von Lysol, das die Befreier zur Desinfektion verwenden.

Brände

Mangelndes Umweltbewusstsein? Fehlende Sicherheitsvorkehrungen? Es wurde gefeuert, lackiert, geschweisst, gespritzt, gemischt, destilliert, abgefackelt und produziert, bis ein Funke dem Gewerkel für eine Weile ein Ende machte. Unheimlich, in der Rückschau, wie oft es im Industriegürtel der Stadt gebrannt hat: Frickart, Siegfried, Zylinderfassfabrik und Imprägnieranstalt, Landolt, Daetwyler, und einmal reichte es «bis auf den Grund», wie es der Berichterstatter im «Zofinger Tagblatt» tags darauf ausdrückte. Die Formel erfüllte mich mit schaudernder Befriedigung; sie bot die Radikallösung im Kampf gegen den schleichenden Schwund von Wiesen, Äckern, Bächen und Bäumen.

Dieser verheerendste Brand meiner Kindheit – ich ging noch nicht zur Schule – vernichtete drei Wohnhäuser, die Bau und Holz AG sowie die Grosszimmerei Gyger-Brack AG und ihre sämtlichen Roh- und Fertiglager. Die Unternehmen lagen in einer dicht und um alle Ecken herum ineinander verschachtelten Industriezone im Nordwesten, unweit vom Gaswerk. Die Verwinkeltheit des Areals erschwerte die Brandbekämpfung. Übrigens war das Feuer nicht bei Gyger-Brack ausgebrochen, sondern in einer kleinen, schräg und sozusagen auf Armeslänge anstossenden Hexenküche, deren Name und feuerfreundliche Produkte oder Abfälle ich vergessen habe. Dass einige Schritt von dieser rasch eingedämmten Feuersbrunst Berge von Holzspänen und Sägemehl, Hallen voller gut getrockneter Bretter sich dehnten, gab dem Brand die kriegsmässige Dimension.

Der Funke soll aus einem aufgeborstenen Fenster oder vom krähenden roten Hahn auf dem Dach über den Zaun gespuckt worden sein, – und niemand war da. Aus dem unheimlichen *red spot* wuchs eine diffuse Röte empor, blähte sich auf, bis der Nord- und Westhimmel hinter der Stadt brannten, eine glühende Glocke – und über die Stadt hin donnerten in derselben Nacht die für Freiburg oder Karlsruhe oder Stuttgart beladenen Fliegenden Festungen der Alliierten. Ein Wunder, dass kein Kommandant, in der Meinung, hier sei man bereits am Zerstörungswerk, die Bombenschächte leerte: Zofingen, das Grab an der Wigger. Da unser nach Süden orientiertes Haus keinen direkten Einblick ins nordwestliche Industrieviertel hatte, war unser Eindruck der eines langsam pulsierenden Höllenscheins. Ein Vulkan schien hinterm Berg ausgebrochen, und plötzlich war man nicht mehr sicher, ob der Feuerteufel nicht auch auf unser Quartier übergreifen werde. In der Nacht sind die Distanzen getilgt, und das Schlimmste scheint möglich. Auf dem Höhepunkt des Brandes hätten, sagte die Mutter, die Flammen über die schwarzen Silhouetten der Bäume am Hügel, der uns die Sicht nahm, emporgelodert; das ergibt eine Höhe von zweihundert Metern. Der Feuerbogen soll erst im Morgen verglommen sein.

Jedermann schwatzte vom Brand; er befriedigte das Bedürfnis nach Katastrophen, das die grauenhaften Bombardierungen deutscher Städte angeheizt hatten. Jeder wusste weitere Einzelheiten; Gerücht und Hörensagen hatten ihren grossen Tag. Nichts sei zu retten gewesen, die Feuerwehr habe nur die umliegenden Fabriken und Häuser während Stunden abspritzen können, um Selbstentzündung infolge der höllischen Hitze oder «Brand durch Funkenwurf» zu verhindern. Ein Schutzengel habe im Unglück über der Stadt geschwebt, denn wenn ein am Rand der Brandstätte stehender, gefüllter Benzintank explodiert wäre – noch sehe ich das Ungetüm schwarz und walzenförmig unter Brandschutt –, hätte die Explosion die dichtbesiedelte Gegend in ein «Inferno» verwandelt und die vollen Kessel des Gaswerks «in die Luft gejagt». Dann wäre «kein Halten» mehr gewesen. Gewisse Feuerwehrleute, vor allem die Strahlrohrführer, hatten sich würdig eines Winkelried geschlagen. Die aufgeregten Verunsicherten entdeckten plötzlich den Zauber der Sprache des Brandfachs, welches südlich des Rheins nicht zum Alltag gehörte: von Glimmbränden, Brandnestern und Brandherden war die Rede, die sich auch nach vierundzwanzig Stunden noch unter Bergen von Schutt und Asche weiterfrassen und von Brandwachen im Aufflackern erstickt werden mussten. Nach einigen Tagen des Schwelens, Schmorens und Schmauchens vergass man die Fachbegriffe wieder bis zum nächsten Grossanlass.

Unsre Eltern hatte der Fall betroffen. Die verwüstete Zimmerei hatte die Umbauarbeiten am kurz zuvor bezogenen Haus gut und preiswert ausgeführt. Uns waren der Besitzer und einige Zeichner und Zimmerleute persönlich bekannt. Auf Drängen von uns Kindern statteten wir am folgenden Sonntag dem riesigen Ruinenfeld – so zumindest erschien es mir – einen Besuch ab. Noch immer beissender Gestank nach Angebranntem, eine schwarze wirre, wilde Wüstenei, aus der Kaminstökke und einige Grundmauern ragten. Dagegen stand von der Chemieküche, wo der Brand ausgebrochen war, ein abgewinkelter Flügel unversehrt. Welcher Hohn über Unschuldige! Denn auch mir waren die freundlichen Zimmerleute noch im Kopf.

In unsern Sonntagskleidern suchten wir uns vorsichtig den Weg durch die Ruinen; ich saugte mich voll mit Bildern des vollständigsten Ruins: verbogene, unkenntlich gewordene Kreis- und Bandsägen, Fräsen, Maschinenhobel, heruntergekrachte verkohlte Deckenbalken, deren Oberfläche zu schwarzer Schuppenborke verschmort und aufgerissen war, ein Museum für Höllenkunst. Gleichzeitig ängstigte mich meine Faszination, und ich schämte mich der Gier, immer noch mehr sehen und hinter jede Ruinenecke gucken zu wollen. Ich empfand sie als Unrecht, denn darunter brannte mich das Mitleid. Mich beelendete und demütigte dieses Gemisch aus sich widerstreitenden Gefühlen. Drum hab ich der Schaulust am Ort des Unglücks, der Ratlosigkeit und Verzweiflung der Beraubten nie mehr nachgegeben.

➢Abwässer 20 ➢Krieg 36 ➢Wandel 292

Zofinger Tagblatt, 2. Mai 1944

Brandkatastrophe in Zofingen. Die Werkstätten der Baufirma Bau und Holz A. G. und Gyger-Brack A. G. an der Aarburgerstrasse grösstenteils zerstört; drei Wohnhäuser eingeäschert; sieben Familien obdachlos

In der Nacht vom Montag auf heute Dienstag wurden zwei Zofinger Industriefirmen von einem Schadenfeuer betroffen, das zu den grössten zählt, die in unserer Stadt je vorgekommen sind, und das in seinem Ausmass an den Brand der Firma Frikart A.G. im Jahre 1933 erinnert. (...) Der gewaltige Brand lockte trotz der mitternächtigen Stunde zahlreiche Neugierige herbei, die dem grausigen Schauspiel machtlos zusehen mussten. Zu allem Überfluss wurde während des Grossbrandes zweimal Fliegeralarm gegeben. Wenn dieses Grossfeuer fremde Flieger in ihrer Orientierung irreleiten würde? Diese Frage stellten sich viele Leute unwillkürlich, und ein grosser Teil der Schaulustigen zog es daher vor, sich beim Ertönen der Sirenen von der Unglücksstätte zurückzuziehen. (...) Ein Fabrikareal von schätzungsweise einer Hektare ist vollkommen verwüstet und bietet sich dem Beschauer als ein Wirrwarr von Mauertrümmern, zerstörten Maschinen und verkohlten Balken dar.

Zofinger Tagblatt, 17. Februar 1945

Grossfeuer in der Zylinderfassfabrik Zofingen

Das Feuer, dessen Herd bisher nicht einwandfrei festgestellt werden konnte, breitete sich mit rasender Schnelligkeit aus, und knapp eine Viertelstunde nach der Entdeckung war das ganze moderne Fabrikgebäude in Flammen gehüllt. (...) Auch die Feuerwehr konnte an ein eigentliches Rettungswerk bei der neuen Fassfabrik nicht denken, da einerseits die Hitzeentwicklung kolossal war und andrerseits die Flammen an der hölzernen Dachverschalung (...) und an den reichen Vorräten von zur Verarbeitung bereitem, getrocknetem Holz sowie an den Fertigfabrikaten, den bekannten Zylinderfässern aus Buchen- und Tannenschälholz und Sperrplatten, reiche Nahrung fanden. (...) In der Südostecke des Gebäudes steht die einzigartige Schälmaschine. Auf den Schutz dieser heute vermutlich nicht wieder zu beschaffenden Maschine, von welcher der ganze Betrieb des Unternehmens abhängt, wurde besonders geachtet. Ein heute früh vorgenommener Augenschein erlaubt den Schluss, dass diese Maschine eventuell wieder gebrauchsfähig gemacht werden kann.

Strohkappen

So also hatten vor Zeiten die Bauern gehaust: unter hohen Strohkappen an grasgrünen Talhängen. Es gab ihre Häuser noch in allen Grössen; je kleiner, desto steiler das Dach. Einige schienen für die sieben Zwerge gebaut, ein Zimmer breit, der Stall für die Kuh, der Koben fürs Schwein in den Sandstein der Berglehne gehauen, der Ausbruch das Baumaterial für den Wohnteil. Auch ausgewachsene Höfe hatten sich erhalten, wo Mensch und Vieh unter *einem* riesigen Strohdach wohnten, einer Dachglucke, graubraun, angegoldet, dunkel bis schwarz vermodert, giftgrün bemoost, ausfetzend an den Dachtraufen oder sauber geschnitten wie ein Bubikopf: überdimensionierte, mehrere Ar grosse Flickenteppiche, angestückt mit silbrigen Schindeln oder stumpfem Eternit. Die Strohdächer waren im Wirtschaftsteil bis auf Kopfhöhe der Bauern herabgezogen; Sonne fiel durch einige Wohnstubenfensterchen, graues Tageslicht sickerte schattenhalb in die Küche; die Kammern im Obergeschoss lagen im dämmernden Winterschlaf der Dachunterseite. Warum Sonne? Man lag ohnehin nur nachts in den Betten und wurde erst noch gewärmt vom Heu, das unter der ganzen Länge des Dachfirsts gärte.

Wie konnte man, fragte ich mich, wenn wir sonntags über den Bünenberg spazierten, auf der Schattenseite der Welt leben wollen? Wie entgingen diese Menschen dem Ersticken? Und welche Zaubersprüche murmelte die Bäuerin beim Kochen, damit der Hof nicht in Flammen aufging? Denn noch gab es Bauernhäuser ohne gemauerten Kamin; um die Mittagszeit schwelte unter einer strohgedeckten Klappe im Dach, ähnlich einem halbgeöffneten Auge, blauer Rauch hervor, träge und ungewiss, ob er in die heisse Sommerluft steigen oder in die Küche zurückschlagen solle.

Damals hat sich mir das Bild vom misstrauisch unter seiner Strohkappe hervorlugenden Molassebauern eingeprägt. Mit der einen Hand hält er sich am Dach, die andre hat er über die Augen gelegt, linsend mostsauer in die unwillkommene Grelle des Sonntags nach Vaganten, Zeuslern und dem bösen Blick des Nachbarn. Unruhig schläft er, horcht und schnuppert, bis er endlich den Brandgeruch in der Nase hat, aufspringt, Fürio! schreit und Frau und Kinder durch die Bodenluke über die Hühnerleiter unter dem glühenden Bauch des Heustocks hervor ins Freie rettet.

Woran lag es, dass wir in den besseren Aussenquartieren der Stadt in lichten hohen Häusern wohnten, vor den Augen an Föhn- und Westwindtagen die Alpen, und andre an sonnenhellen Südhängen, die einen freien Blick hätten tun können, kauerten weiterhin unter modrigem Stroh? Genügte ihnen die Miststocksicht? Oder hatten sie Angst vor der Ferne?

Doch im Winkel meiner Kindertrauer habe ich die Strohhäusler begriffen. Sie wollten sich nicht verändern; sie hatten erkannt, dass es der Erde besser ging, wenn alles beim alten blieb. So standen der Waschkessel, das kaputte Brennfass, der Rungenwagen, Schubkarren und jeglicher Gerümpel sperrig auf der Sonn- und Talseite herum. Sie zumindest kamen in den Genuss von Eiger, Mönch und Jungfrau. Was verschlug's? Sie kannten – wie ihre Meister – die Namen der Berge nicht.

>Plüss Walti, Dienstkollege 252 >Ränder 283 >Reisigsammlerinnen 259 >Schlossweid 179 >Wandel 292

Intermezzo: Fip-Fop-Club

Walo drängte: Im Fip-Fop-Club zeigten sie die bombigsten Filme, jedesmal zwei neue, alle gingen hin, sogar Mädchen. Nur du nicht! Ich lag meinen Eltern in den Ohren, die den Fip-Fop-Club, vom Hörensagen voreingenommen, ablehnten: Die ganze Klasse sei dabei, sogar die Mädchen, nur ich dürfe nicht. Alle paar Monate ein halber Nachmittag: was ist das schon? Und am Schluss erhält jeder ein Geschenk. Genau dieses Geschenk machte die Eltern bockig. Und deine Klavierstunden? – Als ob sich das nicht einrichten liesse! Alle wollen, dass auch ich komme, Walo, Urs, Dieter. In den Circus darf ich auch nie! Ihr gönnt mir nie eine Freude. Ich bin der einzige, der tags darauf nicht weiss, was für Filme im Fip-Fop-Club gelaufen sind; ich stehe nur blöd da.

Das Wetter war kalt, regnerisch. Der Fip-Fop-Bus stand in der Ecke zwischen Turnhalle und Garderobetrakt, merkwürdig klein. Kinder schwärmten vor der Nebentür zum Stadtsaal, wir drängten uns durch. Wer noch keinen Anstecker trug, erhielt einen vom Fip-Fop-Fräulein. Zu mir sagte sie, es freue sie ganz besonders, auch mich begrüssen zu dürfen. Ich fragte mich, woher sie mich kenne.

Zwei Uhr. Ein eleganter Herr trat ans Mikrophon auf der Bühne, liess uns wissen, dass er diesen Mittwochnachmittag in Zofingen im Terminkalender immer rot anstreiche; nirgendwo sonst seien die Jungs und Mädels so aufgestellt; sowas von Selbständigkeit, wir wüssten eben, was wir wollten. Drum habe er fürs heutige Hauptprogramm zwei extra tolle Knüller ausgewählt. Hopp Fip-Fop! rief er, und die bereits Bescheid wussten, fielen sofort ein: Hopp Fip-Fop! Dreimal. Und jetzt singen wir ein bäumiges Lied, fuhr der geschniegelte Herr fort, nachdem er mit herrscherlicher Gebärde das Skandieren des Slogans abgewinkt hatte. Ich schlage vor: «Lustig ist das Zigeunerleben». Und ohne unsre Antwort abzuwarten, begann er mit kräftiger Stimme ins Mikrophon zu singen. Der Kerl hielt wahrhaftig Strophe um Strophe durch, bis nur noch einige

Mädchen mitkamen; wir summten verlegen hinterher. Er brach ab: Kennt ihr den von den Webstübelern und der Versenkbaren? Bereits wurde gelacht. – Kennt ihr den von den zwei Thurgauern und dem Zürcher Tram? Die haben doch so lange Finger. – Kennt ihr den vom Berner Maler, der das Zifferblatt am Zytglogge neu hätte anstreichen sollen? – Kennt ihr den vom Zürcher Krematoriumsdirektor und vom toten Appenzeller? Schon die Ankündigung löste einen Lachsturm aus. Oh, wie vergnüglich er uns die Zeit zu vertreiben wusste! Mir war mulmig, ich fand es weniger lustig, als ich wollte. Ich wartete auf die Filme. Hinter mir sagte jemand während einer Wieherpause: *Dää hettenn eRevolverschnöre.* Nestlé-Peter-Cailler-Kohler wünschen euch einen herrlichen Nachmittag! rief der Conférencier. Nestlé-Peter-Cailler-Kohler! Und die Bescheid wussten, fielen ein. Dreimal. Oho! rief der Juxbold, Achtung, die Zofinger kommen, man merkt es, *diä sinn gschnäli.* Wie heisst die Abkürzung? Wer weiss die Abkürzung? Und er hüpfte hinter dem Mikrophon herum, er hatte Sprungfedern in den Schuhsohlen. NPCK! rief jemand. Phantastisch! enthusiasmierte sich der Lustigmacher. Hier in Zofingen haben die Jungs und Mädels halt was auf der Platte. NPCK! Und wieder fielen alle ein, dreimal. Nun zeigen euch NPCK zwei Filme, *diä sinttänn sZäni!* Doch erst der Vorfilm. Der Mensch ergriff das Standmikrophon, stellte es in eine Ecke der Bühne, trat weg, es wurde dunkel, und die Leinwand war gross.

Aus dem Hintergrund hörte man das Wischgeräusch der sich drehenden Filmspule. Nestlé-Kondensmilch floss aus einer Büchse zäh in ein Glas, ein Baby tunkte misstrauisch den Zeigefinger hinein, steckte ihn in den Mund, verdrehte die Augen, schmatzte, leckte sich die Lippen, tunkte die Patschhand ins Glas, steckte sie in den Mund, tappte mit der andern nach der Büchse, sie kippte um, und es schlabberte. – Bereits dampfte eine Tasse Schokolade oder Kakao, wurde unter braunen Kinderaugen zu den Lippen geführt und genussvoll runtergegossen; das war Nestlé gewesen. – Blau, golden, dunkelrot, grün regnete es Pralinen über die Leinwand, sie wurden von unsichtbarer Hand ins Licht gedreht, und aufschimmernd erschienen die Schriftzüge von Cailler und Kohler auf dem Einwickelstanniol. Der Ort des Mannaregens verwandelte sich in eine Alp vor Eiger, Mönch und Jungfrau; eine Schulklasse kam des Wegs, las die Pralinen zusammen, hockte sich hin und mampfte: Mhmm! Der Schriftzug NPCK erschien blau im Abendglühen. Der Saal wurde hell. Schon stand der Kerl wieder da: Ein Dankeschön an Nestlé-Peter-Cailler-Kohler! Hopp Fip-Fop! rief er. Hopp Fip-Fop! Dreimal. NPCK! rief der Einpeitscher. NPCK! Dreimal.

Ich brachte nichts über die Lippen, schämte mich, dass ich's nicht konnte. Sicherlich hatte mich der Widerling längst ausgespäht. Gleich würde er auf mich zeigen: Du dort hinten, steh sofort auf und ruf, dass wir alle es hören, dreimal: Hopp Fip-Fop! Oder möchtest du lieber heim zu deiner Mami? Ich spürte, wie mein Kopf heiss und rot wurde. Ich war versiegelt. War ich zu alt? Ich war zehn. Ich blickte seitwärts auf Walo. Er lächelte geniert: Das ist nötig, damit die Kleinen was merken. Aber wart nur... Endlich wurde es ganz dunkel.

Was kam, war ein Entsetzen, obwohl ich von einem Gelächter ins andre geboxt wurde, bis der Unterleib schmerzte. Der Film war meisterlich gemacht, das sah ich, viel besser als die Stunts und Slapsticks, die Walo und ich uns ansahen, geschweige der Bambi-Film mit Kulissen aus Pappmaché, der in der Revolverküche gelaufen war. Er war unwiderstehlich; er war grauenhaft komisch, er entliess mich keine Sekunde. Um so qualvoller war das Dargestellte. Der kopflose lange dünne Trottel und der spatzenhirnige kleine dicke Simpel waren mit dem Transport eines Konzertflügels beauftragt worden. Und ich, der halbe Vormittage lang auf dem Klavier phantasierte, Lieder sang, gegen den Rat von Herrn Bertschinger und die Abmahnungen der Mutter die Akkorde und Triolen von Beethovens «Mondscheinsonate» zusammensuchte und mich in deren Klang hineinträumte, der das Klavier wie eine Spieluhr berührte, die Elfenbeintasten mit der Wollstola zudeckte, auf der in roter Seide der Namenszug «Ricordi & Finzi» eingestickt war, ich, der den Tastaturdeckel nie hinunterknallen liess: ich musste mitansehen, wie Lackel und Dubel, in ihrem blödsinnigen Eifer, ihrer Stupidität und Tolpatschigkeit den Konzertflügel kaputtmachten, seine Beine brachen, das Gehäuse zerschmetterten, wie ihre hirnlosen Reparaturversuche ihn ausweideten, wie die Joggel, unerschöpflich im Aushecken des Schädlichen, immer spinnigere Narrheiten aus ihren dicken und doofen Rappelköpfen schlugen, sich in den herausgerissenen Saiten wie in Gedärm verhedderten, in letzter Verzweiflung und Hoffnung schwankend wie Besoffene, einander gegenseitig anschuldigten, bedrohten, verdroschen, hinfielen, sich im Müll, der einmal das wunderbarste aller Musikinstrumente gewesen, wälzten. Meine Erinnerung bricht hier ab.

Die Vorstellung war zu Ende, und ich war fertig. Wieder wurde Hopp Fip-Fop! Ein Dankeschön für Nestlé-Peter-Cailler-Kohler! skandiert, dreimal, schwiegen Walo und ich, schamvoll. Übellaunig, ohne eine Erklärung dafür zu wissen, drängelten wir uns zur Saaltür, ergriffen irgendeine Tafel Schokolade, die uns in die Hand gedrückt wurde, fanden das regentriefende Tageslicht noch vor und zockelten nach Hause. Ich bin vielleicht zweimal hingegangen.

➢Circus 196 ➢Kind und Öffentlichkeit 275 ➢Klavier und Saurier: Frank Bertschinger 249
➢Offside 161 ➢Walo 230

IX. Menschen

Nachbarlichkeit

Es gab sie. Unter Kindern hatte sie die böse Eigenschaft, sich nicht um Grundstücksgrenzen zu scheren – eine stete Sorge der Erzieher, die den Knirpsen das Territorialprinzip beizubringen hatten: Bis hierher wir, und sie keinen Zentimeter weiter in der Gegenrichtung.

Das Hauptmerkmal der nachbarlichen Beziehung unter Erwachsenen war Zurückhaltung. Fast jedermann, ob berufstätig oder pensioniert, schien dem Ideal des Rentners in einem französischen Provinznest nachzustreben, dem sein in Staatspapieren angelegtes, von den Leuten überschätztes Scherflein, kombiniert mit selbstauferlegter Bedürfnislosigkeit, erlaubt, nur den Minimalkontakt zu den Unglücklichen zu pflegen, die nicht sind wie er. *Däsch deneniri Sach.* Distanz ist fetter Nährboden für Meinungen; Meinungen blühen aus in Vermutungen; den Vermutungen entspriesst Misstrauen; Misstrauen rechtfertigt mangelnden Kontakt, und dieser vergrössert die Distanz. Ein Syndrom. Solche Brüterei fördert einen Hang zum Isolationismus. Man rückt den Nachbarn unmerklich in das schiefe Licht, das auf alle fällt, die anders sind, macht ihn zu jemandem, mit dem Kontakt auf Sparkurs zu pflegen Lebensklugheit ist. So blieb man bei «Sie».

Jetzt sind in ihrem Salatbeet bereits vier Köpfe aufgestengelt. – Samstag nachmittag, wieder hockt er mit nacktem Oberkörper in der Sonne und hat nichts Gescheiteres zu tun, als die Illustrierte zu lesen … Satzschlüsse mit drei Punkten als Zeugnis nachbarlicher Besserwisserei, die nichts gesagt hat. Man überwachte sich gegenseitig durch die Vorhänge und, im Freien, im Winkel zwischen Karst und Arm – und meinte es im Grunde nicht böse. Es konnte auch heissen: Wie mag es ihr gehen? Bring ihr diese Pfirsiche. Und ein Körbchen wurde mit Gras ausgepolstert. Man benotete nur so nebenbei mit dem Unterton dessen, der andern gerne das letzte Wort lässt, Betragen, Fleiss, Gartenarbeit, Kinder,

Stimmstärke und -qualität und sogar die Haustiere. Demokratischer Rationalität huldigte, wer auf Haustiere verzichtete; als guter Hausvater, wenn auch plebejisch, füllte der Kaninchenzüchter den Topf; der Eigentümer eines Hundes glich seinem Liebling an Lefzen und Hängebacke – und an der Seele. Zuunterst rangierten die Katzenfreunde, verschwendeten Futter und Streicheleinheiten an eine Brut, die Gartenwege verschiss, Tulpenzwiebeln hervorscharrte und mit jeder Generation farbenfreudiger bastardierte.

Meine Eltern – keine Haustiere – haben die Nachbarlichkeit im Rahmen des Nötigen gepflegt, im allgemeinen über Salat, Tomaten oder Buschbohnen. Weilten Nachbarn zu Besuch im Haus, herrschte Berührungsscheu, das Gefühl, man könnte in einem nebensächlichen Punkt zu weit vorpreschen. Zu entfernter im Quartier Behausten waren die Beziehungen entspannter, fast schon herzlich, da man sich mit Schattenwurf, Wunschkonzert und in die Blumenrabatten geschlagenen Bällen nicht in die Quere kam.

>Fossilien 237 >Patriarchat und innere Emigration 286 >Straehl, Privatier 242

Der Steinalte

Er hatte spärliches schlohweisses Haar. Zwei kleine eisblaue Augen im runden Gesicht starrten durch mich hindurch. Ich war für ihn Luft. Ich fürchtete ihn, er schien mir tückisch wie ein Felsblock auf zwei morschen Beinen, der darauf wartete, über mich hinwegzurollen. Sprachlos, liegengelassen unter den Lebenden, Überbleibsel einer toten Welt, trieb er sich oder stand er herum. Zweimal ertappte ich ihn in unsrem Garten, wie er neu angepflanzte Sträucher umschnitt. Meinerseits nun sprachlos vor Schreck und Empörung, starrte ich ihn an; er machte eine Geste, als verscheuche er eine Fliege, und bewegte den Mund, ohne dass ein Wort hörbar wurde. Ich rannte ins Haus und meldete sein Eindringen der Mutter. Sie meinte, Herr W. könne in seinem hohen Alter halt nicht mehr so genau unterscheiden, wo sein Garten aufhöre. Mir taten die hingemordeten Pflanzen leid; solche Übergriffe mussten geahndet werden.

Zunächst aber sein Lebenslauf, soviel ich als Kind davon erfahren habe. Er musste um 1860 geboren sein; erlernte das Coiffeurhandwerk; ging auf die Walz; eröffnete, wohl um 1890, einen Salon auf der Rigi, wahrscheinlich auf Rigi-Kaltbad. Geschickt und diskret, worauf seine spätere Schweigsamkeit hindeutet, wurde er reich. Er wichste den deutschen Grossköppen die Schnurrbärte und zwirbelte sie den geschniegelten Ungarn, er manikürte die verrückten Russen und schnitt den unnahbaren Engländern das Haar kurz. Sonnenaufgang, Chaletstil, Eau de Cologne und *Ich-wääss-von-nix*. Die meisten müssen eine offene Hand gehabt haben. Früh, lange vor der Zeit, so die Legende, zog er sich zurück in sein Heimatstädtchen und baute vom Ersparten und der aus dem Verkauf des Geschäfts gelösten Summe an einem ehemaligen Rebhang zwei Chalets. Erdgeschoss und Keller des grösseren bewohnte er selbst, das Obergeschoss hatte er vermietet. In einen Balken der Westwand gekerbt war in verschnörkelter gotischer Schrift die Devise seines Lebens: «Ost, Süd, Nord und West: Daheim ist das Best». Die Buchstaben waren ausgemalt in Gold und Rot.

Das kleinere Haus, früher sein Wohnhaus, hatte er meinen Eltern verkauft. Er verstand sein Geschäft auch als Grundstückspekulant; den halben Rebberg soll er besessen und dann parzellenweise veräussert haben. So lebte er fast ohne Kontakte mit der Umgebung als Privatier und Rentier, ein eher solitärer Vertreter dieser jedem Marxisten besonders ans Herz gewachsenen Spezies. Ich denke, dass er in den ersten Jahren seiner Retirage dem Glanz der grossen Welt nachgetrauert und die Engstirnigkeit der kleinstädtischen Umgebung verachtet hat, denn als Coiffeur, und wär er steinreich gewesen, war ihm der Zugang zu den besseren Zirkeln verwehrt. Verwitwet, heiratete er eine vielleicht dreissig Jahre jüngere Frau, um die Haushälterin zu sparen. Sie vergalt es ihm, indem sie ihn nie anders als «du» nannte; ich habe seinen Vornamen nie gehört. Stand das Essen auf dem Tisch, trat sie unter die Tür oder lehnte aus einem Fenster und stiess ein gesungenes «Duuuu!» aus. Nicht lange darnach stapfte Herr W. aus dem Keller hoch, wo er seine Apfelhurden pflegte und überwachte, oder tauchte aus einem Winkel des grossen Gartens auf.

Seine Retirage nutzte Herr W. zur Vervollkommnung der altehrwürdigen Kunst der Köhlerei, indem er die Haufen von teils dürren, teils feuchten Küchen- und Gartenabfällen nachhaltig in Glimmbrand steckte. Dann qualmte, dünstete, stank oder duftete der Haufen eine Woche lang, und es brauchte zwei Regentage, ihn zu löschen.

Der Abort von Herrn W.'s Wohnung im Erdgeschoss lag naturgemäss auf der Nordseite; zwanzig Schritt weiter hangaufwärts markieren Knotengitter und Himbeerhecke die Grenze unsres Gartens. Dieser Ostteil war mein zweiter Auslauf. Von seiner obersten Terrasse, wo die Kirschbäume standen, hörte man nicht nur die Spülung, man hörte auch die Tür gehen, ja sogar das Umdrehen des Schlüssels, und man blickte durch ein Blinzelfensterchen in die Finsternis des wohl erst nach Abschaffung der städtischen Nachttopfleerung angebauten Pavillons der Notdurft. Ich, ein rundes Spiegelchen in der Hosentasche, wartete, bis Herr W. von einem Bedürfnis übermannt wurde.

Die Tür geht, der Schlüssel wird gedreht, Stille. Die Spiegelung der Sonne schiesst aus meiner kleinen Hand, wandert als kreisrunder weisser Fleck über die dunkelbraun verwetterte Nordfassade von W.'s Haus, nähert sich dem kleinen offenen Abortfenster, fällt hinein, verharrt, leicht zitternd, doch endgültig und freudige Helle spendend, im dunklen Loch. Jemand beginnt undeutlich zu reden, das Gemurre steigert sich zu unverständlichem Schimpfen und kulminiert in Gebrüll, das Abortfenster wird zugeworfen, und ich fliehe ins Haus.

Herr W. muss sich bei den Eltern über die Unflätigkeit ihres Jüngsten beschwert haben, ihn zum vorzeitigen Abbruch der entscheidenden Sitzung des Tageslaufs und somit zum Fallenlassen der Sache vor ihrer Reife gezwungen zu haben. Sie versprachen Abhilfe; doch im Gegenzug – denn zuweilen bringen selbst Kinder Steine ins Rollen – müssen sie Herrn W.'s Übergriffe auf unsern Garten moniert und auf die nachbarlichen Schranken seiner Köhlerleidenschaft hingewiesen haben. Ich erhielt Spekulationsverbot; die Rüge fiel so aus, dass ich mich daran nicht erinnere.

➢Fossilien 237 ➢Fritzi 234 ➢Kirschen 167 ➢Straehl, Privatier 242

Walo

Trabte er, den hüpfenden Seehundtornister am Rücken, auf mich zu, glich er einem drolligen Bärlein – und hatte doch eine sehr weisse Haut, Sommersprossen um die Nase und schwarze Haare. Warum Bärlein? Weil sein Körperschwerpunkt tiefer lag als der meinige; ich habe das früh bemerkt. Wenn er rannte, stoben seine Beine weiter unten mit ihm davon als die meinen mit mir. Da wir beide ungefähr gleich gross waren, bedeutete dies, dass er in der Kindheit einen längeren Körper, ich dagegen längere Beine hatte. Er sprach das R hinten in der Kehle, er *lurggte*.

Wir haben einer mit Hilfe des andern die vier ersten Primarklassen überstanden. Da er weiter hinten im Quartier und an der Oberen Rebbergstrasse wohnte, in einer Villa mit grossem, von viel Gebüsch beschattetem Garten, trafen wir uns jeden Morgen dort, wo der steile Weg von unsrem Haus in die Rebbergstrasse, die echte und untere, einmündete; bald wartete er auf mich, dann wieder ich auf ihn, je nachdem, wer länger überschlafen oder getrödelt hatte. Nach der Schule begleitete ich ihn oft bis zur Einmündung des Pfads, der, vorbei an der Hostert mit Flickschneider Ebingers Hütte, zur Villa hinaufführte.

Während unsrer Abenteuer im Wald, beim Kriechen durch die Höhlen oder Klettern in den Felsen der bröckligen alten Sandsteinbrüche haben wir Glück gehabt. Das heisst, wir gehörten nicht zu den Tollköpfen. Geblieben ist mir eine Suchaktion unsrer Eltern. Wir hatten uns bis in die Nacht verspätet, da die kriegsmässige Befestigung einer Höhle unser Zeitgefühl absorbiert hatte, und eine Uhr besass keiner von uns. Wir trennten uns unter der Strassenlaterne vor dem Haus seiner Eltern, das am Wald lag, ich ging beklommen durchs Dunkel weiter. Zu Hause wurde ich ohne viele Worte und ohne Nachtessen zu Bett geschickt. Die Suche der Nachbarn war Minuten vorher, nach Anruf von Walos Mutter, abgebrochen worden. Am folgenden Morgen trafen wir uns am gewohnten Ort, und uns stand irgendwas schief im kleinen Gesicht, bis wir beide unsre Bestrafung eingestanden hatten. Auch Walo hatte auf nüchternen Magen schlafengehen müssen, und somit war die Demokratie in unsrer Freundschaft gewahrt. Ich nehme an, unsre Mütter haben einander gut verstanden.

➢Chuzenhöhlen 176 ➢Circus 196 ➢Fabrikgerüche 211 ➢Fip-Fop-Club 222 ➢Züchtigung 6

Verkehrte Welt

Ich trete durch das breite niedrige Schmiedeeisentor der Villa von Walos Eltern, gehe die gekieste Einfahrt bis zur Garage, dann einige Schritte nach rechts und drücke ein bisschen eingeschüchtert den Klingelknopf. Meist öffnet eine Angestellte. Im Korridor hängen bedrohlich finstre Bilder eines Malers mit Namen Walter Krebs; ich bringe diese halluzinierenden Schöpfungen mit der tödlichen Krankheit zusammen, über die man flüstert.

Wir aber spielen Kino im Salon. Wir spannen die Leinwand auf und eine Spule in den Filmprojektor. Die Filme – Walos Vater hat sie gekauft – kennen wir auswendig: Stunt und Slapstick. Die Rolladen werden heruntergelassen. Der Film setzt mit dem Frieseln und Flimmern ein, das der Titelei vorausgeht. Doch, ist dies denn der Anfang? Kreisrunde Wellen laufen auf ein Zentrum zu, und plötzlich schiesst ein Turmspringer, die Füsse voran, aus einem winzigen Trichter von Spritzern in die Luft hinauf, winkelt sich im Flug ein und klappt sich aufs Sprungbrett zurück. – Hochlohende Flammen fallen auf die ineinander verkeilten Wracks eines Car Crashs, verschwinden, einen Sekundenbruchteil verharren die Boliden in der Umarmung ihrer zerbrochenen Glieder und verbogenen Bleche, zwei Männer rennen rückwärts auf die offenen Wagentüren zu, werfen sich ins Innere, dann schnellen die Autos, entsetzt über die Bescherung, plötzlich unversehrt nach beiden Seiten auseinander. – Der Film zeigt es: Alles könnte sein Gegenteil sein, die Zeit kann umgepolt werden, und schon wird jede sogenannte Folgerichtigkeit über den Haufen geworfen. Mehr noch: was uns zwingend logisch scheint, wird, rückwärtsgespult, sinnlos und lächerlich, entlarvt sich als Fiktion, Denk- und Sehgewohnheit. Wer rückwärts durch die Zeit geht, verkehrt die Physik und ihre Gesetze. Wer darf behaupten, es gebe diesen Ort oder eher Nicht-Ort, wo Gott die Zeit nach hinten rollt, nicht?

Die Lächerlichkeit auf die Spitze treiben Walos Zeitlupenvorführungen vorwärts; das atemraubende Moment der Stunts verpufft. Der von der Brooklyn Bridge in den East River köpfelnde Totenkopfspringer erweckt den Eindruck, er prüfe ängstlich die günstigste Eintrittsstelle in die Wasseroberfläche; ihm kann gar nichts zustossen; er spielt nur noch Gefahr, und darum wohl, zur Schadloshaltung der um den Kitzel geprellten Zuschauer, versinkt er in einem lachhaft überdimensionerten Spritzwassertrichter, dessen Tropfenfontänen Mühe haben, in die Luft und zurück ins Wasser zu gelangen. In einer Zeitlupenwelt kann nichts passieren. Der Entscheidungskampf um den Schwergewicht-Weltmeistertitel im Boxen zwischen zwei Muskeldeppen degeneriert zu einem Gehumpel von Schlafmützen, die trotzdem, wohl aus Angst, in beschämendes Schwitzen geraten, wie dies die Schweissschauer als Folge der langsam rüttelnden Kinnhaken beweisen: zwei Spreuesäcke, die bei Berührung in die Seile kippen. Alles könnte anders sein. Merk dir's!

Hatten wir uns Bauchweh angelacht, wurden die Storen wieder hochgezogen, die Leinwand wurde eingerollt, der Projektor demontiert. Walos Mutter setzte sich zu uns, die Hausangestellte brachte Tee und Kuchen. Die Welt war wieder dort eingerastet, wo sie ausgehängt worden war; im hellen Salon hatte jede Handlung die gewohnten Folgen, die umgestossene Tasse verschüttete ihren Tee aufs Tischtuch. Doch dauerte es eine Weile, bis der Eindruck von Irrealität sich aus der Logik von Ursache und Wirkung verflüchtigt hatte.

Auch Walos Mutter hatte dunkles Haar und eine weisse Haut. Sie verwöhnte mich – und war mir unheimlich. Sie war lieb, doch gegen ein Zurückweichen konnte ich nichts. In meiner Vorstellung verbanden sich ihr Gesicht und ihre Gestalt mit den depressiven Bildern von Krebs. Ob sie sie ausgewählt hatte? Etwas Gefährliches füllte die Frau bis in die Augen; dort sass es, ohne je nach aussen zu dringen. In Walos Mutter verkörpert, wandelte etwas Bodenloses, vielleicht Unerlösbares. War es eine Kraft? Oder war es im Gegenteil ein Leiden unter einer mir unfassbaren dunklen Übermacht? Diese betrat und verliess mit der schlanken Frau den Salon voll schwerer Polstermöbel.

➢Besessenheit 14 ➢Erinnerungsschwur 160 ➢Der arme Teufel 118 ➢Was … nicht 268 ➢Zahlenspiele 14

Peter

Ein Jahr jünger als mein Bruder, untersetzt, kräftig, der geborene Herausforderer von unbeugsamem Stolz und Mut, konfrontiert er die zahmen Eltern früh mit seiner nicht zu bändigenden Wildheit. Er erkennt sich im Wolfsjungen Mowgli aus Kiplings «Dschungelbuch». Ihn charakterisiert das brüske Sichherumwerfen, bedrohlich und verächtlich zugleich. Meist erfasst die Bewegung nur den Kopf. Wenn der ganze Körper herumzuckt, dann sehe ich in Peter ein Raubtier vor dem Sprung auf die Beute. Er schwärmt für Karl May, Indianer- und Wildwestheftchen, lange Messer und Flinten. Mich beeindruckt sein einschlägiger Jargon: «Wo hat man dein heiseres Krächzen vernommen, Bankert einer schmutzigen Kojoten-Squaw? Zwischen den Planwagen der Bleichgesichter. Dein Tomahawk ist stumpf, und dein Calumet stinkt. Wirf dich in den Staub und küsse den Marterpfahl, bevor wir dich skalpieren.»

Peter ist jähzornig, doch hat er einen starken Ehrbegriff; drum fordert er mich, den um drei Jahre Jüngeren und viel Schwächeren, nie heraus. Ich existiere unter seinem Horizont. Bisweilen nimmt er meine Bedeutungslosigkeit so nebenbei in seinen Schutz. Er ist der erste von zwei oder drei Jungen und Halberwachsenen, denen ich meine Einführung in bestimmte, mich wenig interessierende männliche Fächer überlasse. Er lehrt mich den Kriegspfad. Nach meinem Bruder ist er das zweite, das hitzige Haupt unsrer Bande. Ausdauerprüfungen und Mutproben entsprechen seinem Wesen, auch der Schrei, wenn bei Zusammenstössen mit der Bande aus dem Mühletal die Stichflamme der Gewalt aufschiesst. Dann ist er im Element und ficht wild mit Holzprügeln und Steinen. Mein Bruder ist der Taktiker und legt schon damals den linken Zeigefinger an die Nase. Peter repräsentiert den verbissen und mit blutendem Zahnfleisch bis zum letzten Mann kämpfenden Truppenkörper. Dort Wellington, hie Blücher.

Und was stelle ich dar? Nichts militärisch Definierbares; ich bleibe Zuschauer und Mitläufer, halbbatzig, den Kopf nach links geneigt. Unsre Gruppe – zuweilen stösst noch Fritzi dazu – wird professionell unterteilt in Vorhut (Peter), Gros (Thomi und Fritzi) und Nachhut (ich); ich rücke nie weiter auf, bin nur mitgegangen, mitgehangen. In den späteren Kindheitsjahren trennt mich die Krankheit von jeglicher schlagenden Aktivität.

Höhlen sind für mich nicht Schlupfwinkel auszuräuchernder Räuberbanden, sondern rieselnde Geheimnisse, die mich einsaugen. Kriegspfad bedeutet schäumende Wassersträhnen, Vogelrufe, Rehgebräll und entführt mich in Parzivals Gefilde. Meine äussere Erscheinung ist mir wichtig. Ich trage den Pfeilbogen adrett quer über dem Rücken, das zum Messer geschnitzte Aststück schön seitlich im Gürtel und prüfe von Zeit zu Zeit den Sitz der kurzen Hosen. Peter dagegen, der bereits bei den Wölfen mittut, steckt der echte Pfadfinderdolch vor dem Bauchnabel wie dem Metzger das Schlachtmesser. Ich latsche als ästhetisch wohlgerüstete Nachhut mit, im Kopf einen Bildergemischtwarenladen, unterwegs zu den Königen Etzel oder Amfortas, zugleich bin ich nahe bei den durch die Äste schreckenden Waldvögeln. Plötzlich Kriegsruf und Blitzangriff aus dem Hinterhalt; Peter arbeitet sich durch die Rutschhänge und macht nieder, was ihm vor Augen kommt. Er versteht sich auf Rache, je geringer der Anlass – vielleicht ein Spottwort – desto schonungsloser. Er will der Kühnste, Schnellste, Grausamste, der Unbesiegbare sein; ich nicht. Mir bleiben seine Niederlagen erspart. Doch er fasziniert mich fast bis ans Ende meiner Kindertage.

➢Der Bruder 87 ➢Chuzenhöhlen 176 ➢Eisweiher 171 ➢Schneekönigin 42 ➢Waldläufer 289

Fritzi

Seine Mutter ist Witfrau, wie wir sagen, er hat eine ältere Schwester, die schöne Annemarie; er ist mir drei Jahre voraus und wohnt zusammen mit dem Grossvater Schreiner und der Tante Lehrerin im untersten Haus an der Rebbergstrasse. Das Verwinkelte des Anwesens zieht mich an und lässt mich behutsam auftreten, als könnte das Handwerkerhäuschen unter meinem Fliegengewicht einstürzen. An die kleinen Zimmer auf zwei Etagen schliesst der Schopf an; ebenerdig die Schreinerwerkstatt voller Bretter, Fräsen und sich ringelnder Späne. Ich betrete sie selten und nie allein; eine Scheu vor dem schwerhörigen, verschlossenen Mann hemmt mich. Im kanalähnlich ausbetonierten Durchgang, der die

Hinterseite des Hauses vom Hang absetzt, der gegen Norden ansteigt, steht der Kaninchenstall; es ist feucht hier, schummrig und nicht ganz geheuer. Fritzis Familie lebt karg (wie nicht?); doch die sonnenhelle Hostert zwischen dem Garten von Pfarrer Tanner und dem Park der Villa Straehl steigt fast bis zur obern Rebbergstrasse hinauf. Ob Fritzis Mutter weiss, wie klug ihr Sohn ist?

Fritzi spricht, als ob er die Worte neu erfinden müsste. Zögernd formt er die Laute und setzt sie sorgfältig zusammen. Ich werde den Eindruck nicht los, er rede gegen ein Redeverbot, er müsse sich von einem Wort zum andern durch dessen Aussprache rechtfertigen. Warum, frage ich mich, bildet er den Ch-Laut nicht wie wir krachend im Rachen, sondern so wie die Deutschen das Ich? «**Ch**umm **ch**o **ch**o**ch**e» wird ihm zu «*Ch*umm *ch*o *ch*o*ch*e». Sein Gesicht ist von der schmalen Nase und den beim Sprechen leicht geschürzten Lippen beherrscht. Fritzis Worte hüpfen auf dünnen Rehbeinchen die Sätze entlang, heben elegant die Läufe hoch und setzen sie zierlich wieder auf. Selbst wenn wir auf Streiche sinnen.

Denn Fritzi, von Mutter und Grossvater an kurzer Leine gehalten, muss zuweilen ausschlagen. Über das Grundstück führt eine Leitung mit sechs Drähten, Telefon oder was immer. Wir werden's prüfen, sagt Fritzi. Er borgt in der grossväterlichen Werkstatt einen Eisenstab; aus seinem eigenen Arsenal produziert er eine etwa meterlange Spiralfeder. Erst schiessen wir uns ein, sagt er, stülpt die an einem Ende in ein Stahlkäppchen auslaufende Spiralfeder über den Stab, zieht das offene Ende bis ins Gras hinunter und lässt sie schnellen. Schwirrend schiesst die Feder in die Luft, ich sehe sie kaum mehr im glimmrigen Himmel; nach einer Weile saust sie, etliche Meter von uns entfernt, herab und tut einen mächtigen Hüpfer. Probieren geht über Studieren, sagt Fritzi. Nach dem harmlosen Feldversu*ch* nun der Ernstfall. Wir – auch mein Bruder tut mit – transportieren die Ausrüstung höher den Hang hinauf und rammen den Stab in die Erde. Fritzi wirft sich ins Gras und richtet ihn, das Auge neben dem Eisen, mit unsrer Hilfe genau auf die Drähte. Ich habe Herzklopfen; doch den Ernstfall jetzt abzusagen: welche Feigheit! Fritzi führt aus, dass uns nur dann etwas zustossen könnte, wenn wir in Kontakt mit den Drähten – falls unter Strom – kämen, doch die Spiralfeder sei viel zu kurz, selbst wenn ihr Ende an der Spitze des Stabes aus unersi*ch*tli*ch*en Gründen hängenbleiben sollte. Als ob das Unternehmen damit abgesegnet wäre!

Frisch ans Werk! ermuntert uns Fritzi. Ein Schwirren, schon knistert und knackt es über unsern Köpfen, Funken sprühen, die elegante Stahlfeder, in den Drähten verfangen, beginnt an den Auflagestellen zu schmelzen, verzieht sich und bleibt schlaff hängen. Also do*ch* eine Versorgungsleitung, bemerkt Fritzi, Fa*ch*leute nennen das Kontaktschweissen; und er blickt in die Höhe und wartet, und wir schauen ihm nach. Die Feder ringelt sich, fast wohlig, dann bleibt sie liegen, wo sie ist. Das wäre! sagt Fritzi. *Ch*abis! Er reisst den Stab aus dem Boden. Was nun? Abhauen? Dergleichen tun, nichts sei passiert? Da plötzlich fällt sie doch und bleibt einer angekohlten Blindschleiche gleich im Gras liegen.

Mein liebster Aufenthalt ist Fritzis Heubühne über der Schreinerwerkstatt. Wir steigen in die dürren Haufen ein und spielen, oder er erzählt mir eine seiner Geschichten; denn er besitzt Coopers «Lederstrumpf», dessen grellbunte Bildchen er selbst gesammelt und eingeklebt hat. Eines Tages zieht er ein Heft hervor, dessen Abenteuer noch haarsträubender sind. Behutsam wendet er die wellig verzogenen Seiten; ich höre gebannt zu und tauche in die Helgen der Geschichte von Käpt'n Feuerbrand. Fritzi spricht den Namen genussvoll aus: *Fööiärbrannt.* Immer wieder muss er sie aufschlagen, ihrer zynischen Logik kann ich mich nicht entziehen. Käpt'n Feuerbrand nämlich wird unschuldig vernichtet vom bösen Omen seines eigenen Namens. Wenn er auf grosser Fahrt durch die Weltmeere pflügt, lässt ihn die Angst vor dem Feuer nicht schlafen. Nächtlicherweile patrouilliert er durch die Decks, inspiziert die Kajüten, die Kombüse und das im Schiffsbauch hoch gestapelte Kargo. Nichts geschieht, bis Käpt'n Feuerbrand seinem ins Ungemessene gestiegenen Schlafbedürfnis erliegt. Schicksalshohn? Fluch? Schuld des Namens, für den er nichts kann? In dieser Nacht bricht Feuer aus. Nun segelt das Schiff mit dem erst Wasserkübel schleppenden, dann im Tanz der Verzweiflung die Haare raufenden Käpt'n gut sichtbar auf dem Hauptdeck durch mehrere Nachtbilder. Erst wälzt sich dunkler und fetter Rauch, dann beginnen rote Flammen an Steuerbord hochzuzüngeln, lecken der Reling entlang durch den Qualm, schlagen plötzlich schreckenerregend aus mehreren Ladeluken. Das Schiff, schlagseitig, treibt steuerlos, ein höllisches Flammengelächter, durch die Finsternis. Ein Quentchen Glück im Unglück hat Feuerbrand: Er wird samt Mannschaft gerettet und darf vom sichern Bord eines andern Clippers mitansehen, wie das Schiff, Verdienst und Sinn seines Lebens, auseinanderbricht und Stück um Stück glühend und zischend in den Fluten versinkt. Fertigschlussamen! sagt Fritzi.

Ich bin ausser Atem und blicke von der Fensterluke, wo wir uns auf einem weichen Heuhaufen niedergelassen haben, angsterfüllt ins halbdunkle Gebälk empor, ob aus dem finstersten Winkel nicht eine Flamme schiesse. Und schlängelt sich nicht ein Rüchlein Rauch durch den öden Raum? Täuschung. Auch Fritzi scheint unheimlich berührt. Wir flüstern noch eine Weile über die Heimtücke einer höllisch-himmlischen, so dummen wie bösen, weil an den Zufall eines Namens geknüpften Schicksalswette.

›Der arme Teufel 118 ›Brände 215 ›Gerechtigkeit 281 ›Krieg 36

Fossilien

Klein, behend, mausezahnig, in hellblaugrauem Anzug, weissem Hemd, Krawatte, polierten Schuhen ist er adrett alterslos. Er ist von Freundlichkeit gesättigt wie Brotbrocken vom Milchkaffee. Er geht mit raschen abgemessenen Schrittchen, nach links und rechts äugend, bereit, einen Gruss zu entbieten – selbst den Kindern. Von Zeit zu Zeit drücke ich seine trockene Hand; die Finger sind zwar vollständig, doch ihre Nägel abgeschabt vom Alter oder vom Gebrauch und kindlich zugleich, nie ganz ausgewachsen. Er soll als Junge noch mit Streichhölzern hausieren gegangen sein. Seine Frau trägt einen grossen Kropf und ein sanftes klagendes Wesen.

Er ist Bürolist in der Grossdruckerei, spricht jedoch nie darüber. Kleidung und Gehabe melden mir, er tue eine monotone Pflicht. Wahrscheinlich weiss er es zu schätzen, in der Firma einen Stuhl zu besitzen und ein Bordereau zu führen: Angestellter, nicht an eine Maschine gefesselter Arbeiter wie die meisten. Seine Jugend in grösster Armut hat ihn Bescheidenheit und Dankbarkeit gelehrt. Er lebt in der Aussicht auf eine sichere kleine Pension. Gefesselt bleibt er wie alle, die einer Arbeit nachgehen, die von andern, Höheren, vorgegeben wird.

Sein ist ein mittleres Haus in einem mittleren Garten, der mit einer halbhohen Mauer unter Kiesbewurf an die Strasse stösst. Eines Tages begegne ich ihm beim Reinigen der Gartenmauer. Gebückt, in der linken Hand ein Kinderkesselchen voll Seifenlauge, schrubbt er mit einem Bürstchen die eingeschlämmten Kieselsteine.

Man sagt, sie habe eingeheiratet, und das heisst, sie hat die Hand das Leiterchen empor zum Traualtar gestreckt. Ihr Mann hat ein Baugeschäft, sie spricht Ostschweizer Dialekt, ihre Tochter, einziges Kind, gutmütig und ein bisschen fad, zofingert. Aus dem Dorf, wo sie herstammt, hat sie die Gewohnheit mitgebracht, alles, was um sie herum vorfällt, zu beobachten und durchzuhecheln. Nun liegt jedoch die Villa ihres Mannes in einer grossen Hostert. Ruft sie, so wie sie früher über die Gasse oder den Zaun gegeipscht hat, schütteln ein paar Büsche gleichmütig die Blätter. Das macht sie rastlos. Sie späht, luchst, sperbert bald hinter einem Fenster, bald von der hochgemauerten Hausterrasse hinunter, bald durchs gusseiserne Tor zur Strasse, verschanzt hinter der in Granit gemeisselten Devise des Schweizers: Wahre deinen Besitzstand! Diesen überwacht sie, sprungbereit, surrend von Energie. Jeden Strauchtrieb und Baumzweig, der den gesetzlichen Mindestabstand missachtet, ist ihr ein Dorn im Herzen. Sie ruht nicht, bis er gekappt ist, und wenn ihr Mann es bei Nacht und Nebel tun muss.

Doch Kindern gegenüber ist sie gutmütig; vielleicht hätte sie gern mehrere geboren. Die Kleinen dürfen noch übermarchen, ohne straffällig zu werden. Sie schenkt ihnen Zwetschgen oder Birnen aus ihrem Garten – oder gar eine Blume. Einmal, ich bin fünf oder sechs, bitte ich sie um die Erlaubnis, den Wiesenpfad quer durch Hostert und Garten bis zu ihrem Tor benützen zu dürfen. Sie wird erteilt unter der Bedingung einer striktesten und gewissenhaftesten Schliessung des Tores. Ob sie die Erlaubnis mir und spontan gegeben hat oder ob meine Eltern eine bereits erfolgte telefonische Absprache durch ein Geschenk und meine winzige Person besiegelt haben, weiss ich nicht. Betrete ich den Salon der Villa, wundre ich mich über die Erweiterung der Aussicht infolge Gewinn lumpiger fünfzehn Höhenmeter.

Ihr hat die Gelegenheit gefehlt, eine grosse Aufgabe zu meistern.

Er heisst wie ein Tier und bauert auf Restäckern und Rinderweiden am Hang zuhinterst im Quartier, der Letzte. Er hat zwei Töchter und einen Sohn. Die ältere ist das sanfteste Wesen, das ich kenne, weder schön noch hässlich: ihre Sanftheit macht sie anziehend. Mir kommt sie entgegen, als ob sie die Schürze für mich mit Äpfeln gefüllt hätte und, an beiden Zipfeln gefasst, vor sich her trüge. Sie vertritt die Stelle der lange toten Mutter und arbeitet vom Morgengrauen bis in die Nacht. Die beiden Silben ihres Vornamens, «li» und «sa», verkörpern für mich Lieben und Dulden.

Sie gleicht den *Chnebelgrind* des Alten aus. In seiner Finsternis ersäuft jede Strahlung. Auch er krampft von früh bis spät, vor allem flucht er. Ein Litanei- und Kaskadenlästerer, sein Maschinengewehr takkert ununterbrochen. Schläge, Knüffe, Fusstritte nach Pferd, Kühen, Maschinen, dem Hund potenzieren seine seriellen Verwünschungen. Ihn füllt, von der gegerbten Haut knapp umschlossen, Dynamit, der bei der leisesten streifenden Berührung detoniert, doch meist entzündet er sich selbst. Gibt es ein Lebendiges oder ein Ding, mit dem er nicht im Jähzorn umspringt? Finsternis wölkt um den Hof, Angst vor Gewalttat.

Mich füllt immerwährendes, zärtliches Mitleid mit der ältern Tochter, die, so ist zu fürchten, der Ableiter dieser sinnlosen Berserkerei ist. Und was geschieht nachts, wenn eins der niedrigen Fenster rot glimmt? Könnte der Bauer einen Rest von Liebesbedürftigkeit zu dieser Stunde auf Lisa richten? Ich weiche dem Gedanken aus und gehe zu vorgerückter Stunde erst recht ungern am Lästerhof vorbei.

Das ältere magere Fräulein wohnt am Finkenherd in einer kleinen Villa mit terrassiertem Blumengärtchen, verzehrt unauffällig soigniert die Zinsen ihres Vermögens oder dieses selbst. Sie trägt altertümlich geblümte, jedoch elegante Kleider, die zu ihren grossen schwarzen Augen, den hexenhaften Zähnen und der gelblichen Gesichtshaut assortiert sind. Wenn ich ihr begegne und sie mich kleinen Jungen durch den Bienchenschleier, der ihr vom Hut übers Gesicht fällt, mit überschwenglicher Herzlichkeit, Freude und Wärme begrüsst und nach dem Ergehen von Eltern und Geschwistern befragt, mich mit Grüssen, Wünschen, Küsschen überlädt, fliegt mich ein Herzklopfen an, und mich erfüllen Verlegenheit und Genugtuung. Denn mir scheint, zu einer Zeit, als noch nichts sich ändern musste, nicht jeden Tag neue Strassen asphaltiert und Betonblöcke aus der leidenden Erde gestampft wurden, als im Sommer fraglos die Sonne schien und im Winter Schnee sich häufte, man am Morgen wusste, was der Abend bringen würde, und an Neujahr, was der kommende Silvester: zu jener fernen Zeit also, lange bevor es mich gegeben, müssten alle Leute der Stadt so wie dieses Fräulein gewesen sein, das einen auf kunstvolle Art zerknitterten Hut mit dunkelroten Seidenrosen trägt und einen anthrazit und lichtgrün gestreiften Sonnenschirm mit hellrosa Volants spazierenführt.

Er ist der Höflichste, Freundlichste und dies nicht weil er Handlungsreisender ist, sondern Handlungsreisender ist er, weil er die Menschen liebt. In seinem Lederkoffer – er reist für die Basler Webstube – schichtet sich das Dauerhafteste, Beste und wohl auch Teuerste an Haushaltwäsche. Seine Tischdecken, Vorhangstoffe, Bett- und Kissenbezüge, seine Schürzen, Geschirr- und Taschentücher tragen bewährte Muster und sind nach der fünfzigsten Wäsche noch neu. Er holt sie aus der Tiefe des Koffers und schlägt sie vor der Mutter über den Esstisch, streicht sie glatt und rühmt sie. Aber er schnorrt nicht, er hat es nicht nötig und würd's nie tun. Seine gute Ware rechtfertigt die geheime Begeisterung. In wohlklingendem Baseldeutsch redet er selbst mit mir, der danebensteht, wie ein Mensch zum andern, wenn er ihn respektiert. Die Mutter schätzt das und lädt ihn um zehn zum Tee ein. Heiter nimmt er an: *Sii sinn gietig!* Er freue sich auf jeden Besuch bei uns. Und das ist nicht gelogen.

Er ist ein leidenschaftlicher Gärtner; darin liegt neben der Qualität der Ware die zweite Gemeinsamkeit, welche die beiden verbindet.

So wird anschliessend der Garten besichtigt. Sie unterhalten sich über die Witterung, den Stand von Salat, Sellerie, Busch- und Stangenbohnen, die Austriebe der Himbeeren, und er bewundert den grünen Daumen der Mutter bei der Blumenpflege. Von Zeit zu Zeit tut er einen Ausruf: *Henn Sii scheeni Dommate!* Doppelt erquickt, geht er den steilen Kiesweg hinunter.

Ein müder, finster seinen grossen Füssen in ausgetretenen Halbschuhen vorausstarrender Fabrikler; er tritt am Abend in die morgendlichen Stapfen. Hat er je anders ausgesehen? Ist er mit grossem runzligem Gesicht und nikotingelben Haaren zur Welt gekommen? Nie ein Wort, ein Gruss. Das einzige, was sich im Lauf der Jahre ändert, sind Haltung und Gang. Die leicht hinkenden Schritte werden kürzer, die wütend vorausgeschleuderten Beine zahm, das linke, vermutlich bei einem Arbeitsunfall gebrochen, schleppt er merklich nach. Die letzten Bilder von ihm, die ich abrufe, zeigen einen vorüberschlurfenden gebückten Mann in unbestimmt braunem Kittel und ausgebeulten Hosen, dessen Füsse das Ziel ihres Gehens nur noch aus Gewohnheit finden. Doch werde ich die Angst nicht los, sie könnten ihn eines Tages in die Irre führen, bis der Mann aus dem dicken Nebel einer Absenz in einem dröhnenden dampfenden Labyrinth von Fabrikhallen erwacht, angewurzelt stehenbleibt, brüllt, tot umfällt oder von einem gütigen Fremden aus dem Alptraum herausgeführt wird, in sein Häuschen, das Gärtchen, zu Frau und drei Töchtern zurück, die ihn längst verlassen haben und deren jüngste, die reizend schöne, hochgeschminkte Liselotte mit den tanzenden Brüsten, auf Abwege geraten sein soll.

Er ist bucklig und wohnt in der einzigen Hütte des Quartiers, einer zu Wohnzwecken eingerichteten Bretterbaracke mit Veranda im Westen und Süden. Sommersüber sitzt er zuweilen dort draussen zusammengekauert in der Sonne, gekleidet in einen uralten, an seiner dürren Figur schlotternden Anzug, der, vor Zeiten schwarz, jetzt speckig glänzt und grünelt. Ohne Verwandte noch Bekannte lebt er mutterseelenallein, ein Halbzwerg. Einmal im Jahr – oder seltener? – bringe ich ihm ein Kleidungsstück zum Ausbessern und drücke auf der Veranda seine kalte Knochenhand. Er ist mir unheimlich, doch Angst habe ich keine. Ist er Flickschneider? Er ist so alt und geschrumpft, dass die Erinnerung an sein früheres Leben schon zu seinen Lebzeiten erloschen ist.

Ein einziges Mal habe ich in der Hütte gestanden, in einem Stübchen, an dessen lindengrünen Wänden Gerahmtes hing, Photographien wohl. Wie übersteht er hinter den dünnen Brettern den Winter? Er muss, auch wenn der Schornstein übers niedrige Dach qualmt, frieren von morgens bis abends. Hoffen wir, er fühle sich im Sommer wohl, so gut ein kranker Alter dies vermag. Vielleicht ist er sogar glücklich, wenn die Sonne seinen Buckel warmreibt und er in die weite Hostert blickt, die seine den Hang hinunterrutschende Bude umfächelt und in grünlichen Halbschatten taucht. Dann wird er den Kleiderschimmel auslüften und bei offenen Fenstern die modrigen Wände trocknen lassen.

Sein Misstrauen und Fistelgekeif reizen die in der Nähe wohnenden Jungen; er ist das Ziel ihres Zuleidwerkens. Eines Abends läutet er; mein Vater führt ihn ins Studierzimmer, und sie reden eine Weile miteinander. Später erfahre ich, der Flickschneider habe geweint und den Vater gebeten, sich die bösen Buben vorzuknöpfen und ihnen mit harten Strafen zu drohen.

Ob es gewirkt hat? Kari Ebingers Lage ist unheilbar, kein Grimm-Märchen, eine Gegenillustration zu Ludwig Richter. Eines Tages findet man ihn tot in der Hütte. Er wird ohne Geleit ins Grab befördert, der Schuppen abgerissen.

➢Strohkappen 219 ➢Dienstmann Küpfer 256 ➢Gerechtigkeit 281 ➢Reisigsammlerinnen 259 ➢Wandel 292

Straehl, Privatier

Seine Villa mit Hochveranda, die älteste im Quartier, liegt am sanften Hang, durch einige Bäume, vor allem eine mächtige Weisstanne, von der Strasse abgehoben, stadtnah. Damals mag es frevelhaft geschienen haben, sich weiter oben niederzulassen, wo später alle andern Villen gebaut wurden, so diejenige von Walos Vater, zwanzig Schritt von den brällenden Rehen des Stadtwalds in kaum erforschter Halbwildnis.

Herr Kurt Straehl wohnt mit seiner Schwester Lilly zusammen; sie ist eine zeitlos gekleidete, pelzliebende, hübsche und warmherzige Dame. Ihr Steckenpferd, dem sie mit grossem Können obliegt, ist die Blumen- und Stillebenmalerei sowie das Kopieren alter Meister; Jahre später erzählt sie es mir vor einem Straehl-Ahnenportrait im Museum. Mich verwundert ihre Freundlichkeit mir gegenüber, bin ich doch der Jüngste aus einer Familie, die leider Gottes sozial bedeutend tiefer einzustufen ist. Die Straehl sind Zofinger Patriziat wie die Senn, die Siegfried und die Ringier, wir sind Hintersassen; die Straehl, allerdings eine andere Linie, besitzen eine Textilfabrik, die sprichwörtliche *Schträäl-Schtrumpfi*, mein Vater ist nur Lehrer; die Straehl reiten ihre Steckenpferde, meinen Vater reitet seine Pflicht.

Falls Herr Straehl, den man einen Post-Industriellen nennen müsste, arbeitet, dann tut er es nachts. Gesetzt den wahrscheinlicheren Fall, er tut es nicht: womit beschäftigt er sich? Ich stelle mir die Frage, wenn ich ihm begegne, sei's unten beim Briefkasten, wo er das «Zofinger Tagblatt» holt, sei's wenn ich seinen Spaziergang kreuze, von dem kein Hudelwetter ihn abhält. Er geht Richtung Stadt; sie ist sein Gravitationszentrum. Ich stelle mir Herrn Straehl im Bahnhofbuffet vor, wo man ihn schätzt, umsorgt, wo der Besitzer jeden Vormittag um zehn sich zu ihm setzt und ihm dabei behilflich ist, einen Stärkungstrunk zu sich zu nehmen, die schlimmen Nachrichten zu verdauen und nicht ohne Rankiine einem Expresszug nach Rom oder Amsterdam hinterherzublicken, der ohne Halt durch den Bahnhof donnert. Doch all dies bleibt Vermutung.

Herr Straehl geht immer vorsichtigen Schritts. Sucht er die Strasse nach Hundekot ab, frage ich mich, wenn ich ihn von hinten überhole, oder hat er Schmerzen beim Gehen? Und mich brennt ein Fünkchen schlechten Gewissens. Schlank, merklich steif, im massgeschneiderten dunklen Strassenanzug mit Hut und, je nach Wetter, Mantel und gerolltem Schirm geht er am Volièrenpark vorbei zum Stadtsaal hinunter; dort entschwindet er meinem Blick. Sobald er die hellen Anzüge aus dem Mahagonischrank holt und der Sonne aussetzt, darf man mit vernehmlicher Stimme sagen, nun sei der Sommer im Wiggertal eingezogen.

Wenn ich ihn von unten her grüsse, grüsst er von oben zurück, distanziert, jedoch ohne Herablassung, bisweilen, zu guter Stunde, fast mitwisserisch lächelnd.

In Ausnahmefällen kann man ihm gar mit einem Einkaufsnetz begegnen, dann, wenn die Haushälterin – Frau Göhner heisst sie – auf der Bestelliste beim Lieferanten einen Posten übersehen hat. Unmessbar zeigt sich in solchen Momenten der Unterschied zwischen einem Herrn in korrektem dunklem Strassenanzug mit Hut und gerolltem Schirm, der im Einkaufsnetzchen drei Rindshuftsteaks seiner Villa und der Köchin entgegenträgt, und einer Hausfrau, die zwei prallvolle Einkaufstaschen bergan ihrem Häuschen entgegenschleppt und eigentlich schon längst die grosse Wäsche an der Leine haben sollte, denn in einer Stunde kommen die älteren Kinder hungrig aus der Schule, und – wie das nur weitergehen soll? – der Jüngste ist wieder schwer krank. Möglicherweise haben diese drei Rindshuftsteaks mehr gekostet als der gesamte Plunder in den Einkaufstaschen, denn ein Sack Räppler macht kein Goldvreneli. Je teurer ein Einkauf, desto geringer sein Gewicht und die Behinderung beim Gehen. Ebensogut könnte Herr Straehl statt der Rindshuftsteaks eine goldplatinierte Parker- oder Waterman-Füllfeder mit eingraviertem Monogramm, in ein bordeauxrotes Samtetui gebettet und in rosa Seidenpapier eingeschlagen, das Einwickelband zum Krawattenknopf geschlungen, oder eine Zedernholzschachtel mit vierundzwanzig Davidoff-Havannazigarren nach Hause bringen. Während also die Hausfrau brachial schleppt, hat Herrn Straehls Tun das Spielerische eines wahrhaft freien Menschen. Wär er ein Leichtfuss, könnte er das Netz um seinen Hut schwingen oder Luftsprünge machen oder die Rindshuftsteaks mitten auf die Strasse werfen und mit dem Netz den Schmetterlingen hinterherjagen.

Doch Herr Straehl ist andrer Artung. Gravitätisch kann man ihn nicht nennen, zu elegant seine Figur. Eher ist er ein in tiefem Sinnen durch die Welt Schreitender. Nur, woran denkt er? Ich stelle mir diese zweite Frage, wenn er, aufschreckend aus einer gewissen Zerstreutheit und naturgemässen Vergessenheit meiner winzigen Existenz, die ihm soeben beinahe zwischen die Hosenbeine gelaufen ist, meinen Gruss erwidert. Sinnt er über den verblassenden Stern des Zofinger Patriziats? Überlegt er sich, ob er Gärtner Sommer im Neuquartier den Auftrag zur Imprägnierung des Kreuzstaketenzauns erteilen soll? Zählt er nur zweitausend Spazierschritte ab? Oder ist er schwermütig? Und wieder beisst mich das Gewissen. Nichts dringt je nach aussen. Selbst wenn bei Gelegenheit eine leise innere Heiterkeit seine Schritte zu beflügeln scheint, bleibt Herr Straehl verschlossen in sein Geheimnis. So wandert er durch meine Erinnerung, unangetastet von den Gerüchten, die in der Stadt herumgeboten werden.

Denn seine rätselvolle Existenz beschäftigt auch andre Leute. Einige behaupten, seine Spaziergänge gälten dem Bankverein drunten am Niklaus-Thut-Platz, wo er mit einer englischen Nagelschere Coupons abschneide. Und Jahrzehnte später hat mir jemand erzählt, der Mann habe an einer «Thutiade» gedichtet, einem im Jahre 1386 spielenden Heldenepos, das im dramatischen Moment gipfle und ende, da Altschultheiss Niklaus Thut, bereits tödlich verwundet, in der wogenden Hochsommerschlacht oberhalb Sempach das Zofinger Panner oder Fähnlein von der sinkenden Stange reisst und in den Mund stopft, damit es den Innerschweizern nicht als Käse- oder Bettuch diene. Mögen Gott und die Heilige Jungfrau ihr Antlitz von diesen Blutsäufern ab und der *êrbæren, mannlîchen* Stadt Zofingen sowie ihrem zwischen Alpen und Rhein von Handwerker und Handelsmann gern eingewechselten guten Silbergroschen zuwenden ewiglich!

›Dienstmann Küpfer 256 ›Dr. med. Ginella 13 ›Reisigsammlerinnen 259 ›Vroni B. 96 ›Wandel 292

Jules Rütsch

Ist er zum Nachtessen geladen, bettle ich um neun, noch aufbleiben zu dürfen. Ich liebe den schlanken Mann mit den schmalen blaugrauen Augen, aus deren äusseren Winkeln Fältchensonnen strahlen. Er hat glattes hellbraunes Haar und eine gebräunte Haut, die ihm knapp auf dem Gesicht sitzt. Er hat uns ein wenig an Kindesstatt angenommen. Die Bilder von Städten und Landschaften, mit denen der niemals Reisemüde unsre Phantasie in Bewegung setzt, die Genauigkeit seiner Betrachtung und Schilderung der Menschen, sein Sinn für Substanz, sein Spott über Anmassung und Aufgeblasenheit, seine Berichte von Kunst und Büchern sind für uns lebenswichtig. Er vertritt den schönsten Teil der Erziehung: das geistige Prinzip. Doch gibt es in seinem Wandelgarten keine Heiligenbilder; er führt erzählend von einem Durchblick zum andern; was dazwischen liegt, sollen wir selbst erforschen: Wag es, aufzubrechen! Die Welt wird lebendig; Literatur, Anekdoten und Begegnungen mit dem Fremden ergänzen sich. Jules Rütsch ist ein wandernder Brennpunkt. Er fühlt sich in Italien und Frankreich besser zu Hause als in der Schweiz; die Kirchen und Museen, die Paläste und Schicksale jeder Stadt sind in seinem Kopf gespeichert; er hat gelesen, was es zu lesen gibt. Von ihm höre ich zum ersten Mal von Gregorovius und Fallmerayer.

Wenn Jules erzählt, leuchtet er; das geht von den Augen aus und von der Stimme, seine Gesichtshaut spannt sich zur Folie, die so stark von Leben durchstrahlt ist, dass mir oft angst wird, sie könnte reissen. Er wählt seine Worte genau; in den Fragen sucht er das Ungefähre zu klären. Jules ist für die Buben und Mädchen, die er an der Bezirksschule unterrichtet, ein Glücksfall. In der Stadt gilt er als Lehrer, der über die Köpfe der Jugend hinwegdoziert. Dass er allein durch sein Wesen, die natürliche Art – freigebig mit seinem Wissen und doch nie ganz fassbar – mehr Schüler dazu bringt, hie und da vom Festessen zu naschen, das ihnen zubereitet war, und tiefere Spuren hinterlässt als ein Bataillon herumbrüllender und Arreststunden verteilender Pauker des Brauchbaren, wird als unnötige Komplizierung empfunden. Wär er zumindest pünktlich! Richtig; Jules könnte einen Teil der städtischen Achtung zurückgewinnen, würd er im Sommer seine erste Stunde Punkt sieben und nicht erst um acht nach sieben, verkatert von lesend verbrachten Nächten, starten.

Gewiss ist es unheimlich für Eltern, wenn ihr Kind aus der Deutsch- oder Geschichtsstunde bei Dr. J.R. nach Hause kommt und «schwärmt», ihm sei etwas aufgegangen, was ihnen ihr Leben lang nicht aufgehen wird, es vielleicht gar etwas lernen und werden möchte, das nicht im Berufsregister steht. Und erst noch erzählt der Junge, Jules werde ihn und seine Kameraden in der Waldhöhle besuchen! Was soll man von

Lehrern halten, welche viel mehr wissen als nötig, zu spät kommen, niemals dreinschlagen, leise reden, die Schüler ernst nehmen und sie in ihren widerrechtlich ausgehobenen Waldhöhlen besuchen?

Jules soll mich oft und gern auf seinen Knien haben reiten lassen.

➢Chuzenhöhlen 176 ➢Raumer 71 ➢Schulzimmer des Vaters 74

Zofinger Tagblatt, 14. Juli 1943

Zofinger Jugendfest 1943

[Aus der Festansprache von Dr. Julius Rütsch in der Stadtkirche]

Es ist ja nicht selbstverständlich, dass wir unser Fest heute feiern können fast wie in frühern Jahren. Im Gegenteil, man darf kaum daran denken, wie ganz anders es auch sein könnte. Und wenn wir Schweizer auch gewiss viele Tugenden haben, die wir selber nur zu gut kennen, so wird doch niemand beweisen können, dass wir es verdienen, wenn es uns so viel besser geht als andern Völkern. Wir müssen nicht fürchten, wenn auch manchmal nachts die Sirenen ertönen, dass plötzlich eine Bombe das Dach unserer schönen Kirche durchschlage, wir werden zu Hause nicht Tag und Nacht vom Hunger verfolgt, wir wissen, wo unsere Angehörigen sind, es gibt bei uns keine höhere Gewalt, die die Kinder den Eltern entfremdet oder gar wegnimmt, in unserm Denken darf uns niemand Zwang antun. Was für ein grosses Glück das bedeutet, davon macht ihr jungen Leute euch wahrscheinlich keine Vorstellung. Dieses Glück enthält aber für uns auch eine Verpflichtung, in jedem Augenblick unseres Lebens, und heute mehr als an einem andern Tag. Es genügt nicht mehr, dass wir uns an uns selbst freuen, an unserem Städtchen, und daran, dass es uns noch so gut geht, wir dürfen uns nicht mehr mit dem zufriedengeben, was wir sind und was wir haben, es ist nicht mehr damit getan, dass alles so ist, wie es ist. Heute heisst es, alle Einbildung aufgeben und in aller Bescheidenheit dem Herrgott dankbar sein. Und in dieser Zeit, wo alles in Bewegung ist, müssen wir vor allem frei sein gegenüber uns selbst, müssen den Willen aufbringen, über uns hinauszukommen, statt einfach zu bleiben, was wir sind. Wie es im Vers eines alten deutschen Dichters heisst:

«Mensch, wo du etwas bist, so bleib doch ja nicht stehn,
Du musst aus diesem Licht fort in ein andres gehn.»

Der Fingerring der Sängerin

Unter den Frauen meiner Kindheit trug nur Tante Leni, die Sängerin, Schmuckringe – und am molligen Ringfinger der linken Hand sass der König, ein grosser ovaler Saphir. Er mochte ihr von einem nie erhörten Verehrer geschenkt worden sein. Wenn ich auf ihrem Schoss sass, galt seinem aus der Tiefe strahlenden, wunschlosen Blau mein Staunen, ich sank hinein, drehte und drehte ihn an der Goldfassung, unersättlich, während Tante Leni über meinen Kopf hinweg Anekdoten aus Wien, Madrid, Palermo und Dublin erzählte, so dass die Tischrunde nicht zum Verschnaufen kam. Der Saphir verband sich mit ihrem Dialekt, der vom Dorfemmentalisch, das sie als Kind gesprochen hatte, nur Einzelwörter und die eine oder andre Intonation bewahrt hatte. Baseldeutsch und vor allem Hochdeutsch dominierten, sie passten zu ihrem perligen Lachen und veredelten die Histörchen. Wenn des Ringdrehens genug war, hob sie mich vom Schoss und reichte mich weiter in der Runde. Ihr Saphir hat mir die erste verbürgte Kunde von der Herrlichkeit der Edelsteine gebracht.

➢Glasmurmel Achill 35 ➢Der Grossvater 263

Salvatore Salvati, Opernsänger

Er besucht uns von Basel aus, wo er am Konservatorium unterrichtet und Jahre zuvor die Sängerin-Schwester der Mutter ausgebildet hat. Er kommt klangvoll und eindrücklich daher – Festlichkeit seines Charakters. Herr Salvati, echter Neapolitaner, bewegt furchteinflössend und doch scherzhaft die buschigen schwarzen Augenbrauen, was seinem geschulten dunklen Blick noch zwingenderen Ausdruck gibt; im Wider- und Zusammenspiel drücken Augen und Brauen jede denkbare Leidenschaft aus, spielen Othellos Eifersucht und verwandeln sie mit einem Zwinkern in mütterliche Milde, die mich aufatmen lässt. Herr Salvati unterhält sich mit den Eltern auf italienisch, uns Kinder umarmt er in krausem Kauderwelsch mit Verve. Er liebt Kinder mit besitzergreifender Geste, schreckt, begütigt, bringt zum Lachen und entschwebt plötzlich in unerreichbare Höhen des Pathos oder sublimer Komik. Ein Bühnenmensch. Sitze ich auf seinen Knien, hält er mich, als wär ich eine Baby-Tosca und er Cavaradossi; dann setzt es Küsse, wofür auf der Bühne wenig Zeit bleibt, da das Verhängnis im Laufschritt naht.

Unter den glanzvollen Sternen von Herrn Salvatis Leben schwimmt ein Nebelfleck, der für mich undurchdringlich bleibt: Er soll verheiratet sein und irgendwo eine Gattin haben. Neben diesem gestenreich übersprudelnden, selbst vor Kindern schauspielernden, körperlich mächtigen und überströmend lieben Mann, erscheint mir, ich mag sie mir denken, wie ich will, eine Gattin bleich, in geblümelte Röcke gezwängt oder eine graue Schürze vorgebunden. In jedem Fall kann die Ehe das Strahlen dieses Sängers und Liebhabers nur trüben.

➤Bekannte der Eltern 255 ➤Elternsprache 84 ➤Dr. med. Ginella 13

Klavier und Saurier: Frank Bertschinger

Als Bub ist er mit der Familie nach Mexiko ausgewandert. In den Küstenurwäldern bei Veracruz seien – ein wahres Kreuz, in der Tat – die Zecken so quälend, dass man gleich zum Täufling werde und in jeden Fluss oder Teich bis über den Scheitel eintauche, um ein Weilchen die Plage los zu sein; in der moorbraunen Brühe aber lauerten die Blutegel, spannenlang.

Wenn er zu Besuch kommt, bringt er der Mutter Blumen und begegnet ihr mit ausgesuchtester Höflichkeit und Gesten, gross wie sein machtvolles Lachen. Sein Gesicht läuft rot an, und das macht mir Angst. Nach dem Essen setzt er sich ans Klavier und singt. Sein Paradestück und mein Favorit heisst «Erlkönig». Die Stimme und das Pianofortissimo füllen Ess- und Studierzimmer bis zum Bersten. Wenn er nicht singt, spielt er Beethoven-Sonaten; er greift leidenschaftlich in die

Tasten und lockert viel Gefühl. Mein oberster Wunsch ist Beethovens «Mondscheinsonate», ich könnte sie zehnmal hören, ohne kribblig zu werden. Die Triolen zu Beginn, die über der langsam in die Tiefe steigenden Melodiestimme flimmern, sind die schönste Musik, die ich kenne; sie löst mich auf, ich weiss nicht mehr, wo ich ende. Solche Verzauberung bemächtigt sich meiner weder in den Passionsaufführungen in der Stadtkirche noch während der Konzerte im Stadtsaal.

Ich darf bei ihm das Klavierspiel lernen, mittwochs von zwei bis drei in seinem Schulzimmer. Um diese Stunde hallt jedes Schlagen einer Tür geisterhaft durch die Korridore des Schulpalasts, und langsam, stolz um mich blickend, steige ich die den Schülern verbotene Haupttreppe vom Säulenatrium im Parterre ins erste Obergeschoss hinauf, wo Herr Bertschinger ein Zimmer im Südflügel besitzt. Es umfasst etliche Brennpunkte des Interesses, und die Klavierstunde bietet zwanglos Gelegenheit, sie zu aktivieren.

Unter den Geräten fesselt zunächst die Bleistiftspitzmaschine. Mein Klavierlehrer liebt spitze Bleistifte, damit er, links von mir am Klavier sitzend, den Fingersatz gestochen scharf über die Noten schreiben kann, denn es schadet, sagt er, nichts, sich auch mit der linken Hand in klarer Schrift zu üben. Während Herr Bertschinger noch Drittklässleraufsätze korrigiert, spitze ich die Bleistifte, obwohl eigentlich alle nadelspitz sind, nochmals nach, drücke, an der Kurbel drehend, mit schlechtem Gewissen auf das Bleistiftende, um Graphitstaub und Holzflocken in den durchsichtigen Zelluloidbauch rieseln zu sehen. Bricht die Mine unter zu starkem Druck, wird energisch nachgespitzt. Wie glücklich würd ich mich schätzen, selbst ein Gerät dieser Technik und Grösse zu besitzen! Auf dem Klavier steht, in eine schmale hohe Holzpyramide eingeschlossen, das Metronom. Ich löse die vordere Verschalung ab und verschiebe das Gewicht am nunmehr freiliegenden Schwingarm von oben, aus der Ganznotenposition, so weit es geht nach unten in die Hundertachtundzwanzigstelposition. Ein Stoss, und es tickert rasend los, bis Herr Bertschinger den Blick von den Aufsätzen hebt und mich bittet, nicht mehr Liszt zu spielen. Nun wende ich mich «Knaur's Lexikon» zu.

Frank Bertschinger ist Schulmann, drum sagt er «Schulbert», da Franz Schubert ja auch Lehrer gewesen sei; und da Mozart besonders zart in Moll komponiert hat, heisst er «Mollzart». Ich schätze diese Sprachspielereien auf Kosten verehrter Meister nicht und nenne, um sie zu rächen, meinen Klavierlehrer «Versincher», was er sich gefallen lässt.

Nachdem wir beide unsre Pflicht getan haben, ich im Vorspielen Böcke schiessend, er mich korrigierend und zur Beachtung des Fingersatzes mahnend, kommt Herrn Bertschingers abgründigste Leidenschaft zum Zug: die Malerei. Eine Truhe im Schulzimmer hütet die Bilder; mir zu Gefallen und zum Lohn schliesst er sie auf und klappt den Truhendeckel nach hinten; der Terpentinduft der Ölfarben steigt aus der Tiefe. Nicht ohne Feierlichkeit hebt Herr Bertschinger einen nach dem andern die Kartons heraus und lehnt sie gegen die vordersten Schulbänke. Oft schon habe ich die Bilder gesehen, doch jedesmal nagelt Grausen mich fest. Herr Bertschinger, friedlichster, höflichster aller Menschen, unverehelicht, ist Saurierspezialist. Mein liebstes Bild zeigt den Todeskampf eines Brontosaurus gegen zwei Tyrannosaurier. Bei lebendigem Leib, wie Herr Bertschinger mit Nachdruck bemerkt, denn das Nervensystem des Brontosaurus sei derart unterentwickelt, dass man ihn sozusagen mit Dynamit sprengen müsste, um die Innervation des Herzmuskels tödlich zu schädigen, wird der Fleischberg in Stücke gerissen. Die ungeheure Lebendmasse verrate, belehrt mich Herr Bertschinger, den friedlich im Schlamm herumpatschenden Pflanzenfresser, denn nur Sumpfpflanzen seien in der Kreidezeit in genügender Menge vorhanden gewesen, um eine Population von Fünfzigtönnern zu ernähren. Enorme, vom Rückgrat losgerissene Happen klaffen oder liegen bereits am Boden, und noch versucht die Donnerechse, im eigenen Blute watend und wahnsinnig vor Angst, die Angreifer zu zertrampeln oder mit einem Schlag des zwanzig Meter langen Schwanzes zu zerschmettern. Doch allzu flink attackieren die zweibeinigen Tyrannos mit den winzigen Vorderärmchen, einer gräbt seine spannenlangen Zähne dem Bronto bereits tief in den Hals. Der Mörder hat blaue Augen, deren bösartige Kälte mich an unsern Nachbarn im Südosten, den Steinalten, erinnert.

Auch den Flugsaurier Pteranodon hat Herr Bertschinger gemalt, schwebend über einem dämmrigen Schachtelhalmwald. Dann Stegosaurus mit Stachelschwanz und auf beiden Seiten der Wirbelsäule zu einem doppelten Zackenkamm aufgerichteten Knochenplatten. Weiter den Dreihörner Trikeratops mit dem geschwungenen Kopfschild, der, obwohl dreimal so gross wie ein Elefant, erstaunlich elegant dahertrottet. Aus blauer Flut steigt ein andrer Liebling von Herrn Bertschinger, Plesiosaurus, der langhälsige Fischsaurier, berüchtigt heimtückisch und mordlustig, so der Schulmann, denn, ist die Mittagshitze am drückendsten, schiesst plötzlich sein Hals aus dem träge daliegenden Meer, der Rachen gähnt auf und schnappt sich ein hüfthohes Pferdchen oder einen Urmenschen vom Ufer und zerbeisst sie lustvoll knackend mit Haut und Knochen. Denk nur an die Skylla, Ritter Georg und die Sagen von Drachen in Felshöhlen. Edgar Dacqué, der berühmte Paläontologe und Naturphilosoph, habe in «Urwelt, Sage und Menschheit» den Beweis geführt, dass der Mensch aus seiner ersten Entwicklungsperiode die Erinnerung an die Saurier bis heute bewahrt habe. Zurück in die Truhe! Wieder ist's vier Uhr. Ich nehme Abschied, den Kopf wirr vom Blut und Trompetengebrüll des lebendig ausgeweideten Brontos.

➢Konzerte 204 ➢Schulhaus 54 ➢Totemtier 120

Plüss Walti, Dienstkollege

Der Hof im Peyerland, zwanzig Minuten im Norden der Stadt, liegt in der Ebene des Wiggertals westlich von Küngoldingen. Nähert man sich von dort, biegt man nach den ersten Häusern des Strassendorfs in einen Fahrweg, der den niedrigen Damm der ehemaligen Nationalbahn südlich der Haltestelle überquert, wo der Zug bedrohlich schräg stehenbleibt. Kommt man von Westen, verlässt man die asphaltierte Zofingerstrasse auf der Höhe der Kiesgrube Aecherli. Es lohnt sich, dem Kieswerk bei der Arbeit zuzusehen, denn es poltert und rasselt selbsttätig vor sich hin. Nie habe ich jemanden auf dem Areal erblickt, und wahrscheinlich zählte die Firma Aecherli genau einen Angestellten, Herrn Aecherli selbst. Die Grube, 150 auf 100 Meter, reicht tief unter den Spiegel des Hägeler-Grundwasserstroms, der sie von Steilwand zu Steilwand algengrünlich und schlammtrüb ausfüllt. Die Strasse führt am östlichen Schmalende vorbei, und genau gegenüber steht dunkel der hölzerne Siebeturm. Ein Tragseil spannt sich aus einer finstern Luke unterm Turmgiebel zu einem am fernen Ende der Grube im Grund verankerten Widerlager. Das Wasser rauscht auf, und ein mächtiger, einen oder zwei Kubikmeter Aushub fassender Baggerlöffel, bestückt mit riesigen Schürfzähnen an der Unterkante, durchstösst triefend die Oberfläche, fährt, vom straffen Zugseil eingeholt, am Tragseil langsam über die Grube hin, und das aus dem Kies ausströmende Wasser hinterlässt eine breite, je höher der Löffel steigt, immer tiefer in die Schockwellen eingekerbte Schüttspur. Das Schürfmaul verlangsamt die Fahrt, schwebt vor dem Turm und kippt, eine graue Masse verschwindet mit Gepolter und Geschremm in einem Auffangtrichter, der das Material den Sieben zuleitet. Schon saust das gezähnte Monstrum, entlassen vom leer spulenden, nunmehr schlaffen Zugseil, leicht hin und her schwankend in die Grube zurück und versinkt mit ungeheurem Aufplatsch unter einer viele Meter hohen Spritzfontäne in der schlammgrünen Tiefe. Ich biege in das Peyerlandsträsschen ein.

Frau Plüss empfängt mich in der Küche. Auf dem Holzherd brodelt in einer grossen Pfanne blasenbildend ein namenloses, dumpf riechendes Geköch; einzelne Flämmchen züngeln zwischen Pfanne und Pfannenring hoch. Die durch Schwerarbeit beleibte, eher kleingewachsene Frau schlägt die Hände zusammen: *Bisch duu wider gwachse!* Mein letzter Einkaufsbesuch mag zwei Monate zurückliegen. *I gchenndi fasch nümme. Joo, hüttzetaag goot aues viu schnäuer as früener. Wäär hättaas ttängkt! 's isch schu no guet, dass pPäum nid iHimu wachse, – unttasmer sWätter nigchönnd säuber mache*, fügt sie mit einem Blick durchs niedrige Küchenfenster hinzu. *'s mögt echli Sunne verliide.* Wir betreten die getäferte Stube mit dem zweistufigen grünen Kachelofen. Auf dem Esstisch zerreisse ich zwei Nummern des «Zofinger Tagblatts», und wir wickeln die Eier ein. Frau Plüss stellt melancholische Betrachtungen an: Nichts sei mehr wie früher; im Sommer regne es, im Winter fehle der Schnee.

Sie wisse noch, *wi wes geschter gsii wäär*, wie sie mit ihrem Vater im Pferdeschlitten zum Christkindlimarkt nach Aarau gefahren sei; irgend etwas stimme nicht mehr, und die Eier seien *schu wider eRappe tüürer*, neunzehn. Als sie in meinem Alter gewesen sei, habe ein Ei *joruus und -ii* sechs Rappen gekostet. Der Korb steht gefüllt auf dem Tisch, 44 Stück, ich rechne.

Ob ich die Ferkel und das Pferd besuchen wolle? Im Betonkoben drängt sich ein Wurf an den Zitzen der Muttersau, es stinkt nach Küchenabfällen, Schweinedreck und Urin, scharf, dünn und gelblich in die Nase stechend. Nun stehn wir im Pferdestall, der durch ein Fensterchen dämmrig erhellt ist. Der hiesige Geruch nach Fell und Pferdeäpfeln ist breit, bräunlich, erträglich. Der Schecke dreht den Kopf, beäugt uns. Frau Plüss fordert mich auf in die Boxe zu treten, doch tu ich keinen Schritt; der riesige Körper, die starken Beine und die breiten Hufe, die das Pferd bald hier bald dort auf die Streue setzt, machen mich ängstlich. Ich sehe die gebrochene, verkrümmte Zehe meines Bruders. Ausgeschlossen, dass ein Pferd alle vier Beine unter Kontrolle hat und weiss, wo die Hufe hintreten.

Herr Plüss steht unter der Tür, Gewaltsfigur, meine paar Finger verschwinden in seiner Pranke: Wie wär's mit einem Ritt auf dem Schekken? Zwar blühen die Glorien des Rittertums in meiner Phantasie, doch danach verlangt mich hier und jetzt wenig. Ich schütze Zeitnot und Aufgabendruck vor. Überhaupt danke ich im Peyerland oft für Angebote in der Hoffnung, sie nicht annehmen zu müssen. Die Welt hier, die uns Kartoffeln, Äpfel, Birnen und Eier beschert, bleibt mir fremd in ihrer Mastigkeit und Massigkeit, ihrem langsamen Gang, welcher nie einen Schritt zurück erlaubt und immer neue Ess-Früchte zutage fördert: Ferkel, Kälber, Rinder, Kühe, Milch, Schinken, Blut- und Leberwürste, Rüben, Gerste, Korn und Roggen – doch alles begleitet von Staub, Dung, Gülle, Gestank. Wie, frage ich mich, kriegt man zwischen Ackerschollen, Jauchegrube, Stall und Schweinekoben je Hände und Gesicht, Kleider und Körper sauber? Nicht meine Welt; ich habe Respekt aus der Ferne. Immerhin weiss ich, wo das Essen wächst, und herb nach Spätherbst schmecken mir die mondviolett angelaufenen Rüben, *dRääbe*, zu Stäbchen geschnitten, gedämpft und an weisser Sauce zubereitet. Andre höhlen wir aus, schneiden Sterne, Monde, Kreuze in die Rinde und stellen eine Kerze hinein.

Walti Plüss, Dienstkollege des Vaters, scheint seinerseits Mühe mit der Welt zu haben, die mir selbstverständlich ist. Folgendes weiss ich vom Vater. Tetanus-Impfung im Militär; Walti Plüss, der riesenhafte Offizier, fürchtet sich vor der Nadel wie vor dem Teufel. Keine Ausflüchte! Befehl ist Befehl! Auch er kommt an die Reihe. Als der Einstich der Impfnadel in den Brustmuskel erfolgt, zuckt er mit mächtigem Gebrüll: *Ou vertammt!* zurück. Und ich lasse mir oft während Wochen meine Armvenen löchern, wenn's schlimm steht, zweimal am Tag, und jedesmal sehe ich mit kühlem Interesse mein dunkles Blut, das der Arzt, die Sauberkeit des Einstichs prüfend, ansaugt, in den Glaskolben der Injektionsspritze wölken.

➤Strohkappen 219 ➤Kunst des Befehlens 82 ➤Markt 199 ➤Rittertum und Burgen 107
➤Zügelmann Holderegger, Dienstkollege 26

Bekannte der Eltern

Ihre Namen konnte ich vom Hörensagen auswendig herunterleiern und mühelos nach ihrer Herkunft verorten. *Edewate Weana* (Eduards Werner) stammte aus dem Dialektfundus von Marbach SG, der Heimat des Vaters. Fräulein Pargätzi bedeutete Mailand, die Jahre der Eltern an der Schweizer Schule. Fräulein Meyeregger tönte genau wie die reformierte Zofinger Oberschicht. Lydia trug das pathetische Gelb von Mutters Berner Seminarzeit. Herr Born und Fräulein Tillmann klangen verantwortungsstreng wie Oberdiessbach, wo die Mutter herstammte. Von vielen wusste ich auch den Beruf oder die Funktion. Doch vier von fünf Namen blieben Vorstellungen aufgrund ihrer Lautung: Fräulein Tillmann musste spitznasig und brandmager sein, Herr Born gross und bauchig, Fräulein Pargätzi bestand aus Engadiner Nusstorte, Fräulein Meyereggers hohe Absätze brachen auf dem Würfelpflaster des Kirchplatzes, Lydia trug viel weisses Busenfleisch. Kaum ein Name besass ein Gesicht; wurde er ausgesprochen, dachte ich: Schon wieder! Ich habe mich geweigert, die

Bekannten meiner Eltern bei mir einzulassen; sie waren ihre Sache und somit der Zeit, dem Vergessenwerden, dem Verschwinden überantwortet.

➤Eltern-Tabu 104 ➤Fossilien 237

Kommandeure der Schweizer Armee

Das Buch muss während des Aktivdienstzeitkults kurz nach Ende des Weltkriegs publiziert und an alle Offiziere der Schweizer Armee abgegeben worden sein. Es führte in Portraitaufnahmen, deren Grösse entsprechend dem Rang der Dargestellten in der Militärhierarchie gewählt war, die Spitzen der Armee vor, also Guisan und von Sprecher, die Korpskommandanten, Divisionäre, Brigadiers und Obersten. Ich kannte es für kurze Zeit wohl besser als der General selbst, wusste mit geschultem Blick nach Anzahl der Sterne sowie Länge und Üppigkeit des Eichenlaubkranzes zu unterscheiden und bedauerte die Obristen, die nur drei dicke Spaghetti an Képimütze, Kragen und Achselpatten tragen durften.

Mein wahres Interesse allerdings galt den Gesichtern. Ich suchte nach dem Vornehmsten und Schönsten und fand ihn immer wieder in Oberstbrigadier de Montmollin, Vorname vergessen. Er verband Schneid, Männlichkeit und Eleganz mit welscher aristokratischer Lässigkeit. Wäre ich gefragt worden, ich hätte ihn sogleich zum General ernannt und in den Krieg gegen die besiegten Deutschen geschickt, – auch hätte ich nichts dagegen gehabt, er zu sein.

Mein einziges militärisches Engagement.

➤Das Feudalspiel 132 ➤Führer 68 ➤Krieg 36 ➤Kriegsschuld 91 ➤Ranglisten 131 ➤Rittertum und Burgen 10

Dienstmann Küpfer

Er kommt mir vor wie eine Kugel auf zwei Beinen; den kurzen massigen Oberkörper umspannt ein blauer Dienstmannenkittel, halb Sennenhemd. Darunter trägt er im Sommer kurze Hosen, die Beine sind stämmig und braun, die Füsse stecken in ausgebeulten Marschschuhen. Sein runder Kopf, in dessen Mund ein Stumpen steckt, sitzt gleich einem reifen roten Apfel zwischen den Schultern.

Sein Respekt wird aufgewogen von dezenter Vertraulichkeit, denn nach Jahrzehnten des Fuhrdienstes kennt er die Nöte der Kunden mit Kindern und Koffern. Er wartet am Bahnhof hinter seinem Schubkarren auf zwei hohen Speichenrädern. Hat er ihn nach vorn gekippt, so dass die Deichselgriffe in die Luft stechen, ist er zu Diensten. So bescheiden er selbst ist: dass er am Bahnhof steht, gibt diesem ein «Air», und das bezeichnet etwas Apartes, dem man sonst nur in Luzern oder Basel sowie in Kurorten begegnet. Am einschüchterndsten tritt einem das Air auf dem Bahnhofplatz von Interlaken entgegen; dort steigert es sich in den Prachtsgestalten der blau uniformierten Kutscher, auf deren Mützenschildern golden die Namen der Hotels zu lesen sind, ins beinah Unerträgliche: «Grandhotel Victoria-Jungfrau». Solchen Prunk hat Zofingen nicht zu bieten. Wiederum wäre es lächerlich, am Bahnhöfchen Aarburg-Oftringen oder hinter den Stationen Safenwil, Kölliken, Reiden oder Murgenthal Herrn Küpfer aufzustellen. Zwischen Olten und Luzern, Aarau und Burgdorf ernährt unsre Stadt den einzigen Vertreter der Berufsgattung.

Ärmlich zwar, das sieht man; Küpfer fristet sein Leben und das seiner Frau keuchend im Schweisse seines Angesichts oder dann neben dem Karren herumstehend, ins Leere auf Kundschaft hoffend. Er wird bestellt, wenn wir in die Sommer- oder Herbstferien fahren oder, bereits schulverdrossen, zurückkehren. Er läutet an der Tür des Hauses über der Stadt, trägt die Koffer, zwei an der Hand, zwei unter den Armen, zur Strasse hinab, wo er den Schubkarren parkiert hat, und stellt sie sorgfältig, doch entschieden hinein. Nun tut er einen Zug am Stumpen, hebt die Deichseln an, und stadtwärts, bahnhofwärts geht es in halbem Trab; ja, Herr Küpfer ist es gewohnt, flott bergab zu steuern. Jemand von uns läuft hinterdrein oder nebenher. Die halbe Stadt wird wissen, dass wir heute verreist sind. Nun rennt Herr Küpfer beinahe, schwer atmend, und ich denke, er will zeigen, wie bärenstark er trotz seines Alters ist.

Doch er tut mir leid. Ich fasse es nicht, dass jemand solche Lasten laden kann und damit sogar vom Fleck kommt. Auch finde ich's ungerecht, dass er, der so schwer aus dem roten Gesicht keucht und so reichlich schwitzt, für seine Mühe zu guter Letzt Fr 3.50 Lohn erhält. Oder war's mehr? Jedenfalls seinen Tarif. Und muss es nicht traurig sein, nicht in den Urlaub fahren zu dürfen? Ja, grad wenn alle besseren Leute aus der Stadt fliehen, hat er seine arbeitsreichste Zeit, dann, wenn's am heissesten und schwülsten ist.

Die Ferien haben ein Ende, die Schule steht bevor, bedecktes Wetter. Herr Küpfer, der auf Perron 2 unsern Schnellzug abgewartet hat, empfängt uns respektvoll, doch ohne Anbiederung. Ob das Wetter gut gewesen sei? Ja, die herrlichen Panoramen der Berner Alpen, Eiger, Mönch und Jungfrau wie auf dem Präsentierteller. Küpfer weiss diskret den Eindruck zu erwecken, auch er habe inkognito ein paar Tage ausgespannt, vielleicht gar in Interlaken. Eher wird er sich mit seiner Frau eine «Fahrt ins Blaue» mit der Firma Lässer geleistet haben. Bereits hat er die Koffer behändigt, trägt sie die Treppe zur Unterführung hinab, zwanzig Meter durchs Halbdunkel, wieder eine Treppe hoch und aus der Halle zum Karren.

Nun geht's bergauf. Küpfer, ächzend, schiebt seinen Rumpelkarren vom Bahnhofplatz die Bahnhofstrasse hoch in die Altstadt; der Markthalle entlang rattert er übers Kopfsteinpflaster hinauf zum Thutplatz und an dessen entfernter Ecke, beim Säulenpavillon des Alten Wachthauses, zur Stadt hinaus; er überquert die Schulhaus- oder Ringstrasse, rollt zwischen Altem Schützenhaus und Schulpalast den Stadtbach entlang. Auf der Höhe der neuen Turnhalle beginnt die Steigung der Rebbergstrasse. Herr Küpfer bläht, in unmässiger Anstrengung keuchend, die Kugel seines Körpers auf, bis sie beinahe platzt. Ich habe Angst um ihn, und ich atme auf, sobald der Vater ihm, nachdem er die Koffer ausgeladen und den rutschigen Kiesweg hochgeschleppt hat, unter der Haustür Fr 4.– (50 Rappen Zuschlag für die Bergfahrt) in die Hand gedrückt hat (oder war's doch weniger?) und Küpfer, noch immer nicht vom Schlag gerührt, auspustend das steile Strässchen hinab verschwindet.

➢Fossilien 237 ➢Gerechtigkeit 281 ➢Zügelmann Holderegger, Dienstkollege 26

S Bääni-Miggi

Nur der Name und ein Umriss sind geblieben, ihr Gesicht hat die Zeit ausgewischt. Eine mächtige Person, oder zumindest schien sie mir bedrohlich, da sie Wutanfälle kriegte, wenn sie sich von den Kindern zu wenig ehrerbietig behandelt wähnte oder man ihr nicht genug Ware abnahm. Sie hausierte mit Streichhölzern. Ob auch mit andrem? Es könnten z. B. *Fadeschpüeli* gewesen sein, also Näh- und Stopfgarn. Sie zog in der Gegend herum, wohnhaft irgendwo in einem dunklen Loch der Altstadt, und kreuzte vielleicht jedes Jahr einmal an unsrer Haustür auf. Meine Mutter erwies ihr die Ehre und hielt auch uns dazu an; zugleich wahrte sie die bürgerliche Distanz. Drum nannten wir sie, von ihrer wilden Würde gebändigt, *Frau* Bäni, allenfalls *Jungfer* Bäni.

➢Fossilien 237 ➢Gerechtigkeit 281

Reisigsammlerinnen

Zahlreich sind sie nicht; sie gehören zu den Ärmsten der Stadt und der umliegenden Dörfer, das sagt ihr scheues oder demütig-höfliches Gebaren. Paarweise gehen sie im Herbst ihrem halb öffentlichen, halb heimlichen Geschäft nach, füllen Jutesäcke und laden sie auf ihre Leiterwagen, fassen deren Deichsel am Querholz und keuchen hangauf durch die Wälder, sammeln und zerkleinern weiter, bis die Säcke auf Ast und Zapfen zu platzen drohen. Selbst abseits der Waldwege liegt kein Abfallholz. Bricht eine dürre Rippe aus dem Gewölbe der Buchen, ist sie einige Tage später bereits zersägt und abtransportiert. Die Furcht vor dem kommenden Winter in ihren Katen und feuchten Ringmauergelassen treibt die Reisigsammlerinnen auf ihre Gratwanderungen zwischen Legalität und Übergriff, städtischem Reisigsammlerreglement und Bezirksgerichtsverhandlung. Wie rasch ist mit dem *Gertel*, dem Haumesser zum Durchtrennen dickerer Äste, in einer abgelegenen Schonung weiter oben im Stadtwald eine junge Tanne geschlagen, die so schief gewachsen ist, dass sie ohnehin früher oder später ausgemustert werden müsste! Feuerholz für zwei Tage, und erst noch hat man den Forstleuten vorgearbeitet.

Mit Namen kenne ich zwei, Mutter und Tochter – und niemand denkt daran, ihnen etwas vorzuwerfen. Um so schwerer haben sie's. Sie ist eine magere Witwe in verwaschener gestreifter Schürze; es, rothaarig und sommersprossig, ein mongoloides Mädchen. Es spricht krähend, doch korrekt und macht mich durch seine Vertraulichkeit verlegen. Denn ich, obwohl nur ein kleiner Bub, bin den beiden kein Unbekannter. Woher kommt ihnen diese Kenntnis? Dass sie wissen, wem ich gehöre, verstehe ich: Sie sind meinen Eltern begegnet, lange bevor es mich gegeben hat. Doch sie grüssen mich beim Vornamen, sie rücken mir zu nahe auf den Leib. Bin ich so wichtig, dass der Gebrauch meines Vornamens für sie eine Auszeichnung ist? Ich kann ihnen weder nützen noch schaden. Drum genieren mich die beiden Frauen. Mir scheint es nicht in Ordnung, dass ältere Menschen glauben könnten, von mir, dem Knirps, etwas erhoffen zu dürfen. Was nur?

Dabei bleibt es. Ich begegne den beiden immer scheu mit Distanz, sei's im Wald, sei's in der Stadt, die Mutter mit dem Geschlechtsnamen, das Mädchen mit dem Vornamen begrüssend. Nichts in meinem Gebaren soll etwas versprechen, das ich nicht halten kann. Sie tun mir leid und dürfen dies nicht merken.

>Fallaub 168 >Fossilien 237 >Gerechtigkeit 281 >Waldläufer 289 >Waschtag 48

Knüsel, Kolonialwaren

Stosse ich die Tür auf, bimmelt ein Glöckchen über dem Türgerüst. Ich steige zwei Stufen hinunter, schliesse, es glöckelt erneut, mein Blick fällt durchs Rankenwerk aus Gusseisen, das die obere, verglaste Türhälfte vergittert, aufs näher gerückte Pflaster des Gehsteigs. Der Laden ist eine Höhle unter Strassenniveau, auch die niedrige Decke drückt, und keine Farbe passt besser zu den Waren, die sich hier stapeln, als das aufgehellte Bärendreckbraun, Urfarbe aller Süssigkeiten; sogar die weissen Seifenflocken scheinen eine Schleckerei, wenn Frau Knüsel sie abfüllt. Der Ladenkorpus mit schweren tiefen Schubladen teilt den Raum der Länge nach in zwei Korridore. Auf dem Korpus stehen die Waagen, die Glokkenmühle und Kugelgläser voller grellfarbiger Bonbons: krapprote

Himbeeren, gelbe Zitronenschnitze, schwarze Kaffeebohnenpastillen – eine Katastrophe für die Zähne. Da ich Süssigkeiten nicht mag, habe ich keine Ahnung, wie sie schmecken, ob sie auf der Zunge zergehen oder klebrige Fäden ziehen, doch die Farben sind voll und schön. An der hinteren Längswand, dem Kunden gegenüber, steigt ein zweiter Schubladenkorpus bis fast unter die Decke; weisse Emailschildchen. Der Laden endet vor einer Tür in einen dunklen Flur, die halb offensteht. Dort bewahrt Frau Knüsel gröberes und Massengut in Säcken auf, zum Beispiel Baumnüsse, denn um diesbezüglichen Bestellungen nachzukommen, verschwindet sie durch die Tür.

In deren finstrem Spalt erscheint sie nun, geräuschlos herbeigeeilt, eine adrette weisshaarige Frau in braunem Kleid mit farbig gestreifter, frisch gebügelter Schürze; ihre Augen blicken mich durch blitzende Brillengläser an. Ihr erwartungsvolles Lächeln nimmt die Bestellung voraus. *Was taarf's?* Auf dem Zettel hat die Mutter einige Posten notiert; in abnehmender Wahrscheinlichkeit könnten es Haselnüsse oder Mandeln, gemahlen, Seifenflocken, Kernseife, Sultaninen, Dörrfeigen, brauner Zucker, Tuttifrutti, Vanillestengel oder kandierte Früchte sein.

Frau Knüsel zieht eine schwere Schublade aus dem Ladenkorpus, greift in die unsichtbare Tiefe und holt mit einer blinkenden Hohlschaufel, die dort offenbar bereitgelegen hat, Sultaninen ans Licht, schüttet sie in einen Papiersack und stellt diesen auf die Ablage der automatischen Zeigerwaage, deren Skala bis 1000 Gramm reicht. Die Ware klebt und klumpt, so dass in der Schublade gestochert werden muss, um einzelne Weinbeeren nachrollen zu lassen, bis die 150 Gramm voll sind. Nun hebt sie den Sack weg, zieht das Papier an der Öffnung strack, legt es zweimal um, streicht über den Wulst und faltet ihn zu zwei Eselsohren hoch. Der nächste Posten wird frisch zubereitet. Erst werden die Haselnüsse abgewogen, dann in den Trichter der Glockenmühle geleert; der Papiersack, nunmehr über den Mühlenmund gestülpt, empfängt das Verarbeitete, beigebräunliche Flocken. Die Gewürznelken füllen ein Briefchen. Die spanischen Nüsschen lässt Frau Knüsel ins Messingbecken der Waage mit Laufgewicht prasseln.

Frau Knüsel notiert die Preise untereinander auf das grobe Papier eines Rechnungsblöckchens von Handgrösse; sie verschwendet kein Papier; auch der Bleistift ist höchstens fingerlang, die Graphitmine stumpf. Ich müsste mich überwinden, so zu schreiben; man spürt, dass für Frau Knüsel ein Bleistift weniger bedeutet als eine Schere und kein wunderbares Werkzeug für Worte und Sätze ist. Doch rechnen kann sie! Sie erledigt die Addition, diese langweiligste aller Rechenoperationen, mit Leidenschaft; und nicht nur die Addition, bereits die Notierung der Posten erfolgt mit entschiedener Hand: Da äufnet und läppert sich's. Die auf das knapp noch Leserliche gestutzten Ziffern sowie der fette, mit grossem Druck geführte Querbalken über dem Total bringen resolut zum Ausdruck, dass Frau Knüsel jemand ist und ein schöner Verdienst ihr Lust bereitet. Frau Knüsel reicht mir den Zettel über den Ladenkorpus und nennt den Betrag. Die dicken stracken Ziffern rufen nach rundem schwerem Silbergeld. Frau Knüsel wird sie am Abend in eine Pfanne schnetzeln und zu einer schmackhaften Zahlensuppe aufkochen.

➢Fossilien 237 ➢Gassen 192 ➢Markt 199 ➢Milch 100 ➢Schuhe kaufen 195

Intermezzo: Der Grossvater

Er kam mir gross vor, aber ich war klein; seine Söhne erbten die Statur. Er ging aufrecht, ein stattlicher wohlproportionierter Herr, rundlicher Kopf, weisses Haar, blaugraue Augen und ein sich über der Oberlippe bauschender weisser Schnurrbart. Er schien mir mild und gütig und unnahbar; denn seinen 17 Enkelkindern gegenüber hatte er das pauschale Interesse des Geschäftsmannes, den andre Sorgen plagen als Schulzeugnisse und Masern, der jedoch weiss, dass die Jungen einmal in seine Stapfen treten werden. Er hat im Dorf die erste Wasserversorgung aus den Quellen in seinen Wäldern gespeist. Zum Dank hatte die Gemeinde ihm und seinen Nachkommen das Recht eingeräumt, im Garten gebührenfrei eine Fontäne Kommunalwasser springen zu lassen; ein einziger Strahl war's und pinkelig, fand ich und ärgerte mich über solche Tiefstapelei. Die Fontäne in meinem Schlosshof würde höher und mehrstrahlig rauschen. Doch er, seine Gattin, die sechs Töchter und drei Söhne besassen Gespür fürs sozial Verträgliche.

Ich habe Gottfried Neuenschwander gern gehabt, ehrfürchtig, doch uneingeschüchtert. Als er mit achtzig an einer Lungenentzündung starb, die er sich auf Geschäftsreise geholt hatte, war ich überzeugt, jedermann im Zehnzimmer-Trauerhaus müsse in Tränen schwimmen. Zwar hatte ich die Mutter nach dem Eintreffen der Todesnachricht übers Telephon heimlich und ängstlich beobachtet, doch mehr als Nachdenklichkeit auf ihrem Gesicht nicht finden können. Das Begräbnis würde die Wahrheit an den Tag bringen; wir fuhren hin. Meine Anwesenheit schien mir eine unzumutbare Belästigung des trostlosen Kerns der Trauernden, ich ging mit leisen Tritten, wagte kaum ein Wort. Doch niemand hatte Tränen; zu sehen war ein verstohlenes Augenwischen; im übrigen herrschte die dem Anlass angemessene Würde, und bei den Älteren gingen die Blicke zuweilen in eine unbestimmte Ferne – zu ihm. Als in der Stunde vor der Trauerfeier ein älterer Cousin im sogenannten Grünen

Zimmer einen faulen Witz erzählte, war ich schockiert und dies doppelt, da ich trotzdem lachte.

Das Begräbnis entsprach der Bedeutung des Abgeschiedenen; es war eins der Begängnisse, von denen noch lange erzählt wird. Blumen vor der Kirche, im Schiff, an Altar und Kanzel, im Chor, die Kirche Kopf an Kopf gefüllt mit schwarzgekleideten Menschen, das halbe Dorf war anwesend oder hatte sich zum Trauermahl eingeladen. Die Tante Sängerin sang, die Orgel brauste etliche Male, der Pfarrer sprach eindringlich – so zumindest mein Eindruck. Ich sass neben dem Vater in einer der privilegierten Kirchenbänke vorne rechts unter der Kanzel, und Trauer überschwemmte mich, dass der Grossvater nicht mehr lebte, um dies zu sehen und zu hören. Ich schämte mich, dass ich fast zuvorderst sass, ich hatte dies – ein Junge von elf Jahren – nicht verdient, weder denen gegenüber, die hinter mir hatten Platz nehmen müssen, Freunde, Klienten, Angestellte, noch vor ihm selbst, dessen gütiger Geist mit Gewissheit im Raum um Altar und Kanzel webte. Eine oder zwei Stunden vorher – der offene Sarg stand im Elternschlafzimmer des Trauerhauses – hatte ich die Stirn des Grossvaters berührt. Die Toten können sich nicht wehren: Sie war steinkalt, und es hatte mir gegraust. Die erste Leiche in meinem Leben.

Als wir die Kirche verliessen, trat ich schluchzend an der rechten Hand des Vaters in die Sonne und hätte mich verstecken mögen, denn nur meine Schwester noch hatte sich so weit hinreissen lassen; auch die zutiefst in Trauer Versunkenen verbargen ihre Gemütsbewegung hinter einem auf Mund oder Augen gepressten Taschentuch oder einer versteinerten Miene. Zugleich war ich stolz, dass ich's konnte. Denn dies war der entscheidende Moment. Nun sahen alle, wie nahe ich und der Grossvater einander gestanden – und dass ich zu Recht vorne gesessen hatte.

Hochachtung, Scheu, Liebe. Wenn wir zu Gast waren, präsidierte er die lange Tafel am Schmalende, sonntäglich-feierlich im Massanzug, hinter sich die Fensterfront und die halboffene doppelte Balkontür, durch welche schwach der Diessbach rauschte. Rechts von ihm sass die Grossmutter in Seide, schwarz oder grau, den Kragen mit Brosche geschlossen, dann folgten zwei Tanten, links von ihm sassen der Vater, auch er im Massanzug mit Uhrkette, ich, die Mutter, die Geschwister und zuweilen noch eine Tante. Gottfried N. schätzte meinen Vater fürs Gespräch so gut wie fürs Weiterreichen der Platten und Schüsseln. Die Einwände seiner Gattin gegen die Heirat meiner Eltern – seiner ältesten Tochter und eines intelligenten strebsamen Habenichts aus heruntergekommener Familie des Ancien Régime, der sich sein Studium selbst finanziert hatte und erst noch kein Berner war – hatte er mit Selbstverständlichkeit überhört. Sie, eine Gerberstochter aus Zweisimmen, scheint an der Aussicht auf solche Mésalliance eine Weile Anstoss genommen zu haben: Stolz des handel- und gewerbetreibenden Bürgertums, das es nicht nötig hatte, *Loon z'zie*. Mein Grossvater hatte Kätheli Zysset während der Zeit seiner Werbung jeweils mit dem *Gütschli* besucht, mein Vater fuhr mit der Eisenbahn oder ging zu Fuss. Katharina Z. wiederum hatte Gottfried N. nach dem Bankrott ihres Vaters, herbeigeführt durch eine Bürgschaft, ihr sogenanntes Jawort zurückgegeben; so wollte es die Konvention. Er soll bemerkt haben, er heirate nicht ihre Mitgift.

Zu Mittag wurde als Vorspeise Bouillon geschöpft, aus einer weissen Deckelterrine; neben *Flädli*- war meine liebste die Buchstabensuppe, aus der ich, sobald das Blumendekor am Tellergrund seine natürliche Farbe wiedergewonnen hatte, meinen Namen zusammensetzte. Es wurde das Unumgängliche gebetet, und nun liess ich meinen Grossvater nicht aus den Augen. Sein Schnurrbart hing ihm in jeden Löffelvoll, und doch leerte er mit grösster Eleganz den Teller, ohne die hinter den gestärkten Kragen gesteckte Serviette zu bekleckern. Anschliessend musste er den Schnurrbart blankwischen, sonst wäre dieser allmählich angegilbt und hätte den Geschäftsfreunden sowie seinen Angestellten auf unappetitliche Weise kundgetan, dass auch der Prinzipal Suppe löffelte.

Dann erst begann das Gespräch, denn feste Nahrung, also Rinds- oder Kalbsbraten, Voressen oder Ossobucco, dazu Erbsen, Kohlrabi, Karotten und Kartoffeln unter dem Schnurrbart hindurch in den Mund zu schieben, war problemlos, und das Trinken des, wie ich Jahre später feststellte, ausgezeichneten Burgunders oder Pinot Noir oder Aigle Rouge war für den Grossvater ein mit seinen welschen, schnurrbärtigen

Freunden, allen voran Hotelier M. Herminjard in Vevey, jahrzehntelang eingeübtes Ritual. Man redete über dies und das, und ich, eingehüllt in den leichten Schauder vor der Grösse überm Tischende, gab gefragt Auskunft über Schule und Zeugnis, Dinge, die mich wenig mehr als den Grossvater selbst interessierten. Das Gespräch führten die Erwachsenen, wir Kinder hörten zu.

Ich habe meinen Grossvater nie ein lautes Wort reden hören. Seine Gelassenheit war Sicherheit, vielleicht auch Sanftheit des Wesens oder Starrsinn; sie erhöhte das Ehrfurchtgebietende und bewies die Selbstverständlichkeit einer Autorität – nicht nur des Grossvaters, sondern der Sitte und des Herkommens, wie sie im Dorfe galten. Seine Töchter sprachen ihn zwar nur gelegentlich mit «Ihr», aber immer mit *Vatter* an; den Diminutiv *Vatti* gab's nicht. Solcher Respekt ohne Devotion wurzelte in der liberalen Gesinnung des alten Herrn.

Zwar mochte Gottfried N. den Leonhard Ragaz nicht und nannte dessen christlichen Sozialismus eine die Wirtschaft schädigende Schwärmerei. Zwar durfte der Zug der Emmental–Burgdorf–Thun-Bahn erst abfahren, wenn Grossrat N. , der sich im Kontor um ein weniges verspätet hatte, zugestiegen war, damit an der Session in Bern seine Stimme für die liberalkonservativen Werte der bodenständigen Berner Landschaft, etwa für die Beibehaltung des Steuergeheimnisses, nicht fehlte. Und doch! Und doch überzeugte dieser damals *ex aequo* Höchste im Dorf – Eduard von Wattenwyl, der Schlossherr, zahlte schlecht und war, obwohl Kavallerieoberst, unbeliebt – ohne Mühe, weil er in die Tat umsetzte, wovon er überzeugt war und worüber er nie predigte. Er war verehrt, wie Patriarchen es sein sollten. Er half wieder auf die Beine, wenn jemand Unglück gehabt hatte. Ich weiss von einem Tüchtigen – vielleicht gab's noch andre –, dem er einen kleinen Hof kaufte, um ihm zu einer Existenz zu verhelfen, dies zu einem Freundschaftszins. Um ihn herum stimmte, was er für richtig hielt.

Dass seine drei Söhne selbständige Berufsleute waren, versteht sich; einer hatte als Tellerwäscher in New York angefangen. Dass aber jede der sechs Töchter das lernen oder studieren durfte, wonach ihr der Sinn stand, war in den zehner und zwanziger Jahren nicht üblich. Die Älteste studierte Sprachen und Geschichte; die Jüngste war Apothekerin und Kunstsammlerin; die Zweitälteste wurde Hauswirtschaftslehrerin, die Zweitjüngste Opern- und Konzertsängerin; die Drittjüngste, Gärtnerin, leitete während zwei Jahrzehnten die Gärtnerinnenschule Hünibach; die Drittälteste war Krankenschwester. Gottfried N. hätte es als eines Mannes unwürdig empfunden, seinen Töchtern den Willen zu beugen. Opernsängerin – man stelle sich vor! Die Vorstellung scheint ihm, hinten am Fuss der Falkenfluh, eingeleuchtet zu haben. Töchter wussten nicht weniger gut als Söhne, was für sie das Richtige war. Darum zündete sich, sobald zum Nachtisch Kaffee, Kuchen und Süssigkeiten gereicht wurden, die Apothekerin eine Zigarette an. Nach dem zweiten oder dritten Tässchen stellte die Hauswirtschaftslehrerin ihr Kaffeegeschirr in den Dessertteller und sagte: *Jaa, mir sötte dängk.* Man nickte, sie betete das Unumgängliche, und jedermann schob den Stuhl zurück.

➢Das Grossvaterhaus 181 ➢Grandhotel «Seelisberg» 183 ➢Kriegsschuld 91
➢Moral 115 ➢Schneewittchen 121 ➢Vroni B. 96

x. Echo

Was … nicht

Was man nicht gehabt hat
eine Aargauer Schulwandkarte
einen Adelstitel und eine Burg
Autorität
ein goldenes Beil
eine Bleistiftspitzmaschine
Eishockeystiefel
Freude an der Schule
einen Helm aus Gold
ein Lexikon in zwanzig Bänden
einen schönen Namen
ein Pferd
eine silberne Ritterrüstung
einen schneeweissen Rollkragenpullover
ultrakurze dunkelblaue Samthosen
einen Schlittelweg von einer Stunde Dauer
einen Schulhausbrand
eine Spielzeugeisenbahn bis nach Russland
eine tiefe Stimme
eine Tarnkappe
ein Tretauto

Was man nicht gewesen ist
ein Anführer
beliebt und sicher
bewundert
blauäugig und blondlockig

ein Dirigent
feig
furchtlos
ein Fürst
gesellig
gesund
ein Komponist
neidisch
ein Pferd
reich
ein Ritter
ein Silberwolf
stark
ein Verleumder
wetterwendisch

Was man nicht gekonnt hat
befehlen
dreinschlagen
fechten und reiten
fliegen
fluchen
Fussball spielen und Ski fahren
gerne gehorchen
an sich glauben
die Gralsburg finden
konzertreif Klavier spielen
klettern bis in den Wipfel einer Tanne
durch die Finger pfeifen
im Stehen pinkeln
die Schule überspringen
die Sprache der Tiere
tanzen
sich verwandeln

Der Jüngste

Der Aufblick des Jüngsten geht mir heut noch nach. Wohl und beschützt fühle ich mich unter Älteren; ihrer werden immer weniger. Senke ich den Kopf, kommen mir statt geistiger Zöglinge oder gläubiger Adepten nur meine schmutzigen Schuhe auf der stummen Erde vor Augen. Selbst Jüngeren begegne ich mit Aufblick; sie können's und wissen's. Wenig hilft's, mir einzureden, die Sache liege möglicherweise anders. Ich muss Überzeugungen, die den meinigen zuwiderlaufen, sogar absurde Behauptungen, ernst nehmen, ich kann sie nicht ungeprüft beiseite wischen. Mich beherrscht der Eindruck, der andere sei der Ältere und im Recht. Ich bin gezwungen, den Kleinen, der ich zu sein glaube, am Grossen zu messen. Ich verbrauche dabei zuviel Mut; daher versuche ich, sobald Meinungsverschiedenheiten aufbrechen, Zeit zu gewinnen. Mühsam ordne ich meine Gedanken und trete an zum Versuch, meine schwachen, unbedarften Argumente gegen die unschlagbaren eines Stärkeren, Überlegenen, Klügeren ins Feld zu führen. Mir scheint, die meinige sei eine verlorene Sache, ich verteidige sie, um das Gesicht zu wahren oder aus Loyalität. Dass meine Auffassung nicht selten standhält, hat daran nie etwas geändert. Am schwersten fallen mir Entscheidungen, die andern zuwiderlaufen; ich führe Menschen bestenfalls durch Überzeugung; Befehle sind für mich Beschneidung der Freiheit des andern. Zu mir selbst kann ich nur vor dem Spiegel stehen; doch der Mut und die Zuversicht aus dem Spiegelbild verdampfen in Minuten. Ich bin uninteressant, und die übers Interessante entscheiden, haben das bemerkt. Ich schreibe Briefe und erhalte keine Antworten. Was ich nicht kenne und was ich nicht kann, macht mir angst.

Ich bin ein schlechter Witze- und Anekdotenerzähler. Wo der wirkungs- und erfolgverwöhnte Sichere die Spannung der Zuhörer erhöht und auskostet, indem er die Geschichte ausschmückt, da fühle ich mich unsicher, bedrängt von Erwartungen, die ich nie erfüllen werde. Der Augenblick kommt, da ich die Sache hastig zu Ende bringe. Die Pointe verpufft, das Gelächter bleibt aus.

Auch Gutes haben meine Unsicherheiten. Ich habe mir Ideologien, globale Erlösungsmodelle, politische und andre Patentrezepte, rote und andre Büchlein und «unwiderlegbare» Wahrheiten nie zu eigen machen können. Nicht mal die neusten Moden. Was können die Erlösung der Welt und die Umkrempelung der Gesellschaft schon mit meiner Person anfangen? Was dem Schwachen mit Gewalt auf den Leib rückt, das rückt sich selbst ins Zwielicht. Er weicht aus, indem er den aufgeblähten Grossen der Urfrage des Kleinen aussetzt: Heissluft? Mein Mangel an Gewissheit und Entschiedenheit, mein Zweifel, wo andre wussten und drauskamen, mein Zögern und Tasten, wo jene handelten, haben mich gelehrt, ein Dauerunbehagen zu ertragen. Ich habe nie aufgehört zu lernen. Unsystematisch und mühselig habe ich meine eigene Abart eines seiner Beschränktheit bewussten und daher ziemlich offenen Weltbegriffs entwickelt, wissend um dessen Lückenhaftigkeit und mangelnde theoretische Basis, lernend aber auch, dass ein Wissen um solche Mängel das Wachstum der Begriffe, Vorstellungen und Einsichten fördert. Alte Erkenntnis: nicht die Eiche, das straffe Drahtseil, die Felsklippe überdauern, sondern das Schilfrohr, die lose Leine, der rieselnde Sand.

Aha, sagt der Jugendpsychologe, da haben wir's wieder: Am Anfang war die Erziehung; Sie sind geistig-seelisch plattgewalzt worden! – Im Gegenteil: Meine Eltern haben mich in meinem Tun meist bestätigt. Mein Bruder hat früh und sehr bestimmt gewisse Auffassungen und Ansichten vertreten, und das Gewicht seines Vorsprungs von vier Jahren mag zu meiner Unsicherheit in Meinungsverschiedenheiten beigetragen haben. Doch Zwang? Nie. Dennoch mein Aufblick des Jüngsten. Welche Mühe hat es mich gekostet, bestimmten Vorbildern das Heft aus den Händen zu nehmen, in welche ich selbst es ihnen gelegt hatte, weil ich es in ihren Händen glaubte. Fast jedesmal war es höchste Zeit. Wirst du nie lernen, du selbst zu sein? So hab ich mir von den Gewissheiten der Grossen spanweise meine Zweifel des Kleinen abgeschnitten. Unbeliebt in einem Land, wo der Versuch, klarer zu sehen, aufrichtig zu bleiben, von andern zu lernen und nicht hinterm Zaun den Rest der Welt zu belehren, fichenwürdig waren.

Die Einsicht, dass alle Gewissheiten die Zweifel, aus denen sie gewachsen sind, und alle Religionen das ratlose Suchen ihrer Gründer vergessen haben, ist später eingezogen. Jene sind zerstörbar, diese nicht.

Paläste zerfallen, die Backsteine, aus denen sie errichtet wurden, werden zum Bau von Hütten wiederverwendet. So habe ich mich daran gewöhnt, ohne wetterfestes Dach auszukommen, um kurz darauf zu bemerken, dass andre begannen bei mir unterzustehen. Ich war ratlos, ich sagte, hier herein tropfe der Regen und der Wind blase von weither und die Sterne seien dünn gesät. Vielleicht sei alles anders, vielleicht sei meine Orientierungskompetenz, mein sogenannter Weltbegriff ein Weltunsinn, all die Jahre hätte ich nichts als Zweifel eingefahren. Ich habe zu hören bekommen, es sei mein Leben mit der Ungewissheit, das Sicherheit verbreite.

➤Der Bruder 87 ➤Diminutivverlust 279 ➤Führer 68 ➤Krankheit und Macht 147
➤Offside 161 ➤Statistik 143 ➤Verkehrte Welt 231 ➤Züchtigung 66

Lehrerssohn

Lehrer haben einen schlechten Ruf.

– Sie sind Faulenzer. – Mein Vater begann im Sommer um sieben, um acht im Winter den Unterricht und arbeitete, da seine Fächer viel zu korrigieren gaben, meist bis neun oder zehn Uhr abends. Er zeichnete historische Karten und Übersichten oder schrieb grammatische Tabellen mit Tusche auf Packpapier, – was damals noch wenig üblich war. Man nennt das, glaube ich, Unterrichtshilfen.

– Sie haben immer Ferien. – Er war froh um die Wochen freier Zeit und nutzte sie zur Vorbereitung des nächsten Quartals. Einmal im Jahr gönnte er sich und uns zwei Wochen Ferien ausser Haus.

– Sie verdienen zuviel. – Materielle Sorgen haben uns nicht geplagt; das Nötige war da. Um noch etwas darüber hinaus bereitzustellen, hatte der Vater das Rektorat der Kaufmännischen Berufsschule Zofingen inne und etliche Abendstunden an derselben sowie einige KV-Inspektorate übernommen. Für Inspektionsreisen nach Lenzburg, Reinach und Baden nutzte er freie Nachmittage.

– Sie sind parteiisch. – Gerechtigkeit sollte für jeden Lehrer eine Sorge sein. Mein Vater bemühte sich, und er hatte Humor. Dem Humorvollen verzeiht ein Schüler die Zurechtweisung leichter als dem Staubsack.

– Was Lehrer den Schülern vermitteln, ist unnützer Ballast, hinderlich im sogenannten Lebenskampf. – Häufig riefen ehemalige Schüler an und kamen zum Tee. Ein Schiff ohne Ballast kentert.

Lehrer*kindern* gegenüber wird die Rolle einfachheitshalber umgedreht: Streber, du büffelst, sogar in den Ferien. – Du brauchst nichts zu arbeiten, du weisst immer im voraus, was in der Prüfung gefragt wird. – Wart nur, bald wird sich weisen, dass andre viel gescheiter sind als du. – Du bist ein Spion. – Was dich interessiert, ist kalter Kaffee.

Das Gewicht dieser Vorwürfe hat mich erst nach der Kindheit getroffen. Dass ich in der Schule keine Mühe hatte und mich am Unterricht beteiligte, wurde mir verziehen, half ich doch auch, wo es ging. Ich «wusste» es gern und schämte mich, wenn ich mich irrte.

>Aufsätze verbessern 69 >Gerechtigkeit 281 >Raumer 71 >Schulzimmer des Vaters 74 >Vorausschule 46

Geschichte

Als Kind von Akademikern genoss ich *einen* grossen Vorteil: Mir standen der Schrank mit den Glastüren und die Regale im Studierzimmer zur freien Verfügung. Nichts war verboten. Ich war ständig auf Entdekkungsreise, schaute, las, studierte, wonach mir der Sinn stand. Da der Vater Historiker war, wurde ich früh vertraut mit der Weltgeschichte in positivistischer Darstellung. Ich hatte die Jahreszahlen aller Haupt- und Staatsaktionen, alle Kriege, Siege, Niederlagen, alle Kaiser, Könige, Duodezfürstentümer Deutschlands, alle Helden und Verräter im Kopf.

Vorteil ist Nachteil. Im Hirn toste zuweilen ein Wildes Heer des Grauens. Ich wusste viel zu früh viel zu viel von der Scheusslichkeit, welcher die Menschen fähig sind und an die nur schon zu denken Übelkeit bereitet. So habe ich mich nie der Augustinischen oder Hegelschen oder Toynbeeschen These von einem Sinn und Ziel der Weltgeschichte anschliessen oder tröstliche Vorstellungen von einem persönlichen Gott entwickeln können. Alles, von der Entstehung des Universums und des Sonnensystems bis zu den Vernichtungslagern der Nazis und Stalins, sprach dagegen. Und sollte ich als kleines Kind an einen Lieben Gott geglaubt haben – etwas, woran ich keine Erinnerung trage: Spätestens vom 8. Lebensjahr an ist er demontiert worden. Langsam wuchs die Erkenntnis, dass jeder dogmatisch festgeschriebene Glaube, jede Ideologie, alles unbezweifelbare Wissen um das Gute und Richtige und Wahre den Menschen hasst und dass Utopien ihn nur so lange achten, als sie nicht verwirklicht sind. Ich habe mir, ohne Glauben dieser Art das Leben auszuhalten, selbst beigebracht.

Geblieben ist mir die Gewohnheit, Geschichte und ihre grässlichen Glorien durch meinen Körper aufzunehmen. Wird einer geköpft, erschossen, verbrannt, aufgespiesst, zu Tode gefoltert und verheizt, bin ich dieser eine – im Wissen, dass dies den Opfern gegenüber Anmassung ist. Gelieben ist eine verschattete Stimmung, illusionslos eher als depressiv. Die Freude ist ein Hügel, den zu ersteigen ich eine gewisse Zeit brauche, es sei denn, die Musik nehme mich mit. Gefestigt hat sich die Überzeugung von der überlebenswichtigen Funktion der Kunst, die im Spiel ihre Welt schafft und ohne Zwang oder Zutrittsgebühr zur Verfügung stellt. Kunst als *Humanum*.

Alle zehn, fünfzehn Jahre wird das wissenschaftlich, wirtschaftlich und politisch einzig Richtige und Zukunftsträchtige neu ausgerufen und das Alte abgeschafft; und jedesmal füllen sich die Kartenhäuser solcher Beschränktheit mit unzählbaren Pilgerscharen. Im Laufe meines Lebens hätte ich Gelegenheit gehabt, der kommunistischen Planwirtschaft, dem Maoismus, dem kapitalistischen Wachstumswahn, der asymptotischen Produktionssteigerung, der Naturzerstörung, dem Arbeitskräfteimport, der Tertiarisierung, dem Sozialausbau, der Redimensionierung, der Ökologisierung, der Globalisierung, dem *New Capitalism* zu dienen. Alle dreissig bis vierzig Jahre trägt die Verkündigung eine andre Clownsmaske; und wieder wird geglaubt und gemordet. Vergessen ist, dass dem Götzen von gestern oder vom andern Ende der Welt die neuen Opfer ein Greuel wären. Ich schliesse mich der chinesischen Auffassung an, dass *der* Kaiser gut ist, von dem die Untertanen gar nicht wissen, dass es ihn gibt.

Was bleibt, ist die spielerische Schöpfung. Sie erzählt dir, wer du sein und werden könntest und dass nicht genügt, wer du bist.

➢Ameisen - Todesspiel 39 ➢Astronomie 145 ➢Kriegsschuld 91 ➢Statistik 143 ➢Das unlösbare Wenn 300

Zofinger Tagblatt, 11. September 1948

Polen in Sibirien

Kolyma ist der Name eines russischen Konzentrationslagers im sibirischen Nordosten zwischen dem Nördlichen Eismeer und dem Ochotzkischen Ozean gelegen. Es handelt sich um die goldreichste Gegend ganz Russlands; (...). In dieser unwirtlichen Gegend errichteten die Russen ein Konzentrationslager für todgeweihte Häftlinge, die als Arbeitstiere der sibirischen Goldförderung verwendet wurden. (...) Hunderttausende von Arbeitskräften und rund zehntausend Polen, die 1940 in russische Kriegsgefangenschaft fielen, wurden deshalb nach Kolyma verbracht. Von ihnen allen sind nur 171 zurückgekommen; (...). Die Sowjetbehörden schwiegen sich aus, und das einzige, was man weiss, stammt von den polnischen Soldaten General Anders'. [Es folgt eine der ersten mir bekannten Schilderungen des Grossen Grauens im Gulag.] (...) In diesem Lager traf man ausschliesslich auf Gefangene mit abgefrorenen Händen und Füssen. (...) Wer noch Hände besass, musste Holz spalten, wer sie verloren hatte, musste mit den Füssen Baumstämme entrinden. (...) General Anders berechnet, dass allein in den Jahren 1935/40 rund 2, 5 Millionen Menschen in die Goldgruben von Kolyma verschleppt wurden und darin den Tod fanden. Spk.

Kind und Öffentlichkeit

Wir existieren. Als wir selbst. Als das, wofür wir uns halten. Für andre und vor andern. Als das, wofür andre uns halten. Zum Gebrauch durch die andern. Wir existieren. Öffentlich leben wir. Die Öffentlichkeit bedient uns und bedient sich unser nie in einem höheren Masse als in der Kindheit. Unser Tun und Lassen, Zeitvertreib und Langweil, Gesundheit und Kranksein, unsre körperlichen Bedürfnisse, Frustrationen und Wünsche, Enttäuschungen und Beglückungen spielen auf einer Bühne. Wir toben während der Taufe, weinen im Konzert, laufen bei der Truppenparade den Soldaten in den Stechschritt. Endlich beschliessen wir, den Rest unsres Lebens im Kopfstand zu verbringen oder ein Wolf zu werden. Das Kleinkind sitzt öffentlich auf dem Nachttopf, legt grossen Wert darauf, dass die gesamte Umwelt an seinem kreativen Akt teilnimmt. Ich soll mit Bewunderung heischender Miene hölzerne Bauklötzchen in den Topf praktiziert haben: Erweiterung der Ur-Kreativität. Solange das Kind nichts zur Fristung seines Lebens beitragen kann, muss es streng öffentlich existieren. Auf solchem Konzertpodium kommt die Bildung eines Bewusstseins seiner selbst langsam voran. Das Kind manifestiert sich in Taten, die andre verantworten müssen. Darin gleicht es den meisten Politikern.

Spiele heissen diese Taten, und sie lassen eine Zukunft erahnen, welche die wohlmeinenden Eltern zuweilen erschaudern lässt; das Kind aber meint nicht das Erschreckende, sondern die Wahrheit. Zur selben Zeit, da es dornröschenversonnen und schneewittchensüchtig dasitzt oder mit Augenaufschlag gleich einem Engel der himmlischen Heerscharen der Erzählung von Jesus im Tempel lauscht, ist es imstande, einem Weberknecht alle acht Beine abzuzwacken und sich an seinen Zuckungen zu weiden. Moralische Ambivalenz.

Die spielerische Entwicklung des Kindes erfolgt unter den Augen von Familie und Nachbarschaft, und möglicherweise hätte es jahrelang nichts dagegen einzuwenden. Da stösst es auf Hindernisse. In meiner Kindheit setzten sie wohl mit einem Pfui! der Mutter beim dritten Herausfischen der Holzklötzchen aus der Kacke und mit meiner nicht begreifenden Enttäuschung ein. Durch Versuch und Irrtum lernen wir, was wir in der Öffentlichkeit dürfen und was im Geheimen zu verrichten ist. Ameisen hatte ich heimlich zu rösten; deutsche Städte durften öffentlich mit Bomben ausradiert werden.

Was, wenn ich keinen oder nur Hindernissen begegnet wäre? Wer von uns hat nicht in Momenten der Frustration, daran verzweifelnd, je zu seinem Recht zu kommen, laut geschrien: Euch zum Trotz werd ich mich umbringen; dann habt ihr's! Was? Die absolut missliche, unhaltbar ungerechte, nur durch den phantasierten oder realen Suizid noch sichtbar zu machende Lage des Beleidigten in der Öffentlichkeit, ein letzter Schrei, wahrgenommen zu werden als ein andrer. – Die rigorose Öffentlichkeit unter Marginalisierten ahndet jedes private Abseits. Wieder heisst eine Konsequenz Suizid.

Ein Kind weiss mit sieben oder acht die Koordinaten des Laufgitters auswendig, das die Eltern ihm gezimmert haben; es wird in alle Ausbuchtungen desselben vorgedrungen sein und sich an sämtlichen Einknickungen gestossen haben. Fortan wird es beim Erfinden seiner Welt vor jedem neuen Spiel erwägen, ob es zur Freude aller darf oder im geheimen muss, da sonst öffentliche Normen verletzt würden; sein Experiment wird sich darnach richten. Es will sich nicht ständig verletzen, es kann bereits extrapolieren, denn die Ecken vergisst es nie. So etwa stellte ich mir die Frage, wo ich mein Einschlafspiel, die Fabrik unter der Bettdecke, einordnen sollte. Harmlos oder unwillkommen? Meine Moralisierung durch Erlaubnis und Verbot, Beifall und Tadel hatte Fortschritte gemacht. Ich liess sie surren, wummern, rauchen im geheimen.

Die späten Kindheitsjahre sind eine Zeit wachsender Heimlichkeiten, auch eines verdunkelnden Gefühls, nicht gut zu sein. Denn ein Mensch gibt seine älteste Überzeugung, die Öffentlichkeit, also die Mutter, dann die Familie, sei ohne Fehl, ungern auf. Was bleibt, wenn diese Instanz irrt? Ein Desaster, ein Abgrund. Gewöhne dich dran, der hat auf dich gewartet. Er trägt deinen Namen, dein Wesen, und du musst lernen, damit zu leben.

Der Abreissvorgang setzt vor dem Ende der Kindheit ein, entlang der Perforation, die schon immer da war, ein Geburtsschaden. Ganz langsam wird das farben- und tugendleuchtende Abziehbild der Eltern milchig, abstossend, verzerrt sich – und die Armen wollen entweder nie etwas davon geahnt oder es gewissenhaft bekämpft haben. Das Kind wiederum blickt über den Spalt, durch den Eiswind strömt, zu seinen Eltern zurück: dort die klar umrissene Enge und die Trauer, hier Herzklopfen und durstige Ferne. Es möchte die Guten voller Liebe an sich drücken und muss sie stehenlassen. Es versteht, dass sie nicht verstehen; es versucht sich verständlich zu machen als der Mensch, der es ist. Doch genau dieser Mensch schmerzt die Eltern wie nichts sonst. Es wendet sich nach innen, schweift im verborgenen nach allen Richtungen, auf alle Felder von Wirklichkeit und Phantasie, Verdorbenheit und Güte, bis zu den Grenzen, welche Erziehung, Charakter, Talent, Veranlagung und gebotene Möglichkeiten ihm setzen. Das Kind wird Person. Der Öffentlichkeit aber gilt es Sand in die Augen zu streuen, solange sie das unklar entworfene Selbst bedroht.

➢Ameisen – Todesspiel 39 ➢Freiheit des Kindes 111 ➢Erste Heimlichkeit 44
➢Krieg 36 ➢Kunst des Befehlens 82 ➢Ränder 283

Alter und Zeit

Früh verstörte mich, dass ich in fremder Menschen- oder Tiergestalt immer mein Alter haben musste. Warum war meine Phantasie ausserstande, sich in ein zwei Jahre älteres *alter ego* einzuleben? Beim Gedanken, ich werde mir in ferner Zukunft – hinter zwei Weihnachten – einen zwölfjährigen Ritter erfinden müssen, überzog grauer Himmel eine verödete Landschaft. Und doch scheine ich mir jetzt, mit zehn, als sibirischer Silberwolf nicht minder anziehend als vor zwei Jahren. Ich brauche nur die Augen zu schliessen, in sein Fell zu schlüpfen und das Rudel durch die grenzenlosen Taigen zwischen Ob, Jenissej und Lena zu führen. Sobald ich mir aber den Wolf zwei Jahre älter vorstelle, ist er ein abgelebter Schatten. Meine Phantasie verweigert den Dienst. Es darf nicht sein.

Auch wenn ich versuchte, mir mich selbst in zwei oder vier Jahren zu denken, beschlich mich Gleichgültigkeit. Ich wollte, ich würde so alt nie sein. Und wenn ich es wurde? Dann wusste ich: solches Leben war nicht wert, gelebt zu werden. Spannenderes, Farbigeres, Königlicheres als das Leben eines Zehnjährigen gab es nicht. Doch hätte ich, als ich acht Jahre alt war, den Zehnjährigen gedacht, die Gestalt würde mich nicht minder kalt gelassen haben als jetzt in dieser Stunde des Zweifels der zwölf- oder vierzehnjährige Zwitter. Zuweilen rechnete ich aus, wie viele Sekunden lang ich Schlag Mitternacht vom 11. auf den 12. April 1938 der jüngste Mensch der Welt gewesen war. Zeitangst.

In den Büchern jedoch liess ich höheres Alter andrer Menschen durchaus gelten. Der Gotenkönig Totila in Felix Dahns Roman «Ein Kampf um Rom» ist mindestens zweieinhalbmal so alt wie ich, als ich mit zehn das Buch lese, und ich wünsche mich nicht minder in seine Heldenhaut. Seinen Gegenspieler, den letzten Römer Cethegus, denke ich mir vielleicht viermal so alt, und ich entziehe mich seiner dunklen Faszination und gerissenen Rhetorik nicht. Agamemnon dürfte fünfunddreissig- bis vierzigjährig, Lanzelot dreissig, Parzival, Tristan und Gawan mögen Mitte zwanzig sein: ich schlüpfe in ihre Rüstungen, als seien sie für mich geschmiedet worden – und die Welt glänzt.

Ich konnte den Widerspruch nicht lösen. Undenkbar, dass jedes Alter seinen Glanz und Wert haben und ich durch jede Phase hindurchwandern soll. Ich bin neun, und der schwarze Panther ebenso; ich bin elf, und der Ritter, der in meiner Gestalt durch die Wälder oberhalb unsres Hauses irrt, ist keinen Tag älter. Heute wird er im Martinsgraben oberhalb der Mühletaler Fabriken die Prinzessin aus den Klauen eines schwarzen Riesen befreien, auch sie elfjährig. Warum kann er nicht dreizehn sein? Warum fällt es ihm, dem Elfjährigen, nicht ein, eine Dreizehnjährige zu erlösen?

Bin ich jedoch Gawan, finde ich den Gedanken lächerlich, dass ein Elfjähriger den schwarzen Riesen, der die Prinzessin eingekerkert hat, besiegen könnte. Ich gönne es dem Gawan-Ich, den Liebestollen aus dem Sattel zu heben, seine Künste zu brechen, ihn Unterwerfung, Gehorsam, Treue schwören zu lassen, der jungen Frau die Ketten abzunehmen, sie ins Purpurzelt zu tragen und sich zu ihr zu legen – wozu ich mit elf noch nicht recht imstande wäre.

Wo kamen der Silberwolf und Gawan zusammen? Mussten sie nicht ein und derselbe sein? Wie schaffte es der Bub, der meinen Namen trug, älter zu werden? Wie würde er leben, wenn er einmal dreissig und doch nicht Gawan war, nicht mal ein richtiger Ritter, nur er selbst? Die Zeit musste etwas Gnadenloses sein, ohne Schutz und Trost.

>Apfelstrudel 123 >Parzival und Tristan 125 >Rittertum und Burgen 107
>Totemtier 120 >Waldläufer 289 >Wandel 292

Diminutivverlust

Allerweltsvokal, Reibe-, Nasen-, Zisch- und Verschlusslaut: mein Vorname; der Missklang macht mir zu schaffen. Noch lebe ich im Schutz der Nachsilbe Li, die mir sogar von der Lehrerin gegönnt wird. Hinter dem Kose-Li verpuppe ich mich in meiner Kleinheit und Kindlichkeit, es hält unangemessene Ansprüche älterer Jungen fern. Die Eltern breiten ihre Hände über mich: Du bleibst der Kleinste.

Ich sehne mich nicht danach, grösser und erwachsen zu werden; solche Wünsche werden Kindern wohl angedichtet. Ich will bleiben, wie ich bin, der ich bin, umsorgt von den Eltern, wohlgelitten von den Geschwistern. Wenn ich gesund und sorgenlos leben darf, empfinde ich das Jetzt als stillstehende Vollendung. Sie wandert mit und in mir durch die Tage und blüht, sobald Phantasie und Wirklichkeit ineinander aufgehen, als heftiges Glücksgefühl auf. Der Sechs- oder Neunjährige genügt sich selbst. Gäbe es nicht die Zeit, die durch mich hindurchrinnt und gegen die ich nichts vermag, ich würde das Sein jedem Werden vorziehen. Warum soll heute übers Jahr besser als heute sein? Von mir aus kann Gott die Zeit abschaffen und dies nicht nur, wenn ich für eine Kontrolle zum Zahnarzt bestellt bin oder die Ferien zu Ende gehen, die Krankheit abklingt und der schwarze Schulzwang droht. Sondern überhaupt. Zwar ist neunjährig zu sein genauso spannend wie sechsjährig. Doch was sollen mir zwei verschiedene Zustände? Ich brauche sie so wenig wie die blöde Schule. *Ein* Alter reicht für mein Leben. Und die Verkleinerungssilbe meines Vornamens ist die Garantie, dass ich ewig Kind bleiben werde. Ein magischer Kreis, geschlossen von Li. Solange ich als Kleiner gerufen werde, ist mir, die Zeit könnte stillstehen oder sei gar bereits stillgestanden, ohne dass jemand dies bemerkt habe, und nichts werde sich mehr ändern.

Eines Tages am Tisch sagt der Vater: «Es ist Zeit, dass du Ernst heisst, du bist doch schon ein Grosser.» Dabei lächelt er fast entschuldigend. Ich habe mich nicht zur Wehr gesetzt; ich bin mit rotem Kopf sprachlos dagehockt, erniedrigt, beschämt, weil die Eltern offenbar dem Geheimnis meines ewigen Kindseins auf die Spur gekommen waren, es mit einem Satz ans Licht gezerrt und abgeschafft hatten. Dort krümmte es sich zusammen, verschrumpelte. Plötzlich schien es eine Schuld, die ich vor allen hatte verbergen wollen: Ich hatte mich geweigert, mich der Zeit und dem Leben zu «stellen»; nun wurde ich in die Zeit gestossen, musste ich mich dareinschicken, älter zu werden. Eine erste Masche im

Gewebe zwischen den Eltern und mir war gerissen. Nun war ich diesem Namen ausgeliefert, mit dem ich wenig anzufangen wusste, und – doppelte Ungerechtigkeit – meinen älteren Geschwistern wurde die Verkleinerungsform weiterhin gegönnt. Ich musste gross und alt werden, ich sah der Zeit in ihr wahres, gleichgültiges Gesicht. Sie machte keine Ausnahmen, auch die nicht, die ihr so leicht gefallen wäre, das kleine Wunder für mich. Ich marschierte von nun an mit allen andern Menschen, wohin ich musste und nicht wollte.

Seit jenem Mittagstisch bin ich jedermann dankbar gewesen, wenn er sich vergass und mich aus alter Gewohnheit im Diminutiv ansprach. Ob das Älterwerden sich doch noch aufhalten liess und das Kindsein mich wieder zu sich nahm? Irgendeinmal war die Verkleinerungsform aus der Erinnerung aller gefallen. Nicht aus der meinigen; dort lebte sie weiter, beschämt, dunkel. Die Zeit ging durch mich hindurch. Ich begann Geburtstagswünsche zu hassen. Ich hatte meine Berufung, ewig Kind zu bleiben, verpasst.

➢Der Jüngste 270 ➢Namen 112 ➢Wandel 292

Gerechtigkeit

Irgendwo, vor einem unsichtbaren Augenpaar, vor einem Geist, grösser als Unterwelt, Erde, Himmel, war der getötete, von Achill um Troja herum geschleifte Hektor Sieger. Irgendwo erfüllte sich Tristans und Isoldes Treue im Ehebruch als Seligkeit ohne Tod und Ende. Genauso musste vor dieser Instanz das arme, tagtäglich von Lehrer Raumer in nasser Aussprache bespiene und zur Schnecke gemachte Ruthli über seinen Demütiger triumphieren. Irgendwo wurde sogar dem betrogenen, dumm-gläubigen Teufel sein Recht. An jenem Ort der Wende, der Wandlung und Wahrheit fanden sie zusammen, die Überwundenen, die Schwächeren, die ewigen Zweiten, die fünften Räder, und wurden in jeder Hinsicht gesund.

Im christlich-jüdischen Paradies? Mein Unglaube. Die feierlich schwarze Bibel erzählte von Einem, der immer Recht hatte, genau wie Raumer, und den vielen andern, die immer mehr oder weniger, wenn nicht ganz und gar Unrecht hatten wie Ruthli. Ein eifernder Gott konnte denen, die nicht an ihn glaubten, keine Gerechtigkeit geben. Er quälte sie für Irrglauben, für Ungehorsam, Fehler oder Schwächen, bis er sie erledigt hatte. Was war das für eine Religion, wo man selig wurde, sofern man in Gehorsam wandelte? Oder sich auflehnte und zur Hölle fuhr? Wer hatte je bewiesen, dass das Recht bei Gott war, ja, dass es diesen Gott überhaupt gab?

Dennoch musste es einen Ort der Gerechtigkeit geben. Nur: wo ihn ansiedeln? Im Jenseits war ein Ort der Belohnung oder Strafe Unsinn. War er dort, wo jemand für jemand andern etwas ins Gute rückte, wo Hilfe gebracht und Erkenntnis gefördert wurde? Es galt, diesen Ort aus der Verbannung im Himmel herunterzuholen. Hier allein vermochte man etwas zu wirken, das die Lebenden der Gerechtigkeit näher brachte und vielleicht gar den Hader der Toten stillen half.

›Dienstmann Küpfer 256 ›Aufsätze verbessern 69 ›Hefte austeilen 60 ›Parzival und Tristan 125
›Raumer 71 ›Reisigsammlerinnen 259 ›Der arme Teufel 118

Zofinger Tagblatt, 30. April 1943

Humanität und Propaganda

Was haben Humanität und Propaganda miteinander zu tun? Nicht sehr viel, so möchten wir antworten, und immer weniger, je länger der Krieg dauert. In den letzten Tagen und Wochen haben zwei Schreckensmeldungen ihre Runde durch die Weltpresse absolviert, zwei Schreckensmeldungen, die unsere obige Behauptung eindrucksvoll illustrieren und deshalb gerade den neutralen Zeitgenossen zum Nachdenken veranlassen sollten. Nach der einen Meldung, deren Tatsachengehalt allerdings umstritten ist, sollen von den Russen im Herbst 1939 beim Einmarsch in Polen Tausende von *gefangenen polnischen Offizieren ermordet* worden sein. Ob sich diese grauenhafte Anschuldigung durch eine Untersuchung von unbefangener Seite nach so vielen Jahren durch stichhaltiges Beweismaterial erhärten lässt, bleibe dahingestellt. Was uns aber bemerkenswert erscheint, ist die Tatsache, dass die öffentliche

Meinung sogar in unserem neutralen Lande derartige Verstösse gegen die ungeschriebenen Gesetze der Humanität und die geschriebenen Normen des Völkerrechts in erster Linie unter dem Gesichtspunkt der propagandistischen Wirkung beurteilt, wogegen das spontane Urteil des Gefühls erst hinterher hinkt. (...) Spontanes menschliches Empfinden wird immer mehr den Erwägungen der Propaganda geopfert; das heisst dem Kampf für oder gegen eine Kriegspartei.

Noch eindrücklicher wird dies beim zweiten Beispiele, der *Hinrichtung kriegsgefangener amerikanischer Piloten in Japan*. Eindrücklich deshalb, weil dieses Verbrechen gegen das Völkerrecht vom Täter selber, also von der japanischen Regierung, kaltblütig bekanntgegeben worden ist.

Wenn die Menschheit nicht rettungslos der Verrohung und der *Verneinung der Zivilisation* anheimfallen soll, dann müssen vor allem in den neutralen Ländern Stimmen laut werden, die sich vernehmlich gegen alle brutalen Verletzungen des Völkerrechtes und gegen alle durch den Krieg bewirkten Katastrophen zur Wehr setzen (...). Wenn beispielsweise in Griechenland Tausende von Menschen den Hungertod sterben, so dürfen wir uns nicht an diesen Gedanken «gewöhnen», und wenn diejenigen, die den Geist des totalen Krieges heraufbeschworen, von ihm nun selber verfolgt werden, so wollen wir darüber keine Genugtuung empfinden, sondern einzig und allein auf die Rettung der Menschheit und ihrer Zivilisation bedacht sein. Jener letzte Funke von Menschlichkeit, der heute ernstlich in Gefahr steht, muss von uns Neutralen gehütet und allem propagandistischen Denken zum Trotz in die Nachkriegszeit hinübergerettet werden.

Ränder

Eins meiner frühen Spiele endete in Scherben. Ich rückte alle mir erreichbaren Gegenstände auf dem Tisch an dessen Rand und schob sie mit dem Finger gewissenhaft bis zum Punkt des Kippens, immer wieder von der

Höhe des Tischs der Absturz auf den Stubenboden. Es habe seine Zeit gedauert, bis ich mich habe überzeugen lassen, dass die Schwerkraft auf alle Dinge ohne Ausnahme wirke.

Ja, nur die Ränder haben mich um den Schlaf gebracht, die Zonen, wo Erkenntnis und sicheres Wissen sich auflösen in Chaostheorie, Entropie, Hypothese, wo Wahrscheinlichkeiten schon viel sind und die Zehnerpotenzen gleitend werden, wo das Bild, das wir uns von uns selbst machen, zerfliesst. Drum meine Neigung zu Astronomie, Astrophysik, Mikrobiologie, zu Musik und meine Hoffnung auf die Fortdauer von Geist und Liebe. Ich misstraue jeder Wirklichkeit.

Um den Buben herum zeichneten die Ränder seiner Welt einen unregelmässig ausgezackten Stern. Nah die Finsternis unter Tisch und Sofa, das Ersticken in den Angstträumen, die Fabrik unter der Bettdecke, die Furnierfratzen auf den Möbeln. Das halb ober-, halb unterirdische Treiben der Ameisen, ihre befestigten Reichsstrassen quer durchs Rasenstück der Blumenterrasse, setzte sich in meiner Vorstellung viele Stockwerke in die Erdtiefe hinunter fort. Fern dann die Walderforschung, der Ritt nach Osten auf den Rauchfahnen der Hochkamine, die sprechenden Umrisse der Kontinente im Atlas, die Märchen, die Helden und Götter.

Gewöhnliche Gebrauchsgegenstände lebten in einer Aura, die ich immer neu aufsuchte. Öffnete ich den Schreibmaschinenschrank im Studierzimmer, versetzte mich der Terpentinduft des Farbbandes der Hermes 2000 unter schwarze Schlote, braune Wolken, gelbe Gasschwaden, röhrende Sirenen und langsam eindämmernde Fabrikkolosse. Lustvoll atmete ich ihn ein, und was ich tippte – im letzten Jahr der Kindheit die Namen und Einwohnerzahlen der grössten Städte der Welt –, wurde von Terpentinduft durchtränkt.

Als die heimischen Grenzen erkundet waren und ich weitermusste, verliess ich die Gegend ohne Bedauern. Nur eins vermisste ich: die Wälder, wo das Unbekannte vor meinen Augen zurückgewichen war, sein Geheimnis offenbart und ich die Sehnsucht nach *terra incognita* gestillt hatte. Auch Undankbarkeit gehört zu den Eigenschaften derer, die das Vorhandene nie recht brauchen können, da sie unfähig sind, Realität von der Hand in den Mund zu verzehren und davon satt zu werden. Das Geräusch ihrer Schritte hallt ihnen hohl aus dem Boden, als gingen sie auf einer Holzbrücke durch den Himmel.

➤Aargauer Schulwand- und Schülerkarte 77 ➤Ameisen – Todesspiel 39 ➤Astronomie 145
➤Ersticken 153 ➤Freiheit des Kindes 111 ➤Hochkamine und Sirenen 208
➤Karte und Landschaft 140 ➤Statistik 143 ➤Zahlenspiele 142

Zofinger Tagblatt, 19. April 1947

114 neue Gletscher entdeckt

Eine unter Führung des Geographen Leo Bermann stehende Expedition des Russischen Arktischen Forschungs-Instituts hat im Osten Sibiriens weit jenseits des Nördlichen Polarkreises ganz überraschend einen Gebirgszug von 150 km. Länge und etwa 60 km. Breite entdeckt, der 60 weit über 2000 Meter hohe Gipfel umfasst; nach den bisherigen Messungen befindet sich darunter zumindest ein Dreitausender. Es konnten bereits 114 Gletscher festgestellt werden, die ein Gebiet von wenigstens 400 Quadratkilometer bedekken; die Dicke der Eisdecke beträgt bis zu 250 Meter. Es handelt sich um die grösste Gletscherfläche der ganzen Sowjetunion. Die Entdeckung wurde durch eine zunächst unerklärliche Erscheinung veranlasst, die sich im Sommer des vergangenen Jahres ereignete; zwei Nebenflüsse des Indigirka-Stroms in Jakutien, die regelmässig im Sommer vollkommen auszutrocknen pflegen, führten plötzlich Hochwasser und überschwemmten ein sonst trockenliegendes Gebiet von erheblichen Ausmassen. Die zufällig in jener Gegend anwesende Expedition beschloss, dem Grund für dieses Phänomen nachzugehen und dem Lauf des grössern der beiden Flüsse bis zu seiner – keinem Eingeborenen bekannten – Quelle zu folgen. Nach mehrwöchigem Ritt in nördlicher Richtung erblickten die Forscher ganz unvorbereitet von einer Hügelkette aus ein gewaltiges Gebirge, das bisher auf keiner Landkarte eingezeichnet ist. Auf den Bergen befanden sich zahlreiche Gemsen, die keinerlei Anstalten machten, vor den ersten Menschen, die sie zu sehen bekamen, zu

fliehen. Es bot keinerlei Schwierigkeit, den Grund für den auffallenden Wasserreichtum der in diesem Gebirge entspringenden Flüsse festzustellen: während bis dahin die Temperatur dieser nördlichen Regionen ein Abschmelzen der Gletscher immer – oder mindestens seit Menschengedenken – verhindert hatte, hatte der in jenen Gegenden anormal heisse Sommer 1946 sie erstmals zum Schmelzen gebracht und auf diese Weise enorme Wassermassen freigemacht, die sich ins Tiefland ergossen.
[Sowjetische Zeitungsente auf dem Höhepunkt des Gulag-Terrors; das Gebirge existiert nicht.]

Patriarchat und innere Emigration

Ich habe während zehn Jahren der Autorität des Vaters vertraut. Momente gab es, da ich mit der lautersten Liebe und Bewunderung zu ihm aufgeschaut, mir zu eigen gemacht habe, was er sagte. Er war der Seltene, Kostbare. Ich tat dies äusserlich kund, indem ich seine Hand suchte. Mit seiner Güte und Wärme hat er uns Kindern sein Bestes getan. Ich nehme die paar erhaltenen Postkarten mit Innerschweizer oder «vaterländischen» Motiven (Garbenbinderin usw.) in die Hand, die er aus dem Aktivdienst nach Hause geschrieben hat; der erste Gruss, der meinen Namen auf der Adresse trägt, richtet sich an einen Anderthalbjährigen, ein andrer zeigt den Sendeturm von Beromünster. Militärpoststempel erst «Territorial Füs. Kp. I/140», später «Territorial Mitr. Kp. IV/140», Landsturm also.

Vermutlich stellte sich die Herzensverbindung am leichtesten her, wenn wir im Sommer oder Herbst unterwegs im Gebirge waren. Dort gehörte er uns, und er genoss es, seine Kinder spielen und ausschwärmen zu lassen; in ihnen war er am Ziel seines Lebens. Auf den Alpen und in den Felstürmen der Glockhaus-Kette zwischen Unterwalden und dem Haslital war er der König. Er trug Knickerbockers und den geschwollenen Rucksack, darin die belegten Brote und die Tranksame verstaut waren. Er war, obwohl Unterländer, die Berge gewohnt, Beweis sein gleichmässig ausdauernder Schritt. Er hatte sie seit seiner Stationierung

1917/1918 als vierundzwanzigjähriger Offizier auf dem Dreiländerspitz in den Knochen. Über die Köpfe seiner im Schnee eingegrabenen Truppe surrten die Granaten von Italien nach Österreich und zurück.

Wenn wir nach anderthalb oder zwei Stunden zum ersten Mal rasteten, uns im Halbschatten einer Wettertanne über der Waldgrenze oder vor die Hütte einer Alpstafel hinsetzten, war er der Mittelpunkt. Da die Stillung des Hungers weit hinter derjenigen des Durstes zurücktrat, teilte er zunächst den Tee aus der blechernen Militärflasche im aufschraubbaren Deckelbecher aus. Gierig auf die Lust des Trinkens, wohnten wir dem Ritual bei. Der metallgraue Bechergrund kam nach wenigen Schlucken zum Vorschein. Die Mutter wachte über den weiteren Ausschank, damit der mit Zitrone versetzte Schwarztee nicht vor der Gipfelrast zur Neige ging. Um den Vater herum in der Sonne des mittleren Vormittags zu sitzen, die Kühle vom trocknenden Schweiss auf dem Körper, seiner Baritonstimme zuzuhören, die wie auch sein Lächeln und die braunen Augen hinter den runden Brillengläsern etwas Sich-Herabbeugendes hatte, das sich in der einen oder andern Frage an uns Kinder kundtat: Es war eine Erfüllung auf beiden Seiten. – Hast du je so viele Ameisen beim Morgenturnen gesehen? – Meinst du, du schaffst den Aufstieg von der Käserstatt zum Hochstollen (gut 600 Meter) in einem Ruck? – Oder zur Mutter: Sollten wir nicht den Rückweg über die Mägisalp nehmen, damit die Kinder noch im Bach spielen können? Familie als momentweise verwirklichte Utopie, als Demonstration und Erfüllung von Harmonie und Geborgenheit in der bürgerlichen Urzelle, sich selbst genug, fern der bedrohlichen, vom Krieg verbrannten Welt, denn in Sicht waren bestenfalls einige Kühe und ein Senn in miststarrenden Holzpantinen, und die Angst vor ihnen war überwindbar. Ich meine, wir haben dies nötig gehabt. Die Sonne schien, wir waren, weil wir unsrer Lust folgen durften, übermütig und doch lieb, die Rangordnung war unbestritten und unangestrengt. Bei der Bewältigung des Sachlichen im Gebirge stützt ein unmittelbar einleuchtender Erfahrungsvorsprung die elterliche Autorität. – Tritt nicht so weit hinaus; die Geröllhalde kann ins Rutschen kommen. Gewiss, die 600 Meter Felswand und Steinschlag öffneten sich unter dem Fuss. In den Bergen, besonders dort, wo sich keine begehbaren Alternativen finden, wirkt der patriarchale Weltentwurf unproblematisch, naturgemäss richtig. Das beweist ein Vergleich der Erinnerungsbilder von Vater und Mutter auf Bergtour. Sie erscheint mir kleiner, was sie nicht gewesen ist, und vor allem gewichtloser, unkörperlicher unterm weissen Sonnenhut, in einem Halo von Sorge oder Nachdenken, vielleicht Müdigkeit, dahingehend, ein bisschen fremd am Ort wie in einem Maskenspiel; für sie sind die Familienferien kaum Erholung gewesen. Unter diesen Umständen habe ich es vorgezogen, neben dem klar konturierten Vater mit Lodenhut zu gehen und von Zeit zu Zeit nach seiner Hand zu greifen.

Patriarchale Familie – Achtung und Liebe in beiden Richtungen – konnte damals für ein Kind gültig sein. Die Liebe hat sich, glaube ich, auch nie gemindert, sie hat sich verändert, hat lernen müssen, andre Lieben neben sich zu dulden.

Kinder sollen häufig schweres Unrecht oder Unverständnis von seiten der Eltern zum Anlass nehmen, sich abzugrenzen und eigene Wege zu gehen. Nichts Derartiges ist mir erinnerlich; ich habe andre Gründe finden müssen. Ist die Ablösung deshalb so geräuschlos erfolgt? Anlass sind divergierende Ansichten gewesen. Später war's Konservatismus dort und Unvoreingenommenheit hier – und irgendmal fällt man die das Leben bestimmenden Entscheidungen diskussionslos selbst.

Die erste mir erinnerliche Abweichung meiner noch schwankenden Meinung vom Nordpol des Familienkompasses fällt, wenn ich von den erregten Gesprächen mit Tante Rosa über die Kriegsschuld der Deutschen absehe, ins zehnte Jahr. Bis dahin hatten mich die Befehle in Anfrageform wohl geärgert, ich hatte herumgemault, doch erschütterte das Auseinanderklaffen von Wunsch und Pflicht die grundsätzliche Übereinstimmung höchstens einen Nachmittag lang; ein Indiz, dass die Eltern ihre Erziehung am Einsehbaren orientiert haben.

Dieses erste Mal betraf erst noch nicht mich selbst; wahrhaftig ein altruistischer Dissens. Um so deutlicher war mir – die Erinnerung hätte sich anders nicht gehalten –, dass sich etwas verändert, ich einen Weg betreten hatte, der aus dem wohlbemessenen Feld der Familie wegführte. Die Eltern nannten eine Schülerin, etliche Jahre älter als ich, die ich kannte und aus der Ferne ein bisschen bewunderte, «vorwitzig». Auf meine Nachfrage erhielt ich eine Erklärung, die, wie mir schien, dem Mädchen Unrecht tat. Ich sagte mir das deutlich, doch nur mir allein. Es mochte scheinen, ich teile die elterliche Auffassung oder die Sache sei mir gleichgültig. Ich aber war entschlossen, mich in diesem Punkt nie eines Besseren belehren zu lassen.

Schweigen. Neues Programm. Ich wünschte weder Diskussion noch Rechtfertigung; im stillen hielt ich fest: Die Eltern sind im Unrecht, jedoch unfähig, dies je zu begreifen. Sie hätten mit sich reden lassen, und wir hätten uns auf einen Kompromiss einigen können, etwa: ein hübsches selbstbewusstes Mädchen, zuweilen aber überbordet sie. Nein, ich wollte keine Diskussion. Es ging um Distanznahme an sich, eine Übung in Abweichung. Ich hatte den ersten Schritt in die innere Emigration getan.

>Bekannte der Eltern 255 >Elternsprache 84 >Eltern-Tabu 104 >Freiheit des Kindes 111 >Gartenkies 103 >Erste Heimlichkeit 44 >Kriegsschuld 91 >Kunst des Befehlens 82 >Milch 100 >Die Ruhmeshalle 163

Waldläufer

An einem Ort der erste sein, der ihn betritt: über einer Flussgabelung, in einem Felsenkessel, auf der Hochfläche eines Tepui im Regennebel. Die Zeit scheint lang vorbei, doch selbst heute gibt es auf der Erde Stellen, die kein Menschenauge gesehen hat, über die nie der Schatten eines Schiffs geglitten ist. Und wer ein Loch in die Erde gräbt, braucht nicht mal Glück, um Entdecker des Steins an dessen Grund zu werden. Satelliten sehen ohne Menschenaugen. Vor fünfzehn Jahren ist in Sibirien eine Sippe von Altgläubigen entdeckt worden. Sie waren vor den Verfolgungen der zaristischen Orthodoxie in die Taiga geflohen und hatten die Revolution verpasst. Sowjetunion? Stalin? Weltkriege? Kopfschütteln; ihnen war der kleine Fluss achtzigmal bis auf den Grund gefroren und wieder aufgetaut.

Was bleibt dem Forschungsreisenden, der nie über den Rand der Karte hinausgelangt, dorthin, wo sich Leviathan, die Einhörner und Yetis tummeln? Ich habe während der Streifzüge die Wälder im Hinterland der Stadt zurückverwandelt in weisse Flecken des Unbetretenen; und jeder mir unbekannte, abgelegene Waldwinkel, der sich vor meinen Augen auftat, gab mir das Gefühl, ich sei der erste Mensch an diesem Ort. Unweit einer Forststrasse vielleicht, auf der ein Wandrer vorbeikommen mochte – und doch das starrsinnige Glück des Entdeckers. Als ob die Zeit hinter meinem Vor-Gänger lautlos einen Vorhang herabgelassen und die Stelle vom Geruch menschlicher Anwesenheit gereinigt hätte, um mir beim Betreten ein Land aufzuschliessen, das soeben aus der Tiefe der Schöpfung gestiegen war.

Ich habe jeden Schritt ins Unbekannte mit dem winzigen Herzklopfen und Schauer getan, alles könne sich ereignen, vor mir sei Lichtung, liege ein menschlichem Zugriff und wirtschaftlicher Ausbeutung endlich entzogenes Land, bewahrt für meine geräuschlosen Schritte, den absichtslosen Blick, der keine Wunde schlug. An jenem wasserrieselnden Waldhang hauste das Anfängliche, hinter jener im Gelände schwach noch ablesbaren Felsnase wartete es und gewährte mir Einlass, denn ich war der erste, der es so wieder verlassen würde, wie er es vorgefunden. Ich führte keine Kugel im Feuerrohr, keine Säge, keinen *Gertel*, nicht mal ein Messer, ich kam und ging unbewaffnet, ausgeliefert, durchscheinend. Langsam, über Jahre hin, hat sich das Unbekannte meiner Blösse geöffnet.

Wenn ich mir auf der Spur der aufbewahrten Innenbilder auf meinen damaligen Wegen folge, verdichtet sich noch immer ein warmes Gefühl: Hier geht der erste – ausser Sicht. Ich war hinter die Grenzen vorgestossen. Weigerung, mich definieren zu lassen, irgendwo eingebunden zu werden. Verhasst war mir Bestimmung von aussen. Was treibt den Forscher über den Südkontinent, was den Abenteurer auf einem Floss auf den Stillen Ozean hinaus, wenn nicht seine persönliche Einzigkeit? Er hofft sie dort zu spüren, wo er der erste ist und niemand ihn findet, wo er sich selbst austeilt in das, was sich ihm offenbart. Endlich ist er am Ort, der seit Anbeginn der Zeit auf ihn gewartet hat: Es ist der Ort seines Anfangs und Endes. Sindbad führt den Magnetberg an Bord seiner Dhau, Musa und Abdul Kadus die Kupferstadt zwischen den Höckern ihrer Kamele. Und was sich plötzlich am hellen Tag vor ihnen erheben wird, sind die Schöpfungen ihres eigenen Dunkels; sie begegnen ihren Erfindungen von Welt, Bildern aus dem Reich der Möglichkeiten, daran wir alle träumen und das uns die genauste Kunde über uns selbst gibt. Die Frage liegt in uns, die Antwort erscheint ausser uns. Und ist es die letzte, erscheint sie als Tod: Scott am Südpol, Franklin in der Nordwestpassage.

Jeder ist für sich der erste und letzte, nie entdeckt, nie beschrieben, ein Anfang und ein Ende der Schöpfung. Mütter erkennen diese Eigenschaft an ihren Kindern, ohne die Deklaration der Menschenrechte oder die Mikrobiologie bemühen zu müssen. Daher ihre Angst und Hoffnung. Die Gewissheit, der erste zu sein – objektiv nach zwei Schritten widerlegt –, ist, nicht minder objektiv, wahr.

Wird ein Kind, dessen Spielgrund das nächste Einkaufszentrum ist, dasselbe Bedürfnis entwickeln und ähnliche Wege finden, seiner Wahrheit zu begegnen? Wird es für einen Moment hinter einer Regalwand voller Waschmittel unsichtbar für den Rest der Welt? Verwandelt es den Urwald der Waren in das Minenfeld seiner Träume so wie die Grossstadtkinder einer früheren Generation die rechteckigen Innenhöfe der Mietskasernen in die Prärie? Kauern im Dickicht, zwischen den Füssen das Lispeln eines Rinnsals. Kauern in einer zerfallenden Handwerkerbude voll ausrangierter Werkzeuge und Haufen von Material. Kauern im Glitzerpalast der lockend hergezeigten Käuflichkeit. Die Freiräume schrumpfen.

Ich sehe mich durch abschüssiges Waldgelände klettern, uralte, seit Jahrzehnten aufgelassene, nur noch am kränklichen Jungwuchs erkennbare Holzerwege erforschen, in Tannenschonungen eindringen, an winzigen jahreszeitlichen Weihern hocken, einem Wildwechsel folgen – immer die Frage im Kopf: Wohin werde ich geführt? Was wird mich erwarten? Mein Heimweh nach einem noch unbeschriebenen Phänomen, einem Sagentier, einem ungeheuren Baum, nach einer für mich ganz allein Wirklichkeit gewordenen Blüte der Schöpfung. Sogar die Überreste längst eingestellter menschlicher Tätigkeit hatten sich allmählich in Natur zurückverwandelt, die älter schien als die Zeitspanne des Menschen. Denn die Spuren vom langsamen Walten ausgestorbener

Generationen, von Bauern, Kiesgrubenleuten, Steinbrechern, Kohlensuchern, die Grundmauern eines verlassenen oder abgebrannten Gehöfts, das an Rost erkrankte, Ruck um Ruck in sich zusammenbrechende Gestänge einer rohen Maschine, werden, bevor sie endgültig zerfallen, zu Zeugen der geologischen Aktivität des Menschen, zu Skeletten oder Formationen eines schwer erklärbaren lokalen Sedimentations- oder Erosionsprozesses, der die Halluzinationen der Erde bestürzend an ihre Oberfläche heraustreibt. Und im lautlosen Betrachter bricht die dicke Schicht abgelagerter Zeit für Momente auf über vorzeitlich Geschaffenem, längst Vergessenem, zyklopisch Anmutendem. Er wird das Liegengebliebene, das Weggeworfene und Veraltete nicht beschämen, sondern sein lassen. Dem Aufmerkenden wird es sich als Mahnung an all die Menschen aufschliessen, die waren, die er auch hätte sein können, *weil* er ist.

➢Aargauer Schulwand- und Schülerkarte 77 ➢Die Baumruine 178 ➢Chuzenhöhlen 176
➢Hochkamine und Sirenen 208 ➢Jahrhundertstimmungen 135 ➢Karte und Landschaft 140
➢Kontinente 137 ➢Ozeanerforschung 139 ➢Die Quelle 174 ➢Schlossweid 179 ➢Waldbahn 175

Wandel

Die Stadt und ihr Umland hatten während gut fünfzehn Jahren geschlafen: Wirtschaftskrise (von der ich unbestimmt reden hörte), Zusammenbruch der Bank in Zofingen (meine Eltern verloren ihre Ersparnisse), Krieg und eine zögernde Erholung der Industrie in den ersten Nachkriegsjahren. Häuser, Fabriken, Plätze, Strassen, Bauernhöfe, Wiesen, Weiher und Bäche: alle waren älter als ich, prähistorisch, meine Urlandschaft. Industrie und Wohnen, Stadt und Dorf hatten Zeit gehabt, ein Gleichgewicht zu finden, nachbarlich miteinander zu verkehren. Oder hat es mir nur so geschienen?

Der Wald wusste, dass das kleine Tal, das sich zwischen seinen Hängen weiterschlängelte, für alle Zeiten Wiese bleiben würde, über die am Abend feine Dünste zogen, und dass in den Bachborden unter Weiden und Holunder Zaunkönige hausten. Das uns gegenüberliegende Wohnviertel wusste, dass es bei der ersten Kurve der Strasse ein Ende fand, die über den Rottannhubel ins entfernteste der von der Stadt abhängigen Dörfer führte. Die chemischen Werke wussten, dass eine Betonmauer und ein Dreckkanal sie von den Wässerwiesen der Wiggerebene trennten. Die Bürger wussten, dass bei trübem nassem Westwindwetter abgestandener Harngestank durch die Gassen und die Hügel empor in die Wohnquartiere kroch. Die Textilherren wussten, was der Markt wollte und wieviel er absorbierte; ihre Techniker wussten, dass die Spinn- und Webmaschinen sich nur bei fünfundzwanzigjähriger Lebensdauer amortisierten. Die Naturstrasse, die unser Quartier mit der Stadt verband, stiebte und war mit sich selbst im Reinen. Asphalt? Nein! Wer sie benutzte, kannte jedes Haus, wusste, wer arm war, wer reich, wo er arbeitete und ob er etwas taugte; er konnte die Namen und Spitznamen aller hier Wohnenden, ihre soziale Stellung, ihre Funktion, ihre Taten auswendig und die Mienen nachäffen, er memorierte sie allnächtlich, und am Morgen bestätigte sich das Gespeicherte, wenn er wie alle in der Dämmerung aus dem Haus trat, zur Arbeit ging oder sich aufs Fahrrad schwang.

Dem Quartier war klar, wohin ich gehörte, wieviel Gewicht unsrer Familie zukam. Ich wiederum wusste, in welchen Häusern die Kinder wohnten, ob sie jünger oder älter waren, wie sie hiessen – es war die Epoche der Röbi, Peter, Fritz, Liselotte, Rose- und Annemarie und der Binaca-Zahnpasta –, wie sie aussahen, redeten, ob sie brav oder unfolgsam, beschränkt oder gescheit waren; ja sogar die Buffets in einigen guten Stuben waren mir bekannt. Das Quartier wusste, in welche Häuser eine Wäscherin kam und wann sie eintreffen würde, bei uns war dies alle vier Wochen an einem Montagmorgen um sieben der Fall.

Dieses Wissen gab Halt, munterte auf, versicherte einen der Welt und ihrer Gutartigkeit. Wo ein Ehepaar Schwierigkeiten hatte, würde es sich eines Tages wieder «finden»; wo Kinder geschlagen wurden, hatten sie den Riemen wahrscheinlich verdient. Zugleich aber wusste man eigentlich nichts, denn im Wissen um die Neugier der gesamten Nachbarschaft war jedermann bestrebt, sein Innenleben mit Hilfe von Gartenmauern, Hecken, Jalousien und zugezogenen Vorhängen geheimzuhalten. So brauchte man sich um das in Einzelfällen vielleicht Allerschlimmste nicht zu scheren; zum einen wünschten die Betroffenen keine Intervention, zum andern war's vermutlich nur böse Nachrede. Der Verdacht aber haftete.

Man konnte nicht verlorengehen, weil die Welt fest gefügt war; also würde man selbst nie aus den Fugen gehen und immer derselbe bleiben. Ich war ewig ein Bub und wohnte bei lieben Eltern und Geschwistern; die Mama kochte immerdar Krautstiele *au gratin* oder mit Hackfleisch gefüllte, gratinierte Zucchettischiffchen oder Kohlwickel im Schlitten, buk Apfelstrudel mit Rosinen oder was immer ich am liebsten ass. Zuwider war mir nur die Restensuppe am Donnerstagabend, doch selbst sie war durchs Wochenmenu-Ritual geheiligt. Derart selbstverständlich und unwandelbar war dies alles, dass man weder Dank noch Tadel dafür wusste. Nur die Kriegsgreuel und später der Sturz von Benesch, die Ermordung Bernadottes und Molotows «Njet!» in der Uno gaben Anlass zu Schauder und Dankbarkeit.

Und eines Tages war nichts mehr so, wie es hätte sein sollen. Es begann mit einer Veränderung in nächster Nähe, die, weil es die erste war, schwer in mein Gemüt polterte. Eine Buche, die wir Geschwister «das Schiff» nannten, ein Knorrenmonstrum wenige Schritt hinter dem Waldrand, in deren an einer Böschung freiliegendem Wurzelwerk wir uns zu verkriechen pflegten, wurde umgesägt. Von dem riesigen bergenden Baumwesen «Schiff» fanden wir nur noch den Strunk und Sägemehl und das ohne Stamm und Krone unter einem Loch im Laubdach nun geheimnis- und sinnlos gewordene Wurzelgeschling vor. Wir flammten vor Empörung über diesen Eingriff Fremder in das Reich unsrer Kindheit, und mir war er ein Schock; plötzlich schien nichts mehr sicher. Die alten Holzriesen im Wald, die sich die steilen Kreten hinunterzogen und wo wir im Winter und Frühjahr über die mit Schmelzwasser gefüllten Furchen gehüpft waren, welche die zu Tal geschleppten Stämme hinterlassen hatten, wurden von breiten, durch tiefe Einschnitte oder auf hohen Dämmen geführten, den Höhenkurven folgenden Fahrstrassen unterbrochen und überzählig. Der Förster, ein Bekannter der Eltern, tat seine Pflicht als Wirtschafter; ich begann ihn zu hassen. Dann raubte er mit Betonstaustufen den Waldbächen ihr rieselndes Gefälle und den Zaunkönigen ihre Nester. Selbst die bescheidene Natur wurde gebändigt.

Die Eltern gaben ihren Pflanzgarten im Henzmann westlich der Stadt auf: Wohnblöcke sollten dort hochgezogen werden, die ersten in der Gegend; die brachten mehr ein; auch stand das Haus am Hügel ja mitten in einem Garten. Ich hatte das Stück Land mit Beeten und Beerenzäunen nie recht gemocht, hatte bei einer Arbeit, die schwerer wog als die Ernte, zuviel schwitzen müssen, und allzu ermüdend für den kleinen Jungen war der Rückweg mit dem beladenen Leiterwagen gewesen, vom einen Ende der Stadt ans andre und endlich den steilen Kiesweg hinauf. Dennoch tat mir die Vorstellung weh, dass die Erde, die ich gejätet, bepflanzt, begossen hatte, unter mehrstöckigen Wohnmaschinen verschwinden würde.

Das Amslergut übersprang eines Montagmorgens die erste Kurve der Strasse nach Bottenwil; in der hintersten Kuhle am Fuss des Kirchmooshügels, der zum Wald emporstieg, standen Baugespanne, im Herbst waren die Wohnungen fertiggestellt und bald schon bevölkert. Ich verachtete diese vierstöckigen Mehrfamilienhäuser und glaubte zu wissen, dass sich nur Gesindel in solche Käfige hineinsetze. Welch schmerzend gespannte Netze von Ängsten und Erwartungen andrer mag jemand zerreissen, der sich ahnungslos irgendwo niederlässt! Er und seine Kinder können argwöhnischer Beobachtung und kritischer Begutachtung sicher sein. Ja, eines Tages erklärte die dicke, in schwarzer Gummischürze mütterliche Geborgenheit ausstrahlende Frau Ess aus Wikon, die grosse Wäsche gehe allmählich über ihre Kräfte, und bald schon schwatzte unablässig eine kleine hagere drahtige Person an ihrer Stelle in französiertem Dialekt und nannte den Ort, wo ihr Mann arbeitete, *s Fábrigg.*

Der Rhythmus der Veränderung wurde nervös, wurde ein Hämmern. Bäche und Bauernhöfe verschwanden, mein Land, meine Erde, meine Wiesen waren nur noch Parzellen, klein und mit lästigem Humus bedeckt. Eine um die andre verschwand, trug Dinge auf dem Rücken, von denen sie, seit es sie gab, nichts gewusst hatte, doch das Kapital sprosste, die Zinsen blühten. Nun hatte der Boden Sinn und

Zweck, war beziffer- und bezahlbarer Geldeswert, war zur Welt gekommen. Selbst der geheime Wald musste arbeiten und wurde zur «Erholungszone» erklärt. Und mich – War ich der einzige? –, mich erfüllte ein unauslöschlicher Groll.

Ich habe nie hinter meine eigene kurze Lebenszeit zurückgedacht, mir nie gesagt, dass auch unser Haus, die Vororte, Wohn- und Fabrikviertel, selbst die Altstadt einmal Erde verdrängt, zugedeckt, verwüstet hatten. Das Produkt dieser Verwüstungen der Vorzeit war zusammen mit den Wiesen, den Wäldern, den Hirschen im Tierpark, mit der Sonne, dem Mond und den Jahreszeiten bei meiner Geburt schon dagewesen und dadurch gerechtfertigt.

Am Ende der Kindheit dämmerte es mir: Was den Wandel beschleunigte, war nicht nur der Boom, es war die Vermehrung der Menschen und ihrer berechtigten Bedürfnisse. Auch ich half mit, die Erde aufzufressen. Die Statistik gab Kunde davon. Sie hat mich nie mehr losgelassen.

➢Abwässer 20 ➢Fossilien 237 ➢Gestank 214 ➢Heimat 297 ➢Nachbarlichkeit 226 ➢Die Quelle 174
➢Reisigsammlerinnen 259 ➢Statistik 143 ➢Der Steinalte 227 ➢Waschtag 48

Zofinger Tagblatt, 23. Juli 1946

Der Terror im heiligen Lande. Bombenanschlag gegen das britische Hauptquartier in Jerusalem; 70 Tote; strenges Ausgehverbot; Juden verurteilen das Attentat

Jüdische Terroristen haben am Montag einen fünfstöckigen Flügel des mächtigen Hotels «König David» in Jerusalem, das dem britischen Hauptquartier als Sitz dient, in die Luft gesprengt. Mindestens 70 Personen wurden getötet; 52 sind vermisst und 53 verletzt. In der Mamillah-Strasse (in der Nähe des Jaffa-Tores von Jerusalem) wurde ein verlassenes Auto, in welchem sich Waffen und Sprengstoffe befanden, aufgefunden. Wahrscheinlich diente der Wagen den Terroristen zur Flucht. (...) Die Jewish Agency und die Nationalgruppe der Juden hat eine geharnischte Erklärung gegen die Terroristen veröffentlicht. Sie äussern ihren Abscheu vor diesem «feigen Verbrechen, verübt von einer Bande von Desperados». (...) Beamte der Mandatsregierung weisen darauf hin, dass der in London weilende Hochkommissar, Sir Allan Cunningham, unter den gegenwärtigen Umständen nicht verantworten kann, dass Zuwanderung von weiteren 100000 durch ihre furchtbaren Leiden erbitterten Juden erfolgt.

Zofinger Tagblatt, 18. September 1948
Die Heilige Stadt als Attentatsschauplatz. Der Uno-Vermittler Graf Bernadotte und ein französischer Begleitoffizier in Jerusalem ermordet; Mitglieder der jüdischen Sterngruppe als vermutliche Täter; Welttrauer
Die tödlichen Schüsse sind am Freitag abend um 5 Uhr im Bezirk Katamon, einem jüdischen Distrikt Jerusalems, gefallen. Als der Uno-Vermittler, Graf Bernadotte, in einem offenen Auto durch dieses jüdische Gebiet fuhr, verbarrikadierte plötzlich ein Jeep die Strasse. Zwei Männer rannten gegen das Auto Bernadottes. Während einer vom amerikanischen Obersten F. Begley aufgehalten werden konnte, erreichte der zweite den Wagen des Uno-Vermittlers. Auf kurze Distanz feuerte er mehrere Schüsse aus einem automatischen Gewehr. Eine Kugel traf den Grafen Bernadotte ins Herz, eine andere Oberst Serot in den Kopf. Beide starben auf dem Weg ins Krankenhaus. Die Mörder entkamen im Jeep.

Heimat

Heute setzt die Diskussion des Begriffs mit dem Sachwort ein, das Eigen und Hof meint: von daher sei es neu zu bestimmen und politisch verantwortbar; wer das Geracker auf dem Stück Erde und die Lehmklumpen an den Holzböden mitdenke, verfalle der Mystik von Blut und Boden nicht. Schon meine Eltern haben kein *Heimet* mehr erlebt. Mein Vater ist zwar auf einem Hof namens «Hub» aufgewachsen; zum Leben reichte das Stückchen Land nicht; er und seine Geschwister schnitten nach der Schule St. Galler Plattstich-Spitzen aus. Meine Mutter kam aus einem Haus mit Pferdestall und Kutschenremise, doch lag die bäuerliche

Lebensform Generationen zurück. Und unser Haus war *a home*. Meine einzige Assoziation zum Begriff *Heimet* projiziert den gezöpfelten Miststock auf die innere Leinwand, welchen der Meisterknecht des Schlossherrn in Oberdiessbach am dorfwärtigen Ende der Allee schichtete, Lage um Lage. *Heimet* gleich Folklore, die noch fünf Prozent der Bevölkerung mit Bildern und nur ihnen eigenen Erfahrungen erfüllen können.

Ganz anders der Begriff Heimat. Er ist gut besetzt; nicht durch die Stadt Zofingen, wo ich aufgewachsen, noch durch den Staat Schweiz, dessen Bürger ich bin. Meine Heimat heisst Aargau; mein ist dieses aus vier Teilen zusammengeleimte, ziegengestaltige und -bärtige, 1404 km^2 grosse, keine zweihundert Jahre alte Gebilde, dem seinerzeit niemand eine Überlebenschance gab. In meiner Vorstellung lebt der Revolutionskanton, der den untern Aare- und den Frickgau, die Grafschaft Baden und das Freiamt umfasst, als Wärmestrahlung. Überquere ich, von Zürich kommend, im Wagen die Aargauer Kantonsgrenze, denke ich: Würde mir jetzt etwas zustossen, wär es nicht halb so schlimm. Absurd! Als ob die Spitäler in andern Kantonen schlechter und deren Polizeikorps Schlägertrupps wären. Bemerke ich zu Eva, ein Gehölz unter schräg einfallendem Sonnenlicht, ein einsam daherkommender Mensch seien aargauisch, weiss sie, wieviel Zuneigung dieses Adjektiv in sich schliesst.

Ich kenne meinen Kanton und die Lage aller Ortschaften und Weiler, in meinem Kopf stauen Kraftwerke die vier Flüsse, schlängeln sich die Bäche und ragen die Berge bis auf genau 908 Meter; die Geologie des Aargaus erscheint mir als Schnitt durch die Schichten vom triadischen Buntsandstein der Rheinsenke bis zu den verschiedenen Deckenschottern der Eiszeiten. Im Aargau blüht der Frauenschuh verborgener als anderswo. Weiss nicht, warum. Für mich tragen die Menschen, welche den Kanton bewohnen, ein besonders verschattetes und den harten Fakten mit Mühe nur standhaltendes Gemüt mit sich herum. Offenbar gleichen sie alle mir. Der Aargau ist die Wiege nicht nur der Lenzburger, Rheinfelder, Habsburger, Homburger, Laufenburger, Thiersteiner und Hallwyler Grafen, er ist für mich die Urzelle meiner Phantasien vom feudalen Hochmittelalter, welche Epoche mir noch heute die liebste ist. Ich habe das Land bestiegen, bewandert, mit dem Rad befahren, habe auf Kalkbändern des Juras gesessen und durch flimmernde Luft in die Täler und Tälchen hinuntergeschaut, wo ausser Hörweite ein Wagen kroch und ein paar rote Dächer sich drängten. Frosthauch vor dem Mund, die Hände in den Fäustlingen geballt, habe ich schon als Junge über den Höfen der Molassebauern gestanden und mich gefragt, wie sie es schattenhalb in klammer Dumpfigkeit aushielten. Ich habe, glaube ich, keine Realität von Belang aus dem Wortfeld «Aargau/Heimat» ausgeschlossen, schon gar nicht die starke und schwere Industrie oder den Spott der Zürcher «A(chtung) G(efahr)!». Mir ist der Dunst halbverbrannter Kohle Heimat so sehr wie der Duft erhitzter Harzborke sommers in Wäldern, die von Bienen wie von fernen Flugzeugen dröhnen.

Zugewachsen ist mir diese Heimat im letzten Jahr der Kindheit, bei Absolvierung der 5. Klasse: Heimat ein Verdienst von Kinderkadi Raumer im Südwestzipfel des Kantons, wo die Festredner vom «Wetterwinkel des Aargaus» faseln. Heut wohne ich im Südostzipfel der Freiämter, die sich dem Aargau nicht gross verbunden fühlen. Rheinfelder blicken nach Basel, Badener nach Zürich, Aarauer in die Helvetik, Murianer nach Luzern, Zofinger in ihre Berner Pfahlbürgergemütlichkeit. Ich blicke aus meinem Flug senkrecht unter mich über das schwermütige Land im schrägen Abendglaren. So hat meine Schulkarte vor mir gelegen, so die Schulwandkarte entrollt neben der Wandtafel gehangen. Rote Halbkreise die «Heidenhübel» der prähistorischen Grabhügel fern aller Siedlungen, rot auch das «Pf» der Pfahlbauten. Und der berühmteste aller Findlinge, welche die würmzeitlichen Gletscher ins Land gebuckelt und liegengelassen haben, der Erdmannlistein tief im Bremgartenwald, wo die Wohlen–Bremgarten–Dietikon-Bahn einen Halt auf Verlangen mit Holzhäuschen für Altlehrer und Schulklassen und die sieben Zwerge eingerichtet hat, war ein Schwerpunkt meiner Heimatphantasien. Noch als Erinnerungsbilder bewegen die Sagen von der Schlüsseljungfrau von Tegerfelden, von den Erdmännchen auf der Ramsfluh etwas in mir; Aargau, das sind die Fünftklasslesebucherzählungen vom Schulhauseinsturz zu Hellikon, 76 Tote, Kinder meist, 11 Prozent der Dorfbevölkerung, von der Brautfahrt über den Hallwilersee, die auf dem Seegrund endete. Dies ist mein dunkles Stück Erde, das mich freundlich aufgenommen und getragen hat. Ich bin Bürger keiner Aargauer Gemeinde.

Patriot ohne Heimatschein – ein Glück. So steht meine Heimat nach allen Seiten offen, zeichnet sich aus durch herzerfreuende Vagheit in der Welt der Realien, lauter Übergänge. Die Flüsse kommen von den Alpen her, der Rhein mündet in Holland, alles Bedeutende ist jenseits der Grenzen. Was weiss das Finsteraarhorn, was weiss das heilige Cöln vom Aargau? So kann er Ort des Aufbruchs nach draussen sein. Und wenn ich mich am Moskauer Arbat, ständig vom Gehsteig geschubst, durch die kompakte Menschenmenge gedrängt habe oder auf der ein wenig gross geratenen Washingtoner Mall das Gefühl nicht losgeworden bin, ein Sheriff müsse um die Ecke der Freitreppe vor dem Natural History Museum sprengen und in die Luft feuern, und wenn ich mich bei den «Quattro Canti» im finstern Herzen Palermos umgesehen habe, dann als Doppelbürger der Welt und des Aargaus. Unfremd dort, zu Hause hier. Mein genaues Hinhören, sobald vom Aargau die Rede geht, überhört das Nichtaargauische nicht. Die ihre Heimat verloren haben, wüssten solches zu schätzen.

➢Aargauer Schulwand- und Schülerkarte 77 ➢Hochkamine und Sirenen 208
➢Jahrhundertstimmungen 135 ➢Karte und Landschaft 140 ➢Rittertum und Burgen 107

Das unlösbare Wenn

Eins der meistgebrauchten Wörter, denn was es aufschliesst, konnte und kann nicht wirklich werden. Wenn Napoleon nicht nach Moskau gezogen wäre… Wenn Hitler 1933 die Reichstagswahl verloren hätte… Wenn der tödlich Verunfallte fünf Minuten früher oder später weggefahren wäre… Dann ein Seufzer der Erleichterung oder Resignation. Die Wirklichkeit und unser Zickzackweg durch sie hindurch sind von unzähligen Marksteinen eingegrenzt, auf denen zu lesen steht WENN – und dahinter die Nebelwand vor dem Ungeschehenen, vor dem Verpassten oder Vermiedenen.

Beim Klappult in der Südwestecke des väterlichen Studierzimmers, eingereiht unter die historische Literatur, standen zwei kartonierte Halbleinen-Bände, schmutzigbeige und brüchig: A.W. Grube, «Geschichtsbilder». August Wilhelm Grube wird in Meyers «Grossem Konversationslexikon», 6. Auflage, 1904, Band 8, als «pädagogischer Schriftsteller» gewürdigt, der viel zur Popularisierung historischen und geographischen Wissens beigetragen habe. Seine «Charakterbilder aus der Geschichte und Sage» erschienen 1852 (in 32. Auflage 1921). Ich habe diesem Sohn eines Schneidermeisters aus Wernigerode viel zu danken, allerdings nicht, wofür er sich Dank erhofft hatte: als ein zu deutschnational-vaterländischer Begeisterung und Hegelscher Zukunftszuversicht Entflammter. Im Gegenteil.

Halbe Tage sass ich am Pult, verloren in der Historie der alten Griechen, der Völkerwanderung und frühen deutschen Kaiserzeit. Im 1. Band war die Geschichte des Freundespaars Epaminondas und Pelopidas meine Lieblingserzählung. Epaminondas' Entwicklung der schrägen Schlachtordnung, der Phalanx, sein Sieg über Spartas Heer bei Leuktra, Theben als Ordnungsmacht von Griechenland, sein Tod in der Schlacht von Mantineia: der Bericht, auf wenige Seiten gerafft, war exemplarisch. Jedesmal wenn ich das Kapitel aufschlug, glomm ein Funke unbelehrbarer Hoffnung, die Geschichte sei, wider alles Wissen, anders verlaufen; Epaminondas könne, nachdem er die Spartaner vor Mantineia bereits zurückgedrängt, nicht gefallen sein. Er und König Gustav Adolf bei Lützen sind Sieger als Tote. Und dies schien mir, der ich für beide Gestalten starke Sympathien hegte – wohl weil ihnen im Moment der Entfaltung ihrer grössten Wirkung vom niederträchtigen Schicksal das Leben gestohlen wurde –, so ungeheuerlich, dass ich immer neu an den Fakten zu rütteln versuchte. Ob sich Plutarch nicht doch geirrt hatte? Aber die Geschichte ist unumkehrbar und unkorrigierbar. Denn sie hat Folgen, die wiederum Geschichte machen. Ist ein Ereignis in die Zeit eingegangen, in ihr «abgelaufen», etwa der Tod des Siegers, steht sie, allen Hoffnungen und Wünschen und Fälschungen zum Trotz, fest für immer: Sieger ist immer der Tod.

Wenn ich Epaminondas das Leben rette, ihm Zeit lasse, Thebens Vormachtstellung so weit zu festigen, dass Hellas eine handlungsfähige politische Einheit bildet: welches wären die Folgen? Dass der Aufstieg

Makedoniens gestoppt würde, dass es keinen Alexander gäbe, der den Gordischen Knoten zerhaut, das Perserreich erobert, nach Ägypten und Indien zieht, eine Welt aufreisst, neugierig, unersättlich. Für Hellas, Rom, den Vorderen und Mittleren Orient wären die Folgen unabsehbar. Es braucht also diesen Prinzen vom goldstrotzenden balkanischen Königshof, der Kriege um die Gänse der Abderiten und die Säue der Lampsakier verachtet und die sogenannten Barbaren als Träger von Zivilisationen in ihrem eigenen Recht gelten lässt. Schenke ich Epaminondas das Leben, verschwindet meine Lieblingsfigur aus der Geschichte. Und selbst wenn ich dies hinnähme: dass Theben von Alexander zerstört wurde, ist Faktum, eine Klitterung sinnlos.

Es gibt in der Geschichte, in der Zeit also, kein Wenn und Aber; es gibt allein die Ereignisse und deren Hinterlassenschaft, so auch mich, zur Welt gekommen durch einen nie hinreichend begründbaren Zufall – und uneinsehbar bleibt, wer oder was die Lebenden von den Lemuren scheidet. Wer die Folgen leugnet, wird von ihnen eingeholt.

Mich bewegte das Scheitern stärker als der Erfolg. Der allzeit siegreiche Caesar stand mir fern, nah dagegen Alexander, der sein Werk, halb getan, verlassen musste. Darum gingen mir die der Völkerwanderung gewidmeten Kapitel besonders unter die Haut. Das Unbekannte, Erschreckende trat ans Licht der Mittelmeerwelt, blühte, explodierte, verschwand. Grube hat früh- und hochmittelalterliche Berichte benutzt: Gregor von Tours für die Heillosigkeiten der Merowinger, Prokops Vandalen- und Gotenkrieg, des Paulus Diaconus «Historia Langobardorum», Beda Venerabilis für die Zeitläufte der Angelsachsen. Allerdings bedeuteten mir Quellen damals nichts, mir genügte die Erzählung vom Untergang, sagen wir der Ostgoten, die unter Theoderich Italien und den Alpenbogen beherrscht hatten. Dieses spurlose Verschwinden aus der Historie eines Stamms, der weit über die Zahl seiner Angehörigen hinaus berühmt war, trieb mich um. Wieder hatte ich Mühe mit den Fakten. Was hätte werden können, wenn die Goten am Vesuv über Narses gesiegt hätten? Müssige Frage! Der Untergang liess sich nicht leugnen: die Folgen des Geschehenen schlossen alles andre aus.

«Geschichte» ist Zeit, aus der wir auftauchen, darauf wir schwimmen, darin wir ertrinken. Sie gerinnt, einmal über den Katarakt «Ereignis» hinweggetost, zum Kristall. In ihm eingeschlossen gleich Insekten im Harztropfen sind die Kopffüssler und Saurier, die Frauen und Männer, welche Geschichte in ihren Köpfen und an ihren Leibern erlitten haben. Und je tiefer im Bernstein sie stecken, je ferner von ihnen die Zeit ihre Wachstumsringe ansetzt, desto undeutlicher erkennen wir sie – endlich nur noch dank ihrer Erstarrung in ein, zwei vom sogenannten Schicksal erzwungenen und von den Geschichtsschreibern überlieferten Gesten. Aber da sind sie und leben weiter, Steine, geworfen vor Jahrhunderten, und die Schockwelle, die ihr Sturz ins Zeitmeer ausgelöst hat, wird bis zum jüngsten Tag nicht ganz verebben.

Gleichzeitig sammelt sich in einem Limbus der Wesenlosigkeit ein unendlich Mehrfaches, das auch hätte werden, sein und Folgen zeitigen können, jedoch unterlegen ist. Hier versöhnt Alexander die drei Erdteile seines Reichs, bleiben Deutschland die Katastrophen des 20. Jahrhunderts erspart, entwirft Büchner die umstürzendsten Dramen seit Shakespeare, tröstet Mozarts Spätwerk aus den Jahren 1792 bis 1824, Sinfonien und romantische Opern bis zum «Roberto Guiscard», die Trostlosen.

Liegt der Sinn der Geschichte im Widersinn? Ist Sinn, was wir nicht sehen können: das zufällige, unbegründbare, den unzähligen Wenn zum Trotz sich ereignende Wirklichwerden? Oder schlummert er im Wenn? Nennen wir «Sinn» die banale Tatsache, dass, wie uneinsehbar auch die Gründe, wie unabsehbar die Folgen, immer etwas werden *muss*, so dass endlich gleichgültig ist, *was* wird? Jeder Politiker lässt die bessere Zukunft als seinen Jahrmarktsaffen tanzen. Die Schildkönige der kurzlebigen Germanenreiche des Frühmittelalters durchschauten klar und schrecklich solchen Unsinn. Sie tranken wie der Langobarde Alboin aus dem Schädel des besiegten Rivalen, wissend, dass ihr eigener Schädel vom nächsten Berserker in ein Trinkgefäss umgemeisselt und vergoldet werden würde. «Alas, poor Yorick!» In ihrer brutalen Unbekümmertheit um das, was die Geschichte an ihnen ausprobierte – ihre Untaten samt dem zusammengeraubten Prass und Prunk der ohnmächtig flimmernde Schatten eines Alptraums – in ihrem Wahn der Eintagsfliege, etwas zu sein, schienen sie mir plötzlich weitsichtiger als Karl der Grosse, welcher diesem Totentanz ein Ende gemacht zu haben hoffte, weiser als alle um Karl versammelten Leuchten des Geistes, Alkuin, Petrus von Pisa, Einhard, Angilbert, Paulus Diaconus, verlässlicher als ihr Glaube, jetzt endlich werde dank des grossen Hauptes, das ihnen voranleuchtete, die Zeit sich mit Sinn erfüllen und zu strahlen beginnen – bis hinauf zu Gott.

›Gerechtigkeit 281 ›Jahrhundertstimmungen 135 ›Kriegsschuld 91 ›Moral 115 ›Mutter und Mythen 121

Kindheit und Erinnerung

Was bewahrt die Erinnerung? Was lässt sie fallen? Der erste Eindruck: Nebendinge schwimmen obenauf, die Hauptsachen versinken. Die Merkfähigkeit des Kindes scheint nachgelassen zu haben, sobald seine Tage sich klar und ohne Störung aneinanderreihten. Offenbar hat es das Wichtigste spät bemerkt: die Zeit. Sie muss unter der Wahrnehmungsschwelle getickt haben. Die Zeit rast, doch bemerkbar nur, wenn im Stundenglas die ersten Körner sich häufen und die letzten fallen. Kindheit, Wachstum und Wandlung: sichtbar in spärlichen, weit verstreuten Augenblicken, und mir wird klar, dass in den erinnerten Momenten die Freiheit oder Einsamkeit des Kindes die grösste gewesen sein muss. Im Erstickungstraum war zwischen mir und dem Tod nichts mehr. Anderswo trat ich mir gegenüber, war mein eigenes Spiel. Not wie Spiel öffneten den Gedenkraum: Ausser mir war ich in mir selbst. Das Heranwachsen, das als Prozess nur historisch erfasst werden kann, kristallisiert sich symbolisch in Bildern. Scheinbare Nebendinge sind schmerzlich scharf umrissen, fallen uns an als Blitze des Erkennens und sind mit einer Treue überliefert, die ein halbes Jahrhundert später noch Geräusche, Farben und Gerüche freigibt. Vielleicht bewahren Nebendinge uns am ehesten vor der sogenannten *false memory*, der durch die Erzählung andrer suggerierten Erinnerung.

Ich versuche mir darüber klarzuwerden, auf welche Art und Weise das Kind sich selbst in seinen Erinnerungen aufgehoben hat und wie es mir heute begegnet. Meist sehe ich mich allein, oft mit den Eltern zusammen, mit der Mutter vor allem – und bin doch mit zwei Geschwistern aufgewachsen. Die Erklärung scheint einfach: Von meinem 3. Geburtstag an, da die Erinnerungen sich verdichten, ging auch mein Bruder zur Schule. Während vier Jahren blieben die Mutter und ich werktags an Vormittagen sowie etlichen Nachmittagen miteinander allein. Sie hatte das Haus zu führen, das Hausmädchen zu unterweisen und als Stellvertreterin des Vaters, der im Aktivdienst war, gewisse Lektionen an der Bezirksschule zu übernehmen. Sie hat mir in jenen Jahren viel erzählt: selbsterfundene Fortsetzungsromane – die Mütter sind die Erfinderinnen der Fernsehserie –, vor allem aber Mythen und Sagen, die ihr wichtig waren und sie bewegt hatten. Während der Schulzeit hat mich die Krankheit oft wochenlang isoliert; Zutritt hatte wiederum in erster Linie die Mutter. Wir schliefen nebeneinander, da ich nachts überwacht werden musste.

Doch es sind nicht nur diese Umstände gewesen. Sobald das Kind Bewusstsein und Wahrnehmung aus der Identifikation mit der Mutter gelöst hat, bezieht es die Welt auf sich selbst. Jede Erfahrung ist sein und in den frühen Jahren unvermittelt persönlich, Schlag auf Schlag erstmalig. Bei deren Einordnung sind Eltern, Geschwister, später Kameraden oder Lehrer bestenfalls eine Hilfe. Das Kind ist Opfer und Sieger, es ist der Entdecker der Welt und bezahlt mit seiner Verwandlung.

Es bekriecht und erforscht die Winkel des Hauses allein, steigt heimlich auf den Estrich, wo das von Russrinnsalen gestriemte Kamin durchs Dach in den Himmel fährt, und zeichnet mit den Fingern in den tiefen Staub auf dem Überseekoffer. Auf welchen Schiffen, über welche Ozeane ist er hierhergereist? Es stösst auf seinen eigenen Ausgangswagen, erkennt in fremder Umgebung gewisse Gepäckstücke wieder, die vor der Reise in die Ferien heruntergeholt werden, und fragt sie, ob sie nicht traurig seien, ein ganzes Jahr auf dem Estrich schlafen zu müssen. Im Keller blickt es durch eine Ritze zwischen zwei Brettern auf eine schwarze Kohlenhalde, befingert voller Ekel die madenweissen klammfeuchten Austriebe der eingelagerten Kartoffeln. Selbst wenn es an der Hand gehalten wird, fallen gewisse Bilder umweglos durch seine Augen. Das Kind ist ein Stirnersches Ich: Ihm allein gehört das Lebensrecht; anders könnte es vermutlich kaum überleben. Es lernt nicht ohne Mühe, seine Einmaligkeit zu teilen, etwa mit den Geschwistern.

Klar, sie sind in zahlreichen Erinnerungen neben mir. Auf Bergwanderungen im Hasliberg botanisiert meine Schwester, bereits Fachfrau, was mich beeindruckt und irritiert, denn ich will oben ankommen, als erster, will die Aussicht studieren, die Berggipfel auf der Karte suchen und ihre Namen einen nach dem andern aussprechen, – eine magische Litanei. Doch auch für sie waren Namen wie Männertreu, Paradieslilie, Akelei, Fetthenne, Soldanelle und Schnee-Enzian Magie – irdische, bodennahe. Dagegen schnitten meine Beschwörungsformeln der Welt als graue, blaue und weisse Zacken und Scherben scharf in die Einsamkeit der Himmelsleere. – Spiele im Mägisalpbach; mein Bruder und ich verbringen Stunden damit, im Schutt Kanäle zu graben, Mäander zu begradigen; im Herbst bauen wir Sprungtürme für die winzigen Frösche, die wir auf den Weiden nebenan einfangen. Spiele am Aufprallbecken des Balisalpbachfalls; aus dem sonnenwarmen Gras gehen unsre langen leeren Blicke in den von Schule ungeschwärzten blauen Himmel und zur Austrittsstelle des Wassers dreissig Meter über unsern Köpfen: Eine tief eingefressene kalkgraue Unterlippe speit es mit einschläferndem Tosen herab. Schräg darüber die zweite, trockenliegende Unterlippe eines früheren Wasseraustritts. Ein paarmal stauen wir den Bach hinter dieser Felsbraue, leiten einen Teil ins alte Bett ab, und der Wasserfall springt doppelt: Die Welt hat sich verändert; mir ist, wir lebten tausend Jahre früher.

Mein Bruder und ich spielen zu Hause Eisenbahn, Meccano, setzen seine Dampfmaschine in Gang. Wir üben uns im Schanzenspringen und Skifahren, wir stehen im Winter hinter den Holzfällern, bis die angesägte Tanne durch die Nachbarwipfel zu wischen beginnt, in Fahrt kommt, heruntertost, mit einem den Boden erschütternden Donnern aufprallt und längelang nochmals hochschnellt. Er lehrt mich radfahren, wir streiten uns, nicht besonders häufig. Wüsst ich, wie er mich empfunden hat! Wohl eher anschmiegsam als selbständig, schwankend zwischen Interesse und Gleichgültigkeit, fürs Unmögliche eher zu haben als fürs Machbare, fürs Grosse mehr als fürs Kleine, nicht klagend, gern geschmeichelt, tapfer in der Krankheit. Gefährdet.

Aber der Eindruck dominiert, der Erinnerung schaffende Blick des Kindes sei entweder nach unten oder nach oben, zu den Ameisen und zur Mutter, in die Weite oder nach innen, zu den Rauchfahnen der Hochkamine oder zu den Gestalten der eigenen ruhelosen Phantasie geschweift. Jahrzehnte später halte ich Einschau: Die Zeiten der Bravheit sind vergessen, unauslöschlich die Stunden der Unordnung, Absonderung, stummen Betrachtung, die nächtigen Klarheiten, da ich Möglichkeiten meines Lebens durchgenommen habe.

Wie armselig sind diese Erinnerungen, misst man sie am Ganzen, das sie zu vergegenwärtigen behaupten! Klar, es ist vorgekommen, dass sich im Lauf dieser Arbeit das Lid der Zeit gehoben und ein fremdes Auge mich bestürzend angeschaut hat. Häufiger aber waren erinnerte Glücksmomente oder Enttäuschungen nicht mehr begründbar. Ich mag neun Jahre alt gewesen sein, als ich zu Weihnachten ein Geschenk erhielt, das mich derart schwindlig und ängstlich vor Glück machte, dass ich es mit mir ins Bett nahm, damit es sich über Nacht nicht wie Jahre zuvor das goldene Beil in Luft auflöste. Es muss etwas Zerbrechliches gewesen sein, denn statt aufs Kopfkissen legte ich's ans Fussende, wo ich noch nicht hinreichte. Damit endet die Erinnerung – im Nebel eines toten Spiegels.

Welches ist die Berechtigung dieser Aufzeichnungen? Vielleicht können sie als Zeugnisse, als Dokumente einer Zeit gelesen werden, auf die wir nur deswegen weniger hochmütig hinuntersehen als auf die Zustände eines sogenannten Entwicklungslands, weil sie Teil unsrer Geschichte ist. Steinzeit! Gewisse materielle und soziale Zustände der Jahre zwischen 1940 und 1950 würden heute wohl irgendein Hilfswerk der Uno auf den Plan rufen. Ich selbst habe Glück gehabt. Doch andre?

Wie aufrichtig kann ein Bericht über die eigene Kindheit sein? Es gibt Einzelheiten, die gleichsam in einer erhellten Kreisscheibe der Erinnerung block- und bruchstückhaft als vorsprachliches Bild liegengeblieben sind; da lässt sich aus der Nähe berichten. Je stärker ein Kind seine Wahrnehmung ausweitet und sprachlich differenziert, desto grösser werden die Unschärfe der Darstellung und der Deutungsspielraum. Meine Erinnerung wird nicht selten mehrere Erfahrungen zu einem Bild übereinanderkopiert und zu einer Episode verdichtet haben. So bleibt die Aufrichtigkeit jeder Erinnerung Fiktion. Kaum *ein* sauberes Dokument!

In wichtigsten Aspekten begreiflich und darstellbar wird Kindheit erst, wenn wir sie als Ansatz eines uns bis heute teilweise unbekannten Lebens konstruieren, als Formel einer Integralrechnung. Dokumentation der Kindheit ohne deren Reflexion ist naiv. Notieren ist Nachdenken.

Was ich gelernt habe: Wieviel mir erspart geblieben oder nicht zugemutet worden ist. Unverdient.

Meine Eltern haben als einzige kein Stichwort erhalten; sie leben in zu vielen Bildern neben mir. Fast liesse sich behaupten, dieses Buch sei ihr Stichwort. Mein Dank Jahrzehnte nach ihrem Tod bezeugt Undankbarkeit – nicht der Kinder, sondern der Rolle, die den Eltern im dunklen Zug der Generationen zugewiesen ist. Menschengedenken.

Aristau, 1995 bis 2001

Ausführliches Inhaltsverzeichnis

X. Echo

Register